国家出版基金项目
NATIONAL PUBLICATION FOUNDATION

本卷主编◎郭 力

1945—1949年 东北解放区文学大系

散文卷②

总主编◎丛 坤

黑龙江大学出版社
哈尔滨

图书在版编目（CIP）数据

　　1945—1949 年东北解放区文学大系．散文卷 / 丛坤
总主编；郭力分册主编 . -- 哈尔滨：黑龙江大学出版
社，2021.10
　　ISBN 978-7-5686-0467-3

　　Ⅰ．① 1… Ⅱ．①丛… ②郭… Ⅲ．①解放区文学—作
品综合集—东北地区— 1945-1949 ②散文集—中国—
1945-1949 Ⅳ．① I218.3

　　中国版本图书馆 CIP 数据核字（2021）第 099994 号

1945—1949 年东北解放区文学大系　散文卷
1945—1949 NIAN DONGBEI JIEFANGQU WENXUE DAXI SANWENJUAN
郭　力　主编

责任编辑　魏翕然　魏　玲　刘　岩　宋丽丽　范丽丽　高楠楠　张永生
出版发行　黑龙江大学出版社
地　　址　哈尔滨市南岗区学府三道街 36 号
印　　刷　哈尔滨市石桥印务有限公司
开　　本　720 毫米 ×1000 毫米　1/16
印　　张　151.25
字　　数　1694 千
版　　次　2021 年 10 月第 1 版
印　　次　2021 年 10 月第 1 次印刷
书　　号　ISBN 978-7-5686-0467-3
定　　价　488.00 元（全五册）

本书如有印装错误请与本社联系更换。

版权所有　侵权必究

《1945—1949 年东北解放区文学大系》

学术顾问（按姓名笔画排序）

冯毓云　　刘中树　　张中良　　张毓茂

编委会（按姓名笔画排序）

主任：于文秀

成员：叶　红　丛　坤　刘冬梅　那晓波

孙建伟　李　雪　杨春风　宋喜坤

张　磊　陈才训　金　钢　赵儒军

侯　敏　郭　力　戚增媚　彭小川

蓝　天

出版说明

1945 年到 1949 年的东北解放区，社会风云变幻，文学繁荣发展。当时的文学创作者们以激昂向上的笔触，再现了波澜壮阔的解放战争和轰轰烈烈的土地改革，讴歌了人民军队可歌可泣的英雄事迹，描绘了劳动人民翻身后的喜悦心情，书写了时代的大主题。为了再现这段文学风貌，我们编辑出版了《1945—1949 年东北解放区文学大系》。

这套丛书大体以体裁分编，计小说卷（长篇、中篇、短篇）、散文卷、戏剧卷、诗歌卷、翻译文学卷、评论卷及史料卷七种，所收录作品以新文学为主。此阶段作品浩如烟海，而部分文字资料因时间久远或受当时技术所限出现严重缺损，考虑到丛书篇幅有限，故仅收入代表性较强的作品。对于因原始资料不全、不清晰而无法完整呈现，或受条件所限未收集到权威版本的篇目，则整理为存目，列于丛书卷末，以备读者参考。

丛书编辑过程中，多数篇目由原始版本辑录，首次收入文集，也有些篇目参照了此前出版的多种文集。原始文献若有个别字迹不清确不可考的，丛书中以□代替。

丛书收录作品以 1945 年 8 月至 1949 年 10 月为时间节点，个别作品的完成时间略有延伸。大部分作品结尾标注了写作时间，以及初次发表或结集出版的版本信息。作品编排大体以作者姓名笔画为序（特殊情况除外，如集体创作作品列于卷末）。

就筛选标准而言，所收主要为东北作家创作的主题作品，也有非东北籍作家创作的有关东北解放区的作品。除此之外，还有此时期公开发表的反映抗日战争题材的作品，以及在东北出版的反映其他解放区的、革命主题特色鲜明的作品。需要指出的是，在本丛书的史料卷中，还有一部分作品创作于新中国成立之后，但反映了解放战争时期东北解放区的文学发展面貌，或记述了一些典型事件、代表性人物，亦具珍贵的史料价值，为完整呈现当时的文学风貌，这部分作品亦收入丛书，以"节选"的方式呈现。

需要特别说明的是，此时期的个别作家受时代限制，思想表现出了一定的历史局限性，体现在文学创作方面可能表现为不同程度的瑕疵，这一群体的作品，只要总体导向是正面的、积极的，从保证史料全面性、完整性的角度考虑，我们也将其予以收录。个别作家在解放战争时期是积极追求进步的，但随着社会环境的变化，却出现思想动摇甚至走向错误道路，对于其作品，本丛书只选取其有代表性的、取向积极的篇目，对于其他时期该作家的不当言论、思想，我们不予认同。此外，在当时复杂的政治环境下，还有一些作品中的个别表述可能存在一些偏差，但只要其主题思想是积极进步的，则丛书亦予以收录。

丛书旨在突出东北解放区文学原貌，侧重文献整理，故此在编辑过程中，重点对作品中会影响读者理解的明显讹误进行了订正，对于字词、标点符号以及句法等，尊重原文的使用习惯，不予调改，以突出其史料价值。此外，由于此时期文学作品肩负宣传进步思想的重任,而读者对象大多文化程度较低,创作者亦水平不一,因此创作主旨以通俗易懂为要,一些篇目语言风格通俗、浅白,甚至个别篇目、细节存在一些俚语表达,为遵从原貌,丛书仅对不雅字、词、句加以处理,其余不予调改。本书选文除作者原注外,亦保留原文在初次出版时的编者注,供读者参考。

《1945—1949 年东北解放区文学大系》

散 文 卷 ②

刘玉绩

刘白羽

总　序

张福贵

　　从古至今,东北在中国历史与文化进程中,特别是近代以来都是决定中国社会政治发展走向的重要因素。当然,这种作用不单纯是东北自生的,更是多种因素叠加和交汇的结果。东北文化既是文化空间概念,同时更是历史时间概念,是不同空间、区域的多种历史文化的积累,是一种时空统一的文化复合体。值得注意的是,除了抗战时期的特殊因缘使"东北作家群"名噪一时外,作为东北历史文化和现实社会表征的东北文学特别是东北解放区文学,在相当长的时间里却未得到应有的关注。黑龙江大学出版社在对过去为数不多的东北文学史料进行整理的基础上出版的东北文艺史料集成——《1945—1949 年东北解放区文学大系》,因而可以说是特别值得关注的。

　　《1945—1949 年东北解放区文学大系》内容丰富,除了包括小说卷、诗歌卷、散文卷、戏剧卷之外,还包括评论卷、史料卷和翻译文学卷。这是一个前所未有的大工程,也是一件大善事。正如"总导言"中所说的那样,丛书注重发掘新资料,通过回归文学现场,复现了东北解放区文学的整体面貌。东北解放区文学处于东北现代文学快速繁荣发展的历史时期，在土改文学、工业文学、战争文学等方面代表了 20 世纪 40 年代解放区文学的成就，是对《在延安文艺座谈会上的讲话》所确立的文艺观念的全面实践。对东北解放区文学的系统研究有利于更全面地总结解放区文学的成就，有利于把握延安文艺传统与东北解放区文学的内在联系，以及解放区文学对新中国文学制度、观念、创作等方面的影响。以"历史视角""时代视角"对东北解放区文学，尤其是解放战争时期的土改题材、工业题材的小说和戏剧进行分析，可以勾勒出政治意识形态对东北解放区文学运动、文学社团、文学形态、文学制度、文学风格、文学论争等产生的影响，有利于把握东北解放区文学的历史价值、认识价值、审美价值与当代意义，同时对于挖掘东北地区的文化历史和建设东北文化亦具有现实意义。东北解放区文学是基于延安文艺传统而创作的，对东北解放区文艺运动、文艺理论的全面审视具有重要的历史价值和理论意义。此外，对东北解放区文学进行深入研究，探寻人民文艺理论的历史源头，对于当代文艺创作、审美观念的引导亦具有一定的启示作用。但是，受地域因素、资料整理程度、研究者文化背景等条件的制约，东北解放区文学在中国当代文学史上的特殊地位与价值一直以来并未引起研究者的足够重视。

东北解放区文学无论是在中国大文学史中还是在东北文学和文化发展的历史中，都是具有特殊意义的存在。

虽然现代东北文学在新文学运动初期晚于也弱于关内文学的发展，但是 1931 年九一八事变发生，新起的东北文学及东北作家被国难推到了文坛中心，萧红、萧军等青年作家更是直接受到鲁迅的关注和扶持，迅速成为前沿作家。这一批流落到上海等都市的青年作家由此被称为"东北作家群"，他们奠定了东北文学在中国大文学史上的特殊地位。然而,正像全面抗战进入相持阶段之后,中国文坛也变得相对平静、舒缓一样,除了萧红、萧军等人外,东北文学和东北作家也逐渐失去了文坛的关注。应当承认,一些东北作家的文学成就和文坛名声之间并不完全相符,是时代造就了他们,提高了他们的文学史地位。然而,另一方面,我们对其中有些作家及作品的价值却又是认识不足的。对此,我自己也有一个认识转化的过程:过去单纯依据多数东北作家的创作进行判断,感觉某些艺术价值之外的因素在评价中发生了作用,其地位可能有些"虚高";但是,对于20世纪的中国文学史来说,艺术之外的价值判断就是艺术判断本身,或者说,社会判断、政治判断就是中国文学史评价的根本性尺度。因为在中国作家或者说在知识分子的群体意识之中,政治的责任感和社会的使命感几乎是与生俱来的,而中国20世纪风云激荡的社会现实又为这种责任感和使命感提供了最好的生长环境。"悲愤出诗人","文章憎命达",文学创作是与政治、思想、伦理等融为一体的,脱离了这一切,文艺也就失去了时代与大众。所以说,无论是具体的作品分析,还是文学史研究,没有了这些"外在因素",也就偏离了其本质。"东北作家群"是时代的产物,也是时代文艺的产物,20世纪中国文学史中应该有他们浓墨重彩的一笔。作为后人,对历史做出评价往往是轻而易举的,但是这"轻而易举"往往会导致曲解甚至歪曲了历史,委屈了历史人物。"东北作家群"的价值和意义不是单一的,因为对中国现代文学史的评价从来就不是一种艺术史、学术史的评价,而是一种思想史和政治史的评价。正如鲁迅当年为萧军的成名作《八月的乡村》所作的序中所写的那样,"这《八月的乡村》,即是很好的一部,虽然有些近乎短篇的连续,结构和描写人物的手段,也不能比法捷耶夫的《毁灭》,然而

严肃,紧张,作者的心血和失去的天空,土地,受难的人民,以至失去的茂草,高粱,蝈蝈,蚊子,搅成一团,鲜红地在读者眼前展开,显示着中国的一份和全部,现在和未来,死路与活路。凡有人心的读者,是看得完的,而且有所得的"。《八月的乡村》不仅是中国现代第一部抗日题材的长篇小说,也是世界反法西斯战争题材的第一部长篇小说,其意义和价值是特殊的、特有的,不可单单以艺术审美的标准来看待这部作品。"东北作家群"的存在及其创作的意义,不只是为20世纪30年代的中国文坛增添了特有的地域文化内容和东北文学特有的审美风格,更在于最早向全国和世界传达出中华民族抗敌御辱的英勇壮举,最早发出反法西斯的声音。此外,在抗战大历史观视域下,"东北作家群"的创作为十四年抗战史提供了真实的证据。特别是东北解放区的早期文学直书十四年历史的特殊性,这是十分可贵的和独特的。于毅夫的散文《青年们补上十四年这一课》,深刻而沉重地描写了十四年殖民统治下东北人的精神状态和文化演变:

这许多现象,说明了东北在十四年殖民统治的过程中,文化生活上是起了很大的变化。翻开伪满的《满语国民读本》一看,真是"协和语"连篇,如亚细亚竟写成アジヤ,俄罗斯竟写成ロシヤ,有的人一直到现在还把多少元写成多少円,这都是伪满"协和语"的残余,说明殖民统治残余的文化还在活着,还没有死去,这在今天不能不说是一件遗憾的事!仔细想来,这也难怪,因为日本的魔手,掌握了东北十四年,今天一旦解放,希望不着一点痕迹,这是完全做不到的,要从历史上来看,它切断了东北历史十四年，这十四年的历史是很黯淡地被抹掉了，十四年来也的确是一个大变化，在这期间多少国家兴起了，多少国家衰落了，多少血泪的斗争、多少波浪的起伏，都被日本鬼子的魔手所遮断！我回到家乡接触到成千成百的青年，几乎都不大明了这十四年来的历史真相，有的连中国内部有多少省都不知道，连云南、贵州在哪里都不晓得。

难能可贵的是，作者较早地认识到在经历了十四年的奴化教育之后，对东北人民进行民族和民主意识的启蒙是至关重要的。"不过历史是不能停滞的，殖民统治残余的文化必须要肃清，法西斯毒化思想也必须要肃清，既然是日本鬼子切断了东北历史十四年，既然法西斯分子要篡改这一段历史，那我们就应该设法补足这十四年的历史！""要做到这点，我想青年们今天的迫切要求，不是如何加紧去学习英文、代数、几何、物理、化学，读死书本事，争分数之短长，准备到社会上去找一个饭碗，而是如何加紧去学习新文化，如何加紧学习社会科学，如何去改造自己的思想，如何进一步地去改造这遭受法西斯思想威胁的半封建的半殖民地的社会！""因此我向青年们提议要加强你们对于新文化的学习，加强对于社会科学的学习，特别是政治的学习，不要把自己圈在课堂里，圈在死书本子上。""新青年要掌握着新文化，新思想，才能创造起新中国新东北！"（《东北日报》1946 年 10 月 13 日）

在一批最前沿的左翼作家流亡关内之后，东北文学经过了一段艰难而相对平静的发展阶段。在表面繁华而内在凶险的沦陷区文艺界，中国作家用各种文艺手段或明或暗地与侵略者进行抗争，并为此付出了血的代价。这种状况直到 1945 年光复之后才发生根本性转变,东北文艺创作者们一方面回顾过去的苦难,另一方面表现出对新生活的憧憬,这正是后来东北解放区文艺的心理基础,而日渐激烈的解放战争又为东北文艺的走向和解放区文艺的诞生提供了具体的现实基础。这与以萧军、罗烽、舒群、白朗、塞克、金人等人为代表的东北籍作家的返乡,以及在东北沦陷区留守的左翼作家关沫南、陈隄、山丁、李季风、王光逖等人的坚持,是分不开的。当然,随我党十几万军政人员一同出关的延安等地的众多文艺家,在东北文艺的创设中更是起到了引领和带头作用。这其中已经成名的有刘白羽、周立波、丁玲、草明、严文井、张庚、吴伯箫、华山、陆地、公木、方青、任钧、雷加、马加、陈学昭、西虹、颜一烟、林蓝、柳青、师田手、李克异、蔡天心等。

东北解放区文艺的创作直接继承了延安文艺特别是毛泽东《在延安文艺座谈会上的讲话》精神。在党的直接领导下,东北解放区先后创办了《东北日报》《中苏日报》《东北民报》《关东日报》《辽南日报》《西满日报》《大连日报》《松江日报》《合江日报》《吉林日报》《胜利报》等,这些报纸多为党的机关报,其文艺副刊发表了大量的文艺作品、理论文章及文艺动态。这些报纸副刊对于东北解放区文学的引导与建构起到了重要的作用。与此同时,《东北文学》《东北文化》《东北文艺》《文学战线》《人民戏剧》《白山》《戏剧与音乐》等文学杂志,以及东北书店、大众书店、光华书店等出版机构相继创办,这些文艺刊物和书店对解放区文艺的发展也起到了很大的推动作用。

革命的逻辑和阶级的理论是东北解放区文艺创作的普遍主题。这是一种革命的启蒙,与左翼文艺一脉相承,只不过东北的社会现实为这种主题提供了更为广泛而坚实的生活基础。抗战胜利后,为了开辟和巩固东北解放区,使之成为解放全中国的军事和经济基地,我党进军东北,抢占了战略制高点。可是,在东北,人民军队所处的环境与山东等老解放区完全不同,殖民统治因素加之国民党的宣传,使得我们的政治优势在最初未能完全发挥出来。正如李衍白在散文《黎明升起——巨大变化的东北一年间》中所写的那样:"群众在犹豫中,岁月在艰苦里,这就是我们在东北土地上刚刚开始播种,还没有发芽开花时的现实遭遇。"随着革命形势的发展,革命军队传统的政治思想工作优势又体现了出来。我党在部队中开展了以"谁养活了谁"为主题的"诉苦运动",这颠覆了中国东北乡村社会的封建伦理,提高了官兵的阶级觉悟,极大地增强了部队的战斗力。

这种革命的逻辑在土改题材的作品中表现得最为突出。方青的短篇小说《擦黑》讲述了这个朴素的道理:

"……像赵三爷那号人,把咱穷人的血喝干了,咱们才不得不去找口水喝饮饮嗓;他们喝干了咱们的血没有一点过,咱们找口水喝饮饮嗓子就犯了罪?旧社会就是这么不公平!他们还满口的仁义道德,呸!雇一个扛活的,一年就剥削好几十石粮食,还总是有理!穷人的孩子偷他个瓜吃,就叫犯罪,绑起来揍半天,这叫什么他妈的道德?咱们要讲新道德,咱们贫雇农的道德;就是用新道德来看咱们贫雇农;像上边说的那些犯了点毛病的,都不要紧,脸上有点黑,一擦就干净了,只要坦白出来,都是穷哥儿们好兄弟。一句话:只要是姓穷的就有理,穷就是理!金牌子上的灰一擦净,还是金牌子。家务事怎么都好办！"李政委讲的话刚一落音，大伙高兴地乱吵吵起来："都亲哥儿兄弟么！"

除此之外，还有在"你给地主害死爹，我给地主害死娘……"的事实教育下，认识到了彼此都是阶级弟兄，大家都是穷苦人的"无敌三勇士"，他们从此"火线上生死抱团结"。（刘白羽《无敌三勇士》）

土地改革是东北解放区文艺最引人关注的问题。东北解放区文学作品中有许多极具写实性的"穷人翻身"故事，如周立波的《暴风骤雨》、马加的《江山村十日》、白朗的《孙宾和群力屯》、井岩盾的《瞎月工伸冤记》、李尔重的《第七班》、西虹的《英雄的父亲》等文艺经典作品。

方青的《土地还家》描述的就是这一历史巨变给贫苦农民带来的心理和生活的变化：

> 二十年了，郭长发又重新用自己的手来耕作自己的土地了。这是老人留下的命根，叫它长出粮食来养活后代的儿孙：可是二十年的光景，它被野狼吞了去，自己没有吃过它一颗粮食——他想到是旧社会把他的地抢走了。
>
> 现在呢？他又踏在这块地上铲草了。他感到自己已经离开家二十年，如今又回到母亲的怀里，亲切地叫着："娘！我回来了。"——于是他又感到是：这是新社会把我的地要回来的。他这样想着，不由得拉长了声音跟儿子说：

"柱儿！想不到啊，盼了二十年，那时候你才三岁。多亏共产党……记住！可别忘了本啊！"

他直起腰来，两手拉着锄把，又沉重地重复着这句话：

"柱儿！记住，可别忘了本啊！"

佚名的《永北前线担架队速写》则写了老乡们在一天的时间里就组织起了八百余人的担架大队，作者经过和担架队员们的交谈，感受到了新解放区人民的觉悟。大队长问担架队员们："你们这次出来抬担架，怕不怕？"大伙回答："不怕！"大队长又问："为什么不怕？"大伙答："不怕，这是为了自己。"担架队员们相信唯有民主联军存在，他们才能活着。他们说："胜利是我们的，土地才是我们的。""赶走国民党反动派，保卫我们的土地和民主。"这与《白毛女》"旧社会使人变成鬼，新社会使鬼变成人"和《王贵与李香香》"要是不革命，穷人翻不了身，要是不革命，咱俩结不了婚"的主题是一样的。淮海战役的胜利是山东人民用手推车推出来的，而东北解放区的建立和辽沈战役的胜利又何尝不是如此！

战争书写是东北解放区文艺中最主要的内容，革命理想主义、革命集体主义和革命英雄主义精神，是东北文艺的思想主题，也是东北文艺的审美风尚。这种简单明了的思想、昂扬向上的精神本身就具有一种审美特质，它奠定了新中国文艺的审美基调。就东北解放区文艺而言，无论是描写抗日战争还是描写解放战争的作品，都普遍具有鲜明而朴素的阶级意识、粗犷而豪迈的革命情怀。

蔡天心的诗歌《仇恨的火焰》，描写了在觉醒的阶级意识支配下东北民主联军官兵的战斗情怀：

仇恨燃烧着，

像火一样烧灼着广阔的土地。

听啊——

大凌河在狂呼，

辽河在咆哮，

松花江在怒吼，

在许多城市和乡村里，

哪儿出现反动派的鬼影，

哪儿就堆成愤怒的山，

哪儿有敌人的迹蹄，

哪儿就燃起仇恨的火焰……

……

我们要

用剪刀剪断敌人的咽喉，

用斧头砍下他们的头颅，

用长矛刺穿他们的胸脯，

用棍棒打折他们的脚胫，

用地雷炸弹毁灭他们，

用从他们手里夺过来的武器，

打垮他们，

然后用铁镐把他们埋掉！

我们要用生命，用鲜血，

保卫这自由解放的土地，

不让反动派停留!

"赶走敌人啊,
赶快消灭它!"
让这充满着力量和胜利的声音,
随同捷报传播开去,
让千百万颗愤怒的心,
燃起
仇恨的火焰!

　　这种激情在东北解放区的散文、报告文学和战地通讯中表现得最为明显,如丁洪的《九勇士追缴榴弹炮》、马寒冰的《雪山和冰桥》、王向立的《插进敌人的心腹》、王焰的《钢铁英雄王德新》等。这些作品内容真实,情感深沉厚重,延续了抗战时期散文书写浪漫主义与现实主义相结合的审美特征。这些既有写实性又有抒情性的东北解放区散文作品在战争中凝聚人心,彰显力量,具有极大的宣传、鼓舞作用。

　　最为难得的是,面对东北发达的近代工业景观,作家们更多地描写了工人们的斗争和生活,这些作品成为东北文艺中最为独特而珍贵的展示,而且直接影响了新中国工业题材文学的创作。战争期间,沈阳、长春、大连等地的工业设施惨遭破坏。光复之后,为了保护工厂和恢复生产,工人们表现出了忘我的精神和高超的技术。这使得从未见过现代工业景象的文艺家们感动和激动,他们纷纷用笔来描写现代工业生产和城市新生活,从而给中国现代文学带来了前所未有的新气象。大连大众书店于 1948 年 8 月出版的

《"工农园地"选集》，就收录了城市工人拥护并融入新生活的历史片段，如袁玉湖《锉股的"火车头"》，郓景明、孙聚先《熔化炉的话》等。此外还有李衍白《工人的旗帜赵占魁》，草明《工人艺术里的爱和恨》，张望《老工友许万明》等。李衍白在散文《黎明升起——巨大变化的东北一年间》中，描写了东北现代工业的风貌和工人们的热情：

> 今日的城市也正在改变着一年以前的面貌，先看一看今天的哈尔滨，代表它新气象的是全部工业齿轮的旋转，是市中心区黑夜中的灯光如昼，是穿插在四条线路的廿五台电车和六条线路上卅台公共汽车，是一万五千吨自来水不停地输送给工厂、商店和住宅。这些数目字不仅超过了去年今日（蒋记大员们劫掠后所造成的混乱情况），而且有些超过了伪满。在紧张的战争中加速地恢复这些企业，同样不是依靠别的，而仅仅是由于工人的觉悟。你想一想，一个工人为了修理一个发电的锅炉，但又不能停止送电，于是就奋不顾身钻进可以熔化生铁、数百度的锅炉高热中，他穿着棉衣，外面的人用水龙朝他身上喷冷水，就这样工作一会熬不住了跑出来，再钻进去，来回好多次，最后，完成了任务。我们有好多这种感人的事例。

我们在这些描写工友的散文里，看到了解放区新生活带给城市工人的希望。他们积极上工，传授技术，加班加点，争着当劳动英雄。这在中国同时期其他地域的文学作品中是极少见的。

质朴单一的写实手法是东北文艺的普遍表现方式，这种质朴不单是一种审美风格，更是一种直面大众的话语策略。这一传统与近代"政治小说"、五四新文学、左翼文学和抗战文艺等都是一脉相承的。文艺作为一种宣传和斗争的工具，自然要承担起团结和争取最广大人民群众的历史任务。因此，质朴单一的写实手法、通俗易懂甚至有些粗俗的语言风格，成为东北解放区文艺的普遍表现形式。

鲁柏的诗歌《夸地照》用简朴的形式表达了翻身农民淳朴的感情：

> 一张地照领回家，
> 全家老少笑哈哈；
> 团团围住抢着看，
> 你一言我一语来把地照夸：
>
> 长方形，四个角，
> 宽有八寸长两拃；
> 雪白的纸上写黑字，
> 红穗绿叶把边插。
>
> 上边印着毛主席像，
> 四季农忙下边画；
> 地照本是政委会发，
> 鲜红的官印左边"卡"。
>
> 里面写着名和姓，

地亩多少填分明，

拿到地照心托底，

努力生产多收成。

这首诗歌不仅使用了农民的口语，而且用东北农村方言来直观地描摹地照的具体形状和细节，表达了翻身农民朴素的情感。这种描写和表现方式与中国古代民歌传统有直接的联系。

井岩盾的小说《瞎月工伸冤记》以一个雇农自述的方式讲述自己的悲苦经历和内心感受。当工作队员问他是否受地主老赵家的气，他说："大伙吃他的肉也不解渴啊，都叫他给熊苦啦。"于是在工作队的启发和支持下，他"找大伙宣传去了"："张大哥，李大兄弟啊，咱们都是祖祖辈辈受人欺负的人呀！这回来了八路军啦，八路军给咱们穷人做主呀！有话只管说呀！有八路军，咱们啥都不用怕呀！"这是东北解放区贫苦农民普遍具有的经历和感受，而这种质朴无华的语言也是地道的东北农民的日常语言，具有天然的亲和力。

邓家华的小说《打死我也不写信》从情节到语言都相当质朴，甚至有些幼稚，但是那种情感是真挚的。"我"被敌人抓去，遭到严酷的鞭打，"当时我痛得忍不住，皮肤里渗透出一条一条青的红的紫的血痕，可是打死我也不写信的，他们看到我昏过去了，也就走了。等我清醒过来时，浑身疼痛，我拼死命地弄坏了门逃了出来，可是不巧得很，又碰到了伪军，又把我抓起来了，他们还是逼迫我写信，我坚决地说：'死了心吧！就是死了，我父亲会帮我报仇的。'救星来了，在繁星的晚上，忽然西面枪声不停地响着，新四军老部队来攻击了，伪军们都吓得屁滚尿流地逃走了，啊！新四军救出我了，我很快地到了家里，见了爸爸妈妈，心里真是高兴得流泪了"。

李纳的散文《深得民心》记叙了长春一个米面商人对民主联军和共产党的淳朴情感："他已经将红旗展开，举到我的眼前，我看到七个大字：'中国共产党万岁！'""'中国共产党万岁！'他重复着这七个字，从眼镜里透露出兴奋的眼睛。这脸，比先前更可爱更慈祥了：'我喜欢这七个字，所以我选择了它。'""大会开始了，人们都向着会场移动，老先生也站起来要走，临走时他问我在什么地方工作，我告诉了他，他高兴地说：'好，都是民主联军。深得民心，深得民心。'"抛开其内容不论，作品文字风格的朴素也显露出解放区文艺在艺术层面幼稚和不甚精致的弱点，而这弱点又可能是许多新生艺术的共有问题。也许，正因为幼稚，它才有更广阔的发展空间。

形式的多样性特别是短小化是东北解放区文艺创作的普遍特点，短篇小说、墙头诗、快板诗、散文、战地通讯、说唱文学等成为最常见的艺术形式。战争的环境、急剧变化的生活和读者的接受水平与习惯等，决定了人们需要并且适应这种短平快的表达方式，而这也是延安文艺和抗战文艺形式的延续。天意的《县长也要路条》描写了两个一丝不苟的儿童团员在放哨时不放过民主政府的县长，硬是把他和警卫员带到乡长那里查证的故事。其篇幅短小，不到400 字，但是内容蕴意深刻，语言风趣自然，简直就是一篇微型小说。

小区区的短诗《一心一意要当兵》，将人物的关系、思想、表情和语言都生动形象地表现出来，极具说服力和感染力：

葫芦屯有个小莲青，

一心一意要当兵——

他爹说：

"你去吧。"

他娘说：

"你等一等！……"

他老婆说：

"哪能行?！……"

忸忸怩怩来扯腿；

哭哭啼啼不放松：

"你去当兵啥时还?

为老为少撇家中！"

小莲青，

脸一红：

"小青他娘，

你醒醒：

八路同志千千万，

哪个不是老百姓?！

我去当兵打蒋贼，

咱们才能享太平。"

当然，东北解放区文艺中也有许多保留了浓郁的文人气息的作品，这些作品与五四新文学的"纯文艺"审美风格有明显的承续性。例如大宇的诗歌《琴音》：

一个琴师

把琴音遗失在幽谷里

滑落在幽谷的谷缝里了

琴音栽培了心原上的一棵草儿

琴音赞咏了艺术的生命

一支灿烂的强烈的光焰

我就永住在这琴音里了

就仿佛身陷于一片梦的缘边

仿佛浴着一片无际的云海

无垠的生旅无限的生涯

何处呀

我摸索到何处呀

琴音丢在幽谷里

滑落在幽谷的谷缝里了

十分明显,这不是东北解放区文艺创作的主流。

《1945—1949 年东北解放区文学大系》的编者耗费了大量精力来做这样一项浩大的地域性文学工程,这不只是对东北文艺的巨大贡献,更是对新中国文艺的巨大贡献。在此之后,东北文艺研究将迈上一个新台阶。

总导言

丛 坤

从 1945 年抗战胜利到 1949 年新中国成立这个时期,对于东北而言是极为特殊的。抗战胜利后,中共中央发布了《建立巩固的东北根据地》的指示,迅速成立了以彭真为书记的东北局,抽调了四分之一的中央委员、两万名党政干部、十三万主力部队赶赴东北,与国民党反动派展开激烈的斗争。在广大人民群众的支持下,中国共产党及其领导的军队从最初的战略防御转为战略反攻。1948 年 11 月,辽沈战役胜利,全东北获得解放。在解放战争时期,在中国共产党的领导下,东北人民反奸除霸,建立民主政府,消灭土匪,进行土地改革,在政治上、经济上翻身做了主人。东北的政治、经济、文化、教育等各个领域都发生了翻天覆地的变化,尤其是在文学创作方面,东北地区取得了不可低估的成就,文学创作出现了前所未有的发展和繁荣的局面。

“东北作家群”的回归、党中央选派的文化宣传干部的到来、文学新人的成长使得解放战争时期东北地区的创作队伍不断壮大。在东北沦陷后从东北去往关内的进步作家中,除萧红病逝于香港、姜椿芳在上海从事党的地下工作外,塞克(即陈凝秋)、舒群、萧军、罗烽、白朗、金人等都积极响应党的号召,陆续返回东北。1945年9月至11月,党中央从陕甘宁边区和各个解放区抽调一大批优秀的文化工作者到东北解放区。据不完全统计,这一时期来到东北解放区的文化工作者有刘白羽、陈沂、周立波、草明、严文井、张庚、吴伯箫、华山、西虹、陆地、李之华、胡零、颜一烟、公木、林蓝、江帆、李纳、魏东明、夏葵、常工、方青、任钧、李则蓝、煌颖、侯唯动、李熏风、雷加、马加、袁犀、蔡天心、鲁琪、李北开等。①中共中央东北局宣传部与东北文艺协会在"土地还家"口号的基础上,提出了"文艺还家"的口号,号召广大文艺工作者在与农民同吃、同住、同劳动的同时,领导农民群众参加土地改革运动,帮助农民成立夜校、学习文化、办黑板报、成立文艺宣传队,提高他们的写作能力与文艺欣赏能力,在农民、工人等基层劳动者中培养了一大批"文学新人"。创作队伍的空前壮大为东北解放区文学的繁荣奠定了坚实的基础。

东北解放区文学的繁荣也与当时出版事业的空前繁荣密不可分。东北局宣传部将建立思想宣传阵地(即报刊、出版机构)、改造思想、建构意识形态话语权确定为首要任务。进入东北不久,东北局于1945年11月在沈阳创办了机关报《东北日报》(1946年5月28日由沈阳迁至哈尔滨,1948年12月12日搬回沈阳)。该报面向东北全境的党政军发行,是东北解放区发行量最大的报纸。之后,东北解放区创办、发行的报纸近百种。据《黑龙江省志·报

---

① 彭放:《黑龙江文学通史(第二卷)》,北方文艺出版社2002年版,第354页。

业志》的统计，当时黑龙江地区（5 省 1 市）的每个省市不仅有党政机关报，而且有人民团体和大行业的专业报纸，有些县也出版油印小报。仅哈尔滨出版的大报就有《哈尔滨日报》《哈尔滨公报》《哈尔滨工商日报》《大众白话报》《午报》《自卫报》《北光日报》《新民日报》《民主新报》《学生导报》《文化报》等。这一时期的报纸，无论设没设副刊，都或多或少地发表过文学作品。

东北局还出资创办了东北书店、光华书店、大连大众书店、辽东建国书店、兆麟书店、吉东书店、辽西书店等众多的图书出版机构。其中，东北书店是东北解放区规模最大、贡献最大的书店，在东北全境建有 201 个分店，发行网点遍布东北全境。除出版、发行图书外，东北书店还创办了《知识》《东北文学》《东北画报》《东北教育》等期刊。这些出版机构大量出版政治读物、教材和文学书籍，促进了东北解放区出版业的发展。仅以东北书店为例，从1946 年到 1948 年，东北书店总共出版图书杂志 760 种、各类图书1 520 余万册。① 东北解放区纸张和印刷质量上乘的大量出版物不仅发行于东北各地，还随着东北野战军入关和南下，成为陆续解放的北平、天津、武汉等地人民群众急需的读物。历史上一向"文风不盛"的东北第一次有大量的出版物输送到关内文化发达之地，这成为一时之盛事。

此外，东北解放区先后创办的文学类期刊的数量是惊人的。如 1945 年至 1947 年创办的文学期刊有《热风》（半月刊）、《文学》（月刊）、《文艺》（周刊）、《文艺工作》（旬刊）、《文艺导报》（月

---

① 逢增玉：《东北解放区文学制度生成及其对当代文学制度的预制》，载《文学评论》2017 年第 4 期。

刊)、《东北文艺》(月刊)。1947年以后创刊的大型专业期刊有《部队文艺》、《文学战线》(周立波主编)、《人民戏剧》(张庚、塞克主编),综合性期刊有《东北文化》(吴伯箫主编)、《知识》(舒群主编)等。其中,《东北文化》与《东北文艺》的影响最为突出。《东北文化》的主要任务是协同东北文化界,从政治上、思想上启发广大的东北青年和文化工作者,提高他们的自觉性,激发他们的革命热情、积极性和创造性,使他们在东北人民解放的伟大事业中发挥应有的作用。《东北文艺》是纯文艺性的刊物,刊载小说、戏剧、散文、诗歌、漫画、速写、报告文学、杂文、书刊评价,以及文学理论、有关文艺运动史的论著等。《东北文艺》聚集了一大批优秀的作者,如周立波、赵树理、罗烽、公木、萧军、塞克、舒群、白朗、严文井、刘白羽、西虹、范政、宋之的、金人、马加、雷加等。在他们的影响下,《东北文艺》还不断提携文学新人,这成为该刊的传统。从创刊到终结,《东北文艺》在新中国成立前后产生了很大的影响,20世纪50年代成长起来的许多作家、诗人是从这里起步的。可以说,《东北文艺》在解放战争和革命胜利后对新中国文学新人的培养起到了重要的作用。报纸、文学期刊、综合性期刊和出版机构的大量涌现,为东北解放区文学的发展创造了良好的条件。

与此同时,为了更好地团结广大文艺工作者,东北局于1946年在黑龙江佳木斯成立了东北文化工作委员会,成员有张闻天、吕骥、张庚、塞克等。此后,若干文艺与文化团体陆续成立,其中最有影响的是1946年10月19日由全国文协的老会员萧军、舒群、罗烽、金人、白朗、草明6人在哈尔滨发起筹备的"中华全国文艺协会东北总分会"。这个文艺团体表面上是由文人自由结社,实际上主体是来自延安、具有干部身份的文化人,其中不少人是党员或东北文艺界的领导干部。"中华全国文艺协会东北总分会"对东北解放区文学的发展起到了不可忽视的作用。此外,中苏文化协会、鲁迅文艺研究会等文艺社团相继成立。1948 年 3 月,中共东北局宣传部首次召开了由文学、戏剧、音乐、美术、电影等部门的 150 余名文艺工作者参加的文艺工作者会议。会议对抗战胜利以来的东北解放区文艺工作进行了总结,并制订了随后一段时间的文艺工作计划。此外,中共中央东北局宣传部内部成立了文艺工作委员会,吕骥、舒群、刘白羽、张庚、罗烽、何世德、严文井、袁牧之、朱丹、王曼硕、华君武、白华、向隅、田方、沙蒙、吴印咸任委员,负责指导东北解放区的文艺工作。

1946 年秋,已迁至哈尔滨的原延安鲁迅艺术学院,按照东北局的指示北撤至佳木斯,并入东北大学,更名为鲁艺文学院。同年 12 月,东北局又决定让鲁艺脱离东北大学,组建东北鲁艺文工团。1948 年秋冬之际,随着沈阳的解放,东北鲁艺文工团在经历了三年多艰苦卓绝的转战与工作后进入沈阳,随后正式复名为鲁迅艺术学院,恢复了延安鲁迅艺术学院的学校建制。文艺团体的纷纷建立为东北解放区文学创作队伍的培养提供了组织保证。

为了纪念解放东北这段革命岁月,为了展现东北解放区文学的勃兴与繁荣,我们编辑出版了《1945—1949 年东北解放区文学大系》,分别从小说、散文、戏剧、诗歌、翻译文学、评论、史料等体裁角度进行整理、收录。

一

抗战胜利后的东北解放区文学是延安文艺的延伸与发展,东北解放区四年所发生的巨大变化,都生动、形象地展现在东北解放

区的小说创作中。东北解放区小说充分展示了当时的社会生活，塑造了形形色色的人物形象，给人们留下了时代的缩影与历史的印迹。

东北解放区小说创作大体可以分为两个阶段。第一个阶段是从1945年日本投降到1946年中共东北局通过"七七"决议，第二个阶段是从1946年通过"七七"决议到1949年新中国成立。在当时的局势下，中国共产党要最广泛地发动群众，进入东北的文艺工作者便肩负了与武装部队同样重要的"文化部队"的任务。他们用文学作品教育、引导群众，积极参与了粉碎旧的国家机器和意识形态的过程。在党的文艺方针政策的指引下，东北解放区的作家们广泛深入到农村土地改革、前方战斗生活和工厂建设之中，亲身体验群众生活。这使得东北解放区的小说能够迅速地反映生产、生活、军事等各个领域的变化与东北人民精神世界的变化。

从1931年日本发动九一八事变到1945年日本投降，十四年的沦陷历史构成了东北文学不可磨灭的创痛记忆。对沦陷时期东北社会生活的回忆，是这一时期小说的一个重要题材。而抗战题材小说则是对异族侵略者铁蹄下民生困难的真实记录，也是对战争年代民族精神的热情颂扬。但娣的《血族》、陆地的《生死斗争》、范政的《夏红秋》、骆宾基的《混沌——姜步畏家史》等都是这方面的代表作品。

土改斗争是东北解放区小说三大题材的重中之重。在那场深刻改变了中国农村政治、经济关系的运动中，东北解放区作家将强烈的政治使命感与巨大的创作热情相融合，创作出了大量的优秀作品，周立波的《暴风骤雨》、马加的《江山村十日》、安危的《土地底儿女们》等至今仍被读者反复阅读。

　　小说创作需要一个孕育的过程,相对来说,中长篇小说需要更长的时间来构思和写作,而短篇小说则完成得较快。在复杂、激烈的土改运动中,东北解放区作家们努力笔耕,迅速创作出大量的短篇小说。在这些小说中,我们可以看到东北农民在土改运动中的精神变化,农民经历了几千年的封建压迫,他们身上的枷锁不仅是物质上的,更是精神上的,从奴隶到主人的蜕变需要一个心灵的搏击历程。

　　反映前线战争是东北解放区小说的另一个重要题材,这些小说真实地体现了军民的鱼水情谊。西虹的《英雄的父亲》、纪云龙的《伤兵的母亲》等都是当时影响较大的作品。1947 年至 1948 年是解放战争中我党从防御转为反攻的时期,随着战事的推进,中国人民解放军(1948 年 1 月 1 日,东北民主联军改称为东北人民解放军,同年 11 月 13 日改称为中国人民解放军)的队伍急剧壮大,部队官兵的成分因而趋于复杂化。为此,部队采用诉苦的办法对广大指战员进行阶级教育,提高他们的政治觉悟和思想觉悟。诉苦教育消除了战士之间的隔阂,为解放战争的胜利打下了坚实的思想基础。刘白羽的短篇小说集《战火纷飞》、李尔重的中篇小说《第七班》等反映了这一主题。

　　除上述三大题材外,解放战争时期东北涌现出来的工业题材小说,亦可视为中国现代工业题材小说的发端,这也从一个方面证明了东北解放区小说的文学史价值和文化价值。

　　东北解放区的工业在新中国发展史上占有非常重要的地位。在这一方面,影响最大的是女作家草明的中篇小说《原动力》。这篇小说虽然存在粗糙和简单等不足之处,但作为新中国成立前描写工业生产和工人思想的作品,是值得关注和肯定的。此外,李纳的《出路》、鲁琪的《炉》、韶华的《荣誉》、张德裕的《红花还得绿叶扶》等作品也广受好评。这些小说充分展现了东北解放区工业蓬勃发展的景象,展现了工业生产对人的改造,也开创了新中国工业文学的先河。

东北解放区的相当一批小说,强调小说的政治价值,强调创作为工农兵服务,大多通俗易懂,而缺乏对心理深度和史诗境界的发掘。然而,东北解放区小说明朗新鲜,创造性地继承了延安文艺精神,反映了东北解放区的历史巨变和社会变革中诸多的社会问题,为新中国成立后的十七年文学开辟了道路。

二

散文卷在本丛书中占有重要的分量,真实地记录了解放战争中东北解放区人民的巨大贡献,独特的作品体例亦标示出其在新中国散文创作史中的独特地位。

解放战争时期东北战区的胜利,不仅是军事史上的奇迹,更是人民意志创造历史的丰碑。许多作者都以醒目而直接的题目记录了解放军普通战士勇敢战斗、不畏牺牲的英雄事迹,以真挚的情感,突出了普通战士大无畏的战斗精神和取得战斗胜利的信心。这些作品表现了同一个主题:解放军是人民的军队,中国共产党是全心全意为人民服务的。这也是新中国强大的根基体现。

散文卷中还有一部分作品,叙述了悲壮的抗联斗争的事迹,如纪云龙的《伟大民族英雄杨靖宇事略》、荻沉的《老杨——人民口中的杨靖宇将军》、陈堤的《悼念李兆麟将军》等。英勇不屈的民族气节是抗联英雄所具的崇高品质,也是抗联精神最真实的写照。而东北书店于1948年6月出版的《集中营》,以革命者的亲身经历叙述了大义凛然、为真理献身的革命志士的事迹，让后人真正理解了"头可断血可流，革命意志不能丢"的气节，"永不叛党"是英烈们用鲜血和生命刻写在党章之中的。

从1946年到1948年，尽管国民党军队在东北重要城市盘踞并负隅顽抗，但是东北农村却发生了翻天覆地的变化。中国共产党在根据地开展土改运动，领导农民推翻了地方统治势力，领导农民斗地主、分田地，农民欢欣鼓舞，迎来了新生活。强大的后方农村根据地为部队供给提供了保障，同时，许多年轻的子弟为了保护胜利果实自愿参加了解放军，这改变了国共双方在东北的兵力布局。《永北前线担架队速写》等作品反映了这一主题。

此外，解放区散文作家的笔下还洋溢着新生活的喜悦，如严文井的《乡间两月见闻》。除了乡村，对于那些在战后重新回到人民手中的城市，我党也开始接管，并进行初步的恢复性建设。在作家们的笔下，新生活带来了新气象。大连大众书店于1948年8月出版的《"工农园地"选集》，就收录了描写城市工人拥护和融入新生活的散文。在这些描写工厂、工友的散文里，我们可以看到解放区的新生活给城市工人带来了希望。

这些散文作品大多短小精悍，有迅速性、敏捷性和战斗性等特点，具有独特的艺术特征。这与当时许多作家的出身密切相关。如刘白羽、草明、白朗、华山、西虹等作家对战争环境和百姓生活有着敏锐的观察力和真实的体验，他们的作品使得东北解放区1945年至1949年的散文创作呈现出独特的风格，表现出纪实性和文学性相结合的特点。此外，由众多从延安来到东北的文艺干部组成的随军记者，以大量的新闻报道反击了国民党的舆论污蔑，记录了解放军战士不畏艰险、顽强抗敌的英雄事迹，同时表现了后方人民在解放区土改过程中翻身解放、分得土地的喜悦心情。

散文作家记录这些真人真事的报道在东北解放战争中起到了巨大的宣传作用,成为鼓舞人心的强大的精神力量。东北解放区散文也因为内容真实、情感真实而呈现出历久弥新的生命力,往往给读者带来身临其境的感受,也让人忽略了作品本身的艺术特质。实际上,这些散文正是在真实的基础上,以生动与丰富的细节给读者留下了深刻的印象,在真实性的基础上呈现出文学性。华山的《松花江畔的南国情书》就是代表作品之一。

细节的生动亦使东北解放区散文具有鲜明的文学性。东北解放区散文将我军战士的大无畏精神写得非常真实、感人。在展示解放区新生活、新风尚方面,许多拥军爱民的片段写得细腻、真实。

东北解放区散文在主题内容上具有很高的价值,大量的散文颂扬了东北人民解放军的集体主义精神和英雄主义精神,表现了我军指战员的英勇气概,体现了战士们浩气长存的革命豪情。因此,东北解放区散文具有较高的文学价值,其明朗的表现方式恰恰是后来共和国文学明确表达和高度肯定的。题材广泛、内容真实和情感深厚的纪实性文学,使得东北解放区散文在战争时期凝聚了强大的精神力量。反映中国人民解放军不畏艰险、英勇战斗的长篇报告文学,在风格上激情澎湃,体现出解放军崇高的革命乐观主义精神。这一时期的散文把东北解放历史进程的全貌和战士们的英勇壮举再现了出来,东北解放区散文也因此具有了军事史和共和国历史的资料留存价值。东北解放区散文在创作上因为具有纪实性与文学性相结合的特点,为军旅散文创作提供了新的美学范式。

三

在东北解放区文学中,戏剧具有内容丰富、种类繁多、通俗明了、利于传播等特点,兼之创作群体庞大,故而获得了巨大的丰收,这成为东北解放区文学繁荣的重要标志之一。东北解放区的戏剧具有鲜明的启蒙性、宣传性和战斗性等特征,对生产建设、围剿土匪、土改运动和解放战争发挥着不可替代的宣传作用。

东北解放区戏剧的繁荣首先得益于东北解放区报刊对戏剧的支持。例如,《东北日报》刊发的剧作涉及歌唱新生活、感恩共产党、批判美蒋、拥军劳军、参军保家、歌颂劳模等多方面的内容。1947年5月4日创刊的《文化报》则是东北解放区第一份纯文艺性质的报纸,主要刊载一些文学常识、短文、小诗、书评、剧报等。此外,《前进报》《北光日报》《合江日报》等都刊发了大量的戏剧作品。而从刊载量来看,期刊对戏剧的支持力度更大。在众多的文艺期刊中,对戏剧传播影响较大的是《东北文学》《东北文化》《东北文艺》《文学战线》《知识》和《人民戏剧》等。

从1945年年底开始,东北解放区以各家出版社为依托陆续出版了许多戏剧作品,这是解放区戏剧传播的重要途径。较有影响的是东北书店和人民戏剧社等。在解放战争期间,东北书店出版的各类戏剧作品和理论书籍近百种,形式包括话剧(独幕话剧、多幕话剧)、京剧、评剧、二人转、歌舞剧(广场歌舞剧、儿童歌舞剧)、歌剧、新歌剧、小歌剧、道情剧、活报剧、秧歌剧、小喜剧、小调剧、皮影戏等。其中,秧歌剧超过一半。

文艺团体的迅猛发展是解放区戏剧广泛传播的最终体现。1945年11月以后,东北文工团等数十个文艺团体在东北局宣传部的领导下先后成立。这些文艺团体以《在延安文艺座谈会上的讲话》为指导，坚持走文艺大众化的道路，活跃在东北城市和乡村，战斗在前线和后方。他们创作、表演了一系列以支援前线、土地改革、翻身当家为主题的作品，这些作品受到人民群众的好评。

从内容方面来看，歌颂工人阶级是东北解放区戏剧的一个重要内容。东北光复后，作为解放全中国的大本营，哈尔滨、沈阳等工业城市的作用得以凸显，工人阶级成为时代的主角。从剧作内容来看，第一种是反映工人生活的剧作，如王大化、颜一烟创作的《东北人民大翻身》；第二种是歌颂先进个人无私支援解放区建设、帮助工厂恢复生产的剧作，较有影响的有《献器材》《十个滚珠》《一条皮带》《刘桂兰捉奸》；第三种是歌颂党的政策的剧作，代表作品有《比有儿子还强》和《唱"劳保"》。工业题材戏剧的大量创作，极大地拓宽了解放区戏剧的创作领域，为新中国工业题材戏剧的发展奠定了坚实的基础。

东北解放区戏剧中描写农民翻身解放、分得土地的农村题材的戏剧的比重最大。第一类是反映东北农民翻身解放，通过新旧对比来歌颂新农村、新生活的剧作。第二类是反映粉碎各类阴谋、同复辟分子做斗争的剧作，代表剧作有《反"翻把"斗争》等。第三类是反映改造后进、互助合作，表现农民积极开展大生产运动的剧作，如《二流子转变》。第四类是描写劳动妇女反抗封建婚姻、争取民主权利、积极参加劳动生产的剧作，如《邹大姐翻身》。

东北解放后，群众的思想还比较保守，革命启蒙的任务十分重要，尤其是要帮助东北人民认同和接受中国共产党及其领导的人民军队。在描写军队的戏剧中，既有表现人民军队英勇战争、不怕牺牲、勇于献身的剧作，也有以军民互助、拥军支前为主要内容的剧作,这类剧作完整地再现了东北人民从最初的误解民主联军到后来积极送子参军、送夫参军、拥军支前的全过程。前者的代表作有《老耿赶队》《鞋》《两个战士》等,后者的代表作有《透亮了》《收割》《支援前线》等。

在艺术特点上,虽然东北解放区戏剧的整体水平不是最高的,但是其庞大的作者群体、巨大的创作数量、伟大的历史功绩,使得解放区戏剧创作达到了巅峰状态。东北解放区戏剧因对传统戏剧和西方舶来戏剧的融合而具有现代性,在这种融合的过程中实现了本土化,并形成了民族化、大众化、乡土化的特征。东北解放区戏剧的民族化特征源于延安时期戏剧的"中国化"。而其大众化特征是指具有广泛的群众基础,且创作群体亦十分大众化。东北解放区戏剧的乡土化则主要表现在地域特色上。

在创作方法上,东北解放区戏剧继承了延安戏剧的传统,剧作家们用现实主义的方法把自己身边刚发生或正在发生的事情通过戏剧的形式真实地反映出来,集中表现工、农、兵的日常生活。东北解放区戏剧起到了鼓舞斗志、颂扬先进、宣传政策、支援前线的作用。

在戏剧结构上,东北解放区戏剧的戏剧冲突尖锐而集中,叙事模式多元,表现方式多样。在人物塑造上,剧作塑造了一个个爱憎分明、个性突出、敢作敢为的人物形象。这些人物形象生动丰满、有血有肉,为观众熟悉和喜爱。

东北解放区戏剧在取得较高的艺术成就和发挥重要的宣传作用的同时,也存在一定的不足。然而瑕不掩瑜,民族化、大众化、乡土化的特征,使得戏剧的宣传性、教育性、战斗性的作用得以充分发挥出来。东北解放区戏剧对光复后进行的民众文化启蒙、文化宣传具有不可替代的作用,对解放区的土地改革和解放战争做出了不可磨灭的贡献。

四

东北解放区诗歌秉承了我国诗歌的优秀传统,具有红色革命基因。它一方面与伪满时期的诗歌做了彻底的割裂,另一方面又延续了东北抗联诗歌的革命精神和爱国主义情怀,集中书写了山河易色、异族入侵带给东北人民的苦难和屈辱,书写了受难的人民在共产党领导下的觉醒与反抗,书写了东北人民在艰苦的自然环境与战争环境中形成的坚韧、乐观、幽默的性格。

东北解放区诗歌是中国解放区诗歌的重要组成部分,与其他解放区诗歌保持着一致性和连续性。它之所以能复制延安解放区的文学模式,主要是因为其创作队伍中的很大一部分是来自延安解放区的革命文艺工作者,故在文学制度和文学政策上与全国其他解放区能保持一致。东北解放区诗歌的作者主要有四种身份:一是中共中央派驻到东北的文艺工作者;二是抗战时期流亡到关内的“东北作家群”(在抗战结束后返回东北);三是虽然本人不在东北解放区,但是其作品在东北解放区的重要报刊上发表过并产生了一定影响的诗人;四是来自各行各业的业余诗人。《东北日报》文艺副刊曾陆续发表过很多业余诗人的作品,这些业余诗人中既有宣传干部,又有工人、农民、战士、学生(其中有许多人使用笔名,甚至使用多个笔名,今天有些作者的真实姓名已很难核实)。有一些诗人并不在东北解放区工作,但是其作品在东北解放区的重要报刊上发表过,并对全国解放区的文学发展产生过重要影响,如艾青、田间等。东北解放区的代表诗人有公木、方冰、马加、严文井、鲁琪、冈夫、天蓝、韦长明、刘和民、李北开、彤剑、侯唯动、胡昭、李沆、夏葵、林耘、顾世学、萧群、蔡天心、杜易白、西虹、师田手、白刃、白拓方、叶乃芬、丁耶、孙滨、阮铿等。

从内容上看,东北解放区诗歌主要是反映当时东北解放区的经济建设、军事斗争、农村工作和城市建设等,具有现实性、时代性。从艺术形式上看,诗歌谣曲化、大众化、民间化的特点突出。抒情诗、叙事诗、街头诗、朗诵诗、歌谣、童谣等成为当时最常见的诗歌体裁。东北解放区诗歌具有以下几个显著特点:

第一,诗歌内容具革命性且高度政治化。东北解放区文学是为中国共产党解放东北和建设东北的政治任务服务的,其主要功能和目的是紧密贴近和配合解放区的主流政治运动。很多诗歌是为满足当时的政治需要而作的,充分体现了《在延安文艺座谈会上的讲话》在诗歌创作方面的实践成绩。东北解放区诗歌与中国解放区诗歌在题材选择、审美价值上保持着一致性,并具有东北解放区特有的地域性特点。揭露、批判、颂扬是东北解放区诗歌的三大主旋律,诗人们以工人、农民、士兵、英雄人物、劳动模范等为书写对象,歌颂英雄人物,记录战争风云,赞美新农民,抒发家国情怀。

第二,具有鲜明的战争文学特点。东北经历了十四年艰苦卓绝的抗日战争,接着又经历了五年的解放战争,近二十年间,始终处于战争状态。诗歌也呈现出战时文学特质,记录了艰苦卓绝的战争场景与生活现实。对于重大战役的抒写与记录,英雄主义、乐观精神、必胜信念的情感基调,加之大东北茫茫雪原、天寒地冻的地域特点,使得东北解放区诗歌具有鲜明的东北地域特色。

第三,农村题材也是东北解放区诗歌的重头戏。东北经过十四年的抗日战争,土地荒废,农民思想落后。抗日战争结束后,解

放军入驻东北,一方面做农民的思想工作,进行思想启蒙,另一方面在农村贯彻党的土改政策,进行土地革命,让农民成为土地真正的主人。因此,在东北解放区,启蒙农民思想、反映土改运动、揭露地主阶级剥削农民的本质、塑造新农民形象成为农村题材诗歌的主要内容。

第四,工业题材诗歌在东北解放区诗歌中独领风骚。《文学战线》等报刊还专门设立了工人专栏,如《文学战线》专辟"工人创作特辑",作者均来自生产第一线。工业题材诗歌丰富了东北解放区诗歌的样态,也成为东北解放区诗歌的重要组成部分。

第五,叙事诗是东北解放区诗歌的主要体裁。长篇叙事诗体量大,便于完整地呈现人物或事件的变化过程,便于刻画生动、饱满的艺术形象,因此很受东北解放区诗人的青睐。在《东北文艺》《文学战线》等杂志和个人诗集中,带有浓郁的东北民间话语特色,反映土改运动、翻身农民踊跃参军等内容的长篇叙事诗一时间大量出现。

第六,诗歌审美倡导大众化、通俗化。在解放战争时期,文学要担负着团结人民、教育人民、打击敌人的任务,因此,战时诗歌不能一味地追求高雅的诗意,它既要通俗易懂,便于启蒙民众,又要迎合普通大众的审美需求,适应战争时期的宣传需要。东北解放区诗歌的谣曲化倾向突出,诗作大多出自部队宣传干部、战士、工人、农民之笔,以社会现象为题材,具有相当强的时效性,普遍具有语言通俗易懂、直抒胸臆、为群众所熟悉和易于接受等特点,真正达到了为工农兵服务的目的。

东北解放区诗歌也存在一些不足。由于过于强调宣传性、鼓动性和战斗性,重内容而轻艺术,艺术水准较低,东北解放区诗歌未能达到思想性和艺术性相结合的高度。

五

东北翻译文学兴起于 20 世纪 20 年代末,当时的《北国》《关外》等文学期刊上都登载过翻译作品,对俄苏、英、美、日等国家的民族文学作品,以及批判现实主义、"普罗文学"等文艺理论均有译介。但这种生动、活跃的局面随着 1931 年九一八事变的发生而不复存在。1931 年至 1945 年,在长达十四年的沦陷时期,东北翻译文学出现了两块文学阵地:一个是以沈阳、大连为中心的"南满文学"阵地,另一个是以哈尔滨为中心的"北满文学"阵地。辽南文坛在九一八事变以后出现了一股译介欧美和日本文学及其理论的潮流,主要刊发、翻译消极的浪漫主义、自然主义的文艺作品和理论,只刊发少量的俄苏文学。相对而言,北满文坛对俄苏现实主义文学作品及其理论的翻译有着更重要的意义。

解放战争时期的东北解放区文学的传播模式主要是"延安模式"。在翻译文学方面,东北解放区文艺工作者侧重译介的目的性和计划性。从目前了解到的情况来看,当时很多期刊都设有翻译栏目,其中《东北日报》《东北文艺》《前进报》《群众文艺》《知识》等都设立了介绍苏联文学的专栏,经常发表苏联社会主义建设时期和卫国战争时期的作品。此外,侧重刊发翻译文学的报纸、期刊还有《文学战线》《文化报》《知识》《东北文化》等。文学观念是文学创作的潜在基础,规范和支配着这个时代的文学创作。解放区的作家们译介了大量的苏俄作品,其中大部分是社会主义现实主义作品。除报刊外,东北解放区翻译文学的出版途径还有书店。由书店、期刊、报纸构成的媒介场,有效地促进了东北作家与世界文艺思潮的交流,尤其是苏联所倡导的革命现实主义文学创作思想对东北的文艺运动发挥了指导作用。

《东北日报》的译介主要集中在俄苏文艺思想、作家作品方面,其中刊发爱伦堡、法捷耶夫等文艺理论家的作品的数量最多,产生的影响也最为深刻。这些作品极大地开阔了东北知识分子的视野。《东北文艺》每期都对俄苏文学作品、作家进行介绍,较有代表性的是1947年曾连载过的金人翻译的苏联作家华西莱芙斯卡娅的中篇小说《只不过是爱情》。《文化报》介绍了大批的俄苏作家,刊载了一些文艺评论、文学作品等。《文学战线》在刊发原创作品的同时,则侧重于介绍俄苏文学作品和翻译俄苏文艺理论。

东北书店出版了大量的翻译过来的苏联文艺论著和苏俄文学作品,目前搜集到的翻译文艺论著的种类达110余种。其翻译出版的俄苏文学作品具有丰富的题材,包括电影文学剧本、报告文学、游记、书信集、诗歌、小说等。辽东建国书社、大连大众书店、光华书店等也是翻译作品重要的出版机构。

翻译文学的发展有助于文学创作的繁荣与文艺理念的更新,但东北解放区译介作品的内容较为单一,翻译的作品几乎全都来自苏联,俄苏文艺思想、文艺理论和文艺作品得到高度关注,成为文坛的主流。其原因有如下几个方面:

首先,从地缘因素来看,东北与苏联有着天然的地缘关系。东北地区与苏联的东西伯利亚地区有着相似的自然环境,都处于高纬度寒带地区,气候寒冷,地广人稀。自然环境和原始文化的相似为思想的交流提供了基本契合点。

其次,从政治因素来看,俄苏文学在中国的兴衰与中俄之间的政治文化交流有着密切的关系。当时的文人也希望通过译介苏联文学作品来改造和影响人们的思想意识，以及树立新民主主义革命的奋斗目标和未来社会主义的奋斗目标。

最后，从社会现实来看，东北解放区的沈阳、大连等地在中国人民解放军进驻之前已经驻有苏联红军，而且在经济、文化等方面与苏联交往密切，苏联文学作品的翻译、出版自然丰富。

1942 年之后，延安文艺工作者主要是对苏联等少数社会主义国家的文学作品进行译介。对于与苏联接壤的东北解放区来说，由于与外界接触困难，能获得的外国文学作品更少，在建设新文学方面，除了以五四新文学和老解放区文学为资源外，苏联文学便是重要的资源。苏联文学对建设中的东北解放区文学具有不同寻常的意义。

六

东北解放区建立后，文学创作繁荣一时。然而，文学创作在繁荣的背后也存在着一些问题，其中一个突出的问题就是创作者的背景复杂，其中有来自抗日根据地的，也有来自关内国统区的，还有本土的。不同的思想意识、价值取向、艺术趣味掺杂在各类作品中，部分作品的创作倾向出现了偏差。这些问题引起了文艺界的关注。东北解放区的主要报刊和杂志纷纷开辟评论专栏，采用编者按、读者来信、短评、述评、观后感等形式开展文艺批评，为确立正确的文艺路线提供思想保障。

初到东北的文艺工作者首先感受到的是新老解放区之间政治环境和文化环境的差异。自清朝灭亡到抗战胜利的三十多年间，东北民众饱受战乱的痛苦。抗战胜利后，虽然旧的社会结构和文化体制已经解体，但旧的意识形态还残留在一些人的头脑中，东北民众与新政权之间存在着一定的隔膜。刚刚到达东北的大多数文艺工作者对东北特殊的历史环境认识不足,尚未做好相应的思想准备,仍然延续过去的创作方法和思维方式,脱离群众和实际。以什么样的形式和内容来服务刚刚从殖民者的铁蹄下解放出来的人民,是当时文艺工作迫切需要解决的问题。

文艺争鸣与文艺批评既是抗日根据地文艺工作的优良传统,也是党指导文艺工作的重要手段。毛泽东同志在《在延安文艺座谈会上的讲话》中指出,文艺界的主要的斗争方法之一,是文艺批评。此时,东北文艺工作者的首要任务就是对旧的意识形态进行批判和改造,从而构建与延安解放区主体同构的新的意识形态场域。因此,在本地区文艺界开展一场广泛的文艺批评运动就显得十分迫切和必要。1945 年 11 月,陈云同志在《对满洲工作的几点意见》中提出了党在东北的几项重要任务:"扫荡反动武装和土匪,肃清汉奸力量,放手发动群众,扩大部队,改造政权,以建立三大城市外围及长春铁路干线两旁的广大的巩固根据地。"这既是党在东北的中心工作,也是东北文艺界所面临的主要任务。东北解放区的文艺队伍自觉地将创作与政治任务结合起来,坚持为人民服务的创作方向,以《在延安文艺座谈会上的讲话》为指导来进行创作。东北这块古老而又年轻的土地上结出了丰硕的艺术成果。这些作品在内容上贴近当时东北的现实生活,在形式上生动活泼,富有浓郁的地方乡土气息,在教育人民、鼓舞人民、组织人民、团结人民、打击敌人方面发挥了重要作用。东北解放区文艺作为革命文艺版图中的一个独立板块开始形成,它既是"延安文艺"的派生,又具备地域文化品格。它不是由内而外自发产生的,而是在改造和清除原有旧文化的基础上通过外部输入逐步确立的。

与"延安文艺"相比,东北解放区文艺自身也出现了一些新的特质,特别是在文艺批评方面,文艺工作者表现出了强烈的自觉性。他们坚持无产阶级和人民大众立场,从不同层面和角度开展文艺界的批评与自我批评,引导东北解放区文艺朝着正确的方向发展。

东北解放区文艺的根本任务与延安文艺的根本任务保持着高度一致,但又具有特殊性。如果简单地照搬、照抄延安文艺的经验,那么东北解放区文艺很难适应革命发展的需要。东北解放区文艺首先具有启蒙的意义,它不仅具有文化启蒙的意义,也具有政治启蒙的意义。为此,东北解放区的文艺工作者以《在延安文艺座谈会上的讲话》精神为指导,树立起无产阶级的文艺大旗,以新文化来改造旧社会,重塑民众的国家意识、民族意识和政治意识,把东北建设成为中国革命的战略大后方。

在延安文艺旗帜的指引下,东北文艺界通过理论探讨和思想整风,统一了广大文艺工作者对革命文学根本属性的认识,东北的文艺工作焕然一新。广大文艺工作者在理论和实践两个方面取得了很大的成就,既继承和发扬了延安文艺思想,也将《在延安文艺座谈会上的讲话》精神与具体实践结合起来。夏征农、蔡天心、铁汉、甦旅、萧军、胥树人等知名的文艺界人士都对这个问题做了深入研究,产生了较大的影响。

与延安文艺相比,这个时期的东北文艺作品主题更丰富,创作者以切身的生命体验为基础,再现了解放战争时期东北所发生的波澜壮阔的革命斗争,以及在这个过程中东北人民的生活与精神面貌。

东北解放区的文艺发展也不是一帆风顺的,它也走了一些弯路。但是,在毛泽东《在延安文艺座谈会上的讲话》的指引下,文艺工作者不仅投身到创作之中,也开展了广泛的文艺批评,营造了一个宽松的舆论环境,作家们畅所欲言,在批评他人的同时也开展自我批评。这为创作的繁荣奠定了理论基础,也为新中国的文艺创作和文艺批评积累了资源和经验。

七

史料卷是大系的综合卷,其编撰初衷是反映东北解放区文学创作的初始背景,呈现当时的政策和文学创作的大环境,通过对资料的梳理,为弘扬东北解放区文学创作的优良传统提供第一手的基础资料。史料卷共分为七大部分。

一是文艺工作政策方针。文艺工作的政策方针是党根据一定历史时期的总路线和总任务确立的文艺指导原则,反映了一定时期文艺创作的总体规划、部署和要求。史料卷旨在呈现东北解放区创作繁荣的大背景下中国共产党对文艺工作的总体规划和实施情况。史料卷主要收录了与东北解放区相关的宣传文件,以及部分会议发言和讲话等内容,其中有出版、通讯、写作的相关规定,也有重要领导对文艺工作的指示要求,同时还收录了部分重要会议成果。

二是重要报纸、期刊。报纸、期刊大量创办是文艺繁荣的重要标志之一。报纸、期刊直接促进了文学事业整体的发展和繁荣,使优秀作品产生了广泛的社会影响。1945年11月《东北日报》创办后,东北解放区先后创办、发行的报纸近百种。此外,在东北局宣传部的统一领导下,地方与军队也创办了数十种文学与文化类刊物。从成人刊物到儿童刊物,从高雅刊物到面向大众的通俗刊物,从文学到艺术,靡不具备。诸多的文艺报刊为文学作品的生产提供了园地,成为东北解放区文学创作的先锋阵地。

三是文艺团体、机构。在东北解放区,多个文艺团体和机构活跃在文艺创作和宣传的第一线,对东北解放区文艺事业的发展发挥了重要作用。东北局先后出资创办了东北书店等众多的图书出版机构,使得东北解放区报刊出版和传媒得到快速发展。1946年,东北局在佳木斯成立了东北文化工作委员会,此后,中苏文化协会、鲁迅文艺研究会等文艺社团也相继成立。东北文艺工作团等文艺团体也迅速发展。在组建大量的文艺团体和文工团之际,军队与地方政府和宣传部门还非常重视文艺人才的培养和文学教育体系的建立,在演出之余,也招收和培养文艺人才。在短短的四年间,东北解放区建立了众多的文艺工作团体与人才培养学校。这体现了我党对教育人民、教育部队和动员人民参与革命的重视。

四是作家及创作书目。从延安来到东北的革命文艺工作者数以百计,此外,20世纪30年代从哈尔滨流亡到关内各地的东北作家群成员也陆续返回东北。这些文化工作者云集黑龙江,办报纸,办杂志,从事广泛的文化艺术活动,使得东北解放区文学艺术以全新的姿态向共和国迈进。史料卷收录了活跃在东北解放区的多位作家的生平和创作情况,当然,由于这一历史时期具有特殊性,作家区域性流动较为频繁,对作家的遴选和掌握主要以创作活动的轨迹和作品发表的区域为依据。

五是东北解放区文学回忆与纪念。为了弥补现有资料不足的缺憾,史料卷特别收录了部分文学界前辈及其家人的回忆与纪念文章,其中既有参加文艺团体的亲历感受,也有对文艺创作细节的点滴回忆。由于年代久远,这些资料的某些细节无法准确、翔实地体现出来,但这些资料记录了东北解放区文艺工作者的亲历感受,对补充和完善史料卷的内容大有裨益。

六是大事记。为了对解放区文学创作资料进行细致整理,进而为读者提供一个简明的、提纲挈领式的线索,史料卷呈现了大事记。大事记旨在将反映文学活动和文艺创作的各种资料予以浓缩,按照时间线索对史料进行编排。大事记简明扼要地记述了1945年9月至1949年9月东北解放区文学方面的大事、要事,涵盖了部分文艺作品创作、文艺团体成立的时间节点,有助于读者了解东北解放区文学的发展脉络。

七是索引。鉴于东北解放区文学总体呈现出体裁广泛、内容丰富等特点,史料卷以作者为线索,将分散在小说卷、散文卷、诗歌卷、戏剧卷、评论卷、翻译文学卷中的作品整理出来,形成丛书索引。索引以作者为基点,将作者在各卷中的作品情况(作品名称、所在卷册、页数)逐一列出,可以在一定程度上呈现出东北解放区文学的整体情况,亦可以体现出作者的创作风格和特点,进而从不同角度展示出东北解放区文学发展的脉络和趋势。

随着军事上的胜利和东北解放区的形成,东北的政治面貌、经济面貌发生了根本性的变化,特别是文化呈现出前所未有的发展和繁荣的局面。东北解放区在政策制定、政策实施、新闻出版、文艺社团、文艺教育体制、作家培养等涉及文艺发展与繁荣的各个方面,继承、发展和完善了延安文艺体制,对当代文学和文艺制度产生了重要和深远的影响。

尽管东北解放区文学得到前所未有的发展和繁荣,但这份珍贵的文化资料始终没有得到系统整理,有关资料分散在哈尔滨、齐齐哈尔、牡丹江、佳木斯、长春、沈阳、大连等地,加上年代久远,这给编选工作带来了很大的困难。一方面,区域性的文学史料不易引起一般研究者的重视,文学史料的保留和整理工作在通常情况下很不理想,尽管编选者在前期已有一定的资料积累,但是很多工作还需要从头开始。另一方面,由于年代久远,加之当时的出版印刷技术有限,许多资料的保存和整理已经成为一大难题。许多珍贵的文学资料甚至已经出现严重的、不可恢复的缺损,因此,整理和出版东北解放区的文学史料,对东北解放区文学和中国现代文学的研究具有重要意义,同时,对人们了解和认识东北解放区这段历史也具有重要意义。

东北解放区文学创作距今已有七十年的历史,从 20 世纪 80 年代开始,东北解放区文学作为中国现代文学的一部分开始进入研究者的视野,搜集、整理与研究工作逐渐深入,一大批有分量的成果随之产生。其中,具有代表性的成果有两项,一项是林默涵主编的《中国解放区文学书系》(重庆出版社,1992 年出版),另一项是张毓茂主编的《东北现代文学大系》(沈阳出版社,1996 年出版)。这两部著作以文学价值作为侧重点,对东北解放区文学进行了很好的梳理。此外,黑龙江、辽宁与吉林三省的社会科学院文学研究所通力编辑出版的《东北现代文学史料》(共九辑),其价值亦不可低估,当时资料的提供者或为亲历者,或为亲历者之亲友,这从文献抢救的角度来看可谓及时。尽管《中国解放区文学书系》和《东北现代文学大系》对东北解放区文学进行了较大规模的搜集与整理,但由于编辑侧重点不同,这两部著作对东北解放区文学作品只是有选择性地收录,东北解放区文学作品分散在各地图书馆与散落在民间的态势并未改变。进入 21 世纪后,随着时间的流逝,承载东北解放区文学作品的旧报、旧刊、旧图书流失和损毁的情况日益严重,对东北解放区文学进行进一步搜集与整理的必要性在中国现代文学界达成共识。2008 年,东北现代文学研究者、黑龙江省社会科学院文学研究所研究员彭放在主编完成《黑龙江文学通史》(北方文艺出版社,2002 年出版)之后,提出了编辑出版《东北解放区文学大系》的建议,这一建议得到了认可。事隔十年,2018 年,由黑龙江省社会科学院文学研究所与黑龙江大学出版社联合策划的《1945—1949 年东北解放区文学大系》荣获国家出版基金资助出版,这完成了老一代东北现代文学研究者的夙愿。

《1945—1949 年东北解放区文学大系》的编者,力求完整地体现东北解放区文学的整体风貌,在文学价值之外,亦注重作品的文献价值,以文学性与文献性并重作为搜集、整理工作的出发点。

《1945—1949 年东北解放区文学大系》的篇目编选工作,由黑龙江省社会科学院发起,联合黑龙江大学、哈尔滨师范大学、哈尔滨学院等黑龙江省多所高校共同开展。为了保证学术性,本丛书特聘请多位东北现代文学领域的专家组成编委会,各卷主编均为中国现代文学方面学养深厚的研究者。本丛书的篇目编选工作得到了北京、吉林、辽宁等地多家相关单位的支持。东北现代文学界德高望重的老一代学者亦给予大力支持,刘中树、张毓茂与冯毓云三位先生欣然允诺担任本丛书的学术顾问,本丛书的姊妹著作《1931—1945 年东北抗日文学大系》的总主编张中良先生亦为学术顾问。特别应提及的是,张毓茂先生在允诺担任本丛书学术顾问不久后就溘然离世,完成这部著作就是对先生最好的悼念。

本丛书的资料搜集工作,除得到东北三省各家图书馆的支持外,还得到了中国现代文学馆、黑龙江省浩源地方文献博物馆的大力支持。东北红色文献收藏人胡继东、华东师范大学历史系博士崔龙浩,以及华东师范大学历史系高铭阳、雷宇飞等人为本丛书的集成提供了大量珍贵而稀缺的第一手资料。对于他们的无私奉献,在此表示诚挚的感谢! 此外,黑龙江大学文学院、哈尔滨师范大学文学院许多在读的博士生、硕士生和本科生也参与了资料搜集工作,在此,请恕不一一列名。

《1945—1949 年东北解放区文学大系》除入选 2019 年度国家出版基金资助项目之外,还被列入黑龙江历史文化研究工程项目,在此谨致谢忱。

散文卷导言

书写战争风云　奏响解放凯歌

——东北解放区散文纵论

郭　力

东北解放区文学大系散文卷，为我们打开了一扇历史之门。当那些熟悉的东北地名——哈尔滨、长春、四平、沈阳、锦州、黑山被放置在1945至1949这一历史时空中，它们就会是刻写在中华人民共和国历史上与辽沈战役密切相关的一连串血与火镌刻出来的滚烫的名字，就像一串跳跃激荡的音符，以一浪高过一浪的气势奔向辽沈战役东北解放的最强音，而在这些地名背后，是站立起来的中国人民解放军（东北联军）战士的光辉群像。四战四平、围困长春、锦州攻坚、沈阳解放等著名战役，都刻写在共和国解放的历史上。通过东北解放区文学大系散文卷中那些真实记录的文章，你会真正地理解"为有牺牲多壮志，敢教日月换新天"的革命豪情，真正地明白在解放战争中辽沈战役的重要作用和东北解放区人民的巨大贡献。

历史永远铭刻着战争的正反面,因为在战争摧枯拉朽毁坏一个旧世界的同时,新世界也在熹微中诞生。东北解放区文学大系散文卷因其作品体例的特别,而标示出其在新中国散文创作史中的独特地位,其以写实散文的真实性,带来战争场面的震撼性,以鲜活的纪实体引发后人对战争的思考。中华民族经历了太多的灾难和战争的创伤,和平永远是我们这个民族最善良的愿望。也正因如此,东北解放区文学大系散文卷对战争的描写、对东北人民对和平生活热烈向往之情的刻画,都反映出一种基于人道主义精神的自由畅想。这些散文作品中所描写的前方战事和后方百姓的生产生活,都洋溢着革命乐观主义精神。得民心者得天下,解放战争东北战区的胜利,不仅是共和国军事史上的奇迹,更是人民意志创造历史的丰碑。

民族精神与一个国家的历史密切相关,尊重历史的本真性,就是还原历史的真实,是对历史上存在的世界观、价值观的尊重,而对待人类历史上曾经发生过的战争,从来都不应该是单维度的价值评判。对史实的尊重,体现国家的政治理想,关涉民族精神、国家观念,以及历史书写的知识架构和美学范式。而当文学作品还原了历史事件时,文学史的风貌将是对生机勃勃的历史审美精神的再现。东北解放区文学大系散文卷还原了辽沈战役中曾经发生过的一些真实的战争场面,不论是在战略思想上还是在艺术价值上都具有十分重要的意义。

一

东北解放战争的胜利在共和国历史上意义深远,在军事史、党史等方面研究成果颇丰,尤其是关于东北解放战争胜利的原因,很多理论研究成果早有定论。理论著作所书写的战争史如同一座恢宏的建筑，宏大而庄重。就像今天的人们怀着敬仰的心情去参观坐落在锦州市的"辽沈战役纪念馆"，走进陈列馆大厅，"前言"第一句就是："辽沈战役是 20 世纪中期中国人民解放战争中具有决定意义的三大战役的第一个战役。"结尾一句是："为辽沈战役胜利暨东北解放而英勇牺牲的革命先烈，其功名同山河长在，与日月同辉。"首尾两句精要地概括出辽沈战役的重要性和英烈浩气长存的英雄壮举。墨写的历史是今天人人得见的纪念馆的前言，而真正走进历史才会知晓血染的历史的凝重壮烈。今天我们在纪念馆看到的那些英烈名录中的名字，在东北解放区文学大系散文卷中，被还原为一个个血肉之躯，一个个"一不怕苦，二不怕死"的英雄战士的身影。抚卷追思，想到那些"同山河长在，与日月同辉"的英烈们，他们在战场上何以会那般英勇壮烈？阅读完这些作品，才会真正明白答案就在那些普通战士身上，那就是我军战士旺盛的斗志和建立新中国的决心。而旺盛的斗志和胜利的信念，化成强大的精神力量，对打败国民党全副武装的精锐部队起到了重要作用。"没有一个人民的军队，便没有人民的一切。"这是毛泽东主席总结中国革命胜利经验得出的一个重要结论。

东北解放区散文记录了东北战区许多重要的战斗，描写了解放军战士英勇杀敌的典型事迹。许多作者都以醒目而直接的题目记录了解放军普通战士勇敢战斗、不畏牺牲的英雄事迹，那些可爱的战士形象随着朴实无华的题目和文字扑面而来，一个个普通的名字，就如同一张张生动朴实的战士的面孔。他们不仅仅是著名战役当中一个个的名字，也是从东北解放战场上走来的一个个活生生的年轻人，为了保护亲人，也为了新中国的诞生，他们成为最勇敢

的战士和祖国最骄傲的英雄儿女。

在描写这些普通战士的英雄事迹时,作家笔端充满了真挚情感。正如刘白羽所说:"在战争中,指挥员的责任是指挥,战士的责任是用枪,我的责任是用笔。"刘白羽以饱含革命激情的笔墨记录下解放军英勇的战斗,并以高质量的战地通讯和报告文学,书写了共和国壮烈的历史。

在《光明照耀着沈阳》中,刘白羽以文艺干部的觉悟和史学家般的目光,精准切入沈阳解放后的新气象,揭示出中国共产党胜利的历史必然性。文章巧妙地用了三个小标题,把新生的沈阳与历史和未来衔接起来,如同进行曲一般,一步步迈向胜利的前方。

第一部分的标题是"历史的暴风雨",一开篇就点出了沈阳解放,也是辽沈战役胜利的伟大时刻。1948 年 11 月 2 日这一天,沈阳永远属于人民了!抚今追昔,刘白羽还回忆了 1946 年 4 月他在军事调停处执行部邀请下,与其他中外记者来访沈阳的事情。第二部分的标题是"混乱的崩溃与清醒的胜利",以对比的手法叙述了国民党覆灭前夕,即 10 月 29 日在沈阳机场狼狈出逃的混乱场景,被国民党视为生死线的东北和被国民党军队最后盘踞的东北城市沈阳就这样回到了人民手中,蒋介石的防御神话全部破灭了。这一天,沈阳人民走上街头,走入工厂,保护自己的城市和工厂。因为他们知道,解放军来了,中国是全体人民的了。第三部分的标题是"光明日月永属人民",叙述了军事管制委员会是如何帮助沈阳这座城市恢复正常的生活秩序的。几天的时间里,工厂复工了,学校复课了,老百姓拿到救济费买到粮食了,一切都是解放后的新光景。新政权如何让老百姓信服拥护?刘白羽在文中给出了让人信服的结论。在沈阳解放之后,市民有三大满意:"第一是解放军纪律好,第二是水电交通恢复快,第三是粮食价格低落。"正是出于这种对新政权新国家的信心,刘白羽在文章的结尾才能由衷地写道:"沈阳千万人民在这样光照里喊出同样的一句话:光明的日子开始了!"

这些来源于事实的文字,不仅使我们今天的读者感叹刘白羽对战争细腻的观察和精准的表达,同时也激发了读者的爱国情怀,透过东北解放战争的风云,我们看到了新中国这轮红日喷薄而出的壮观画面。刘白羽以笔为枪,把辽沈战役难忘的时刻以文学的方式刻写在新中国的历史中。作为战地记者的代表,他始终奔波在战争的最前沿,在炮火中锻造出那些如火如歌的战地通讯报道。他曾亲赴四平前线,在炮火硝烟中,以充沛的革命情感,写下一篇篇反映东北人民解放军浴血奋战的真实报道。其中最震撼人心的画面莫过于我军指战员在激烈的炮声中,在低矮的地堡里发出铿锵有力的誓言:"我誓死坚守,死了也要把尸身挡着敌人!"战场上这一响彻云天的誓言,让我们感受到英雄战士们热血洒疆场的大无畏精神。他们每个人都是勇敢的人。刘白羽后来创作的《村落战英雄孟绍武》《六勇士》等通讯,都是通过挖掘战斗英雄们内心真实的情感,以细腻的笔触来记录这些勇敢、不怕牺牲的战士和他们饱满的复仇情绪、勇敢的战斗精神的。

这种大无畏的战斗精神在散文卷其他作者的作品中同样得以真实再现。在这些作品中,一个个闪着光的名字照亮了新中国的黎明。孤胆英雄王永泰,一个人追击逃敌,俘获38人,并连续冲锋,被授予"战斗英雄"的光荣称号(刘爱芝《第一名战斗英雄王永泰》);爆炸英雄任子厚,为炸掉敌军火力猛烈的带有扇形枪眼的碉堡,把炸药包的引火线割下大半截,扛起药箱挺身炸掉了碉堡,自己被强烈的炮火掀到空中炸得昏了过去,醒来后感到头脑昏沉、两腿飘飘,却对自己说轻伤不下火线,又扛起炸药冲了上去,立下了大功(华山《爆炸英雄任子厚》);抢救英雄登科是一名身经百战的老同志,因为身体受伤虚弱而被调到炊事班,他所在的连队是获得"顽强冲杀第三连"锦旗的光荣连队,在著名的四平保卫战中,他接下火线抢救工作,冒着敌人密集的炮火,从火线上背运伤员,多次被敌人猛烈的炮火掀倒埋在土里,但是他凭着"我死了也得把彩号抢下来"的信念,成为抢救英雄(西虹《抢救英雄登科》)。通过这些作品所记录的战斗时刻,一个个有名有姓的英雄被载入共和国史册。

同时,还有许多无名的英雄。他们是一天里击退敌人四次冲锋、激战七个小时坚守阵地的六勇士(刘白羽《六勇士》);他们是勇敢沉着压制敌人火力的重机第五班(彦克《重机第五班》);他们是在敌人密集的炮火中连续冲击的勇猛机智无伤亡的英雄二排(树生《勇猛机智连续冲击的二排》);他们是攻下要点高地,把尖刀刺进敌人心脏的第三连(王暖《"攻无不克"的第三连》)……从一个个同仇敌忾的解放军战士到英雄班、英雄排、英雄连以至全军,中国人民解放军以高昂的斗志彻底地打败了国民党的王牌劲旅。

这些记录东北解放战争的散文作家都深知我军指战员顽强的精神和胜利的信心来自何处,那是因为解放军战士知道自己是穷人的部队,也知道自己是为那些像白毛女一样处在穷苦境遇的亲人们而战,所以才以旺盛的革命斗志战胜了敌人。当年一位亲身经历了黑山阻击战的国民党军官,在回忆录中仍然心有余悸地表示出对解放军顽强战斗意志的困惑。他说:"廖耀湘兵团使用了所有的重炮部队,倾泻了数以万计的炮弹,先后投入了三个军五个师的兵力,发起了数十次的猛烈进攻,结果遭到惨败。黑山、大虎山仍掌握在解放军手中。思之令人生畏。"①国民党军官的不解之处,恰恰是我们共产党的初衷所在——军队是人民的军队,中国共产党是全心全意为人民服务的,这是新中国强大根基的体现。

这种信念不仅体现在解放战争中,而且贯穿于共产党发展的历史过程中。在东北解放区还有一部分作品,回忆叙述了悲壮的抗联斗争。纪云龙的《伟大民族英雄杨靖宇事略》一开篇就写道:"杨靖宇三个字,自'九一八'以来,在东北三千万人民的心中,早已成为不可磨灭的斗争的标帜。全东北人民没有不知道这位伟大的民族英雄的,他的响亮的名字,无论在他生前或死后,永远是一个战斗的号召。"抗战胜利后,以这个响亮的名字命名的"杨靖宇支队"并入了东北民主联军,继续为全国解放而战。而在菽沅的《老杨——人民口中的杨靖宇将军》中,作者通过一位老乡的眼睛,把杨靖宇如何平易近人地对老百姓讲述抗日道理的场面表现出来。让老乡们最感动的话是:"我们这个军队不怕吃苦,不怕死,只有一个信念,就是将日本鬼子赶出国境,使大家过好日子。"明白感人的话,让文中老乡的儿子当场就下了决心参加抗联,老乡自己也做了秘密交通员。革命的火种就是这样在东北人民内心中播下的。就像陈隄所由衷感叹的那样,李兆麟在小兴安岭上啖草根树皮,喝雪水与尿液,仍鼓舞部下"不灭日寇,誓不回师"。抗联英雄崇高的人格,英勇不屈的民族气节,是抗联精神最形象的写照。抗联英雄们在十四年抗战中的悲壮斗争,被镌入共和国的丰碑,抗联精神也永

---

① 中国人民政治协商会议全国委员会文史资料研究委员会《辽沈战役亲历记》编审组编:《辽沈战役亲历记:原国民党将领的回忆》,文史资料出版社1985年版,第237—238页。

远是中华民族的精神财富。

苍茫而壮烈的历史画卷，沉积着暗沉的底色。悲壮的故事后面是英烈们为新中国诞生，不惜抛头颅洒热血的碧血丹心。东北解放区文学大系散文卷中还收录了东北书店 1948 年 6 月出版的《集中营》中的部分作品。一个恐怖而罪恶的名字"茅家岭"反复出现，这是国民党特务机关关押他们所认为的共产党最顽固分子的地方集中营的代号。季音的《地狱茅家岭》《茅家岭集中营》、暮鹰的《上饶集中营罪行》、孙秉泰的《集中营在福建》等文章，都记录下国民党特务机关对共产党人无所不用的残酷手段。灌辣椒水、坐老虎凳已是惯用伎俩，火烙、摇电话、刺指甲叉、老鹰飞等一系列酷刑的折磨，目的就是得到共产党员的"自首书"，但是特务们最后只能怒骂："你们中毒太深！"散文集《集中营》以革命者的亲身经历向我们展现了那些大义凛然为真理献身的革命志士的形象，让后人真正理解了"头可断，血可流，革命意志不能丢"的气节。"永不叛党"是英烈们用鲜血和生命刻写在党章上的誓言。

从抗联英雄到集中营里坚强的共产党员，再到同仇敌忾要把国民党王牌军逐个歼灭的英勇的东北解放军将士，东北解放区文学大系散文卷以纪实性描写，把共产党和革命军人信仰与意志的原动力表达得清楚透彻，是英雄主义最生动真实的写照。

二

在东北解放战争中，中国共产党领导的人民解放军以坚韧不拔的革命意志解放了全东北，书写了军事史上辉煌的辽沈战役新篇章。这场伟大的胜利不仅胜在人民军队的旺盛的斗志和坚定的信念上，还胜在道义民心上。因为这不仅仅是一场战争胜负的较量，还是一场体现阶级伦理的更为深刻的阶级斗争。从 1946 年到 1948 年，尽管国民党军队在东北重要城市盘踞并负隅顽抗，但东北农村却发生了翻天覆地的变化。

中国共产党步步为营，建立了农村根据地，并在根据地开展土改运动。党领导农民推翻了地方统治势力，斗地主，分田地，农民欢欣鼓舞，迎来了新生活。农村根据地作为强大的后方，保障了部队供给，同时还有许多年轻的子弟为了保护胜利果实自愿参加解放军，大量的新兵入伍，改变了国共双方在东北的兵力布局。

《永北前线担架队速写》中写道，动员令传到堡子里的时候，老乡们都勇敢地站起来了，在一天工夫里就组织起来一支八百余人的担架大队。作者经过和担架队员们交谈，感受到新解放区人民的觉悟，他们士气高涨。大队长问担架队员们："你们这次出来抬担架，怕不怕？"担架队员们回答："不怕！""为什么不怕？""不怕，这是为了自己。"担架队员们相信民主联军存在，他们才能活着，他们说："胜利是我们的，土地才是我们的。""赶走国民党反动派，保卫我们的土地和民主。"作者写道："每个人的心里，都在准备如何贡献自己的力量，这力量是无形的，他将捶碎美国装备的蒋家军。"这篇散文以朴实无华的话语，把解放区老百姓心里最真实的想法表达了出来。共产党给农民分了土地，就是农民的大救星，参加担架队是为了自己，拥护解放军，保证胜利，土地才会是自己的胜利果实。

共产党的土改运动在农村蓬勃开展，党和人民建立了紧密联系。解放战争是人民翻身解放的战争，是一场不同于历史上任何一场战争的翻天覆地的阶级战争。而我们的人民解放军战士来自于人民，也爱护人民群众，即使在战争的艰苦条件中也严格遵守着

"三大纪律八项注意",获得老百姓的赞扬。吉戈的《血肉相联——爱护老百姓的故事》讲述四平战役中解放军不顾生命安危,从地窖里救出郭老先生一家十四口的故事。老先生感动得冒着弹雨跑来帮助攻城的解放军搬子弹,嘴里不住地说:"我死了也忘不了八路恩人的。"王晓旭的《一只小鸡——民主联军六二部"立功运动"中的插曲》,以诙谐幽默的口吻叙述了一个英雄二排,如何因为一只小鸡表现出爱护群众、不拿群众一针一线的思想觉悟。文章开篇写道,四班班务会上大家兴高采烈,检查战役过程中的群众纪律,大家说二排全体都没有犯错,一定会立功得奖。可是最后一个发言的老战士李景春涨红脸面说,在三道林子买了一只老太太杀好的鸡,准备回头给钱,可部队出发了,忘了给钱。大家埋怨说鸡肉大家吃了,犯了这次纪律,连七连的好名声都叫你弄坏了。因为这个连队从来没有拿百姓当勤务员用,纪律严明从不白吃老乡一粒米。抗战时在物质非常艰苦的情况下,还给老乡送衣服、裤子等用品。作品围绕着一只小鸡展开,故事情节一波三折。全体同志在战场上杀敌立功,在战场下严守纪律,就是要争得奖旗和荣誉。而因为一只鸡,营里说,二排哪都好,本来可以立个大功,就是吃个小鸡吃坏了。团里说,要不是这只小鸡二排又中奖,还要照相。这些消息引起大家对李景春的埋怨,连里做了工作才渐渐平息。最后团首长经过慎重考虑,认为二排全体都有战功,而李景春又是误犯,能悔悟改正值得表扬,决定仍旧给二排奖励。二排的同志开完祝贺大会,扛着白面和猪肉走回去时都说这个肉不是好吃的,以后要特别注意,打仗爱民要做得更好,保证没有一个违反纪律的。二排成为旗帜,成为全团学习的目标。这篇散文生动活泼,从吃一只小鸡吃坏了到成为学习榜样,二排的故事反映了解放军严明的纪律、正派的军风。解放军所到之处对老百姓尊重、爱护,得到当地人民群众的拥戴。从抗日战争到解放战争,前方是英勇杀敌的战士,后方是热情支援的老百姓。与国民党在蒋占区对人民盘剥搜刮所犯下的罪行相比,爱护群众、胜在民心是中国共产党取得革命胜利的一个重要原因。

对解放区新生活的描绘,散文作家的笔下洋溢着喜悦。严文井在《乡间两月见闻》中还特意提到农村幸福的夜晚场景。夜晚到了,"年轻人还在宽敞的院子里谈笑;有几个调皮的小伙子先后试着骑一匹性情暴烈的牛,牛固执地躲避这个试验,环绕着系它的木桩打转,有一个人迅速地跳上牛背,随又迅速地跌下,引起一阵哄笑。不知什么时候,放马的牵马进了院子,自卫队员拿着扎枪准备出去站岗去,女人们忙着把猪同鸭子关起来,院内静下来,白鹅则依然高昂着脑袋在墙边阔步。天色逐渐变得更加暗淡,不知什么时候星星已开始闪亮,广大的原野在朦胧中显得更加无边无际。"这段描写把北方农村傍晚闲暇时的快乐轻松展现了出来。要不是自卫队员还要站岗放哨,那就是一个和平安静的农村的普通夜晚。作家严文井在文中感叹,这不是一个屯子,而是若干屯子夜晚的景象。人们对和平安乐的盼望在东北解放区大地上实现了。

除了乡村,对于那些在炮火中重新回到人民手中的城市,共产党也开始了接管和初步恢复建设的工作。对沈阳、长春、大连的工业,能保护的保护,能恢复的恢复,能生产的投入生产。在作家们笔下,新生活、新气象跃然纸上。大连大众书店于1948年8月出版的《"工农园地"选集》,就收录了城市工人拥护和融入新生活的历史片段。金人的《沈阳的欢笑》、袁玉湖的《锉股的"火车头"》、草明的《翻身工人的创作》《工人艺术里的爱和恨》、张望的《老工友

许万明》等,我们在这些描写工厂工友的散文里,看到了解放区新生活带给城市工人的希望。他们积极上工,钻研技术,加班加点,争当劳动英雄。从牡丹江到齐齐哈尔,从长春到沈阳,解放的城市中开始有了机器的轰鸣和铁锤的叮当声。

沈阳车辆厂工人在诗里表达了解放后的快乐:"解放工人乐,工厂复了工,人人有工作,大家有饭吃,从此不挨饿。"(草明《工人艺术里的爱和恨》)作家草明在《从奴隶到主人》的结尾中写道:"工人们在民主政府领导下,解脱了奴隶的命运,当了主人。"这句话鞭辟入里地揭示出历史的沧桑巨变,受压迫的工人阶级成了中国真正的主人。共和国长子东北的工厂工人,他们是新中国的建设者,展现的是最优秀阶级的先锋品质。

三

东北解放区文学大系散文卷所收录的散文作品,主要是战地散文和解放区新生活即景,短小精悍,带有新闻报道的迅速性、敏捷性和战斗性。

解放区散文创作带有新闻报道和强烈的艺术特征,这与当时许多作家记者或文艺干部的出身密切相关。作家群体中不乏刘白羽、草明、白朗、华山、西虹等一批写作风格成熟的报告文学家,他们对战争环境和百姓生活有着敏锐的观察和切身的体验。也正因如此,他们笔下的散文或因作家随军记者的身份,或因延安时期文艺思想的积淀,或因个人艺术写作风格习惯,体现出报告文学特有的纪实性与文学性相结合的特点,使东北解放区的散文创作呈现出独特风格。作家队伍的身份构成,作为一个不容忽视的因素,首先成为观察东北解放区散文创作的一个视角。

在东北解放战争中,有许多由共产党文艺干部组成的随军记者,他们从延安来到东北,亲赴前线,以大量真实的新闻报道反击了国民党的舆论污蔑,同时记录了人民军队不畏艰险、英勇战斗的英雄事迹,表现了后方人民在解放区土改过程中翻身解放、得到土地胜利果实的喜悦心情,凸显出老百姓对共产党的热爱和军民的鱼水情深。以报告文学家刘白羽先生为例,1945年8月15日日本帝国主义投降后,为了加强共产党的宣传,在舆论上对国民党的构陷予以反击,让全国人民了解国民党意图夺取胜利果实的阴谋,组织决定调刘白羽以新华社特派记者的身份随军进入东北,报道战争形势。刘白羽的报道凸显新闻的敏捷性、迅速性,反映国共两党战场情况,既场景宏大,又细节充沛,更有许多英雄战士、英雄班、英雄连出现在他的通讯报道中。

散文作家们笔下这些真实的报道在东北解放战争中起到了强大的宣传作用。部队战士们看到自己身边战友的英雄事迹,都很受鼓舞,榜样的力量在战争中成为鼓舞人心的强大的精神力量。以刘白羽为代表的战地记者们,以亲赴战场的第一手资料,发挥出新闻报道重要的宣传作用。战争场面的恢宏,解放军排山倒海的英雄气势,都促使短小精悍的战地通讯向场面宏大、内容深刻的全方位表现形式的报告文学转变。报告文学以其真实、全面反映现实的特点而成为适用的文学手段。报告文学写真实的人、真实的事、真实的场景,加上作家本人的真情实感,因而具有了极强的感召力。东北解放区散文创作也正因为内容真实、情感真实而呈现出历久弥新的强大生命力。散文写作贵在真实,报告文学以真人真事和真情实感,为解放区的散文创作率先做出了美学范式转换的榜样。

初读东北解放区的散文作品,读者往往会因为作品中的真情实

感及其所带来的身临其境般的感受,而忽略了作品本身的艺术特质。实际上,这些散文恰恰是在真实的基础上,以细节的生动丰富,而给读者留下深刻的印象。有大量的作品是在真实性的基础上显示出文学性的。

细节的生动,使东北解放区散文作品具有鲜明的文学性。散文卷中那些聚焦辽沈战役著名战斗场景的令人震撼的战地通讯,把我军战士"誓死坚守,死了也要把尸身挡着敌人"的大无畏精神写得壮烈感人。作品中出现了许多在战场上冷静果敢的董存瑞、黄继光式的英雄,他们是突破蒋军层层封锁和密集炮火的爆破手任子厚(华山《爆炸英雄任子厚》)、钢铁英雄王德新(王焰《钢铁英雄王德新》)、连续五次完成爆破任务的英雄施万金(刘德显《连续五次爆炸的英雄施万金》),这些英雄筑起了新中国的铜墙铁壁,让所谓的国民党王牌军新一军、新六军,在具有钢铁般意志的人民解放军的队伍前束手就擒。

在描写解放区新生活、新风尚方面,散文卷作品对拥军爱民片段刻画得细腻真实。有未过门的姑娘巧用心思,劝未来丈夫去参军打仗、保卫家乡的故事,把女孩聪慧进步的个性,通过写信、见面等场景表现出来,读之让人对这个识大体、明大义,送郎上战场的姑娘留下深刻印象。(白刃《送郎上战场》)有推起小车、扛起担架,跟随大部队打仗的民兵的故事,同样是解放战争中一幅生动的英雄剪影。他们在战场上除了抢救伤员、运送物资外,还可以用大扁担缴机枪,代替机枪手继续战斗。(关山等《民夫英雄剪影》)有因为部队出发未来得及给大娘一只小鸡钱而导致评先进受影响的活报剧,因为一只鸡从评不上先进到最后评上,把部队不拿群众一针一线的铁的纪律写得生动感人。(王晓旭《一只小鸡——民主联军六

二部"立功运动"中的插曲》)

这些细节生动的描写,把人民拥护共产党和人民军队的真情实感表现出来,勾勒出解放战争中英雄的军队和人民为新中国热血奋战的集体主义和爱国主义精神。

东北解放区散文作品在主题内容上有很高的价值。大量的散文表现了中国人民解放军集体主义和英雄主义精神,表现我军战士以昂扬的士气歼灭国民党军队的英勇,体现出革命军人浩气长存的革命豪情,也因此奠定了共和国散文书写的文学反映论的文学观,表现战斗英雄,书写解放军新生活、新人物、新思想,以及解放区昂扬向上的时代面貌。战场上血与火的革命浪漫豪情,催生了解放区散文黄钟大吕的豪迈风格。为了全景式再现辽沈战役的军事奇迹和解放区的新生活,出现了以刘白羽等为代表的散文作家长篇报道的书写尝试,这种书写方式成为以纪实性与真实性相结合为主要特点的长篇报告文学的成功体例。

以题材广泛、内容真实和情感深厚为主要特点的纪实性文学书写,使散文创作在战争时期凝聚了强大的精神力量。也正因如此,这些反映中国人民解放军不畏艰险、英勇战斗的长篇报告文学,在风格上激情澎湃、气势磅礴,以摧枯拉朽的气势渲染了文章的叙事氛围。战争场面宏大,主题鲜明,节奏明快,体现解放军强烈的革命乐观主义精神。英雄的军队和优秀的人民(解放了的农民和工人),天然地和优越的社会主义制度联系在一起。人民当家做主的新中国图景鼓舞激励着解放军和东北解放区的人民,一个不证自明的逻辑在这些豪迈的散文中呈现——伟大的军队和人民一定会创造出伟大的新中国。这一历史时期的散文创作,以强烈的政治宣传特性,奠定了新中国军旅散文的美学范式。以时代精神和革命乐

观主义、英雄主义为基调的军旅散文，在美学范式上是思想磅礴的黄钟大吕和沉静开阔的高山流云。

　　东北解放区散文创作在共和国的文学史上，留下浓墨重彩的一笔。在共和国72年壮阔的历史画卷中，我们仍然可以看见那些为缔造伟大的新中国而浴血奋战的英烈们的身影。解放区散文把东北解放的历史全貌，通过真实的战斗场景和战士们的英雄壮举再现了出来，东北解放区的散文作品也因此在纪实性方面具有了军事史和共和国历史层面的资料留存价值。而散文创作也因为报告文学纪实性与文学性的结合，为共和国的军旅散文创作提供了美学范式。战火硝烟已经远去，散文书写却以文学影像记忆的方式，刻写了血与火的壮丽历史画面。东北解放区文学大系散文卷中的作品穿过历史的风云，以真实朴素的面目呈现在读者面前，史诗般的壮美激荡着现代人的心灵，使后人抚今追昔，缅怀英烈，牢记历史。东北解放区散文以文艺轻骑兵的时代使命书写战争风云，化成嘹亮的革命号角，奏响了新中国解放的凯歌。

2021年春于哈尔滨新区寓所

◇ 西　虹

操场上

晌午的寒风刚刚停止了它的吹啸,营房左近以及平广的操场上,又一次铺积了密密一层黄叶。这时候,静立着的树棵的枝条上,依然零零落落飘散下黄蝶般的叶子。

营房外非常肃静……

几声高亮圆润的号响,战士们正在进行着的小组会被催促着暂且停止了,人们又在这饭前的间隙时光里手痒地想做些什么。

九班新战士杜尚贤将头伸出屋门望了望,随着扛了一把手造的木笤帚把跑出来,低着头扫起遍地的落叶。接着,不知道哪个方向又出现了几个笤帚把,操场、屋角,照旧恢复了它的清净。

司号员提了一支木枪,在连部的门口操练了几下,之后,他转回去换上三八枪又走出连部。他今年才十四岁,他的身材若是跟上了刺刀的大枪比量,足足会差下一个刺刀长短的。他刚吃力地做了一个"预备用枪",后面赶来通信员将他的枪柄抓住了。他俩近乎摔跤似的争夺着,司号员矮胖胖的身姿,死力将枪抱紧。结果,两人和解了，歇替原地刺杀，互为纠正，俨然正式操练一样严肃。

营房的空地上，各处都响起口令声，机枪、步枪，都以最精干的"三三制"学习小组进行着操练。目标最大、动作最吸引人的要算八班了，他们一班人披挂了弹袋，背了枪，从屋门口就开始了整齐地跑步，一口气奔跑到操场上。

昨晚，八班刚开过检讨会，他们要巩固以前每人每晚自动刺六七十枪的水准，这以后，他们每人要做到睡前一百枪。起五更睡半夜的练法，其精神是好的，有些天他们起得过早，白天打起瞌睡，倒不如按时作息抓紧时间操练的好。人们在会议上一致决定遵守时间，不让一分钟时间空放过去，这样和别的班挑战的后果才会得胜。现在，不只八班，别的班也在进行着小操，这是连长指导员最引为愉快而决不去加以制止的事。

八班薛会文走出行列，这一阵他先给大家喊操。人们挺胸直脖的都能操握住刺杀要领，连刺、单刺，一切是这样熟练，他归列后，又轮另一战士喊操，他们就这样学习着。

又一个班开入操场。这时候，八班战士们已经疲劳了，他们轻轻地将枪架起，笑跳着奔向场角双杠那儿，有的坐上杠架，有的肘弯凭靠着杠木：休息、谈笑，瞅望着星散在操场、屋旁，正在操练刺杀的各班同志们。

教导员走来了。他以喜悦的眼色轮视了这幅活的课外操作画，之后，便将眼光停留在双杠那儿的人群里。

"八班！我来看你们刺枪！"他挥起臂腕，近乎喊叫地说。

战士们呼应了一声"好"，连跳带跑地奔向场心，迎着他们的是教导员笑裂了的嘴巴。

教导员在这一班人的行列面前，细高的身姿笔立着，开始给他们当起教练来。

2

战士们并不觉得在操作以外这是可以随便闹玩的,从每人的形姿看来,那简直像处在战场上。

教导员很满足地给他们喊了一会儿操,由于他过度兴奋,随便从谁那儿抓过一支枪,他开始站在八班行列里。

这一次是范德平出列喊操,他并不认为教导员在行列里会使他感情上受拘束,他的口令声反而比平时壮大有力。

教导员和战士们在一个口令之下一块儿互相操练,只见他的动作比别人更加卖力,更准确。阳光下,来了一忽激烈的连刺。刺尖闪闪烁烁一若点点银星。

战士们围了教导员,要求他独刺,范德平喊口令教导员就随着刺了几分钟,终于在战士们的掌声与欢笑里,教导员停止了他的操作。

战士们又自行操练了,四下里口令声,枪刺唰啦声,把个操场沸腾起来了。

熄灯前,五班长走进连部"拶"的一个立正,给指导员敬个礼:

"报告! 我们班睡前已刺了一千三百枪。"

他后面,各班长们都源源进来报告了。

"我们班刺了两千二百枪。"二班长说。

"我们班共刺了一千六百四十枪。"八班长说。

……

指导员一合算,各班的数目字都比今天以前超过了一倍至两倍。他知道,战士们都有高度的政治自觉,时局的形势和我军的任务要求战士们这样做,而且战士们已经这样做了。

选自《我们的连队》,东北书店 1948 年 11 月

3

单人突击

三连开始向地堡冲锋了,突击班被敌人的火力压得不能抬头,趴在鹿寨外面不动了。

三班副吕忠辰从一处雪洼往前瞅了瞅,心里非常发急,怎么冲在半腰趴下啦?敌人火力很密,趴着也没有便宜呀!他跪着身子,紧了紧包头的毛巾和披在肩头的白包皮,对身边的贾海和刘宝山说:"准备冲锋!把手榴弹盖揭开!"他俩就拧开手榴弹。吕忠辰说:"你们俩一定跟上,使用三角战术,跟着我!"他俩说:"班副,你走哪,我们保险能跟上。"吕忠辰一看一二组也叫敌人的火力压住了,他赶快领着这个组,绕到敌人机枪口侧面,箭直向地堡冲去。

百十米远的距离上,雪没到腿柄子深,还是上坡,跑起来很累,抬不起脚。吕忠辰一手提枪,一手拿炸弹,跑在头里,他俩人跟在他两旁,一个燕撤翅队形就上去了,吕忠辰两手分开鹿寨,钻了过去,一猛就冲到地堡根,一看,敌人已跑了。

吕忠辰趴在地堡根往前瞅了瞅,对面地堡有敌人动弹,用冲锋式向他扫射。他跪着打去一个炸弹，打不到。一看不行，他就喊话：

"蒋军弟兄们，缴枪吧！我们决议不能无故伤你们的命！"敌人没有作声，也没有缴枪。

吕忠辰领着刘宝山、贾海，一猛扑到地堡跟前趴下，三个人正好躲开了敌人的枪眼。

地堡里没有什么动静，也没有人说话。两个敌人急急忙忙从地堡门抬出水压机枪，想扫射他们，吕忠辰眼尖手快，一探身就抓住机枪上的橡皮管，把枪拉倒。他一喊："弟兄们缴枪吧！"敌人赶快缩回头进了地堡。吕忠辰心急了，往里扔了个手榴弹，敌人才举着手走出来。这时，突击部队冲了上来，控制了城子街外围的地堡。

部队打进城子街，敌人动摇了。吕忠辰单人跑在头里，往街里猛追。他沿着路西的买卖铺一跑，门里啪啪啪打出枪来，他想：一定是敌人。他赶快停止，手拿冲锋式，从窗户打了几枪，喊道："蒋军弟兄们，不用打枪啦！我们队伍都进街啦，赶快缴枪！"

敌人在屋里说："同志们，你也不要打啦，我们缴枪。"说着，门就哗地开了。

吕忠辰在门一边喊："你们把武器放下，举着手出来！"八个敌人拍着手出来了。他进屋检点了一下武器，有五支步枪、一挺轻机枪。

吕忠辰走出来，又往前猛跑，跑得阔头是汗。前面空屋子站着一个敌人，手提机枪，想跑的样子，吕忠辰把他迎头拦住，喊道：

"蒋军弟兄们，不要跑啦！你瞅瞅我们的部队有多少，都进来啦，快缴枪吧！"敌人就把机枪丢在地下。

吕忠辰问："你们屋里有人没有？"

敌人说："还有人。"

吕忠辰说："你告他们把武器都搁屋里，人来大街站队。"

那个敌人进了屋，说道："咱们把武器放下，缴枪吧，民主联军都进街啦！"接着就是噼里啪啦往地上丢枪的声音。

吕忠辰一听，赶快跑到窗户根说：

"你们不用慌，小心把武器摔坏了。快出来站队！"敌人出来了，一个个举着两只手，低了头。数一数有二十八个。吕忠辰进了屋，地上横七竖八都是武器，除了步枪，还有两挺机枪，一门火箭炮。

九连战士问他："就你自己在这儿吗？"吕忠辰点点头。他们又问："这些个人和武器，就是你自己缴的？"吕忠辰说："敌人叫打熊啦，一个人也能缴枪，你们快缴去吧！"他们笑道："真不简单，这下你可立大功啦。"

选自《东北日报》，1947 年 5 月 25 日

功臣回班

特等功臣吕忠臣回来了。他背了背包,肩上挂着冲锋式,胸脯上戴朵大红花,左手提着毛巾卷,里头包的是功劳状。右手拿着奖给他的金面笔记本和牙粉、牙刷。一进院,班上战士就一窝蜂似的把他围住。

"班长回来了! 花儿把胸脯盖住了!"

"功臣回来了,贺喜啦!"

战士们高兴得又笑又跳,接过他的背包和枪,夺了他的手巾包、笔记本、牙粉、牙刷,互相争着看。最后,战士们展开功劳状,傻眼了。有的说:"看过关防大印,各首长的名字都在上面,真不简单!"有的说:"毛主席还在上面送着,毛主席笑啦,功臣可光荣啦!"说着,说着,房东刘大哥出来了。刘大哥也围上来,凑在旁拉看,看着看着笑啦。

"给班长道个喜,我也看看这个奖状!"刘大哥拿起功劳状,一个字一个字往下念,战士们静静地听。刘大哥一气念完带着钦佩的口气说：

"照这个奖状说，这事可不是简单的，你真是立下汗马功劳啦！"

吕忠臣嘴里说没有什么，心里可高兴。战士们望着刘大哥异口同声地称赞说："俺班长打仗可有几下子，一把就夺下敌人的水压机枪啦！头号功劳，头号功劳！"

刘大哥说："这好比是当年的薛仁贵嘛，咱民主联军虎将可真多！"

大伙儿感到满意地笑了。

班长被大家热爱地拥进屋里，有的递烟，有的抢着去烧水，忙得不可开交，还有就叫他马上把庆功大会的大喜事，讲给他们听。

吕忠臣把功劳状往柜盖上一丢，正要开口，战士单以德叫开了：

"班长，搁那儿可不行呀！这也是个纪念，不是埋汰啦吗！我给你想个办法。"

"快说，什么办法？"大家问。

"把它铺放在一块木板上，搞秫秸瓣夹上，挂在墙上大家看。"单以德说。

大家笑啦，呜地跑出去，有的找木板，有的破秫秸，三下两下就挂好了。

新同志张保库，戴上班长的大红花，在地上乱蹦："嗳呀……不怪人家说光荣！咱们迟早也戴他朵，真不赖气！"别人怕他把花弄脏了，好容易才催他把花挂在墙上。

吕忠臣拿起笔记本说："你们识字的拿去用吧，写提纲啦，写生字啦，很好！"

战士们这个也想要，那个也想要，有的说上面有毛主席、朱总司令，有的说本皮儿漂亮。班长一调解，大家同意把本子给了单以德，单以德识字。他表示以后要好好学文化，还要帮助大家。

吕忠臣又拿起牙粉、牙刷，分别给了谢光雨、刘玉喜，他俩不好意思地说：

"班长留着用吧，这是你的光荣！"

吕忠臣解释半天，他俩才收下，其实，吕忠臣心里早有打算，功臣会上，首长们号召团结友爱，他第一步要表一表他的带头作用。

傍黑，吕忠臣跑进里屋，提起水桶就跑。功臣会上，首长们号召拥爱群众，他先要给大家做个榜样。他还没有走出门，刘大哥就从里屋撵出来，抓住桶梁说死说活不放。

刘大哥喊："班长哪，怎么礼从外来啦？我可不敢当！"吕忠臣一个巧劲，抢了水桶，撒腿跑到井沿上。

谁知吕忠臣刚抓住井绳，班上战士一窝蜂似的跑来了。不问青红，把班长涌在一边。吕忠臣刚转过头来，战士们早把水提回去了。

班长眼看着战士们把水提走，能有什么法子呢！他真是麻雀没了翅膀啦，干跳飞不了，两个战士抱着他，一下也动不得。不过，他心里很乐，高兴地想着："以后创造个模范班，大家都立功，真才乐呢！"

选自《东北日报》，1947 年 4 月 23 日

孤胆勇士

这座山岭离铜匠沟一里多路,六班长张玉琳带着一个战斗组,向铜匠沟猛跑。山岭是慢坡,雪一踩没腿弯,张玉琳弓了腰,拐弯抹角地往岭下跑。山下的敌人朝他射击,他也一边跑一边朝敌人打枪。他忽地趴下,赶快掏出个手榴弹,往枪里压一排子弹,又蹦起身子猛跑。"同志们,猛冲啊! 快想想你的'决心手册'吧!"他一喊,后边人也跟着喊。风呜呜地刮,枪呼呼地打,子流子嗖嗖地叫,他听不出后边人吆喝些什么,还是拐弯抹角地往前猛跑。离房子三十多米,墙缺口的敌人用冲锋式扫他,他赶快绕过敌人的枪口,插到侧面,打去一个炸弹,躲在墙角。紧挨他有个秫秸障子,敌人往院里跑给踩倒了,他心里说:反正靠近房子啦,我有手榴弹、刺刀,不怕你! 便抬腿跳过秫秸障子,站到大烟筒后面。

下屋一个敌人正往外跑,他喊道:"你跑我打死你,快缴枪!"敌人就把枪撂下,挓挲起手来。

张玉琳问:"你们那些人呢?"那人说:"都在上屋。"张玉琳站在窗户一边，隔玻璃看见敌人挤了满屋，正扑棱扑棱地动弹，他叫道：

"缴枪吧！不缴我就往里打手榴弹！"他听见敌人在屋里乱叽咕，又喊：

"缴枪优待俘虏！所有武器放一堆，个人的东西带着，保险啥也不要你的！"敌人就吵吵：

"我们缴枪啦！我们缴枪啦！"接着，屋里哗啦哗啦地响，敌人都把武器撂在外屋，一个个拧挈着手出来了，足有八十多。张玉琳看着这一大群宝贝心里很乐，他一天没吃饭啦不觉得饿，反穿了的棉衣湿透啦，不觉得累。

第二天，张玉琳紧跟突击队冲到城子街，他见敌人动摇了，在街上乱跑，急忙说："教导员，我上去！"教导员说："好，你上去吧！"张玉琳一手持枪，一手提炸弹，三步两步跳到沟里，扑棱扑棱地奔到大院，奔到房子，到处找敌人。妈的，跑哪儿去啦，非把你找着不行！跑着跑着，啪啪啪几声，子流子打他裤裆穿过去。妈的，你在屋里，还打哩！张玉琳扭转身，一膊子把门抗开，照屋里啪啪啪打了几枪，喊道：

"你们缴枪不缴枪？不缴我还打！"

三十几个敌人，脸吓得焦黄，缩了脖子发抖，也都拧挈起手来，结结巴巴乱嚷："我们缴枪！我们缴枪！"说着，就把枪撂到地下，蒙着头走出屋子。张玉琳暗想：妈的，你们可熊啦！不行，别处再找去。

他又扑棱扑棱跑到一处大院子，一跑就跑到屋里啦。一看，一大堆敌人哗地站起来，又哗地堵了门，前后左右把他包围起来，有的端枪，有的拿炸弹，瞪着眼看他。

张玉琳心里冒出一股火，热得一头汗，把手榴弹插在腰里，端着

刺刀,挺着身子,气呼呼地喊:

"你们不要打! 打死我不要紧,你们也跑不了! 我们机枪已经在门口支好啦!"说着,就哗哗啦啦地用刺刀把围在他跟前的敌人拨开。

敌人闪开道,靠墙站着,张玉琳很机警地退了几步,绕到敌人背后,又挺着身子,气呼呼地喊:

"赶快放下武器,出去站队去! 你看,我早把手榴弹收起啦,你们还端枪干啥!"这时,张玉琳把枪提在手里,狠狠地把敌人推了几推:"快出去站队!"

满屋敌人嘟嘟哝哝地说:"你不打,我们也不打啦。"就呼隆呼隆地把枪撂到地下,呼呼隆隆地走出屋子,挖挲起手站队啦。张玉琳一数,又是八十多个,这会儿心可落地啦。

战斗下来,张玉琳暗想道:"反正敌人叫打熊啦,只要你心里有底儿就行。"他感觉自家嘴有点结巴,说话困难,完成"决心手册",解决了敌人就算完啦,不想把他的事说出来,教导员问他:"你捉那么多敌人,为什么不说?"张玉琳低了头,红了脸有点害羞,心里说:"我在党培养底下,能完成任务就行啦,个人的事有啥说的?"

"决心手册"——战士们每人口袋装一份"决心手册",上面写着个人的主动计划。

选自《东北文艺》,1947 年第 2 卷第 2 期

和谐融洽的革命家庭
——连队尊爱小记

一、步枪班和机枪班

连队一般的规例：机枪班不放哨，不出公差。

有一次步枪班同志在闲谈的时候，说机枪班平时比他们事儿少。这话不知道怎么传到了机枪班，机枪班同志就开了个会，决定从各方面帮助步枪班。这个会议的内容，他们对步枪班是严守秘密的。

天还不亮，步枪班的地不知谁给扫干净了，问谁也不知道。有一天半夜里，机枪班同志端了个豆油灯，轻声轻气走进步枪班，"唰啦唰啦"扫起地来。恰好步枪班一个同志起来小便碰着了，一把抓住说："原来是你们给俺扫地，可把你找着了。"

这一下，全连传开了，黑板报上也写，各排也议论，都说机枪班好。

其实机枪班不光给他们扫地,步枪班出操回来,也早把洗脸水给端来了。点名以后,又帮助打洗脚水。有时脱下衣服就不见了,第二天,机枪班同志把洗好的衣服送回来,他们才知道是这么回事。

白天,晚上,步枪班的同志时常向班长报告,说他们的枪叫机枪班同志拿去替他们放哨去了。班长也只好笑一笑,没有什么说的。

一句话,步枪班日常该干的事,机枪班统统给包办了。

步枪班也开了个会,他们也暗地商议回答机枪班的办法:悄悄替他们扫地,早晚送两次开水,礼拜六把澡堂水烧热,硬拉机枪班同志进去洗澡。

好长日子,机枪班和步枪班就这样互相周旋着。步枪班在机枪班鼓励帮助之下,练兵情绪比一团大火还热烈,他们之间的关系也格外亲切。

二、七班回来了

七班出发数月了,连上同志都想念他们。一天早饭后,七班同志回来了,脸上尽灰,衣服也脏了。

这时同志们正在街上学动作,看见七班来了,急忙踊上去,扛枪的扛枪,背背包的背背包,又笑,又跳,又拉,又抱,把七班拥到房里去,屋里人拥得挤不动。

接着,有的帮助擦枪,有的打洗脸水,有的打洗脚水,有的端开水,手递手地送到七班同志手里。有的向他们要衣服洗,他们不给,两三个人抱住一个人,硬从身上往下剥,拿了衣服就跑。有的没有抢到,急得干叫唤:"谁叫你拿那么多! 快分给我一件!"三排同志就嚷:"七班是我们三排的,衣裳都叫你一、二排拿走了,俺三排干什么呀!"

一会儿，伙房炒好粉条白菜，煮好面条，带包茶叶，一面喊路，一面挤了进去，给七班同志问好。

晚上，七班开个会，很感激同志们的友爱帮助。写了感谢各班、排的信，派了代表到班上道谢，说他们出去一个多月，学习上落后了，请各班多在学习上帮助他们。他们见炊事班同志很辛苦，自动将刚发的津贴费捐出二百七十元，慰问伙房同志。

第二天七班就动起来了，整天和同志们一起练习刺杀。他们决心要赶上别的班、排。三四天，他们已经将耽误的课目学好了。

三、水桶里有了茶叶

炊事班见班下自动帮助他们劈柴火、做饭、烧开水，没有来电的那几天，自来水管没水，班上又自动帮他们挑水，这些事炊事班很感激，工作越干越起劲。

那天早饭后，队伍出操去了。炊事班把各班的水桶收来贴上字条，等收操回来给班里送开水。队伍还在操场，他们先挑了一担开水送到操场上，还写了一封信，信上写道：

> 全连同志真能干，抓紧时间加油练，请你们今后再努力，争取模范不困难。你们一定很辛苦吧？请喝点茶水休息休息！
>
> 炊事班全体同志敬礼

战士们听连长念完这封信，高兴地跳起来了，这个喊："用劲刺！"那个叫："比赛一家伙！"登时操场上杀气冲天。

收操回来，班上水桶不见了，急得乱嚷。这时，炊事班出动了，一人手里提两个水桶,分别送到班上,说:"同志们辛苦了,快喝吧!"

战士们一喝,黄澄澄,香喷喷,是又热又浓的茶水。战士们不知怎么回事,问道:

"这是怎么回事,怎么水桶里有了茶叶?"炊事员说:"是我们给买的,大家慰问你们哩。"这样,班上对伙房的帮助越来越多,越自动;伙房对同志们的照顾也越来越积极,越周到。

四、封锁了门

星期天,五班同志很早就起来了。他们偷偷走进伙房,里间门上了锁,全班人替炊事班做早饭。

炊事员们在里屋呼呼睡得很甜,他们在外间也干得很起劲。烧水的,炒菜的,淘米的,劈柴的,忙成一片。不知道谁把劈柴碰动了门板,炊事班惊醒了。

炊事员恐怕误了做饭的时间,急忙起来穿好衣服,一拉门,怎么也开不开。

五班同志忍住笑,谁也不哼声,轻轻地干各人的事。

"同志啊,开门吧!"

没人回答。没有哼气。

"别闹啦,快开门吧! 饭做晚了,连长可要批评咱们呀!"

还是没人回答,没人哼气。

炊事员同志又不好发脾气,急得快哭出来了。

"谁叫你起得这样晚,让人家把门也封锁啦!"

"你怎么不早叫我们呢?"

炊事班同志在屋里互相抱怨。五班同志忍不住笑出声了。他们下了锁,把门打开了。

炊事员同志手忙脚乱地撞出来，担心今天不能够按时开饭。一看，锅里冒热气，饭也做好了，菜也炒好了，水也烧开了，要啥有啥。他们呆呆地站在那里，向五班同志笑开了嘴巴。

五、一盆衣服

在连上，排连干部的衣服轻易不敢脱，刚一脱下衬衣，转身就没有了，第二天，衣服干干净净地回到自己铺上。他们常给战士洗衣服，也猜到这是战士给他们洗的。心里明白，话都装在肚里。每当礼拜五、六，他们不是躲开，就是一个人悄悄将衣服洗好，不让战士找到空子。上礼拜六，四班给连部写来一封信，要求给连部干部洗衣服。连长、指导员马上把衣服洗好，晒起，好推开战士们的要求。

又到礼拜六了。班上又给连部写来了信，写得很坚决："如果你们不把衣服脱下来，我们就自动去脱！"

连部又急忙洗起衣服来。指导员因为有事，只好将泡的衣服藏到箱子底下。

快半夜啦，四班王发珍走进连部，扭开电门，在指导员铺上找衣服，什么也没找着，后来发现箱子底的脸盆，正要去拿，指导员被震醒，直把他吓了一跳。

"干什么呀！"

指导员伸出臂膊正要抢盆子，王发珍一转身跑开了。

选自《我们的连队》，东北书店 1948 年 11 月

机枪手张成纯

当院落了一个炮弹，"咣咚"一声，炸得院里像阴天，雾雾沉沉。趴在南大门边的张成纯，用手扑拉下脸上的灰，睁开眼，看见刘庆祥脖子往外淌血。张成纯喊："刘庆祥！刘庆祥！"连着叫了七八声，他光瞪眼珠不动了。张成纯急得满头汗，赶快爬起来，提了机枪，跑到指导员那儿。"指导员，刘庆祥牺牲啦。"张成纯说："我一个人顾了打顾不了压梭子，顾了压梭子顾不了打。"指导员说："你把机枪搁在墙洞子那里监视敌人，我给你压梭子。"张成纯掏下八个梭子，指导员全给压上子弹。指导员说："你坚决在这里守，敌人来你就坚决打。我拿几个手榴弹，上东北角监视去。"张成纯说："只要我不牺牲，就坚决在这里守，你放心吧。"

张成纯从背兜掏出梭子。一看，上面尽灰土，他弄块布擦擦，净尽啦。寻思："把梭子擦干净了，只要是枪不出故障，就打得你上不来。"他趴在墙窟窿，一看，枪也怪脏，尽包的灰。一拉栓，大膛里头尽灰，枪筒里头尽灰。他把后座的机尾抽出来，拿下活塞杆，挂兜掏

18

出块布来,擦净机尾又擦枪筒,把枪擦得锃亮。寻思:"把机枪擦干净了,枪不会出故障,你无论上来多少人,我要把你打下去。"

他把枪架在墙洞,趴在雪地往外看。前面二百米远,一连串地堡贴地皮张着眼儿,楼子排了五六个,敌人正从地堡往楼子运动,四五步一个,四五步一个,有抱炮弹的,有抬炮的,有扛机枪的,想冲锋了。

张成纯把梭子摘下来,用刷子上了油,又趴下。正往前看着,听得"噔棱"好几声,连着来了三炮,头一炮落到他身后,第二炮落到身左,第三炮落到身右,把他炸蒙了。他知道敌人打排子炮是想来冲锋,就趴在那里不动,还是向前面监视。他附近一连气落了几十炮,他没有动,寻思:"墙洞外有坟堆和小房子,你一定是从这边反冲锋,我要在这里等着打你。"

院里炸得到处尽烟,柴火炸着了。敌人也乘烟气来冲锋了。

张成纯用手擦擦眼上的灰,一看,敌人上来好几十个,离他只四十多米。敌人是两路,队形很密,张成纯一梭子弹打倒他八九个,敌人退下去了。他想:"我远了不打近了打,你队形密,我就连发,队形稀,我就单发,反正不让你冲上来。"

枪又脏了,张成纯顾不得大擦,找块布条,缠上小指头,拧一拧耳膛,再卸下梭子上点油,又趴着往外面监视。

敌人又打炮了,头一炮打到他身左,离他五六步,他骂:"妈的,这一打炮又是找我这挺机枪!"提了机枪就跑,挪到东南角隐蔽。

他一走,连着在墙洞那儿落了三炮。他又骂:"妈的,你找我这挺机枪,我不在这啦,挪地方啦,你打吧!"说着,又连着往那儿落了十几炮。以后,不打炮啦,张成纯又骂:"妈的,你不打啦,想来冲锋啦。你不打我就回去。"他又提了机枪回到墙洞那儿。

他趴着往外一看,敌人真来啦。三十几个人,分三路,队形很密。心里说:"你打炮没有找着我,你又向我冲锋啦,我还在这里打回你去。"看看三四十米远了,敌人在外面喊叫。张成纯见敌人都站着往上跑,没有隐蔽,赶快把枪扳到"快机"上,一梭子又撂倒他十三四个。

前面剩下的十几个敌人不敢冲了,只见他们头上举着枪,打着滚往后退。张成纯乐了,说:"你又叫我打倒十几个,不敢向我冲锋了。"很快又上了一个梭子,又把枪扳到"快机"上,又一梭子打伤他两三个。敌人滚着绕过房子,向东面地堡跑,张成纯又打了十粒子弹,敌人又倒下一个,那几个吓得赶快跑进地堡。

接着,"咣""咣""咣"连来三炮,都炸到张成纯一左一右两三步,最后一炮离他一步远,机枪叫炮弹皮碰倒了,他趴在烟土里,头老觉得沉。过几分钟,缓过来了,耳朵也不嗡嗡响,眼睛也不模糊了。他觉得头上往下流水,发汗啦,用手一擦,好像是糨糊,有灰有泥的,一看,是血,才知道挂花。

这时,院里到处落炮,张成纯赶快提了机枪,弓着腰跑向西南角找指导员。指导员正趴在墙根防炮,看着张成纯脸上有血,就问:"你怎么着啦?"张成纯说:"我挂花啦。"指导员说:"不碍事吧?"张成纯说:"不碍事。"指导员说:"疼你就下去。"张成纯说:"我这又不是打了胳膊打了腿,不能走。打了脑袋,找点棉花,窝点土,就不淌血了。敌人来还能打,只要不死,我就坚持这个院子。"指导员说:"好吧,敌人再冲上来,咱把他打下去的时候,不立他两大功,也得立一大功!"张成纯说:"为人民立功,死也是光荣的,我死也要立功!"说罢,张成纯抓起一把土撒在伤口上,又从大衣上撕下一块棉花,窝在头上,再戴上血糊了的帽子,趴在墙根,和指导员防炮。指导员问:"你饿吗?"张成纯说:"不饿,一天两天不吃东西没关系。"指导员说:"快黑天啦。咱们家里烙的饼,敌人炮打得密,送不来,再坚持几个钟头,黑了天,增援队就来换咱回去吃饭啦。"张成纯说:"在关里打仗,两三天不吃饭是常事,一天还走一二百里,这算什么。"指导员说:"你好,你的坚持性好,没有比的。"张成纯不作声了。

敌人的炮不打单发,又打排子炮了。院里尽烟,屋子打着啦。打了二十几炮又不打啦。

指导员说:"咱上东边墙窟窿去吧,敌人不打炮,又想冲锋啦。"张成纯说:"走。"指导员提了机枪,张成纯拿了梭子,走到东墙窟窿。一看,敌人分三路,隔着五六十米上来啦,队形比头两次稀点。一个官卡了匣子枪,喊:"不往上冲枪毙你!"当兵的走得慢,不敢往上冲,那个官骂着,枪逼着他们往上冲。张成纯说:"你来冲到近前,保险一梭子就把你打退了。"指导员说:"你看他那当兵的,叫咱打得害怕啦。"说着说着,敌人来近二三十米了。指导员说:"你压梭子,我打。"张成纯说:"我给你定个'快机',手指头搂住扳机不要动,多打倒他几个。"指导员一搂火,二十粒子弹连着出去了,敌人扑棱扑棱打倒四五个。

二十几个敌人,趴在地上,往前滚的,往前爬的,还要往上冲。张成纯又上一梭子,指导员又打倒他两三个,敌人滚着往后退了。指导员高兴地说:"张成纯,赶快拿梭子上油,再上一梭子!"张成纯又上了一个梭子,指导员又打一梭子,把敌人又打伤两个。剩下的十多个敌人,又举着枪,打着滚,退下去了。

敌人又开始打来排子炮,打着门楼,打着房子,满院尽烟,尽火。张成纯早已提上机枪,到西南角墙根防炮去了。炮弹一直往东墙窟

21

窿落,炸一个又一个,张成纯骂道:"妈的,有炮弹你打吧,我挪了地方啦,你找不着。"

选自《我们的连队》,东北书店 1948 年 11 月

烈士的安慰者

双城厢黄五屯,有一位六十一岁的军属,名叫王崇法,老汉"满洲国"时代讨过二年饭,二子金林也放过二年半猪。去年八月,四九部三连在那里驻防,指导员田修俭同志,领导全连战士帮助厢黄五屯进行翻身斗争,他家才得到间半房,四垧半地。不久老汉亲自送金林参加了部队,且嘱咐田指导员说:"你给我好好教育他,叫他为国尽忠!"

今年三月间,城子街战斗的胜利消息传到了厢黄五屯,老汉就到处打听三连。他听说田指导员英勇牺牲了,难过得三天没有吃下饭,哭了好几次。最后,老汉想出个主意,他要把田指导员的灵柩起回去,埋在他地里。

部队离他家二百多里,化雪的道路尽泥水,老汉滑滑跌跌走了三天,找到三连了。他给连长说:"田指导员牺牲得光荣,一到五黄六月,我怕把他失落了,我家里分到了几垧地,我把他起回去,给他烧几张纸,埋在我地里。等把老蒋一消灭了,我再交给你们安置他。"连长说:"王大爷,不要起动啦。以后,队伍上还给他在大道上立个碑文,写上哪州哪县,怎么牺牲的,不要起动啦。"

老汉不服气,解释道:"这不是我一个人说指导员好,临走时我和屯里老汉们研究过,都说起回来好。"说着,老汉两眼泪糊了。

连长把老汉介绍给营长,营长也同样安慰了他。老汉不舒服,又到团部找到程副主任。程副主任给老汉耐心解说后,老汉嘴里不说什么,心里可不乐活。最后,老汉返回连上,找到金林。金林说:"爹呀!不让起就别起啦,你老人家的心,连上同志都知道啦。"

临走时,老汉向连长说:"你和上级再研究研究,过些日子我还来。我儿子金林为国尽忠,我也为国尽忠。"

选自《东北日报》,1947 年 4 月 24 日

林其学习组

去年正月,林其还是个贫苦的木匠,现在,他已是一连的模范党员,领导着三三制学习小组。

他的特点是对工作一贯积极,不管上级有什么号召,他都是坚决完成。可是他也有缺点,就是不多识字。

他身个不高,可是短粗有劲。大伙都知道他一个午觉时间,跳了二百多次木马,腿肿得不能跑步,攀杠子手掌打起血泡,膝弯磨出血,还是忍痛练习,终究把这些技术练得很熟。他们组的陈保金、张振芳都是入伍不久的新同志,当开始练兵学刺杀的时候,他们都是一门不门的。林其便在自己的计划上规定,先将自己的姿势做正确,再去教他们,并对他俩着重思想动员。

经过谈话后,陈保金和张振芳都说:"行,练吧! 你怎样我们也跟着来!"这时,他们这个组已经和一、三组挑了战。

陈保金先来了个原地直刺。他的劲挺大,不得要领,更重要的是不会喘气,一口气十几枪,眼瞪得老大,脸涨得通红。

"这么来,出枪收枪一口气。"林其刺着枪,告诉他换气要诀。

陈保金自己琢磨着,怎么也改不过来:顾了刺枪顾不得喘气,顾了喘气顾不得刺枪。

挨到张振芳了。张振芳也来个原地直刺。他很撒劲,"预备用枪式"一条腿歪,臂伸不直,成了歪歪腰,枪不是高就是低,要不就歪了。

林其给他搬搬身子,扭扭腿,他臂酸得支不住。

几天过去了,陈保金稍微学会喘气,可是还不自然。林其得空就找他谈,他也用心练,情绪挺高。张振芳练得也不少,就是不得要领,姿势孬,他自己都有些生气了。

林其常安慰他说:"不要心急,一下一下来,只要苦练,日久就好了。"只要一有空,他们三个人的眼睛一碰,就提枪出去练习,直练得臂、关节、浑身又疼又酸还不休息,练得很起劲,因为他们知道停止练会更疼,疼过几天就好了。再加两位新同志正学到点要领,对刺枪有了兴趣,谁也不说疼,只在晚上用热水洗洗臂,第二天依然起得很早。

起先是林其和几个党员早起晚睡苦练,一礼拜过后,大家都提意见要早起练习,各小组对"起床"也就成了不宣布的竞赛了。

林其小组经常起得很早,轻手轻脚打扫了室内外卫生,摸黑刺枪,主要练臂力,谁的姿势正确不正确看不清楚。

礼拜六晚上,全班在屋里比赛,三小组比一、二小组动作确实,有力。陈保金后腿老先蹬,身腰挺不直,要不就刺刀夺拉,后脚跟也不会蹬地。

全班检讨了每人的动作姿势,林其小组又开会研究。他们晚上照着灯影子刺枪,自己看自己的姿势,自己琢磨纠正。

26

全班第二天比赛时，一、三组一样好，二组就剩个张振芳姿势孬。张振芳不大得要领，可是他出枪有劲，能苦练。

林其心里很发急，深怕他们组下一次比赛再落后，睡觉做梦都忘不了怎样帮助他们纠正动作。

张振芳也有空就跑到空屋偷练，他想在正式出操时候，叫大伙看出他的进步。陈保金有几天肚子痛，但还坚持干，一气刺了一百来枪。至于林其，他在帮助别人当中，自己也进步很大，要领已掌握几分，出枪要猛，收枪敏捷，眼手足心气一致，足下稳固，姿势不变，他在设法叫他俩跟上他。

上操时候，张振芳和陈保金排在林其两边，教员一喊口令，他自己猛地将枪刺出去，然后偷偷地瞅望他俩，声音在嗓子里喊着：

"老陈，左膀子！"

陈保金赶快将耸起的左肩压低些。他又往另一边喊道：

"老张，后腿蹬直！"张振芳赶紧蹬直腿，身子上去。

全班第三次比赛，三个小组都差不多了。

第二天早晨洗过脸，林其他们抓起枪就地刺开。林其刺二百五十枪，陈保金刺一百四十枪，张振芳也刺到二百五十枪了。

张振芳向林其说："以后咱们比赛，看谁刺得多！"

"行，比赛吧。"

林其笑了，心里说不出地高兴。

选自《我们的连队》，东北书店 1948 年 11 月

马世明机枪组

前面地堡的机枪,渐渐续续往这座破烂的小院打,打到墙上,打到秫秸篱笆上,打到院里的破箱柜上打得叭吃叭吃响。

组长马世明,胳肢窝夹着机枪,侧身爬到东边那间草屋。向外招呼:"黄朝凤,你也这么爬。"黄朝凤爬进来了,梁才也爬进来了。

马世明把机枪放在炕上,顺窗户往外一看:前面炮楼底下有敌人一个岗,大摇大摆朝这看。周围一趟地堡,一溜一溜地围着德惠,这儿一个敌人,那儿一个敌人,三个五个,一帮一帮,往这往那乱窜。寻思:"你他妈大摇大摆真胆大,等一时我看好你,一枪就打死你。你要冲锋,我跟窗户朝外打,正好。"黄朝凤也挤着朝外看,说:"这小子胆真大!"梁才靠墙坐下,压梭子。

马世明搬了几块土坯,搭在窗台底下,把机枪架在土坯上,一看枪口正对着炮楼、地堡。你他妈来吧!一寻思:枪眼从南打倒合适,你从东南来呢?不大好利用,他拿了小铁锹,照墙角挖了个枪眼。一看,也对着炮楼、地堡,朝外打也正好。又照东墙挖了个枪眼,一瞅，地溜平溜平的，二百来米就是一串地堡，这地这么平，你要搞这冲，你就"冲"不上来。

崔鹏飞进来了。马世明说："班长，你在哪儿呢？"崔鹏飞说："在大院子，我那挺机枪打不叫啦，坏啦。"崔鹏飞从窗户朝外一看，指着楼子底下敌人就骂："这小子他妈大摇大摆，拿棵大枪来。"他嘟嗒嗒走到外屋，拿了棵大枪，担在窗户上，当的一枪，敌人弓了腰跑回楼子啦。

敌人三个五个，十个八个，朝东面走，看意思兵力往一块集中，准备反冲锋了。这时候，炮也围着房子，前一炮，后一炮，"攻攻"地响，一炸一股黑烟，炸得屋子往下落灰，人震得脑袋嗡嗡的。崔鹏飞猛里猛实地抓起机枪，就担在窗户上。敌人叫房子挡上啦，看不见啦，他气得说："同志们，敌人可准备冲锋啦，咱们不能同生能同死！咱们在后方挑战、比赛，为人民立功，别忘了！"黄朝凤说："没有关系，咱们坚决打。"马世明说："咱们坚决守住阵地，回去就能立功。"梁才拿着梭子，劲也挺足。

崔鹏飞抓着机枪不撒手，见敌人三个五个运输，就朝外打。敌人发觉小房有机枪了，六〇炮，迫击炮，一出口，"攻"一下，轰轰轰，三个两个炸弹，往房前房后地落，"呱呱"地炸，震得小草房晃闪晃闪的。屋里尘灰落在身上、脸上、枪上，人耳朵震得铮铮响。崔鹏飞摸起大衣擦擦脸，揉揉眼，还朝外打。马世明也擦擦脸揉揉眼，朝梭子上刷油，刷了油上在枪上。黄朝凤、梁才很忙地往梭子里装子弹。

这梭子弹还没有打，外面就有人招呼："从东南冲上来啦，机枪快朝东南打。"崔鹏飞跳地上，很快从东南枪眼伸出枪去。一看，上来二十多个，连三拼四就打好几梭子，打倒七八个，剩下的像羊群似的跑回去啦。崔鹏飞说："打下去啦，没有关系。"架了机枪又顺窗户朝外瞅。马世明见枪上落了一层灰，看不见铁啦，猛里猛实把枪抓下来，卸开，一边擦，一边说："擦好好的，擦干干净净的，你来多少也没关系！"黄朝凤也说："没关系。"梁才也带点笑呵的意思。

敌人又集中炮朝这打，围着房子、院子"攻攻"的比上回还厉害，正这么响着，房子上"攻"的一声落一炮。房子的柁也炸折啦，屋里的灰跟烟，对面不见人。脸上，嘴里，尽灰，鼻子眼喘不出气，眼睛"札不拉沙"的睁不开。马世明说："黄朝凤，往外瞅着，看着点。"崔鹏飞说："没有关系，他再冲锋，咱把放到近前，一顿机枪，一顿手榴弹，打回他去。"都说："没有关系，没有关系。"

屋里风飕飕的，窗户都震坏啦，房顶炸挺大挺大个窟窿，人冻得手麻酥酥的。敌人的炮还没有停，外屋又招呼啦："敌人又从东边冲上来啦，机枪快打！"马世明端着机枪就要打，崔鹏飞一家伙夺过去，顺东边枪眼打上啦。马世明给梭子上油，上梭子。黄朝凤，梁才，压梭子。崔鹏飞上了"快机"打。一连气打三梭子，打倒了七八个，剩下的一嚎一嚎地跑回去了。

外屋有人喊："又打回去啦，没有关系。"马世明说："你他妈来吧！"崔鹏飞说："来了就打，坚决守住阵地。"梁才跟黄朝凤也说："没有关系，没有关系。"紧接着，敌人的炮打得更"邪乎"啦，三发两发一堆落，房前房后一堆炸，你看不出晴天，炮烟像阴天云彩似的，也看不出日头。也像失了火冒着大烟似的，炮药味呛鼻子，把脑袋呛得迷迷糊糊的。外屋人喊叫："朝外瞅着点，监视点！"外头也喊："朝东监视点！"

崔鹏飞在窗户跟前，看见三个两个就打。外屋又招呼："又冲上来啦，机枪快朝东打！"马世明想："我这挺机枪是咱们的主腔骨啦。"崔鹏飞抱了机枪就顺东墙枪眼打，马世明守着他上梭子，擦油。一连气打两梭子，打倒六七个，剩下的头也不回就跑回去了。外头，外屋又喊："打回去啦，打回去啦。"崔鹏飞把枪伸到东南角枪眼监视，马世明上炕从窗户眼监视。梁才、黄朝凤拿着梭子和子弹盒待着。

敌人的炮比上回打得更厉害，三炮两炮，接接连连震得房子忽忽悠悠，震得人迷迷糊糊。"呱呱"，房子上连着落两炮，房子塌啦，起火苗啦，屋里尽烟火，人炸蒙啦，呛得喘不出气。崔鹏飞说："这不行啦，咱们撤那大院去。"马世明说："我拿子弹盒子。"马世明从那烟火里摸着子弹盒，一出门，烟灰炸得对面不见人，见不着他们啦。跑到大院，找到指导员，指导员说："在这守着吧。"黄朝凤一歪一闪走来了，头上流了血。黄朝凤说："挂花啦。"马世明说："倒在墙根吧。"马世明抱了秫秸给他枕上，说："一时来担架啦。"黄朝凤低声说："嗯。"

马世明拿着梭子正擦油，"呱"的一声，手腕一闪，梭子掉地上啦。指导员说："挂花啦，你下去吧。"马世明说："没有关系，不下去。"指导员说："你把这挺坏机枪送下去吧，下去吧。"马世明想："叫我送机枪要紧，我送去再回来。"就嗯了一声，提着机枪绕到房子北面，顺墙窟窿钻出去。炮弹房前房后还"攻""呱"地炸，前面是三百来米的开阔地，敌人用枪三面封锁，子溜子围他身前身后，把那土和地打得直冒烟，很"邪乎"。他想："指导员让我下去是挂花的原因要紧，送枪不要紧，这时候好好一个人，他不会让拿着枪下去的，我送了枪还回来。"他有时弓着腰，有时打着滚，有时站起来跑，一直奔到指挥所。

他见着教导员，解释道："我是八连一排机枪组的，不是我自个下来，指导员叫我送枪来的。"他没有说自己挂花。

教导员叫他进了屋，问了问前面的情况。马世明说："我回去。"

教导员说："同志，吃点饭吧，休息吧，别去啦。"马世明说："不吃，走啦。"通信班长就挡住他。

马世明坐在锅台上，急得很。一寻思："我这组人也没啦，别的同志也有挂花牺牲的，在后方又提出挑战、比赛、立功啦，这时候不干还等多时干哩？干！坚决和他干！"他瞅着教导员不在了，像个小偷似的，从房子后面，溜溜瞅瞅地跑出屯啦。溜平地，大天白日，日头挺高，两三面子溜子嗖嗖的，围着身前身后，土打得直冒烟，地打得直冒烟，他又弓腰又打滚地回到阵地上。

马世明说："指导员，我回来啦，枪送指挥所啦。"指导员说："怎么你又回来啦！"马世明说："花不重，不痛。"寻思："怎么不痛，肉打了挺大一片还有不痛的！"指导员说："对，在这守着吧。"马世明说："我使伤号的步枪、手榴弹、子弹。"就到牺牲同志的身上，解下子弹、手榴弹披上，提了步枪，站在墙缺口往外监视。

墙外粪堆后面，倒着个大个子，身上尽是血。一细瞅是崔鹏飞。崔鹏飞抬头看看指导员又看看马世明，慢慢地摆手。敌人的炮还是不停地打，子溜子一嗖一嗖的很密。指导员说："这阵不行，他在那边打不着。"马世明想："子溜不密时候，我和指导员架你去。"这时候崔鹏飞摆着手喊："指导员，我牺牲了的话，追认我是正式党员吧！共产党万岁！……"

选自《我们的连队》，东北书店 1948 年 11 月

庆功会上

号音嘀嗒嘀嗒，哨笛吱吱哇哇。满会场功臣，戴红花，挂红条，吸烟，喝水，你说我笑。满会场贺词、贺帐、锦旗、彩画，花红柳绿，好比荞麦开花，真热闹！

呜呜呜一股风，汽车开来。功臣们一左一右刚搀下富态的王老太太，一帮妇女会员早跳下车厢。王老太太身穿青布大夹袄，上套对门马褂，短秃秃的发髻梳得倒也光滑，耳环，银簪，手镯，戒指，都戴全。妇女们有剪发，有圆头，有姑娘，有媳妇，新衣新裤，打扮得齐致，跟上老太太给功臣贺喜啦。

会场上伸出千只手，会场上张开千张口："王老太太来啦，王老太太真辛苦！"老太太拿手帕擦眼，一步一点头："很好，很好！"乐得摇摆着走。"姑娘们！洋烟，粉条！这点贺礼可给我拿好！唉，真该带上条活猪！"老太太刚扭头，两边功臣搀上她走啦。

这时间，叮哩呱啦，呜哇呜哇，乒，啪，铜器锣鼓鞭炮响，越响越近。会场上哄哄哄哄，功臣们听着，笑着，伸长脖子望着，前面的踮起脚尖,后面的托他的肩膀,一跳一跳争着瞅。嗬!大红旗飘呀飘的,高竿扎满花朵,自卫队,童子队,一踊一踊,锣鼓响,一直响,人也一直喊号儿。

又一班吹手来了。又是几面大红旗,又是扎满枝的花朵,笙管呜哩哇啦,人一喊口号,万竿花枝高举,哗地又放下。阖会场功臣,乐的,笑的,粗壮的嗓子哇哇唱歌。

吱吱吱,几声哨笛一吹,老乡双手把花竿排成行,一串串鞭炮砰砰啪啪,爆起烟土。号手们轮番吹号,笙管也轮班吹。花枝锦旗,自卫队,童子队,涌呀涌呀的,围会场不停拍巴掌。涌到大席棚,代表们把锦旗举在头顶,面向功臣献上。会场里举的满是拳头,哇的一声欢呼,笙管吹,歌呐唱,好不欢喜!大席棚涌满了人,功臣们接接连连来,接接连连走,一面面红旗,一朵朵鲜花,一张张奖状,眨眼把会场成了大花会。吕连玉、吴振荣、吕忠辰,三个特功功臣挨着坐下,你看看他,他看看你,下额抵着大花瓣笑得没了。崔兆臻一身油腻的衣服,一看就是炊事员,他在雪地上打滚背伤号,人都知道他,人们对他笑,他羞答答的不敢看。新战士小周跳蹦着拿了奖状,一跳坐下,赶快用手帕包起来。老马夫满脸皱纹拿了奖状抿嘴笑,在场里跑开。还有一位老人,握住主席的手像黏着了,不舍得丢。功臣们实实太乐。你娶媳妇,你给亲友贺喜,你给老人祝寿,怎能和这相比!真光荣!

你看妇女们围上一帮功臣们,细心细意给他戴花,不简单啦!人家张玉林,活捉敌人一百八。人家吕忠辰,一手夺下敌人的水压机枪,人家刘国栋,单人独枪堵缺口。……这七个功臣挺出色哪,光那朵花就把胸脯盖住啦,你看有多大,你看多光荣!

王老太太有点眼热,一摆一摆站前来。

"我就是和八路军亲密,哪一个伤兵我也得摸一摸,问一问。这都是我手下的徒弟,你们瞧! 嗳! 嗳! 姑娘们! 戴好了花,快给功臣同志施个礼!"

姑娘媳妇们一听,笑着给功臣鞠个躬,功臣还他个举手礼。

鼓乐吹吹打打,人们嘻嘻哈哈,会场哄哄哄哄,王老太太不管人听着听不着,还是说:"都是有功之臣! 比古人比几个比啦! 昔日包老爷挂花也不比这个! 哈哈……给同志们道个喜!"老太太拿手帕擦擦眼,欢欢喜喜地转身坐下。

这时间,满场功臣哗地站起来,老乡们拿着花枝涌进场,一朵一朵给功臣戴。转圈看热闹的,也哗地站起,往里涌,一个个伸长脖子,瞪眼瞅功臣。功臣们低了头,脸色有些含羞,偷笑哩。

王老太太站起来,又想说话,吕忠辰、吴振荣七位特功功臣,忽地跳过去,围上她。一下,老人家胸脯上,肩上,脖子上,堆满花朵,简直成白莲洞的观音老母啦。

"哎哟,担不起! 我没有功劳! 我是来看看同志们!"王老太太摆摆手,围会场哇地喊开:"王老太太有大功! 王老太太长命百岁!"

"我今年七十五岁,我是穷人,我就是喜爱八路军,我看同志们还没看饱呢!"

王老太太说几句,会场就哇地喊几声,功臣和老人家对了一阵话。老人家有点累了,几个功臣就把她扶回凳上坐下。

一时,功臣们哗地站起来,围会场鲜花点点,彩旗飘飘,刺刀闪闪,千只拳头哗地举起,哇地喊号:"我们是人民功臣,坚决为人民立功! 功上加功,再立大功! ……"

选自《我们的连队》,东北书店 1948 年 11 月

誓为人民立功勋

江北落雪的日子，江南正漫天掀起北风，浩远的松花江水滞流了，江面封冻了。"严寒"和"胜利"已变成一个概念流传于我们部队。

如果你走进我们团指挥所，指挥员们恐怕没时间接待你。他们或拿起电话筒听取各营的报告，或蹲在铺着干草的屋地上，拿了一卷不是文件的文件精心细读；之后，互相对看一眼，谁也说不出话来。现在，电话不是用来指挥作战，文件也不是通令、通报、指示，但是指挥员们的心力紧紧地被锁围在上面。

"我营刚开过大会，全体军人进行宣誓，要打个威风，为人民立功，各连已立起功劳簿，营上已做好一面虎旗……请首长交给我们主攻任务！……"这些动人的事件，你可以随时从耳机上听到，我们的指挥员当然是听惯的了。

至于那些文件，也许比不得油印、复写和文书员缮写的好看，上面有错字，有不成句的，爬爬拉拉地挤满了大小纸片，但写它的人却是严肃认真的。他的心，他的意志，给每一个字句赋予了伟大高尚的热情；临了，他又在书简末尾盖了章，压了指印。这是很贵重的文件，指战员们将自己为人民立功的誓愿、决心，英雄地坦露于党和上级面前，且让将它保存，实践之后再来对照。

这是一位连长的誓愿书，他知道现在正好是他为党为人民立功的时候，他决心不管在任何恶劣情况下，坚决把队伍带上去，指到哪里打到哪里，宁叫光荣在，不怕人不在；接近敌人，了解敌情、地形，坚决消灭敌人。誓愿书是装在信里送来的，附了一张残废证，一张照片，三千元钞票。他在信尾批了几行小字，用红铅笔勾了连环套圈，他写道："我的私钱三千整，请上级保存，我要牺牲作为党费。残废证，照片，我要死也算作留念。"

炮兵连长刘云峰，心情焦急地写道："请团首长在每次战斗中不要忘记我们，把我们的炮用到前面去炸杀敌人吧！"往下，他极其庄严地写道："我们要用最大努力精确瞄准，援助步兵前进，不怕敌人的炮火如何凶，愿把我们炮带到离敌最近距离去打敌人。"

步枪通讯班集体写道："按时坚决完成任务，碰着敌人或被包围，就把信吃掉或撕碎、烧掉，坚决突围，宁叫牺牲自己，不叫泄露秘密。无论如何乏困、冷冻、饥渴，不讲怪话，轻伤不下火线，完成任务。"

全体医务人员提出几项保证：保证不丢掉一个伤员，使每个负伤同志安全下火线。保证每个负伤同志得到包扎，不致流血过多，做到上夹板。保证喂伤员同志吃稀饭、喝开水，且不让伤员受冻。保证日夜工作，一切为伤员。

排长王中米坚毅而天真地写道："我情愿在前线冲锋突击班与敌人拼刺刀，要是不死的话，我一定缴来新的武器给大家看一看。"

37

头天,他参加过一个血酒宣誓会,他已把这事写在宣誓书上:"大家喝了血酒,我的血也喝在大家肚里保存着,并且团长教导员也喝了,我情愿叫血在、名在,不怕我人不在。"

像这样一类宣誓书,如果从各连集结到团指挥所,其分量可以过秤的,从江面封冻那天起,团指挥所和总支部的文件箱一天天增添了分量。指挥员们都知道,随便一页宣誓书,其分量是沉重而难以计量的,那里面充满着人民战士的自觉情绪和纯高品质,我军胜利泉源亦基于此。

现在,广阔的西满荒原上,那些散落的乡屯,人民的军队已开始歼敌战斗了。他们在场园上,在低矮的农舍里,集体地宣誓,找些废报纸、窗户纸,编写几幅动人的标语,再端一盆猪血来,涂抹在枪刺上、炮口上、拳头上;或以钢针扎破中指,热血滴于酒中,一人一口吞饮了血酒。他们以昂奋的情绪,含着两眶热泪,从丹田发出呼喊:"我们的枪擦好了,我们的刺刀磨亮了,我们的手榴弹揭盖了。我们的眼睛像老虎一样瞪得红红的,我们的嘴像狮子一样张得大大的,要将进攻我们的蒋军一口吞下去!干,干,干!干死就算,不死再干!为人民立功,虽死犹生!……"

选自《东北日报》,1947 年 1 月 12 日

伟大的安慰

当四六部慰问伤员的代表们一进入双城市街,花彩挂钱与鲜耀春联的年节色彩中,"伤员往北站去"的路标吸引了他们的注意力,这里伤兵医院主要是转送伤员,代表们还是进去探问了。

"院里只留了极少数不便转后方的重伤员,我们正设法挽救他们。"院长将身体移向慰问伤员的代表:"最好能慰劳他们点东西,叫他们心里快活些,得一点安慰。"

"是的,我是四六部主任,我们就是来慰劳的呀。"李主任说罢,院长便着人领他去病室。

在楼房暗道转角处,李主任费力地撩起厚重的门遮帘进去,他帽耳上的霜花立时融化了。

"你们哪个是北六部的?"他无一定目标地发问,抬手抹去鼻下的霜花。

一位不显瘦的轻伤员,亲切地走近李主任,敬了个礼,用喜悦的目光看着他。

"我肩背的伤快好了,我留着照顾他们的。"说时,他顺手往里外间的通床指一指。话声轻小,显然是怕惊扰了他们。

李主任站在温暖的病室里,感到后方的伤兵工作做得挺好,他没有询问伤员们的生活情形,俯下腰,向卧床的伤员们发出抚问的话语,有点精神的伤员,都把眼睛睁得大大的,恳切地望着他。

副排长赵德富,右臂上了夹板,两腿缠了绷带,面向上仰睡,不能翻身,主任走近他,俯身说:"我看你们来了,纵队首长、师首长和全体同志们问你们好。"

副排长轻微嗯一声,慢慢掉转头,询问团长、政委以及连上许多同志的情形,但他没有提他自己。

"同志,他们都很好。"主任抚着他的头,说:"你为人民光荣负了伤,大家都惦念你们,好好地休养吧。一会儿,我还给你们送点东西来。"

排长苍黄的面色非常沉静,他几乎忘记自己的伤痛,给主任谈起他那一排人在焦家岭战斗中的战斗情形。

"我的腿伤了点骨头,这个臂……"他微微动一动,想叫主任看伤口,奈全身动不得。

班长王会群头部缠了绷带,微肿的眼里射出亲昵之光,他只静听主任的问好,不便说话。

主任走进里间,小通讯员张喜银一见他就高兴地哭了,他像见了自己的亲爸爸。主任给他盖好棉被,劝说几句,这才平静下来。

机枪班的常国试,和主任说了几句话便以泣声恳切地说:"主任,我想快点好了回前方,再打他反动派。"他伸出臂腕无力地招招手:"主任,回去给连上的同志问个好。"

还有一位炮手,一见李主任就遗憾地说:"我没装进炮弹去,就给打倒了,没完成任务。"他看着裹了绷带的大臂说:"我想很快上前方,为人民我心坚决!"

几次,主任为伤员们的话语所动,鼻子一酸,就将头扭转去,忍住了热泪。

返回住处,主任集结了几位连营代表,带上慰问信件、慰问金和哈尔滨各界民主战争后援会运往前方的慰问袋,又走往伤员卧室。

"大家听着,纵队首长给你们的慰问信。"主任将眼转向一位代表,说:"念吧。"

年青的代表站在当中,一字一句将信念下去。伤员们没有了呻吟,护士们也默声地听着,屋里静下来了。从部队的胜利到战士们忍寒忍苦的作战精神,从部队中过年缺少了他们,想念他们,到嘱咐他们安心休养,遵守院规,每一字都含了浓烈的革命大家庭之爱。念完信,代表们给每一伤员枕头边放着师团指挥机关和私人托捎的信件,慰问袋也同时发给伤员们。主任以手指黏上口沫,默声点数慰问金,一沓沓的崭新的票子塞入伤员手里。伤员们苍瘦的脸色闪出了光泽,眼睛也有神了。

"这是哈尔滨老百姓慰劳你们的,你们为人民流血是光荣的。"主任指着牛皮纸精制的慰问袋说。

对面卧床上,伤员王会群还收到个朋友捎来的纸包,一位医务人员给他打开,里面是一封信和一张百元票,那人挨近他开始念信了。

"王会群同志台鉴:

你为人民服务,光荣负伤,望你静心休养,我给你报仇。现送你一点钱,望你收留。别不多言,我们又准备打大胜仗呀。

八班长张明才"

那人俯身看着他问:"听懂了吧?"他微微合下眼,鼻里哼一声,眼光停留在信上。他心里清楚,战友们省用下的一点烟草费和津贴,从遥远的前线寄给他,他除感激之外还能说什么呢!

"嗳,怎么满满一袋子!"副排长赵德富手托慰问袋,自问道:"这里面是什么?"他慢慢拆开袋口,伸手摸出个信套。"这是什么?"他问身边的史凤祥。史凤祥从信封掏出一沓钞票和一张印了红字的慰问信,他放心了。他又摸出几包香烟:"给你,吸!"史凤祥拒绝道:"我也有。"最后,他摸出个毛巾包,慢慢摊开,原来是肥皂和大苹果。这和母亲给儿子,妻子给丈夫遥寄什么珍贵的包裹有什么两样,他感到莫大快慰。

立刻卧床空间,到处堆放了伤员们的慰问品,医院工作者忙着,分别给伤员念信,伤员们屏息而听,生恐漏掉一个字。护士们将圆大的苹果浸入温水洗净,一片片喂伤员们吃。主任他们走时,伤员们嘱托道:"回前方给我问大家好,叫他们多打胜仗。"

"我伤一好就回前方,叫他们不要惦记我。"

说着,伤员们病脸上现出光泽,望着代表们笑了。

二月一号

选自《东北日报》,1947 年 2 月 19 日

我们的连队

　　树荫笼罩着的旷地上，几幢俄罗斯式的营房掺杂排列在周遭，中央便是一个宽平洁净的练武场。战士们正排成线直的行列，以"前弓后蹬"的姿势操练三八枪。随着值星排长洪大雄壮的口令声，战士们运用着"起躜落翻"的劲力，每一刺杀动作都是准确有力。他们为了操作灵便，只穿薄薄的单衣，一阵哗喳哗喳的刺杀过后，汗热的蒸气从人们头顶腾起，像处在炎热的夏月。

　　这个练兵场，不论是场围的楼壁，薄板木篱，或者几块竖立着的扇板，都为这个环境增添了色彩。那上面或者刷上灰粉，写几句动员性的口号，或者将彩色标语粘贴在上面，总而言之，这些被战士们自己创造出来的东西，没一点不是他们奋发心情的表现。属于军事体育的设备：单双杠架，箱柜样的梯形木马，也是战士们动手修造的。

　　部队刚来这里，像走进荒野一样，营房外面丛密地生长着荒草，所谓空地即是砖石与洼坑的混合体，连点名的场所也寻找不到。这里曾经是敌人的营房,住过肮脏野蛮的敌人,我们的军队不仅逐走了敌人,且在敌人所遗留的墟地上,除清污秽,建立起美好新鲜的天地,亲手给自己建造一个练武环境。

操场正面,竖架起两幅巨大的黑板报,它几乎成了操场的围屏,实际上它是战士们练兵生活的镜面,谁好谁歹,都在这儿找到他的面貌的。正是双十节前一天,黑板报上刊出了这样的事件:

一、昨晚各班睡觉前都进行了刺五十枪。

二、范德山、吴和、四班副诸同志,在课外自动练原地直刺。杨公平在铺上练架枪动作。

三、孙世金天不亮刺了百多枪。机枪二班副早四点打扫室内外清洁。

四、昨天下午杨公平同志自动帮助伙房劈木柴。

五、三排长于昨晚替班副代哨。

简明的字句里,我知道部队在练兵与尊爱运动里,是怎样热情奋发啊!当我走入俱乐部之后,这个印象是愈益深刻与明显了。

那里已经有不少美术的文字,写着战士们的作品,墙壁上除过纸叠与画幅,再就是被鲜花围绕着的领袖挂像。战士们在毛主席的肖像前面,每个人都跃动着一颗坦白、诚实、紧张、奋发的革命英雄主义的心脏。他们在运动里互相挑战,互相批评,表扬模范,都要使自己的连队达到模范连的标准。

一位叫秦儒汉的新战士,他在个人计划书上写道:一、刺杀当中认真地学习;二、和班里团结友爱,不发生问题;三、上级给任何工作不打折扣地完成;四、站岗放哨认真,不打盹。

另一位新战士自我批评地写道:"我们排级干部学习刺杀紧张,跟每个同志打成一片地学习,不分官兵。另外,排副在我们排里一样工作,自己还帮助打菜打饭,给班里扫地,什么工作都做,推动着我们班的工作,我决心要照着我们的干部学习。上期我学习射击落了后,这期学刺杀我决心完成任务,不落后。"

范德平也在一块纸片上写道:"我们班老同志对学习很积极,对我们帮助很大,我也动起来,决心照着他们学。"

这只是随便抄录了几位战士的计划书,在我脑里却已浮现出一幅练兵景象画来:战士干部们早起晚睡,在操作以外,课外时间,屋里屋外,正掀动群众性的——兵教官、官教兵、兵教兵,我军一向特有的练兵作风。这个运动又有机地结合于尊爱运动里,官兵相亲,官兵互助已达到空前高涨与融洽,帮助了练兵计划的进展。

我正式走进连部了。迎我的是一位浓眉黑眼、粗实高大的人。他是一连副连长,带着他的检查小组来五连参观的。

我在团部就知道一连的工作和五连一样有显著成绩,他们是要来这个连队里吸收些经验。他要把这里情绪紧张,伙食好,干部带头作用等等带回去教育自己的连队。连长指导员汗热地回来了。他们在战士群练了很久刺杀,刚下的操。指导员因为一条臂挂花残废了,他只好持一支木枪学刺,木枪时刻不离开他身边。

指导员有点老年人味道,长脸盘,大而沉静的眼里饱满地含着和悦之光,他拉低帽舌,很平常地讲说着连上的事。在他说来,连上的工作是不能满足他的理想的,他的打算是要将本连培养成个模范连。

连长是个精干爽利的年轻人,十三年前他还是中国工农红军里的一位小孩子,他一直在革命队伍里长大的。他脸上还保有青年人的红晕,一口四川腔,谈吐非常快乐。他和指导员的意志是一样的,想争取个模范连,他诉说了他的信心与有利条件之后,微微偏侧了头,似笑非笑的有点羞怯样子。我理会他的心思了,忙说:"行! 好好搞一下!"

我将连部环视一遭,壁上挂一面彩缎锦旗,上写:"射击优胜",是团部奖赠的。锦旗下面,贴着团部关于创造模范连、模范干部和战士的决定,他们还将上面的重要条款以红色字标出来,这就是他们目前的工作方针,都在这个方针之下发挥自己的创造力、组织力。

第二天中午,副指导员参观一连回来了,一连副连长也准备回去。副指导员进门就放下背包,脱掉棉衣,抓起三八枪在屋地上刺开。他夸奖一连的刺杀动作在收枪一点上比他们整齐有力,他在边刺边琢磨。

一连副连长在大家邀请之下,接过步枪,就地做动作给人们看。他脸颊有点泛红,眼睛锐利地注视着平刺的刀尖。刺得上了劲,来了一阵前踏步,地板震得直响。他流汗了,有点喘息,随将枪靠在一边。回答他的是一阵欢笑的叫好声,他羞怯地退坐在床角上。

观察过后,我感觉连上的生活像时钟一样动弹着,有机地,有节奏,又那样富有重心。我给连长说:"战士们这样卖力气不要累病了!"他仰头想了想说:"我们准备正式下个命令:抓紧时间苦练,但要保证足够的睡眠。"

选自《我们的连队》,东北书店 1948 年 11 月

悬崖上

重机第三班一气跑上第二个大山头,在树林架上枪,班长尹克善就看见突击排在第三个大山头摇红旗,射手刘凤云也看见突击排在那儿摇红旗。班长心里发急,想一步上山头,刘凤云也发急,想一步上山头。班长一摆手:"别打啦,赶快拆枪!"刘凤云使急劲把枪一落,拆下来。副手姜福武一步跨过去,先把枪身扶在刘凤云脖子上,又哈腰,自个把枪腿扛在脖子上。这时,弹药手也把箱子扛起来。班长说:"赶快前进!"领头就钻进树林里。枪腿、枪身、箱子,就跟着他一个劲跑。山上尽树茬子、树棵子、羊胡草,没有路。足底又滑又扎,树枝又刮人,直绊腿,直刮衣服,真不好跑。他们扛的东西挺重,刘凤云的枪身七十二斤,姜福武的枪腿五十六斤。每个弹药箱三十斤。跑得挺不起腰,累得满身大汗,像水浇,顺着鼻尖,下巴颏,淌下一胸脯,汗杀得眼睛疼得睁不开,连鼻子带嘴喘气也不够使,嗓子渴得说不出话,班长哑嗓子喊:"赶紧跟上!"姜福武传:"一个也不要落下!"刘凤云也传:"跟上,不要掉队!"跑着跑着,爬上第三个大山。

姜福武把枪腿一撅，哈着腰，接过刘凤云的枪身，他俩架好枪，抬到山顶小树林，都趴下。弹药箱也迅速送上来。班长顺树窟窿一指："你就对高山头打！"刘凤云往前一瞅，连串五个大石头山包，陡得像城墙，一个比一个高，烟气昂昂。往上一看，大山顶上那个洋灰碉堡，像车站上的大水楼，雾气昭昭，像在云彩里似的。心里一来气，揉揉眼睛，瞄着碉堡当腰枪眼就打。他怕枪出毛病，三发两发先打一板。班长说："你打低啦，再起一起！"刘凤云随时把降升轮绞起来。姜福武趴在枪一边，随时又装一板子弹。刘凤云寻思："当腰照枪眼打低啦，我照上面一层打！"定上快机，十发三十发地连着干开啦。他一劲打，姜福武一劲装，班长一劲观察。班长说："枪打到啦，中目标啦！"刘凤云说："把他枪眼封锁住啦！"教导员在一边喊："三班重机打得好！打得好！"提驳壳枪，勾了机头，指挥突击排往前面大山头冲上去。

重机腾腾腾像打鼓，一面掩护。班长和刘凤云一瞅前面山头，树林里着了火，连烟带火一片，知道突击排上去啦，很高兴的。刘凤云说："枪埋汰啦！"班长说："赶快擦！"刘凤云赶急卸下后把手部，交给姜福武，随时拉出火塞杆，着布擦了一把，通信员急急慌慌跑来，上气不接下气喊："快来一个重机！"班长说："赶快上枪，我们三班上去！"刘凤云顾不上拿刷子上油，抓起油壶往火塞杆倒点，哗啦把枪上好。姜福武猛一扶枪筒，烫得一哆嗦，赶快搓手。刘凤云问："你怎么不扶给我啦？"姜福武伸手说："你看手烫得要命，通红啦。"弹药手伊景先一步上来，摘下帽子，垫在手上，把枪扶上他脖子，帽子都烫糊啦。班长说："快走！"大家就各拿各的东西，跟着班长跑。

山头没有路，又是羊胡草，又是树茬子、树林子。人又钻树窟窿，又扎又滑又刮衣服，挺不起腰，满头大汗，喘得上气不接下气，下坡陡得像城墙，走一步抓一绺树条子，一抓还扎手，就连出溜带跑，连摔跤带滚，往下走。碉堡里的重机像敲鼓一样，呼呼呼地封锁山豁口，班长把手一压："姿势放低些！"大家就弓了腰，箭直奔南山头隐蔽着跑。上坡陡得也像城墙，大石头一块一块漆黑，像箱子，像柜子，像碾盘，像房子，长得挺高，上不去。刘凤云累得浑身直哆嗦，嘴干得光吸气，七十二斤重的枪身压得腰生疼，寻思："快点上去！"脚不做主啦，一迈腿放不下脚，直晃悠。赵春华急忙过去，把枪接在肩上。李德山下坡时就替换着扛枪身，他脚上长疮，走路一跛一拐，一身夹袄，两件布衫都叫汗给湿透啦，喘气像牛似的呼呼的，胡噜胡噜说："我的眼睛看不着啦！"姜福武说："给我吧，这是你累的。"李德山不给，姜福武就奔过来扛上。班长取下铁钻想挖路，净石头，挖不动，扭头说："慢慢爬，努点力！"姜福武传："慢慢往上爬！"刘凤云也传："一个扶着一个爬！"班长一手抓树条子和石头，一手拉姜福武的手。李德山扶姜福武，刘凤云扶李德山，大家像火车似的，一个挂着一个往上爬。人走山尖，像过独木桥。山尖两边是陡崖，一片乌黑，瞅不见底，像大枯井，一步走错就要摔死。班长说："加小心点走！"姜福武、刘凤云也传："小心点！"大家紧扣着手，一步一步往上爬，只怕有一个同志掉下去。上了山头，班长见突击排都在前面大石坎底下趴着。大炮楼敌人的轻重机打得很发狂，子溜子顺山尖乱飞，枪榴弹、六〇炮在山尖乱炸，突击排抬不起头，班长喘气说："赶快架枪，封锁他的火门眼！"刘凤云扑腾一跪，架好枪，和姜福武把枪搬在大石头顶上，瞄着炮楼枪眼打。班长搬住石头观察，姜福武跪在石头后面续子弹。刘凤云定的快机，呼呼呼打了十来条子弹，敌人不还枪啦。就说："可把你压住啦！"班长也说："你妈的，这回你该死啦！"姜福武也说："尖兵上去要抓活的！"教导员在前面喊："同志啊！

你们三班打得好！打得好！"说着就指挥突击排爬过前面大石头，接近山尖上大炮楼啦。

班长一说拆枪前进，刘凤云扛枪身，姜福武扛枪腿，弹药手扛箱子，一个扶一个往上爬。山尖上净大石头，旁拉净青树林，人累得抬不动腿，浑身衣服像洗过一样，气喘得不能说话，就像上城墙，眼花得不敢往下瞅，刘凤云、姜福武扛的东西重，大家扶的扶，拉的拉，只怕他俩摔下去，刘凤云寻思："我扛得到！"姜福武寻思："快扛到架起打！"就慢慢钻过石头缝，抓着石块，紧跟班长爬过去，把枪架在大石头上。班长往前一瞅，炮楼像大水楼似的安在山顶尖，两旁还有小地堡，转圈是蒺藜似的铁丝网，外壕里又露着影影绰绰的钢盔，敌人的轻重机、枪榴弹、六〇炮，朝这儿打来，打得石头直冒火星，打得土直冒烟，砰啪的震得耳朵嗡嗡响，突击排不能前进了。扭头一看，重机枪阵地太窄逼，人摆不开，只有一块大石头可以隐身，班长说："弹药手快隐蔽！"赵春华说："班长，我们隐在树上吧！"跟前是大陡崖，黑乌乌看不到底，崖畔净青树，赵春华就骑在树杈上，池洪正、李德山、伊景先几个人就两手抓住树枝吊起来，像打秋千似的在石崖上直晃悠。柳银河把树枝抓折啦，眼看要掉下大沟，正好有个通信员在他跟前，就急忙扯住他的步枪爬上来。班长见刘凤云、姜福武抬着重机直晃，没有劲，赶快扶一把，照护他俩把枪架到大石头顶上。刘凤云一瞄，眼前直冒金星。着袖子揉揉眼，看清楚炮楼，定上快机就打。他离敌人一百多米，子弹打得炮楼啪啪响，打不进去，急得一把一淌汗。班长说："你瞄火门眼打！"刘凤云就把尺弧活动活动，瞄枪眼打。这时，天黑啦。炮楼雾气昭昭，山上烟火腾腾，一片一片火，一股一股烟，有烧着的，有炸着的，树林都着啦。人呛得眼流泪，直咳嗽，瞅不着目标，只能顺着飞来的红子弹头找敌人的枪打。刘凤云打一半条子弹，敌人不打啦。号一吹，突击排就冲，这边重机就呼呼呼掩护，炮楼太陡，又有铁丝网和外壕圈着，像高墙似的上不去。跟前又是大深沟，一滑脚就掉下去摔死啦。突击排趴在铁丝网外面不能动，没有摸过去。敌人三层火力，从上往下打，从当腰打，从就地扫，封锁他们。班长说："快打，快掩护！"刘凤云就连打五六板子弹，把突击排掩护在大石头后面，监视敌人。

敌人不打啦。刘凤云也不打啦。天漆黑，风呼呼吹，四外火苗子就往跟前刮，池洪正他们下了树，刚打灭火，重机六班就上来啦。排长说："三班下去休息吧，你们挺累啦！"全班人说："眼前就完成任务啦，我们不下去。"排长说："我知道你们打得很好，下去吧，这是连长的命令。"三班长就把最后掩护冲锋的任务交代给六班，全班人不乐意地下山了。

选自《我们的连队》，东北书店 1948 年 11 月

一个步枪组

坚守商家屯

太阳出来一竿来高,一排在商家屯准备坚守阵地。在一所大院的南墙那儿,大门西边,三个战士正拿了小镐头刨枪眼。靠西是郝五洲,他是战斗组长。靠东是张才,当间是傅桂芳。张才是去年八月入伍的,打仗还有些锻炼。傅桂芳入伍不满二十天,不会刨,旁边张才说:"你往外瞅着点,我给你刨。"拿起镐子就给他刨开枪眼。墙是用土砌的,说起来并不难刨,因为刨得猛,心急,张才满脸往下淌汗。"老傅,你来吧,在这疙瘩往外瞅着,敌人要往这儿口动你告诉一声。"说着,张才往一边走了几步,刨他自个的枪眼去了。

他先在墙顶刨一个,站着往外瞅,四十来步远近,有一堆柴火,敌人在那里有个放哨的。张才扭头就叫:"指导员,这还有个放哨的,打不打?"指导员说:"打。"张才拿起他那支冲锋式一勾火,没有响。"老傅,快把你的枪给我,我的冻啦,打不叫啦。"老傅就把枪递

52

过来。张才一打，差一点没有打着，敌人回了围子啦。张才想："光顶上一个枪眼不行，他要打炮时候，炮往上一崩，不是崩脑袋上啦！"他随时又拿起镐子，在墙根再刨一个，这一下，炮来了崩不着，他还可以踩着往外瞅。

指导员笑着过来了。"怎么不抽烟呢？"指导员说："我这有烟。"张才说："给我一根。"郝五洲说："我也要一根。"傅桂芳也说："我也抽一根。"

指导员说："你们要饿呀，一会儿家里备不住送饭来，烙的饼子。"张才说："不饿。"郝五洲也说："不饿。"傅桂芳不作声。

指导员说："往外监视点。"郝五洲说："看敌人正来回过哩，不少哇！"张才也说："可不是过哩，指导员快看看吧！"指导员到猪圈那儿，拿起机枪打一梭子，说："敌人冲锋时候，你们坚决打，准备手榴弹。"张才说："我这冲锋式打不响啦，我烤烤他。"他拿上枪到了东下屋，烘火烤化枪里的油，回到枪眼跟前，照着过人的地方打了一梭子，高兴地说："这回打叫啦。"这时，正刮着风，他怕枪上落土，怕它冻，赶快拿被子包起来。

他站起来往外瞅，瞅见敌人的地堡啦。他说："郝五洲，你看那儿的地堡，一个挨一个，人来回动呢！"说着，敌人的机枪打来了，打在墙头上，柴火打着了。

傅桂芳说："张才，这子弹隔着墙打透过来啦，差点打着我。"张才说："拿来我看看。"傅桂芳从柜上薅下一个子弹头递给他，子弹头都打弯弯啦。张才说："嗳呀！他奶奶的，这老家伙真霸道！"傅桂芳说："妈的，我听的就刺溜一下过来啦。"张才说："老傅，把柜盖那箱子拿下来，里头装土。"老傅使手捧了一箱土。张才说："你推它墙根底下，趴在它跟前。"老傅就把箱子推过去，趴下。

53

外头柴火呼呼呼着啦。郝五洲说:"张才,柴火着啦,直冒烟,我往外瞅不着啦。"张才说:"你跟着吧,我往外瞅着。"这时候,风往里刮着,刮灰,刮烟,张才呛得睁不开眼。老傅说:"枪眼也往里刮烟,这怎么整呀!"张才说:"你上我这来吧。"老傅就过来,和张才往外瞅。

猪圈也烧着啦,呼呼呼着地塌下去啦。

指导员过来,说:"怎么着的?"张才说:"机枪打着的。"指导员说:"监视着点,小心敌人就着烟冲锋!"

天昞歪啦。张才说:"老傅,你上屋取干粮,咱们烧着吃。"老傅取出不少干粮来。郝五洲说:"我在这烧,猪圈里有火。"老傅兜着干粮上郝五洲那去。张才拿个秤盘,到猪圈□出些火来。烧得半拉糊半拉没有糊,张才拿了一个,刚咬到嘴里一口,没等着嚼就来炮啦。炮炸啦,炸得张才满脸都是土。老傅说:"我挂花啦,崩嘴上啦。"张才说:"我眼皮上也崩上啦。我不吃啦,打你杂种造的。"他把干粮摔地上,站起来,搁手往眼皮上一摸,把炮渣扒出来,说:"老傅,把你步枪给我,我搞步枪打。"张才拿了步枪,照住地堡门一打,一个抬着头瞅的敌人,把脑袋缩回去了。他一气打了五枪,敌人没有动静啦。

老傅走到郝五洲跟前,嗷嗷叫:"我挂花啦,怎么整哪!"郝五洲说:"人家孟祥廷在城子街打了胳膊还不作声,你伤了点皮就疼啦?"老傅不说话了。老傅走到张才跟前,嗷嗷叫:"我挂花啦,怎么整哪。"张才说:"刚崩破皮,不要紧,一会卫生员来给你上药。不要嚷,一嚷外边敌人不是听着啦。咱们在后方开会,说立功啦,轻伤不下火线啦,你忘啦!要不什么,你把手榴弹、枪,给我吧。"老傅没有等摘子弹袋,"咚咣"又来一炮。老傅躺在地上叫:"妈呀,打腰上啦!"张才说:"我看看,打哪儿啦。"过去一看,他棉衣上炸个窟窿,肉皮还没有红。张才说："也没有怎的。"他自个一瞅，说："噫，没有打着。"张才说："你快把枪、手榴弹给我，趴那疙瘩不要动啦。"老傅就把四个手榴弹、枪，连子弹袋给了张才。

郝五洲说："张才，害怕不？"张才说："不怕。"郝五洲说："一会送饭来啦，烙的饼。"张才说："两天不吃饭也没有关系，跟他干！说的是立功嘛。"扑通一声，一颗平射炮弹把墙穿了个窟窿，从郝五洲身边飞过，郝五洲被带倒了。他赶快坐起来，说："妈的，真邪乎。"

指导员又来了，说："张才跟郝五洲监视着，坚决守住阵地。"郝五洲说："好。"张才说："你放心吧，指导员。"指导员一走，张才就往外瞅，跟围子出来个挑挑的，后跟个人，往地堡送子弹。张才把枪比上，一下就把他打倒啦，后面那个人抢了挑子就往回跑。这工夫，敌人就挨着班咣咣地往里塞炮啦，院里天昏地暗，对面不见人。人脸上、嘴里尽土，一吸气抽一嘴灰。敌人开始冲锋啦。

郝五洲说："打！"张才说："打，打！"两个人一回两枪、一回两枪地打上啦。

敌人从东面往上冲，东面机枪把他打下去。这边三四个敌人也打跑回去啦。

这阵，张才往外一瞅，在地堡那有穿黄衣裳的小个，挺着腰，拿着望远镜往院里瞅，张才一枪把他打倒啦。又出来一个，捧的子弹箱，往地堡送，张才一枪把他打回去了。

张才说："郝五洲，那边敌人还过不过啦？"郝五洲说："没有动静啦，不过啦。"张才说："换着班瞅吧，老瞅累！"郝五洲说："好。"说着，敌人又往里打炮啦。院里柴火打着啦。炮弹一个挨一个，满院是坑子，连炮烟带着的火烟，啥也看不着。敌人又就着那股烟劲冲锋啦。

敌人从地堡出来,往东大墙冲,我们的机枪打上啦。郝五洲说:"打排子枪!"张才说:"打!"两个人一连气打了十五枪,敌人不敢运动了。

郝五洲说:"没有动静啦。"张才说:"日头剩不高啦。"听着敌人那"噔棱儿——"一声,张才说:"又往这打炮啦。"两人都趴下啦,从底下枪眼瞅。敌人一炮挨一炮,一面打着炮一面冲锋。院里房子也着啦,火焰呼呼呼直蹿,鹅鸭鸡都炸死啦,烧得粮食哇哇哇响。张才说:"郝儿呀,打呀!"郝五洲说:"咱俩打,还打排子枪!"一人十多枪又把敌人打退了。

敌人机枪也不响,炮也不响啦。天黑啦。院里火焰照得四外通红。张才想:"天也黑啦,增援队也不来,院里就剩几个人啦。待会儿敌人要是再冲锋,我这手提式还有一百个子弹,我就搞这个打。把子弹打尽了,我还有八个手榴弹,你要来,我就往外撇手榴弹。八个撇出七个去,最后剩一个,你终不能来一个人抓我,你来,我把它一拉,连你带我都崩死,不能让你抓着活的!"这时,郝五洲说:"张才,我瞅着,你去联络联络!"

张才从那疙瘩一转身,钻过西墙窟窿,看见指导员在后墙那儿躺着。张才说:"指导员怎么啦?"指导员说:"我挂花啦。"张才说:"不要紧吧?"指导员说:"不要紧。"张才说:"我来联络联络。"指导员说:"你回去好好看看,增援队马上就来啦。"张才刚走到墙后,看见人来啦,问:"你们增援队吗?"那边说:"是增援队。"张才乐啦。郝五洲也乐啦。

选自《东北日报》,1947 年 4 月 19 日

英雄排长——朱世标

他是我们部队中一位有才能的青年排长，七年的军人生活中，他扛过四个月步枪，背过六年电线和电话机，正式下连还是去年八月开始的。别人都熟悉他在炮火中架线收线的英勇故事，但是朱世标生性乐意打仗，欢欢喜喜被调到六连当班长了。

他知道自己缺少战斗经验，要求当战士，教导员说："只要你勇敢，经过几次战斗就好啦。"朱世标推诿不得，低头想："那就干吧，要干就得干好！"那时部队还在练兵，朱世标领导一班人练投弹，摆散兵，练得臂发肿，胯骨发酸，晴天野外练，雨天在屋里弄一堆泥用拳头捶，人们时常见这位黑麻脸、矮个子班长，光着臂，张圆一双大黑眼，汗淋淋跑来跑去喊口令。他把一班人教练以后，又仔细看别的班的动作、指挥，常和本排的班长们交谈战术。有时，他约结几位班长，共同假设情况，一道看地形，一道布置队伍。有时，他自己假设情况，布置一班人，请别的班长们参观、批评。两个月的时间，他初步弄通了三三制战术，连里假设下来情况，他能确当地把这一班人摆布开。全国军事大竞赛,六连数第一,在六连,朱世标这个班数第二。这时,朱世标的名字传播全团,他本人的工作得到表扬。

十月间,冬季战役攻势开始了。朱世标把自己作为军事地理的学生,沿路的房子、大院子和山岭洼坡,举凡什么地形,他都要仔细看,仔细想:白天发现敌人怎么打?夜间怎么打?该从哪里突破?一到驻地,他总注意连长,怎样布置警戒?怎样配备火力?后边的部队在发生情况时怎么样应付?俨然有一副指挥员的头脑。

阳历年初,一个江南的风雪天,焦家岭的敌人高高地守着几座房子,把我们的部队封锁在一片平坦的禾茬地不能前进,朱世标就在这次血战中受到严重考验,立下头功——风雪中,朱世标光穿件小棉袄,双手冻白了,但还端着枪,在敌人火力扫射下,一面往前观察,一面掌握战斗小组猛往前蹿。他领一组在头里跑,扭头见二组拉后了,就喊:"一组掩护,二组前进二十米!"二组赶上来,卧在平地,朱世标见不是地形,赶快叫二组移前来,和一组在一道菱坎后隐蔽。他们只离敌人八十米,敌人从高往下打,又是六○炮,又是机关枪,压得他们不能抬头。朱世标在弹火中探头观察,敌人一跪,他知道要打枪,就赶快趴下。枪声响过,他又探头观察,抽空就组织一班人打排枪。他这个班的任务是抗击,敌人到底没有冲上来。傍黑天,朱世标又探头观察,"咻溜"一声,从额上穿过一颗子弹,他眼花了一下。一摸,穿起个大疙瘩,流开血。关琪说:"班长,你挂花啦,下去吧!"朱世标说:"我不能下去,还能观察。"又领导战士打一阵排枪,朱世标又探头观察,脑后"嗡——"一下,就昏过去了。醒来时,朱世标头疼,眼花,满脸淌血,浑身冻得发麻,模模糊糊见两个战士还在土坎这面坚持阵地,敌人也没有了动静,就往脖子缠条毛巾,连骨碌带滚下了山沟……两个月以后,朱世标的头伤还没有合口,又想起打仗来，硬出院回了部队，迎接他的是营长手里那颗光彩耀眼的银牌——总部发给他的英雄奖章——和团里提升他当副排长的委任令。

朱世标不好意思把他的英雄章挂出来，他心里明白，这是上级鼓励他，鼓励大家。对于他来说，把战术提高一步是首要的，他要变得更灵活更勇敢些。记得焦家岭战斗中，他光知道叫战士摆队形，不知道迂回，孤胆，对于这一战术的掌握与运用，他在五十多天的夏季攻势中，得到了实际试验，取得了胜利，益发提高了他的指挥才能。譬如七月初金匠沟攻山战斗，四班攻下一个山头，朱世标就指挥五班从侧翼绕过去，担任警戒。他隔着一个山头观察，见少数敌人在山上掩护，大部沿沟塘向后跑，赶快抢过机枪，朝沟塘猛扫一阵，敌人乱成一团。这时，朱世标自动带领五班向沟塘压下去，协同四班把敌人赶到金匠沟。其他太平岭追击战，三十八道洼子堵击战，每次都机动勇敢，正确指挥，使部队保持着饱满的战斗情绪和高度胜利信心。最近，朱世标又升任排长，再次记了大功。战士们说："排长指挥具体，沉着机动又勇敢，当个英雄可不简单呀！"指导员有神采地说："那家伙打仗真冲，恨不得马上接近敌人，把敌人吃掉，真老虎一样！一说战斗，特别高兴，就像小孩儿过年。他战斗经验不多，指挥可漂亮，战士都对他没有意见。"这对朱世标排长是一个生动确高的鉴定。

选自《我们的连队》，东北书店 1948 年 11 月

战斗组长的榜样

——北七部特功功臣吴振荣

吴振荣战斗组跑得真快！指导员一说冲，吴振荣就领上单为宗、唐祥元猛跑。吴振荣喊："队形散好！"他俩就一分两边。吴振荣喊："手榴弹准备好，刺刀上好！"他俩就一手持枪，一手解炸弹。吴振荣一回头，别的班落在后面，雪缠得跑不动。"咱这个组猛冲，订的那计划要实现！"地上雪挺厚，人跑着打滑溜，鞋粘上雪，更打滑溜，跑不动，累得浑身出汗，脸上汗珠子一把一把淌。吴振荣喊："使擦脸布擦擦汗。省得汗流在眼里，眼杀得慌！"他俩赶快擦擦汗。吴振荣喊："一擦汗，眼清亮啦，看敌人看得远啦。"他俩说："清亮啦，清亮啦。"一跑跑到半山坡，听得枪打得扑通扑通的，子弹嘶嘶地钻到雪里。吴振荣一看，山顶上敌人端冲锋式往下打。吴振荣喊："咱打枪！"三人打了几下排枪，山上就喊："缴枪啦，别打啦！"吴振荣喊："缴枪不杀，优待你，我们是宽大政策！"他俩也喊："缴枪吧，优待你！"吴振荣喊："远的给你拿盘缠钱，近的也给拿盘缠钱，愿干的干，不愿干的送你回家!"山上又喊:"俺缴枪,别打啦别打啦!"就走下一个人来。山上又喊:"打!打!"一个戴黄帽头的,穿着小军装,在那儿指画,他的兵就又卧下打。吴振荣气得扑通扑通心直跳:你们使诈降计,假缴枪哩!"咱也打!"三个人站下打几枪,不顶事,山上火力很密,扫得地皮出溜出溜的。吴振荣喊:"赶快卧倒!"三个人扑拉都趴在半山坡。

吴振荣扭头说:"把枪来竖到前头,瞄着点!"他俩就端枪瞄着打。吴振荣说:"打不着的话,就跪着或站着。"敌人一换梭子,吴振荣就站着打,他俩也站着打,山上敌人偏着头,害怕。

后面有人喊:"敌人动摇啦。"接着,号音嘀嘀嗒一响,吴振荣麻溜跳起来:"准备冲锋!"带着他俩就往上冲。敌人调转枪打二排长,吴振荣跑了几步,丢个炸弹,把敌人打死,一口气冲到山顶,他俩也跟上来啦。

敌人直溜地往东跑,吴振荣他们追着打,打倒七八个,剩下的都赶进了城子街。

指导员找到吴振荣,指着山下的铜匠沟说:"你这个组在头里,一定拿下这个屯子来!"吴振荣往下一看,敌人从秫秸帐、小树林,过来过去的。妈的,真大胆,连块"荫身"也没有!扭头就说:"咱往那里冲!"三个人摆开燕撇翅队形,一阵风地跑下去了。

跑着跑着,山下敌人迎头就朝他们扫射,枪声呼呼的,子溜嗤嗤的,身左身右子弹落得很密,打得雪冒气。吴振荣一看不好,喊道:"咱们组交互前进!小唐,你前进二十米!"小唐曲里拐弯地往前跑,他俩就朝敌人打枪,掩护他。小唐一卧倒,吴振荣也曲里拐弯地往前跑。单为宗一上来,小唐蹦起来又跑,吴振荣喊:"小唐,前进八十米,往坟那儿去!"便一个一个去了坟那里。

他们插到敌人侧面，从一片洼地往房子偷摸，敌人一发觉，抡起冲锋式就扫，把吴振荣的棉衣棉裤打穿几个洞。吴振荣一手托地，侧了身，扭转头："不要害怕，猛冲到墙根缴枪去，'决心手册'要实现啦！"说着就往起一跳，猛冲几步，向院里连打两颗炸弹，借着炸烟冲到屋墙根。"缴枪吧！我们优待！"吴振荣一喊，敌人就在院里乱说："你辛苦啦，你辛苦啦！"吴振荣说："赶快把枪撂下！"三十多敌人哗哗啦啦地把枪撂下，挓挲起手来。

吴振荣扭头说："你俩守着缺口，我进去搜索。"便跳进院子，收拾了一堆武器出来。他俩乐得偷笑：妈的，××军这么熊，猛冲他跟前就缴枪啦。

第二天，吴振荣战斗组冲进城子街，他三人贴墙根往前跑，吴振荣不断说："咱们一个搜索，两个在外面，进去先吓唬吓唬，不要哑巴进！"单为宗说："我去。"唐祥元也说："我去。"这时，北边敌人往南扫射，枪很密，后面部队还没有冲来，吴振荣赶快领了他俩，单个穿过十字街，继续搜索。他俩插在门两边，吴振荣进去喊话，搜出二十几个敌人。

他们往北一插，看见地堡那儿站了一群敌人，有三十几个。吴振荣说："你俩上前面那条小沟隐蔽，准备好！"他俩很快下沟啦。

吴振荣站着喊："缴枪吧，我们优待你！"他俩在小沟里也喊："缴枪吧！我们优待俘虏！"喊着喊着，敌人都嚷嚷："不打啦，我们缴枪！"吴振荣便从当中去，叫他俩从两边去。

一个挂望远镜的红脸，抓住吴振荣的手，笑着说："你可辛苦啦。"吴振荣说："应当的，为了人民应当辛苦。"红脸不作声了。

吴振荣给他们讲了一会儿俘虏政策，红脸就从大衣兜掏出炸弹，丢在地下。转身招呼：

"你们都把炸弹掏出来,撂到地下!"他们笑嘻嘻地说:"今儿可解放出来啦!"噼里啪啦地都把炸弹撂地下啦。

后面几个地堡还有敌人,一位排长帮助吴振荣喊话了。排长喊:"不要打了,都缴了枪啦,出来吧!"吴振荣喊:"快出来,我们优待!缴枪的是好朋友!"敌人从地堡出来了,有四五十。

吴振荣他们押着一群俘虏往回走,组员都欢喜。他两说:"今儿咱们可逮到浆(蒋)的啦。"吴振荣说:"咱三个算不赖。"

选自《东北日报》,1947 年 5 月 3 日

◇毕克敏

彭永花回来了

在本月十日午后一点中山区领导下的几个工厂开奖励大会,我们被服厂有四十多名模范,随着火车头——彭永花去开奖励大会,于是在工厂的工友们心里便不由得忐忑不定地跳,盼望着他们开会早些回来,好看看胜败如何。缝工部小弟弟史庆兰工友说:"不要紧,我相信咱们会胜利,有咱们火车头彭永花,领导咱们把任务提前完成了,优胜旗一定有咱们的一份。"正说着,远远地听到音乐吹得欢天喜地响地回来了,大家喜得拍手说:"彭永花回来了!"她手里高高地举着一面红光闪目的锦标旗子,上写着"工人先锋"四个大字,大家都走上去问她:"咱们得了第几名?"彭永花乐得嘴都合不上说:"你们猜吧!是第几名?"大家有的猜第二名,有猜第三。彭永花大笑说:"你们都没有猜着,是第一名呀!"工友们齐鼓掌,乐得跳将起来,于是彭永花又很严肃地说:"大家先别乐呀!这个'工人先锋'旗是带腿的呀!"史庆兰小弟弟从人丛钻出来,把拳头一伸说:"给他个埋头苦干,决叫它跑不了!"

选自《"工农园地"选集》,大连大众书店 1948 年 8 月

◇吕彦亭

苦够了的艾洪年

艾洪年今年三十七岁，老家是山东省莒县人，家里有老婆孩子共四口人，可是房无一间，地没一垄，再加上吃饭的人多，做活的人少，生活是很难维持，无可奈何便带家口来到大连县南关岭区大盐村居住了十余年。他是一个大字不识的文盲，只好到日寇的石卧子做活，打石头，每月的津贴仅仅五六块钱，家中的生活问题，只能够维持一部分，还须老婆领着孩子，东讨西要，来帮助。可是艾洪年做活时，一个工也舍不得歇，简直累得脸都发黄，身上是皮包骨头，成了一个活人架子。活计是如此的重，吃的不是橡子面，就是顶坏的麻沙面子，在做活的当中若稍慢一点，很快地便遭受敌人的毒打或恶骂，甚至于连饭都不给吃。

有一年的四月前，艾洪年病了两个多月，病体稍稍好了一些，工头看见艾洪年已能吃饭，就强迫到场做活。"老艾你歇了两三个月工，好久没有做活。我看你今天开始去干。"工头瞪着一双电灯泡似的眼睛，很凶狠地说。

65

"把头我……今天还不能去干，因为我的身子，还是有些支持不住，你……你不要以为……"艾洪年很没力气地说了几句，就被工头打断他的话："他妈的，我就叫你今天去干活，不干就不行，你实在不干，快快地滚蛋。"

他被工头逼得实在没办法，便晕沉沉地走到工场，干了不到一个钟点活，又累病三四个月。

自从八一五后，民主政府成立了，在今年春天政府根据人民的需要，将大批的官有地分给无地及少地种的农民，艾洪年也得到了八亩地，种的苞米、谷子、高粱各一份。

艾某天天在地里侍弄，一时也不闲着，又在地头上开了一块荒，约有四五百坪，不到两天的工夫便开完，他高兴地说："我若是没有灾病，加劲地干，一二年我们全家便变了样。"他老婆参加了做鞋小组，也非常地积极，不到一个礼拜便做完两双鞋，还能推动别人起些积极作用。

选自《"工农园地"选集》，大连大众书店 1948 年 8 月

◇ 屹　夫

灵魂的翅膀依稀在高翔着

案头的日历已经是一面悄悄地薄起来了,而却又高高地厚起来了! 无疑地,它那是在告诉我们:"朋友! 一个年又完了呢!"是的! 一个年又过去了,当此一个年的尾巴衔着又一个年头的时候,真不禁百感丛生了——尤其是这个新年的伊始。

东北光复了,这是事实,造成这事实的是祖国八年的血泪的抗战,八年来长期的抗战,已把这盘散沙团结起来了,也把这睡狮惊醒了。

"战争"是结束了,祖国也由此次的抗战胜利而取得了世界五大强国之一的交椅,这在感情上固然是够叫我们兴奋的,然而,我们如果再平心静气地、理智地想一想看:我们真能以匹敌其他四大强国吗? 我们的实质真能够得上强国吗?

我们的政治是否已革新地走上真正的轨道了呢? 我们的产业可开发得怎样呢? 还有我们的工业又是怎样呢? 我们的文化又是怎样一个水准呢? 我们的经济已发展到什么程度了呢? ……这些,都

不能给我们一个太满意的回答——这回答并不武断,也不残酷。

祖国是已经复兴起来了,东北也已光复了,这复兴与光复,并不只是喊喊口号,或者唱唱高调就可止于此事,却是该用一个最大的力量来建设它,来缔造它,这是责无旁贷的,住在东北这块土地上的人们,该刻不容缓地站起来,担起这个担子。

生活在大时代转变的今日的我们,是不该再坐视的了,抗战八年来我们始终等待着,等待着祖国的抗战勇士们来解放我们,来拯救我们,难道这光复后的建设工作,也等待着吗? 在战时我们既不能流血,战后我们又不想流血,这惰性,这依赖的恶根性要几时才可消除呢?

光复了,有人笑着说,我们又能吃着大米了,接着也有人说,我们不必担心受怕地买私猪肉了,于是,罐肉白饭也应运而生了。青天白日满地红的旗翻飞下,人们大发光复财了。这现象是表示着什么呢? 我想,谁都会知道的,又何必多说呢?

此后,我们可以自由了。可是,我们要明白自由的真意,自由并不是满街乱跑,任意交际,信口胡云,须知自由正是在说明着团结,是把一片散沙团结起来,在坚固的团结下,有了自由的生活,才是真正的自由。

自由是人民的特权,但它不是游离了国家或民族的团结的分裂。我们主张言论自由,出版自由,集团结社自由,但它们的究极所在必须是建设的,斧正的,推进的。

我们除自由之外,更攫求了平等,我们不做日寇铁蹄下的奴隶了。我们的民族独立,政治自主,我们都可以享受国民的平等的权利。不过所谓平等并不是平头式的,而是立足式的。正如孙中山先生所说的平等,圣贤才知平庸愚劣的真不等,往往竟会曲解了平等的意义。父子也可以以同胞相称,或下级不服从上级的命令(当然是合法地合理地支配)则属滑稽已极。

我们在兴奋之余,是要冷静一点的。想一想我们的今后的使命才是。

近来听见有人说,笼中的囚鸟,一旦出笼,会不认识方向,甚至忘掉了走步的本能。用这譬喻来说我们,我们是不能整个接受的,因为我们并不像小鸟那样没有智慧,我们至少是认识方向的,只是提炼出来腐朽的渣滓,重新掺入健全的要素就行了。这就是说我们要去吸取从前受压迫时期所没有得到的知识,去实行所未能实行的工作。

我们的热血十四年来不断地在澎湃着,我们的灵魂的翅膀依稀在高翔着,并没有冷却,并没有毁折,我们被关在铁扉十四年里,并没有忘掉了故乡,以及故乡的家园。今日,我们被解放了,又飞入故乡的家园,故乡的山河依旧,我们不生疏,并不迷惘,而且,更自然地产生了热力,想要去掉从前的丑恶,变成美丽。

我是青年,我并没有被日寇一脚踢死,现在一息尚存,是不能生视祖国之前途的。

相信我的灵魂在高扬着,我的心房仍在跳跃着。

不过却避免,极力避免被一时的兴奋迷住了眼睛。我想冷静地从大处着眼,低处下手,我还想学习,也想出力。

为了祖国,为了东北的同胞,为了同胞的真正的幸福。

今年是一九四六年的开始,也是一九四五年的收尾,在这开始与收尾的夹当儿,光复后的我,是有别于历年的情绪与觉悟的。我们要干下去。民国三十五年后的民国，要用我们的手与脚，造成一个新的纪录，新的纪元，使之是一个名实相符的强大国家。

一九四五年十二月十二日

选自《东北文学》，1946 年第 1 卷第 2 期

◇ 朱　绣

打落水狗

狗掉进水里,总不会就沉的,它一定会从水里钻出头来,向岸上爬,——求"生"是动物的本能,狗是充分具备的。

当狗从水里钻出头来的时候,或是往岸爬,或者已爬到岸上的时候,有人用石块、土团,或者木棒、铁棍,想把这条狗打进水里,打沉在水里,这叫着"打落水狗"。

心肠软弱得和女人一样的男人,碰见"打落水狗"的场面,一定凄然欲啼,心里说一句:"造孽! 何必这样狠呢?"把反对的眼光掷给"打落水狗"的打手的脸上。

不错,这一类男性在世间多得很,他们会振振其词地自诩为人道主义的信徒,自诩为孔孟的思潮承继者,自诩为宗教的标准门人。

他们这一种"凄然欲啼"的慈悲心理"赶不上他们性格之善于忘却。他们能同情于一条落水狗之被打,却忘记了这一条狗在落进水里之前,它曾咬伤了多少人的大腿,喑喑然地狂吠,吓坏了多少儿童的魂胆,张牙舞爪地冲击了多少贫乏的人们,摇头摆尾地在他的主人以及衣饰华丽的土豪地痞面前,献过多少媚……

而且狗的性格很难于改变,等到它爬上了岸,洒干了身上的水珠之后,它会作风一贯地再耍出它那套戏法。

我以为落水狗是该打的。(平常它很机警不易于挨打,只有掉进水里的时候,它失却了逃避挨打的"逃之天天"的本能。)我认为"打落水狗"的人纵然因此不能位列于英雄豪杰之林,至少,他的勇敢,他的精神,是值得伸出大拇指夸奖一句"打得好!"的。

贪官、污吏、土豪、劣绅、奸商、走狗,以及政党团体里什么妖怪、神仙、才子、佳人之类的东西,当他们掉进水里的时候,他们一定拼命想往岸上爬的,等到爬上了岸,洒干了身上的水湿之后,他们会作风一贯地再耍出那套戏法的。

落水狗该打么?该打!并且还该一下就把它打沉到水底,使它一生不会再翻身。

选自《东北时报》,1946 年 8 月 17 日

毒化的痕迹

曾经沦陷了十四年幸而光复的东北,常会被人们慨然叹息——慨然叹息东北人"奴化"太深。

记得二月前某大报在创刊的第二天的社论里,即以"扑灭'毒'化"为题,叹息东北人的"'毒'化"太深。

这种"慨然的叹息"的厚谊应该感激,至少是在爱抚之余所发出的衷心之谈。

光复将届一年的今日,大长春市还存在着"毒化"的痕迹。这痕迹,已不是"中央军欢迎""杜将军欢迎""蒋主席拥护"之类的文字,(聪明一点的人,都知道这类文字是出自哪国人士所写的,但某报的社论作者除外。)而是在既已"接收"过来的机关、公司里,常常看到"毒化"的杰作。

举例来说,接收了"宝山"而改为青年公司的厕所里,还保留那些伪满的杰作"请勿弃烟卷洋火头等于内"的"毒化启事"。嗬! 这又是毒化的证据。

其实这是微乎其微的一件小事，如果并不想保留厕所里的"毒化"杰作去开一个"毒化杰作展览会"的话，削除它满就可以了，但是毒化的痕迹，删除不尽的着实太多了，也许是根深蒂固的原因啊！

八月六日

选自《东北时报》，1946 年 8 月 7 日

谁的责任?

"三个破皮匠,胜似诸葛亮",诚哉斯言,张三拉来李四,李四找到王大,办法也就有了。只要是打算从事企业的话,资金五十万、百万的并不难于凑付。——虽然长春市经过好几次变乱受到的损失也并不小,但市民的手里,游资尽是有的。

当然,从事企业,是想发财,"日进斗金"是企业家的希望,"一本万利"是企业家的目的。这一点,谁也不能反对的。

但企业家弄来弄去,就弄出毛病来了,看吧! 光复将届一年了的大长春市上,饭馆,舞场,妓馆,粮店,贸易公司,金店……多得栉比林立,从形式上看,这是长春繁荣的象征,从内容上看,这是长春市游资的畸形发展,而在这中间还孕育着很大的危机。

理由很简单,饭店、舞场、金店之类的企业,都属于消费方面的企业,都是营利主义的企业,都是吸收市民有限的收入的企业,反之,属于生产方面的企业——轻重工业与手摇工业——它虽然对于整个的社会经济与市民经济含有无形的裨益,但张三、李四、王大之流的企业家们，他们虽然能凑到五十万、百万的资金，他们却不把他们的资金投到这方面来。他们从利润上去打算盘，助长淫侈之风的舞场，吸收市民血液的饭馆，消耗市民经济的妓馆，操纵粮价涨落的粮店……这一些尽是消资的企业，都是张三、李四、王大之流的企业家们认为是投资发财的对象。

只有消费企业，而无生产企业，这是光复迄今的长春的现象，毫无可疑，渐渐这会促使长春市变为第二上海，第二北平，第二沈阳，使市民们被恶性的物价飞腾的波涛所冲击。

当局喊着"复工"，喊着"建设"，喊着"生产"，这种高调，对于实际有什么用处呢？唯利是图的企业家，这种作风固然可憎，然而，不能引导他们往生产企业方面走这又是谁的责任呢？

选自《东北时报》，1946 年 8 月 11 日

贪污者诛

昨日报载，广州某一海军军官，于卅四年，利用职权，将军用汽油及机械用油，盗卖数十罐，因而判处死刑。贪污者死诛理之当然，无足惋惜。

有时，"南辕"与"北辙"也会相同的。读者的记忆不坏的话，三周前本地各报发表的沈阳一军官盗卖接收的监狱的存货，被某长官知悉，大怒之余，将其逮捕，某长官并将"夜审"的中央社电讯，大概还能记得吧。

我们欢迎把南国的进步的一切，输送到曾经沦陷了十四年于今甫庆光复的东北来，但贪污之风，我们却不敢希望也被带过来。我们反对贪污，正如十四年来我们反对日本帝国主义的侵略一样。

"贪污者诛！"我们不能不提醒责任方面的人物把眼睛张开。

沈阳某军官的渎职事件，在"夜审"之后就没有消息了么？——我们总觉得缺乏"下文"感到寂寞。

国人做事，常会卖弄"关子"，譬如写小说，内容进展到精彩地方,常常就出现一句"欲知后事如何,且待下文分解"。一切的事情,多半作风如此,胡适的《中国哲学史》没有下部,烈阳的《亚细亚的烽火》也没有下部,举一类三,我们可以恍然了吧!

但抗战既已胜利,位居世界五大强国之一的中国,在今日,我们反对"无下文"的做法,"贪污者诛",我们对于贪污是反对的,对于既已发现而检举的贪污者流,我们要求公布出"下文"来。

难道这要求是冒渎的么?这要求是等于去打才从水里爬出来的落水狗么?

选自《东北时报》,1946 年 8 月 8 日

望"南"兴叹

中央社的前日电讯:"调整公教员待遇,国防部会议已通过,自八月起,津贴增十二万元,底薪增二百二十倍。"

调整公教员待遇的地域,虽也广泛地遍于全国,却没有把东北罗列于内,这真叫东北的公教员们听到这个消息,在"垂涎三尺"之余,"望'南'兴叹"了。

东北的公教员(这是指着已接收的地区里的公教员而言的)也一样处在被恶性的物价腾涨所冲击、月入微微、不能糊口的境遇里,这是有目共睹的事实。五口之家的公教员的家庭,差不多不是负债累累,便是典卖衣物,不然就得让他的太太抛头露面在街头巷尾,做点"小本生意",不如此便大有不能举炊之势,而他们的子女——也就是"大中华民国"二十年后的中坚国民——的教育费也成了第二个难题,许多可爱的子女,为了他们家庭负担不了教育费,而被从学校的温床里,无言地驱逐出来。

最近,本市公教员又有增薪的消息了。配合这一次增薪的条件,却是实行"甄别裁员"。用裁员的手段去增薪,因增薪而裁员,这种"挖肉补疮""拔苗助长"的"古典的悲剧",居然重演在三四千年后的今日,真不能不钦佩这"古典的悲剧"的时间性是如何的悠久了。

于是这一群公教员们,在战战兢兢担心自己的"破饭碗"之被打掉的情形之下,多少人因之神经衰弱、寝寐不安,多少人因之降低了公教员的骄矜,去钻营,去托人情,多少人因之沮丧、失望。

当中央社电讯,借着铅字的效力,□到他们的眼前之际,"津贴增十二万,底薪增二百二十倍……"这样的事实,真使这些又穷苦又神经衰弱的东北的公教员们在"垂涎三尺"之余,"望'南'兴叹"了,也只有在垂涎三尺之余,"望'南'兴叹"而已。

选自《东北时报》,1946 年 8 月 12 日

◇朱　媞

年与文学与杂感

又是年了。

前两年的时候，因为自己还不过是一个学生时代的女孩子，在一年的开始总喜欢做起好多美妙的梦。这些梦本来就多是生自空想的，当然是百分之百要归于破灭，仅仅是偶尔有的意外地获得了一点成功，自己就会因是而喜悦起来，甚至于喜悦得几乎发狂。

现在呢？经历积压得久了，心情便淡了许多。特别对于年，说完全无知觉倒好像有点过甚其词似的，不过，在我的心中已不再发生丝毫波动，这却是真真确确的事实。

还记得，某岁新年的时候我曾在给一家报纸副刊的稿件上这样写下过：

年，仿佛是一处突起的岭岗

一边引人顾视远远走过来的路

一边还逗引眺望着那未来的行程

这种情绪现在自己也有点弄不清了。年,和普通的日子已经划分不出来什么界限,完全是漫漫的旅途,既不容停脚伫立,也不能停脚伫立。

话再说回来,还是谈一谈新年的事吧。

三十四年是中国抗战胜利世界大战结束的一年,也是沦陷十四年的东北光复的一年。光复之后,我们的文化界顿时活泼起来,到处有新发刊的杂志,到处有在"稿酬从优"的条件下拉稿子,发表的机会加多起来,写作的欲望也因之而逐渐腾昂。

不过,在我自己愈想写点什么,就愈写不出来什么。

是写作的素材感到枯竭了么?不是的。伟大的历史,伟大的时代,能够为我们采来作为写作素材的可以说太多了。那么为什么还是照旧写不出东西来呢?这种情绪多少有点矛盾似的。

我想,这大抵是由于眼前的多变的时代所给予一个写作者的视野和心灵的震动太复杂了。在这许许多多的复杂的事物还没有酝酿到成熟的地步之时,就如同没有长成的婴儿不能产出体外是同样的事,作家之执笔一篇作品,同样也是需求着长时间的孕育。

由于这次必然的写作方向的转换,从作品上表现出来的则是由规律的狭流而形成了泛滥,这种泛滥对于一个写作者可以说是一个绝大的危机。

怎么样才能突破这个危机呢?这当然是每个写作者正在考虑着的事。可以这样说,不能突破这重重难关,便不会获取到丰富的写作的生命。相反地,突破了难关之后,一个写作者便将完全置身于清明的天地之中,而承受了前此未有的文学的光耀。

伟大的作品,伟大的作者呵!我们的面前的历史的诗篇正待着你们来描画,你们的笔就是读者的宇宙中心的太阳。你们不要吝惜投给翘待着的读者之群以极强烈的光吧! 在这三十五年的开始。你们就要坚强地约束给自己,伏在案上马上操起你们的有力的笔来!

岁暮于长春

选自《东北文学》,1946 年第 1 卷第 2 期

◇ 朱　旗

在锦州外围

——日记一束

大凌河东的老乡们　九月二十四日

　　昨天我们猜想一定要在齐家屯那些较宽绰的房子里休息一半天，大家缝缝鞋袜或者治一治脚掌上的水泡，因为这里距离敌占区只有六七十里地了。谁承想刚刚吃过晚饭就来了命令：出发！在月光下走了好些山路，有时绕了很大的弯子，半夜，才来到这山坡的小村庄，下山坡再有十里就是大凌河了！

　　我们走进指定的一家大门，屋里已经摇晃着灯光。进了房门，有一个老乡蹲在灶坑前面点火，到屋里，一位老大娘和一个大嫂把两盏油灯摆一只炕桌上，半截炕席已经收拾得干干净净了。另一位中年男子赶忙地招呼我们上炕。我们很觉奇怪：国民党至少也有半年不敢过河，为什么老乡们还是这样慌忙呢？

　　当我们卸下了武装，刚刚打开绑腿的时候，两盆开水已经在炕沿下冒气,老乡在招呼我们烫脚,先脱下袜子的也只好不客气地伸进脚去。拿出脚来,还不等擦干,老乡就走过来抢盆子,这一下可弄慌了小司号员:

"不行,不行!老乡,咱们八路军跟老百姓一样……"

"得了吧,同志!咱们是一家人,你哥哥给你倒盆洗脚水还算得了啥?"他一面嚷着端起盆子就出去了,回来又重新打来一盆放在炕沿下。"真怪,咱们同志尽用滚热的水洗脚!"他奇异地看着水盆和我们唠起来。这时,老大娘端来一只茶壶递给司号员,烧火的男人拿进来一摞粗瓷茶碗排在小桌上,司号员按个倒满了,当时一股香味就钻进了鼻孔:

"这是糊米水!"几个人一起说,接着互相望了一望。我们端起水碗,谁也没有再说什么。什么工夫炒出来的呢?我想大家都在奇怪着。在这样靠近敌人的边沿区会遇到这样的老乡,实在使我们心里充满一种说不出的幸福!

当晚,很快我们就舒服地睡着了。

我们知道不会白天行军了,今早一直睡到东南晌才起炕。洗脸水已经摆在地当心,我们只好下地两三个人一起洗脸。老乡在忙着放桌子。司号员醒得早,他说老乡把饭做出有工夫了。老乡在高粱米里给我们掺了一些小豆,今早我觉得行军以来第一回吃得这样香!老乡们坐在炕沿边守着我们吃饭,我觉得真像到了家一样。奇怪的是大家谁也不客气了,坐在炕里的吃完一碗就把饭碗递给老大娘或者大嫂去盛。他们说从前天就过兵了,八路军见了老乡真亲热,吃一棵小白菜都要给钱。那个中年男人还说头年中央军没过河的时候,他们哥俩一直躲出三四个月没敢回家。

吃完饭,老乡把窗上的秫秸帘子放下,我们又睡觉了。飞机已经开始在头上频繁地飞着,傍午,传来命令,全连做战斗准备,今夜渡河插断敌人。我发现我的伪装圈不能用了,只有牺牲下午的觉不睡再做一个。做完我感觉最好要加一条带子,房东老大娘叫我去问对面屋的那位老太太。我去了,是一个双目失明的老大娘,果然她替我捻了一条又粗又长的线绳。我接在手里一时很有些奇怪,为什么她一点也不想省些线呢?这样一条线绳,谁也不会相信是一个过路人随便求一个老乡捻的!我坐在炕沿上跟她唠起来了,一直到吃晚饭才和她告别。原来她也是个军属,她儿子被国民党抓去三年,今年春天才接着信说是参加我军一年多了。她从怀里把信拿出给我看了一回接着说:

"这回我就不惦念他了,头两天过八月节,北镇上的学生,隔六七十里扭秧歌来给我拜节,凭我这么个瞎老太太,哪担得起这么大荣耀!"她的声音有些呜咽,但她却微笑了:"我见过几回你们当兵的,都这么和和气气的,我的儿子这回该学好了!我听见对面屋的亲亲热热地接待你们,我就想起我的儿在外头哪能受屈呢?他们说我老了,多咱来兵也不叫进我这屋子呀……"

一种力量支配着我,我简直有点唠不够了,一直到吃晚饭时,我才别离开她,我想我会给她一些安慰的!天一黑队伍集合出发了。在路上,我心里总是想着才离别开的那些老乡。"人民,伟大的人民!"我在肚里叨念了一句,我感到我很勇敢,再也不考虑怎样在黑夜里渡河了。

夜渡大凌河　同日夜

半夜,我们来到大凌河岸,天忽然阴了。大风呜呜地吼叫,头上的雷声和远处的炮声接连着响成了一片。

队伍太多了，都堆在这里等着过河。山谷里摆满了大车、马匹；道路上，满满地睡着成营成团的战士，他们都卷缩在一堆，有的用一块毯子，下面盖着七八个人发着惊人的鼾声；道路只给留下一条可以走过一个人或两个人的空隙。我们小心地在他们身旁走过，来到了一块空地，营长说了一声休息，大家就很快地在地上睡起来了。

战士们睡了一觉，不知道是多长时间，一个招呼一个大家都慌慌张张地站立起来，现在轮到我们过河了。

来到沙滩上，发现河水流得出乎意外地急剧，前面队伍走在河心，发出那么大的声响。忽然，一道闪光照得河水发白，接着眼睛什么东西都看不见了。雷声响过，我发觉天在下雨，真叫倒霉！但是河毕竟还是要过的，现在就必须迅速地把挎包带子弄短，提得高些，把子弹袋撩在肩头，必须迅速地脱下裤子把上衣用皮带扎到胸部。人们一点也没迟疑，在黑暗里，一双双漂白的大腿，被雨浇得有些颤抖，三一伙两一群地下水了。

河水一共三道，据说连浅滩在内要有三四里地宽，深的地方可以没在肚脐。急流冲击在腿上，哗哗地山响，有时竟有些站不住脚。但是有一点奇怪的是，人们下水反倒不冷了。在浅的地方，我发现战士们打着玩，又在说笑了。

在河西岸的草地上，大家摸着穿上了裤子，队伍很快就出发了。行军速度慢了许多，不久雨也住了。现在我们已经走在新解放的土地上，西南方不断地传来大炮和水压重机的声音，战士们都说："一年来没听见枪声，乍一听见真叫痛快！"

解放了的村庄　九月二十五日

清早，太阳还没上来，队伍进了一个村庄，行军停止了。我们已经插入了锦州、义县敌人的中间,这里离锦州只有二十五里,前天上午还来过敌人的骑兵,砍了一些大树走了。

这个村庄,从前天到昨天正经历着巨变,现在已经是解放区了,可是,乍一进来对于我,并没有什么太兴奋的感觉,我只是困得很!但是,这里的人民毕竟还是要用一种奇异的眼光来看我们,猜测我们将会有些异乎寻常的举动,他们一定会设想了太多的事情!道旁的孩子们呆呆地望着我们唱歌,房子里女人们挤在一角,脸色那么阴沉,全村找不到几个壮年男人了!很多地主的大院空无一人,战士们都互相说:这个地方究竟是刚刚解放呀!

飞机开始来回飞行了,号了房子以后,第一排的同志马上跑到前面山岗上挖阵地去了。团里的宣传员到处寻找老乡去开会,他们忙得满头大汗。各连的战士都到村边折树枝去了,政治部的同志满街乱嚷,告诉千万不要攀坏了大枝子。我精心地插了我的伪装圈,我看出:战士们和我一样,伪装不但要大而适用,他们也在努力把它弄得好看而且庄严。在街上,遇见一个一只眼的老头,他好像正在看守着道旁那座空空落落的大院子。我高声地问他解放军来过没有。

“解放军?来不了,来不了!”老头子有点聋,说话声音比我还高。

“中央军多咱走的呀?”

“天天来,来了就吃饭,吃完饭就走。解放军都在河东呢!”

显然,这个老头还不知道我们是解放军。小通讯员看出是一个热闹,他顽皮地问:

“老大爷,我们的队伍怎么样?”

“好,那真是好!不含糊,不含糊。还是咱们国军,吃吃喝喝热闹！"

　　"真热闹！可是,老头,解放军来过没有哇?"通讯员越发顽皮起来,他装着"种殃"军的口气问。

　　"头年来过！可把我坑苦啦！我给他们烧了一大锅水！"

　　"哎哟！一大锅水?这还了得！"通讯员做出吓一跳的样子。

　　"喂,你看我们是解放军是'国军'?"他说完就憋不住大笑起来。

　　"哦！解放军也不赖！反正都是一样,解放军国军都是为国……"这老头大概也觉不大对头,说着转过身子走进一个漂亮的大院去了。树上和街心的同志们一起哈哈笑了起来。

　　"大地主越老越顽固！"通讯员指着院子向我们做了一个鬼脸,说完一句噔噔地跑远了。我从背后望着他矫健的步子,忽然感到好像置身在一个崭新的世界里:前进的,没落的,两种面孔多么分明呵！

新高粱米粥　　九月二十六日

　　傍午,越过了山岗,以每个人二三十米距离的行列行军,来到这四面环山的村庄里。从这,再隔一道山往西南十里地就是锦州,我们的任务就是山上的警戒。二排上山接防去了,他们回来的人说:从山头可以看见锦州的高塔、街道、车站的水楼,可以看见飞机在机场上起落,也可以看见对面山坡上被炮弹崩起的尘土。战士们说:"这种炮真怪,把土崩起来半天才响！"我当时就给他解说一下光和音的关系。

　　村里的地主们差不多全跑了,他们在锦州组织了所谓还乡队一类的武装骑兵,经常回来搅扰这里没有走掉的老百姓。大概因为只要哪里有鸡叫和猪的哼声就会追到哪里,所以老百姓送给他们一个雅致的外号:大耳朵队! 一看就知道,穷苦的老百姓被他们掠夺得够苦了。几乎全村的木头炕沿都被搬走,很多家的门窗被拆掉,有的连炕席全被揭去了。家家都缺吃的,这几天高粱割下来还不敢打场,只有吃点收拾点。我们房东老大娘,今天晚煮了一锅高粱米粥,她殷勤地招呼我们喝点米汤,她说:

"今天来了还算不错,昨天来呀连这个都喝不着呢!"

她有一个儿子,夏天给大耳朵兵放树,不知为什么左脚被一个大耳朵给打坏了,在炕上躺了两个来月没下地,如今才见好不几天,我们进房子,他就把炕让给我们,拄着一支拐杖笑眯眯地站在地下。一个十六七岁的孩子,头发长得很长,面色发白,已经瘦得没有多少肉了。

"妈,妈! 你找碗叫同志们吃点吧!"声音好像一个姑娘,但是,从里面我听得出这个病弱的少年,今天是较比每天更有气力地说话了。他看见我拿碗去盛米汤,就带笑对我说:

"同志盛饭吧! 没关系,尝尝新高粱米,好吃呢!"

这个好心的孩子,他叫我们尝尝新高粱米粥,在他就好像叫我们尝尝什么珍贵的东西啊! 每天你可吃些什么呢?

战士们听说他的脚是大耳朵给打坏的,很快就挤进屋子来跟他唠东唠西,唠解放军、"中央军",穷人和地主,毛泽东和老蒋,还唠打锦州打义县。最后当他说:"大耳朵再也不能来了!"

我看见他感动地笑了,脸形变得很受看。可爱的孩子哟! 我庆幸你今后每年秋天可以安心地吃新高粱米粥,祝你健康!

游击战和吃饭 九月二十九日

早晨,随队伍上山去放警戒。

这两天粮食运不上来，全营好几顿没吃着饱饭。在路上，我听见战士们说讲头年冬季攻势时候吃饭的一些故事。

"他妈的，一天除了吃饭就吃饭，刚吃完这顿就忙着做下一顿的，多咱想吃就吃点，生怕来了情况吃不上饭。"

"有一回贴大饼子，刚一揭开锅盖，外面枪就响啦。人们都跑到工事里去了。我一个人在后头把大饼子一起，装了一挎包跟了出去，大家一哄就抢光了，我只剩一个。趴在工事里一边打一边啃着吃。敌人一露头，把大饼子甩在一旁就打枪，敌人退了再捡回来啃几口。敌人又来了，心里说这回不啃了，一定远点扔！等敌人一退又惦念着捡回来咬几口，等捡回来一咬，冻得梆硬，冻了也啃呀！一块大饼子啃了一下晌……"

"头年冬天吃得真算好，除了大米就是白面，多咱也没断过猪肉啊！有一回煮了大锅肉，放上桌子刚刚盛在碗里，来命令叫出发，老乡白闹一顿猪肉！司号员不知打哪要来个小筐，临走他还装了一下提着……"

"就是一样，说吃没好歹，吃不着也饿够受。你忘了有一回一连五顿没吃饭，急行军追敌人，教导员在道旁问咱们够呛吧？咱们还硬说没关系！"

……

这些故事他们真是一天一夜也说不完，尤其老兵更喜欢对新同志讲说。那种富有趣味的战斗生活，他们确是难于忘记。尤其在今天这样高度集中统一、正规攻坚的大规模作战中，他们更要怀念以前怎样因为战斗情况紧急几顿吃不上饭或者怎样高兴地享受那些新从敌人手中夺取来的美味。

山头的哨兵　十月一日

今天这边山上仍无动静,锦州西北的山谷中遭受着猛烈的炮弹和轰炸。天空的运输机已经看不见了,飞机场已被我们控制。

山顶上,有一块大石头斜斜地插在空中,石头底下造成一个石洞,里面铺着一块毛毯,两名战士在那上面睡着。我来到洞口,文书和卫生员正在石头旁坐着。

"来吧,就在这里休息一下吧!"

我把背包放下了。卫生员已经挤在两位战士中间躺下,他竟想睡一觉! 文书正攀着脚丫子看他脚上的水泡,我就向他借了钢笔、墨水,钻进洞里写起日记了。这是一个天然的掩蔽部,飞机上看不见,就是打来炮弹,连一个弹片都不会飞入。

我曾经对于战争做过近于可笑的想象,但实际战争哪是那样呆板的勾当呢? 离这个山头二三里地,对面的山上就住着敌人,但是现在,前面放了哨兵,人们在他们身边二十步的一块石头底下就可以安心地治脚泡,睡觉,或者写日记! 也许指挥官见了要发一顿脾气,骂我们麻痹,但是很多战士都是这样干的。九班的同志还在开会,似乎是讨论请战的问题,因为我早就听他们反映说放警戒放够了。还有一些人则分别隐蔽在石头根底下互相逗笑打骂。前面站着自己的哨兵,或者和自己的队伍站在一起,人们即或没有握着枪也会感到一种安全! 前天我上来的时候,一个九连的战士见了我就说:"你上山以前知道我们在这里吗? 你要摸到敌人堆里那才热闹呢!"这是随便一句笑话,但是随随便便也就可以表示出:你如果走到自己哨兵站着的山头,就会有人跟你说说笑笑,你如果走到敌人的山头,那么就会"热闹热闹"! 敌人和我们,在战争中真是再清楚也没有了。今天，我不仅有这样感觉，而且感到我们的力量。

　　为什么敌人不再到王蛮子沟去砍木头或者打人呢？为什么他不来把我们撵跑呢？我明白了行军的意义，我们从××走到这个山头，就不单纯是人们移动了一千里的位置，而是强大的力量从远处搬来今天压在敌人头上！现在，如果没有我们的战士站在山头，躺在大石头洞里，或者坐在石头根底下打闹着，那么大耳朵兵还是一天一次骑着马走遍这一带的村庄。现在，有我们的战士站在这里，就是说这里有力量阻挡着敌人。我们的哨兵，拉成线站在山头，就做了一个界限。什么是解放区呢？就是他们的背后，而他们的背后是永远安全而幸福的。什么是敌占区呢？就是他们的面前，而他们的面前正是充满了残暴罪恶，无数受压迫的人民正在日夜盼望着他们赶紧前进！

选自《文艺月报》，1949 年第 3 期

◇朱　繁

追求真理的道路
——哈尔滨青年俱乐部通讯

在一个落雨的日子,中苏友好协会的门前挂出去一张绿地白字"青年俱乐部"的牌子,它确实给广大青年群带来了朝气,像春风给小草带来了生命一样,每个青年朋友们的心都被鼓舞起来了。

热情的、善于幻想的东北大地的儿女,同时也是不堪黑暗束缚和孤独寂寞的东北青年们,在这些年那是一卷用血写成的中国民族解放运动的史篇! 是曾经留下了刻烙着东北优秀青年们光荣的革命传统和热爱祖国争夺民族独立自由的痕迹的。当八一五解放的钟声一响,东北青年都是在欢欣和喜悦当中,寻求一条使中国富强壮大的路子,都是在清算过去,瞩望未来,准备迈向民主建设的正确的道路上去。

可是在此胜利后的几个月中,由于国民党反动集团企图独吞胜利果实,由于好战分子企图消灭人民的力量,中国又重陷于内战的硝烟里,中国的民主革命又遭受到新的困难和危机。国民党反动派卑劣无耻地欺骗青年,给一大批青年戴上了"正统观念"的眼镜,哄着他们驱向反苏反共反人民的坟墓中去,因此,许多东北青年又重新陷入苦闷的深渊,挂上了沉痛的脸色。

青年俱乐部的诞生,正是在国民党反动集团在美帝国主义援助之下,进行着全国范围的内战炮火当中,也正是在中国广大人民用自己的力量争取和平民主保卫胜利果实的斗争当中,恰当此时,为了让许多重陷于苦闷、悲观、动摇、失望的青年们找到一条正确的道路,解决思想上的苦闷,开辟新的前途,"青年俱乐部"就像一个巨人一般,突然出现在青年面前向他们温和地微笑,向他们愉快地招手,青年们起来了,和它紧紧地握起手来。

青年俱乐部已经有了将近一个月的历史,它在青年当中已经是一个最熟悉最真挚的朋友了。由于广大青年的热爱和拥护,它在逐渐发展壮大下去,它只有一个信条,那就是:为青年服务。

根据过去一个月的统计,青年俱乐部开幕后,走进俱乐部的青年朋友们,在数字上是逐渐增加的,俱乐部的阅览室虽然准备的书籍报章很贫弱,可是有一个时期,每天来阅览室读书的同学们竟超过了二口名。在书籍性质上是:读文艺的占百分之九十五,读社会科学及哲学的则比较少些。阅览者的职别,则是学生占百分之九十七八,其他成分,工人、店员、职员、教员等比较少数。在性别上女同学及青年女性特别少。在年龄上二十岁以下的青年是占大多数。在学校的比较上,省一中及省三中占大多数。在教育程度上,高中和大学生都是特别少。

阅览室为了使青年朋友解决思想上的问题,特别征求青年们提出问题来讨论,有一个三中同学提出了什么是法西斯,另外一个同学提出什么是社会主义,苏联是否是赤色帝国主义。根据这几个问题由蒋南翔先生做一次报告，报告后第二天听讲的同学们又举办了以蒋先生的报告为中心的讨论会，在讨论会上同学们展开了激昂热烈的争论，由于这次的讨论会大家都认识了在争辩讨论当中，能帮助自己学习，能发挥自己的思维能力，帮助自由进步，因此便在这讨论会上提出组织了"青年共学会"，选出三个负责人，会员当时报名的有二十几个人。青年共学会的工作内容就是以时事及社会科学为主，互相学习讨论及听取报告，现在已搬到江北"青年之家"去，继续学习及扩大组织中。

在青年朋友们的讨论会里，虽然有部分的同学只看见个别的部分的事实，而忽略了整体，只看现象不看本质，坚持己见不实事求是，可是同学们都是一致要求追求真理，他们都急于辨别是非，明确爱憎，都是要在共学会里找到一把钥匙，去启开真理的门，做真理的斗士。

共学会成立以后，规定了工作计划，又邀请蒋南翔先生参加了讨论会及请于金润先生报告了平津及沈阳近况。

由于爱好文艺的几个青年的提议，在七月二十九日产生了"青年文艺学会"□备会，参加组织的有二十六人，规定了目前的学习计划，学习的课程：先以鲁迅的《阿Q正传》做对象，从形式及内容，从艺术价值及社会价值上，从作者的立场及其时代背景上来进行研究。

他们并要求请人报告抗战期间中国文艺的动向及各个文艺工作者的活动情况，已由青年俱乐部邀请最近由延安来哈之名作家东北大学教育学院副院长吴伯箫先生报告解放区的文艺活动，定于八月四日上午九时在青年俱乐部报告。

文艺学会在组织上，暂定总务、研究、编辑三个系统，准备大批动员习作,向《东北日报》副刊"青年园地"投稿,并准备出墙报及油印的文学周刊等等。更希望广大文学青年(不分职业性别)来参加,以便正式组成青年文艺学会。

同学们已经由"智识的贫困"中走到"探求智识追求真理"的道路上去,渐渐由散漫的苦闷的深渊里,走到有组织的有朝气的青年的宫殿中来,他们更渐次地自觉起来,自己热心地动手自己的事情,研究自己所要知道的东西,武装自己的头脑。

过去有一个时期经常落雨,影响了体育组的工作,修好的篮球场及网球场,很少有人去,近来雨止天晴,这些球场从早到晚整天在活跃着忙碌着,青年俱乐部□准备在八一五之前举办一个比较大规模的篮、网、排球比赛会。游艺室里打乒乓球的同学们特别多,他们像着迷了似的来回奔跑,浑身流着汗在聚精会神地想□败对手。现在正准备在最近举办一个乒乓球比赛大会。总结青年俱乐部过去一个月的经验,我们以为:

一、青年们思想上苦闷的基本问题,就是国共关系,苏联是否是赤色帝国主义,美国是否是帝国主义等等。

二、青年们对于近百年来中国历史及中国社会的变化和现状及近年的民族革命史实及抗战史实的认识不够。

三、青年们感觉到唯有在民主政府下才能有学习、言论、自由,才有参加学术团体及研究真理的自由,他们逐渐认识了只有在民主政府领导下才能得到自由。

四、参加学术团体的青年们的思想在变化,逐渐地走到真理面前,人数也在逐渐增加。这是一个好现象。

五、有一部分同学是存在着两面性的,一方面是看清楚了民主政治的好处,容易地接近过来,一方面又感觉到反动力量的残暴,容易患恐怖地畏缩下去。因此这里应该着重提出进步的人民力量之不可战胜,反动力量的必然失败,把这个历史的发展规律解释清楚。

总之,青年俱乐部是在一面鲜明的民主旗帜下,向前迈开大步,它已经在广大的青年群的心里埋下了种子,那是些真理的种子,青年将是一支不可战胜的巨大力量,将是为争取和平民主实现的一支新锐的突击队。起来吧! 所有的青年们,让我们在真理面前紧紧地握起手来。

一九四六年八月一日

选自《东北日报》,1946 年 8 月 5 日

拔掉大树见太阳

——记洮北靠山村的深入巩固工作

靠山村（辽北省洮北县青山区）的三个屯子，共有土地七百余垧，一百廿五户，五百廿人去秋曾用"点火"的方式，分了四百多垧地。单从数目子看，也许觉得这个成绩不错。但实际情况则是：太阳和土地固然没有变，地主和农民关系依旧。一切组织是形式，大树照旧是大树，群众在阴影下沉默。

深入群众发现问题

问题就在这里，怎样去进行深入工作呢？首先县上集中了青山区武工队的干部廿多人，到靠山村去了解分地中的问题。可是武工队的新干部，大部是斗争中新起来的积极分子，他们缺乏斗争经验，认为："地分了，组织建立了，万事大吉。"所以必须把他们的"脑袋瓜先转一转"，才有办法。领导上决定先从研究时事入手，讨论"怎样才能取得自卫战争的胜利"。在讨论中，他们的意见是：（一）群众要和我们一条心;(二)谁是朋友,团结他们;(三)彻底打垮恶霸地主的威风,清除坏蛋;(四)要老百姓拥护咱,就要议民主,替老百姓办事。接着又提出,要群众和我们一条心,就要使群众彻底翻身。较明确地认识了这些问题后,于是就编成三个小组分别到各屯去,在帮助军属秋收及组织群众纺织中调查材料,又经过和分地农民开座谈会,和积极分子个别闲谈等方法,两天后发现了不少问题:

(一)恶霸地主李祥武、于成津及其走狗侯永贵(伪满屯长)的威风没有打下,李祥武的儿子曾在"八一五"刚光复后,自称"中央军"敲诈群众,在分地斗争中他威胁群众说:"你们算吧,分吧,中央军来要你们的脑袋瓜使换!"并说:"你们斗争真是为穷人翻身吗?""现在看看谁拴上车套上马了? 还不都是农会干部!"在经济上,李祥武以熟报荒,隐瞒熟地廿六垧。于成津也瞒了几十垧熟地,在村里依旧威风凛凛,农民还是叫他"于六爷"。

(二)土地中的问题:(1)地分得不公平不合理。干部分近地好地,老实农民分坏地远地。(2)青苗分得不公平。(3)分地方法不民主,分地时只有农会长梁廷奎及少数积极分子带着李祥武踩地边,李祥武指定给谁就给谁,分地的农民没有参加意见。(4)斗争果实未处理,如斗争所得的牲口都集中在村里归公有,用时有人,饲养没有。(5)旧照未交,新照未发,如向李祥武要旧照时,李狡猾地说拿到洮南去未拿回。白契是农会代替写的,写完揣在农会长身上,群众不知边邻四至,也没见白契是什么样。(6)吃小租子:有些分地户分了地不愿生产,青苗仍由耪青收割,说定一垧地吃一石租子,后来见庄稼好,又想多得青苗,和耪青户起了纠葛。

(三)积极分子问题:村长梁廷奎是破落地主,做事独裁,和恶霸地主讲情面,群众怕他。农会长李发是耪青出身,老实无用,群众中无威信。

（四）群众情绪反映：（1）对分地漠不关心，例如说："白契在人家身上揣着，是人家写的，咱连地在哪里亦不知道。"又说："官家让分地，'中央军'来看人家怎办咱怎办。"（2）对干部作风不民主表示不满，如耪青户朱振君说："干部不容咱穷人说话，一吵就不给分了，说：你们不要有的是人要。"梁士才说："好地让干部分了，箱柜也归人家了，好处都是人家干部的。"（3）怕地主反攻，和恶霸地主不敢撕破脸，说："地归原主，地是人家的，咱不敢要！"总之，群众的情绪懒洋洋，武工队召集开会常找不到人。

（五）农民和农会的关系：中、贫农未参加斗争，未分到利益，也不让参加农会。分了地的农民虽参加了农会，但不知农会是干什么的，自己只知道记了个名。

武工队了解以上情况后，认为必须重新深入发动斗争，群众才能真正翻身。

群众出了气

侯永贵是占山屯的伪屯长，受地主李祥武、于成津所支使，当了五六年伪屯长，娶了二房媳妇，买了几十垧地，伪满时抓穷人出长期劳工，出荷粮都加在穷人身上，逼死了不少穷人命。穷人对他又恨又怕，这次深入斗争时，侯永贵是群众第一个提出的斗争对象。

斗争开始先分别召开积极分子诉苦会，并通过这些积极分子去联系群众，在群众中进行酝酿。两天后，各屯积极分子团结了七八十个人，都表示要斗倒侯永贵。斗争那天，各屯的积极分子先商量组织一致行动，先把侯永贵扣起来，然后和他算账。商量好，到侯永贵家，侯见大伙人来，就来了个下马威，气势汹汹地说："你们都是来干什么的?"一个积极分子说:"找你算账来的!""我姓侯的没干过坏事,算的什么账?"侯永贵一"熊",积极分子中马上就有的畏缩溜走了,这时胆大敢斗的少数积极分子提议把侯扣起来再讲,但动手扣的人不多,讲话的人也没有,于是斗争会就无结果地结束了。第二天,又召集各屯积极分子开会检讨昨天为什么斗争不起来,并述说了过去受侯多年的恶气,如今一定要报仇。接受了昨天的教训,把积极分子严密组织起来,指定几个县领导人,各屯又让召集那群众,煽动群众情绪,然后由领导人带着八十多手□儿抢的发问□□说□□□中,侯见人多势众,群情激愤,不敢再要威风。当群众中□□由和□□□时,他连忙答应还上□债。群众见侯低了头,精神更高,带着诉苦,靠山屯群众□老四个月,他拿□扎枪□问候说:"过去你站在穷人头上,今天也该咱们出气报仇了!你打过我两耳光,我也还你两下!"说着上去打了侯两耳光。二□屯李成仁说:"过去我卖豆腐,五块钱一块,你只给二毛,我都不够本,你就跟我说:'你不看看这是什么地方,燕过都得拔毛,今天饶了你,不然打你个豆腐样!'这话是不是你说的?"他指着侯的鼻子问,侯告饶说:"大兄弟,我对不起你,都是我不对。"侯只承认过去不对,愿赔偿,而不肯坦白具体的罪恶事实,群众一气就拥上去要打他,并激动地说:"我们今天就专门来出气,看你说不说!"侯被打得推倒又爬起,只好仔细坦白了过去三次当屯长,如何是李祥武叫他干的,当屯长后又如何敲诈群众。至此,对侯的斗争就算胜利了。

再斗李祥武

斗争侯永贵后,对积极分子更进一步了解与发现,武工队同志研究了对各种积极分子的不同培养教育,过去不大出头老实敢干能

102

联系群众的榜青户,要到了发挥斗争勇气的机会,如有的积极分子说:"我现在就要叮梁廷奎(村长)为咱分给我的地他割了,换给我一垧一尺多高的篓子!"有的说:"人家都分好地,我分了坏地,得想法分李祥武一块黑地。"武工队了解群众这些情绪后,就决定先让干部向群众坦白分地经过。在群众大会上,区农会主任张玉、村长梁廷奎承认分地不公的错误,并愿把自己多分的好地拿出来重分。干部坦白后,接着把李祥武找来,质问他为什么瞒地。李狡猾不承认,群众因未酝酿成熟,顾虑很多,不敢斗争,眼看斗争会要垮,积极分子于是先把李祥武扣起来,一面对群众进行清算教育,说明李祥武名义上被分了,实际上他家每口人平均还可得四石多粮,而分地的群众则得到的很少。这个算账办法,激起了群众的情绪,接着又进行教育,解决群众的思想顾虑,如:(一)民主联军能不能站长,主要以民主联军的力量及当前关内外的战局,增强群众的胜利信心;(二)良心主义,认为地是人家的,白白地拿人家的地良心上说不过去,解决这顾虑,要以李祥武为什么会发财,穷人为什么穷,进行教育;(三)解决群众怕摊花销的顾虑,主要讲民主政府负担与伪满负担的比较。经过这些酝酿后,群众及积极分子的认识逐渐提高,才又再开会斗争李祥武。在斗争会上,新积极分子大胆发言,质问李为什么瞒地。李见群众敢讲话了,也就气馁,承认自己瞒了廿六垧地不对,愿退地退粮。当场分地群众就自动开会,讨论把分粮的分为三等:家贫人口多敢斗争的是一等,分二石粮;坚决斗争到底的是二等,分一石七斗粮;随后跟着中途参加的是三等,分五斗粮。并把不同三等分编成五个小组,由小组长带领去要粮。这时群众情绪很高,反映说:"要粮就得要到底,他没人打场,咱就自己动手。"随即又商量分了廿六垧黑地,还叫李祥武写了白契,白契上说明了不该瞒地,愿将地还给群众。

经过反复深入斗争,靠山村的恶霸李祥武、于成津被真正斗倒了,群众才真正看到了太阳,敢要地敢讲话。分地中的问题也逐渐解决;不合理的又重新分了,家贫无劳动力的分近地,有劳动力的佃中农分远地。在李祥武的仓园里,挤满了男女老少,剥苞米的剥苞米,打高粱的打高粱,晚上怕人偷,轮流放哨。他们说:"以前李祥武把刀架在咱们脖子上,要咱们粮谷出荷,这回统咱们找他要了。"后参加进来的说:"以前脑袋瓜不开未参加,以后有事一定早来。"

为了扩大自己的力量,分地户和未参加斗争的中农个别交谈,问他们愿不愿参加农会,中农说:"我们早就愿参加,就怕你们不要。"分地户说:"咱们都是一家人!"于是正式成立农会,把要粮小组变为农会小组,自愿参加农会的中农也编了进去。自卫队的组织也初步健全,发展了×多个民兵,轮流受了训练。妇女组织自告奋勇的带领担架上前线。由积极分子带头,五个青年自动参军。

拔掉大树见太阳,靠山村群众从阴影中走出来,一切有了新气象。

选自《西满日报》,1947 年 1 月 19 日

◇华　山

爆炸英雄任子厚

扛块××斤重的炸药,从村外冲到街心,死死钉在突击队后面,光是跑就够呛了,又要躲开嗖嗖的子弹,又要直着腰杆。谁说爆炸手是好当的?任子厚跟着大伙闪到沟里,敌人的机枪又顺沟直扫过来,子弹红光闪亮,就像长着眼睛一样,尽往身上刺溜,没个躲。

步枪兵挨一枪,打个窟窿算到了头,炸药箱给"突突"一下,突击队可全"踢蹬"了。任子厚一翻身,钻上沟外,一斜头栽出几步远。好容易摸到炸药箱,队伍已经过去了。他一面追,一面把雷管拔出来——越近街心,枪声越紧。"炸药叫毁了,拿啥完成任务啊?雷管放在口袋里,打炸了就我一个任子厚,爆炸手多着呢!有炸药在,够敌人受的!"

好打的地方,用不着爆炸手。突击队一口气拿下三个地堡,直扑到丁字路口,任子厚跟着跑也跑不及。步枪兵好容易停下来,让他缓一缓气,爆炸任务却来了:路口一座碉堡,突击队啃不动。就看爆炸组的本事了。

突击队拿不下,还有好去处吗?房高的碉堡,只隔一趟街,底下两层枪眼,嗖嗖地闪着弹光,一层齐胸,一层贴地,照得路口一阵红、一阵紫,没处藏身。任子厚看了看,这还有活的吗?就算上得去,也不由你跑回来。这包炸药,不能掀倒它。白搭上一条命,还完成不了任务,划不来。任子厚这样一想,便把两个药包绑在一起,一大一小,足够×尺长。他还怕威力不够,把七个雷管全装上了,引火线也接上两条,这条不着,还有那条。

机枪班没跟上来,谁打掩护啊?任子厚急得了不得,催连长赶快把他们调上来。连长说:"用不着,打一排手榴弹你就上!"——这话也对,弟兄们挤在几座院里,正在碉堡底下,六〇炮一股劲甩下来,等你把机枪调到,院里打不光也差不多了。"牺牲我一人不要紧,大伙能安全就行!"决心一下,任子厚便悄悄拿出铅笔刀,把引火线割下大半截。

三拃长的引线,拉着了还来得及跑二十几步,到远处隐蔽起来。可是四挺机枪,早在碉堡里等着,能跑过去就算好了,还由你往回跑吗?最讨厌的是:贴地的扇形枪眼,围了一圈,敌人伸手一推炸药就倒了,就算他没这个胆,引火线"哧哧"半天,敌人还不跑光了吗?现在剩下不到一拃,任子厚心里就宽敞了。他对另外两个爆炸手说:"不要紧,打不着——我先上去,你们在两旁跟着。要是我倒了,赶紧上来抢炸药,接着上。可要扛大的啊!小的不顶事!"

反复交代清楚,任子厚才摸到路边。碉堡里的机枪,还只管朝这边的墙角"突突"呢,掩护的投弹手爬上墙头,猛甩过去一排炸弹,把枪声突然煞住了。路口一阵漆黑。打得好!爆炸手还等第二排炸弹,冲锋哨却响起来了。真糟糕,一排手榴弹,能把敌人压住吗?可是这样一来,敌人就有戒备了。越迟疑越坏事,趁早上去得啦!任子厚直起腰杆,就扛起药箱跑过去。

碉堡里说:"上来了! 上来了!"声音在脚跟前咋呼呼的,才发觉自己正靠着枪眼。另一个声音在后面骂道:"你妈的,上来了还不打咧?"任子厚刚把药箱靠稳,里面"哗啦"一声,压上了梭子。

他闪到另一个枪眼边,没等机枪"突突"出来,火线已经拉着了,猛扭身跑出四五步,趴到地上。马上又给一团闪光掀起来,摔到半空,啥也不知道了。房子大的碉堡,在轰然的巨响中崩掉一角,顶盖塌了半边。突击队在浓烟里冲进碉堡,土块还呼啦啦地往下掉着。里面一个排的蒋军,当了俘虏还是迷迷糊糊的,只管抱着脑瓜说:"这是什么炮啊? 我的妈呀……"

任子厚醒来的时候,突击队又要前进了。他浑身摸了一摸,啥也没啥,就是脑瓜老嗡嗡的。旁人说:"摔出来丈多远哩! 好家伙,下去歇歇吧!"好好的歇啥呀? 也没断了胳膊,也没折了腿。他接过一块炸药,追上大伙去了。

炸药压在肩上,刚才扛着还没什么,经这一炸,两腿轻飘飘的,肩头压得吃不住,老往前栽。吃不住也得吃啊! 半道下火线,任子厚不是这号孬种。他挺直腰杆,嘴里不住说:"不要紧,冲呀……打不着的。"在头里领着爆炸组,躲开南面甩过来的六〇炮。

一炮落到身边,把他屁股蛋炸伤了。他摸摸伤口,里面硬梆梆的一块铁片,好疼! 他闷住气,使劲拔出铁片来,瞅着打炮的地堡说:"又叫我送炸药啦!"也顾不上扎伤口,扛起炸药就跑,好像没有挂彩一样,摸到地堡边的一堵墙根。

地堡里的美式机枪"突突突"的,就是打不着他。"你忙什么,少不了你的!"他很快就把炸药安放好了。

战斗了十一天,我才看到这位英雄。这天正是他参加共产党的第三天。我问他为什么早先不入党。他说："我参加民主联军才一年,差着远哩!党员不党员,我尽心就是。党员不是说的,战场上叫大伙看看!不打个漂亮不入党!"

选自《东北日报》,1947 年 2 月 15 日

东行杂记

起早

九月二十六日。蛟河——头道沟门。

恨不得马上赶上部队,活动了三天还是搭不上船。船正抢运棉衣。

从哈尔滨出发时,接到前线催我赶部队的电报,心想跟着棉衣一路上前方,反正耽误不了行程;这次攻势,看劲头得一直打到冬天,棉衣未到以前部队终归不会出发的。没料想却在蛟河兵站"抛锚了"。总部命令:停止松花江上其他一切军运,保证队伍行动前换上冬衣,而行动只是一周间的事情。从蛟河到桦甸,兵站线必经之道,公路在雨季被山洪冲毁了,最快的交通工具是汽船拖着的木船。几十万大军摆在沈长之间,从哈尔滨来的供应品都得由这里转运,这是一个新问题。以往,到江南歼灭敌人,回江北休整补充,还简单。一个夏季攻势,交通线一直插到四平附近,几十万野战军练兵整训的防地正是两个月以前的大战场。形势发展了,供应线也复杂了:火车、汽船、汽车,又是一段新修复的前线火车——在短短一个月之间,从长白山和松花江开辟出一条曲折的水陆交通干线,穿过吉林特务头子梁华盛的反动地主武装出没的地区,期待着坐上四梅线火车新近增设的客车,的确是一次令人兴奋的旅行。偏偏航运任务紧急,几次向兵站政委交涉,即使一只船捎带上一两个随军记者,还是不被允许。看不上松花江夜渡的大场面,遗憾! 决定沿着东岸绕山道走。少则五天,多则七八天,固然慢得急人! 总比走不动强。正好巴彦县的大车队中午出发,决定和他们一路起早走。看看抢修泥泞的运输线也不坏。

山中

九月二十八日。横道河子。

干着急走不动,又下雨了。本想打打尖就走,眼看雨雾压倒群峰,只好住下。

头一天半天走五十,第二天整天只赶了三十五,今天赶了二十五又走不动了。摩天岭,老爷岭,头道沟门,横道河子,漂河川,南木条子,荒沟,桦树林子……光是这些深山的地名就够人回忆的。夏初横扫拉吉线以后,我曾经随大车走过这条山路,那时平川的"返浆"期刚刚过去,山中怪石朽木之间还是一片泥泞,而夏雨又开始作怪了。炮车和辎重车日夜在烂泥塘里挣扎,不是爬不上陡坡,就是挣不出洼地。十来八家人家的疏落山村,突然来了这许多队伍,仅仅是做饭的锅也忙得二十四小时没点空闲。烧柴倒是不缺,就是马草难办。虽然牲口可以放青,这里人民还是为战争献出了所有的稻草和谷草。现在雨季将尽,沿江杀掠的蒋家匪帮也到不了江东了。

满山红叶,斑驳丛杂,远处明澈的松花江水时隐时现,大车队一忽儿盘绕山巅,一忽儿蜿蜒深谷,几处苍松斜挂陡岩,更多的是彩色缤纷的树海。据老百姓说,今年晚霜,山上各种草木,也现出各自本来的秋色,这样漂亮的山景已经几年不见了。深山密林里,老虎,"黑瞎子"(熊),以及长白山特有的山珍野味,也会比往年更多一些。原是猎户出没的荒凉山野,现在却成为支援前线的战略孔道了:一条艰难的运输线,正在这里日夜抢修着。

"红叶哈塘","摇头甸子",我们每天总要从这种奇怪的洼地过几次。看起来,一片草地倒也坦阔干爽,走着走着草根就渗出水来,脚底下现出一条烂泥道,后来的简直无处落脚,必须另辟新道。不巧岔到"摇头甸子",更麻烦了:泥沼上长满一团团的草头,多年的腐草在死水中烂成陷塘,我们踩着草头过去,几里地像是走着梅花桩,走一步,草根一摇头,不小心就陷一腿泥。修路队就从这些洼地上,用树枝、石块和土铺出一条汽车路。江北来的担架队和当地人民组织的修路队,晚上烤着篝火,就炭火热着干粮,日夜砍伐树枝,挑石抬土,好容易铺起一段新道,几十辆大车一过又陷成个稀巴烂的泥河了。于是又砍伐树枝,铺石垫土——横贯长白山麓的兵站运输线,是长白山人民用长白山的树木织成的。我们中午住到漂河边的一家草房里,又认识了长白山中一位人民战士的父亲。

五十多岁,结实,须发乌黑,目光闪烁,一见我们就非常亲热:"我两个儿子都是八路。"他凑到炕沿说。显然不是夸耀,而是出于一种深蕴着的热望,他谈起二儿子许云起壮烈牺牲的故事。他姓许,名叫希金,六个儿子,两个大的都是种稻能手。"人很好,都说他好。"他冷静地叙述着,爱子许云起才满二十岁,给当地的共产党区委王书记当通讯员,去冬封江以后,王书记过江去开辟新收复区的群众工作,突然遭到梁华盛的反动地主武装袭击,王书记身负重伤,挺在草塘里的雪窝子抵抗,最后僵冻死了,两眼还直瞪着前方,匣子枪在手里紧紧握着。而许云起,被敌人绑在树上,挨了七八刺刀,还是破口大骂。这事情震怒了沿江的人民,平分土地运动不久就蔓延江西了。大伙把云起的尸首搬回来,他浑身冻成冰块,死了,也是个铁铸的汉子。我猛记起昨晚住在山那面的四道沟门,女房东曾经讲起这件事。她的丈夫姓王,是个木匠,去冬那个山庄解放了,大伙乐呵呵的,合计说:"翻了身,该给孩子们办个学校。"王木匠是屯里认字最多的,便被大伙举做教员。江西的二十家子不久也解放了,他们便办秧歌队,打起红旗,由王木匠领着过江去,说是"欢迎新解放区"。正在演戏,国民党特务匪帮突然四面围上来,把王木匠抓住了,匪帮们剥掉他的衣服,刺透他的手脚,然后把他架走,不知去向了,只雪上留着光脚板的血印。一个刚刚报名参军的小伙子对我说:

"王木匠对小孩没那样好的,大人想他,小孩也老念叨他。他家咱全屯给养着。我过罢节就上前线。"

这小伙子姓于,打的一手好枪,自幼喜欢打猎,很不爱听"新解放区"这四个字。他说:"江北的日本鬼是叫大炮轰垮的,我们这里的日本鬼是叫咱拿木棒打垮的——我打十四岁起,就给山里的抗日红军送信了。"他于是问我:"赵尚志,你听说过吗? 就是抗日红军那老赵,共产党就在这山林里。鬼子山林队一来,我就打屯后溜上南山,自个儿钻进林子里,给红军送信。老赵的队伍,卡住路口,把日本鬼治得不轻,光大棒抡死的,后山就有四个。为老百姓,咱红军受老鼻子罪啦! 国民党来咱能让吗!"

曾经给抗日联军送情报的小孩,现在长大起来,又拿枪打蒋介石了。赵尚志的血，王木匠的血，许云起的血，东北人民十几年来的生死斗争，就是在穷乡僻壤，也用血写着仇恨的历史。而仇恨给人民的教育，总是这样单纯而明确的。小小的横道河子，三个月来参军的青年就有四十几个人。而烈士的父亲谈起他的爱子许云起，深沉的声音总是这么冷静："我还有五个儿子。"他扳着指头说，像是猎手数着药炮，大的当炮兵，早过江了；四个小的长大了，都当兵去，给他们二哥报仇！

人流

十月四日。呼兰店—磐石。

被公路上的汽车吼声震醒了。未明出发，仍是起早。看着向西疾飞的灯炬，又是兴奋，又是急人。本来一昼夜汽船，两个钟头汽车，满可以从蛟河赶到磐石的。结果和深山里的泥道苦斗了八天，到了桦甸还得徒步。这里的辎重汽车，三下江南固然没有见过，夏季攻势也没这排场。可是棉衣还没运完，弹药的任务又挤上来了。上前线找部队，旅途再没比这次更急人的。"山中十日，天下大变"，到兵站才知道队伍上月二十八日已出动，一号打响，一出手就在西丰、开原方向，歼敌××军主力××师及××师××团全部，在法库两小时尽歼敌××师于城中。都是新的年轻纵队大显身手。我要去找的纵队，也到伊通、双阳、公主岭转了一圈，敌闻风而逃，只零零碎碎抢了一个保安团。大胜利还在后面，对于这些在泥泞运输线上苦闷着的人流，更加钦敬不已。

我们坐的大车，车老板老于头是个乐天派，甩一手好鞭，好唱个小调，晚上不知到哪里喝了两盅，第二天在泥泞里满不在乎的，乜斜着眯缝眼，你急他不急。几十辆大车误在老爷岭下，没出来十里地

113

已晌午了。大伙都下来看道，他却一动不动，耷拉着眼皮说："该上不去还是上不了。"我走上岭头，转过身只见他的车斜在坡下，索性不动了。"发酒疯啦！"后车上的年轻人说，"咱可不陪你在这里过夜。"而前车挣到半坡，辕马后蹄噔哧一下，连马带车又倒滑下去，眼看着撞到老于头的车辕，这老头猛甩一鞭，陡然站起，弄得大车忽闪一下，没承想竟然闪开前车，就势抢到头里。老于头巴叉着两腿，踩住车辕，就像骑在马屁股上一样，漫坡只听见他一个人的吆喝声和鞭梢声。大伙正笑他出洋相，大车偏偏在半坡慢下来了。这是一段最溜滑的陡坡，马蹄子突然使不上劲。老于头圆睁两眼，脖子挣得通红，鞭梢声和呵斥声更紧了，打趣他的人也开始着急起来。而他抡着双手，满谷爆响着钢枪一样的回声，挣得脖颈子一直红到胸口，鞭梢却只撩着马鬃。而马似乎也知人意，只管拂着披鬃，抡动滚蹄，浑身汗淋淋的，眼看着马上使尽最后的力气，岭头腾起一阵轰然的欢呼，老于头也一屁股坐到车上，享受起胜利的荣誉来。

"真有一手。"我说。他却称赞辕马会使劲："牲口和人一样，心里对劲了，力气就使到好处上。早先给地主赶车，这个坡我算是上不了。"他告诉我：这挂车原是地主的，现在车属农会，三匹马属三家人。他说本来不该他摊战争勤务，一来是军人家属，二来老了。他却找农会主席理论："屯里赶车的能找出第二把手？'好人好马，好车上前线'，正该我去！"此外他又补充了两个理由：第一，他侄儿夏天打四平负伤，正在海龙休养，还不知家里分了地，该去看看，也让他欢喜欢喜；第二，这辈子没出过门，翻了身还不该出去开开眼界？捎带还可以给新解放区穷哥们讲讲翻身道理。

"我分了地了"，这句悄悄话我一路上不知听到了多少次，使我感动的不只是话的本身，而且是语气里的喜悦和自信。就在这些大车上,有哈尔滨造的军用饼干,来自江北农家的菜干,镜泊湖特产的红鱼干……木箱上写着"送给英勇善战的人民功臣""向前线杀敌英雄致敬"。一队扛着镢头的老百姓迎面而来,行列里举着的红旗却写着"参战模范",原来这些胜利而归的民工,正给后来的补桥修路。这一带两个月前我走过一次,当时公路两旁还有特务土匪出没:"华×队","忠勇队","赵×队","黄×队","陈×队",这些都是梁××积极主张并为陈×同意而组织起来的特务武装工作队。他们纠合反动地主武装和土匪乡队,标榜四大"斗争纲领":"共产党——剥皮;八路军——活埋;积极分子——抽筋;老百姓——倒算。"我在一个雨天乘汽车驶过呼兰店,匪帮们便在山上向我们射击。昨天中午打尖的屯子,一百来户人家被匪徒们烧毁一大半,现在全屯只剩下三口做饭的小锅。就在那个屯子,我看见十几个农民扛着火炮和红缨枪,正在把一个地主土匪解压区政府,另一队农民武装正在吹哨集合,因为山里来了密报:五个匪徒正在某村藏匿。人民就是这样对付梁××的武工队的。而呼兰店,这个曾经恐怖一时的匪窝,现在小学校又唱起歌来了;村头兵站停满了奔向前方的大车和汽车;给伤员预备的休养宅也早已打扫干净了。江北江东的参战队,都把这里叫作"前方";而公路上,并着肩向西滚流的桦甸担架队和磐石担架队,却用抗议的口吻说:"我们也是上前方去的!"两月不见,前后方的概念在休整期间也如此不同了。下午四时,我们从磐石城里驰向车站,崭新的客车已经停在月台旁边。且不说那一边生气勃勃的叫卖声和来去奔忙的汽车轰响,单是火车上"反攻列车"四个大红字就够兴奋人了。我们坐在软垫的客座上,好几次被月台上欢呼的人流吸引出去。月台的水银灯下正簇拥着一群妇女儿童,他们晃着彩旗,高呼着口号。人丛中忽然裂出一支草绿色的队伍,欢送的歌声便在月台荡漾开来,而在邻车,开赴前线的参军战士,便给他们踏着拍子,低声和唱。就在这个时候,机关车把一列列满载的车皮连接起来:装着棉衣和弹药的,摆满了大车、担架的,坐满了江东江西的农民参战队的,装着从兴安岭、蒙古草原、长白山、松花江送来的慰劳品的……来自各个角落的力量,在"反攻"号列车上汇聚一起,按照着准确的时间开向秋季攻势的前方去了。

选自《踏破辽河千里雪》,东北书店 1949 年 5 月初版

董庆友打地堡

突击敌军营部的我第三连,前进道路又被地堡挡住了。

地堡蹲在几座房院中的平地上,足有一间房大,却不到两尺高,顶盖像个馒头,倒有三尺来厚,迫击炮落到顶上,只刨开一个小坑,动它不了。

扇形枪眼紧挨地面,一个接着一个,从东北排到西北,控制住连队的突击方向。守军共有一个排,一挺重机枪,两挺轻机枪,还有六支冲锋式。你爬过去,子弹刚好打到脑门,你俯冲过去,子弹就打到上半截身子,尽是要命的地方。攻到天发亮的时候,六〇炮又从地堡后面甩过来,打得突击部队干冒火。

"咱们怎么把'两面'忘记了?"排长说。他们刚刚学过"一点两面"战术,一听这话又来劲了。队伍绕到南面的房院里,正好对着地堡门洞,相距不到四十米远。

天已大亮。门洞窄窄的,没有旁的枪眼。可是前面有一个机枪掩体,掩体前又是一个"六〇"炮坑,外面还围着一圈鹿砦,只有一个三角形的出入口,可以进去。

第一个投弹组摸到土墙的缺口,向鹿砦门猛冲过去,把六〇炮手炸死了。自己也叫重机枪"突突"回来。第二个投弹组沉不住气,刚刚打死了两个机枪手,半道上又缩回来了。两次突击没有成功,地堡里的自动火器,已经转到门洞这边。墙角响一枪,随声就引来一梭子弹,露不了头。一时没法还枪,只好眼巴巴地,看敌人把三条死尸抢走,重机枪和六〇炮也捡回地堡去了。

就是这门六〇炮把教导员打死的!那时战士董庆友正在他身旁,也叫炮弹震倒了,半天没醒过来,现在脑瓜还疼,看见敌人把炮拖走,更来火了。他对连长说:

"我上去!谁自告奋勇,再来两个!"

二十二岁的舒兰人,入伍才八个月,口气倒是不小。他把步枪交给班长说:"叫敌人撂倒了,白送一支枪。多带手榴弹就行!"

从墙角冲锋,敌人早等着了。董庆友带上两个战士,跑进侧翼的房子,听准双方的机枪打得火热,便一脚踢开窗子。领头冲到外面。枪声中断的时候,他已经进了鹿砦门,扑到地堡跟前。

里面咋呼呼嚷道:"上来了!上来了!"他两手往地堡一撑,左脚刚刚蹦上去,门洞里的冲锋式已经端起,在他胯下响了几枪。等右脚上了地堡,裹腿早穿了一个窟窿,把腿脖子擦掉一层皮。

董庆友坐在地堡上,可来劲啦!回头看看,那两个还没上来。他爬到炮坑里面,往前一探手,正好就是门洞。于是挽起袖子,拔出手榴弹来,一扭身,便摔到地堡去了。

这地堡也真鬼,里面一道圆槽,挖进地里一人深,当中留下磨盘似的土柱子撑住顶盖。敌人便绕着土柱子,躲开炸弹。当时董庆友打完了八个手榴弹,便向里面喊道:"缴枪吧!都是中国人,咱们优待俘虏!"里面不哼气,反扔上来一颗手榴弹,打他头顶飞到后面。第二颗打到身上,刚拨下去就炸了。

这不是等死吗?他四面看看,那两个帮手已经上来,死死地趴在土墕后面。董庆友说:"把手雷给我!"他们正解带子,地堡嗖地窜出个号兵,回手就甩上来一颗手榴弹,董庆友赶忙用胳膊一拨拉,把它扫到底下,顺手捞过一块硬梆梆的东西,也不知是石头还是冰块,朝那小子打去。号兵正找不到突围地方,后脑勺挨了这一下,一头便栽倒了。老半天才爬起来,趁着炸弹的浓烟,绕到北面,从鹿砦上翻出去了。

董庆友想:再出来个敌人不就毁了吗?得把门洞看住。他捞过来一堆石头,把身子挪到前边,探下头去。敌人没有出来,却发现门洞的顶板,放着一大堆红把手榴弹。怎么放在那外面呢?准是演习用的。管他是真是假,铁的总比石头强。他拿了一个,拉出火线听听:里面扎拉扎拉直响,还冒烟哩!赶忙塞进地堡里,真的响了。董庆友心里一乐,就两手抱上来一大把,也不知是多少个,只顾得往里面甩,直炸到敌人"哎哟哎哟"乱叫,才停下手来,叫敌人缴枪。

敌人还是不缴枪。"你不缴我还打!"董庆友记不清抱了几抱手榴弹,更记不清打了几个了。只知道非把六〇炮缴过来,给教导员报仇不可。看看敌人还不摆手,两个突击班全涌了上来,手榴弹一股劲打到门洞跟前,炸得董庆友耳朵嗡嗡直响,眼睛什么也看不见了,脑瓜疼得快蹦成两半。

董庆友趴在炮坑里,迷迷糊糊听见敌人说:"不要打啦!同志们,缴枪啦!"听到"缴枪",董庆友又清醒过来,他站在地堡上说:"把枪从枪眼扔出来!"

敌人扔一支,他数一支,就是还短两样。他说:"还有!"狡猾的敌人,还想玩花样呢,几个人争着说:"没有啦,真的没有啦!""你没有,我可还有呢!"董庆友又抓过个手榴弹,塞进门洞,敌人才连声叫道:"有,有,有,别打啦!"乖乖地把六〇炮和水压重机枪递出来。

选自《东北日报》,1947 年 2 月 16 日

风雪中来去

一　夜半的站长室

在双城误了客车，好容易几经交涉，才能在入夜的时候，搭上一列南开的军用车。因为满载粮食的缘故，随我而来的四位老乡，终于被押车的同志拒绝了，虽然他们反复说明：四个人都是阿城的民众参战队，中午停车时到双城买东西，转回时车已开了。不能马上到前线去，着急得很。

半夜在三岔河下车，才知双脚早已冻麻。且到站长室取取暖，不期又碰到那四位老乡。墙上五六架电话机前，一个瘦长的巡视员正在厉声向双城和哈尔滨站查问：刚才要绥化接不上线，到底是谁的责任。他来回问了半个钟头，我听得都乏味了，又想起那四个民夫，怎的也同时来了。他们像卸了什么重负似的，宽慰地笑答道：

"到底找到了站上负责人，给开个证明书。再晚三分钟又得误车。"

"误了车,为什么不转回阿城?"知道他四人不是一个队上的以后,我对他们这种坚决的行动更惊奇了。

"为什么回去?"他们反问起我来,"到前线抬担架,我们自动报名。几百人光我四个先回去,不说对不起前线弟兄们,以后拿什么脸见人?"

大概那位巡视员也听得乐了,挂上耳机就过来插嘴说:"现在和早先不一样啦,给自己干,明白不?"他用手指指大伙的心头,就说起他自己来:"我四宿头没沾炕,让我躺下也睡不着,心总是跑到这几条干线上。那儿水塔能上几次车,车头上了多少水煤,该走几站,倒车是不是耽误时间……都要站站考查。转运得好,一天能多跑几趟车,对前线是多大好处!我偷偷溜到一边睡觉,谁也查不出来;他四人要回去也回去了,'误车没法啊',谁能怪罪?支援前线,都一样的心。"

电话又响了:"二十七号车,零点四十出站。"一群路工从火炉边站起来,提上灯,出去了,门口呼地滚进一团雪风。

二　前线政府

夜来一场雪,晴空犹扫着溟蒙的雪粉,街头隐隐飘着几面小红旗,领着一列列皮帽大衣的队伍。近前一看,却是好几个县的民众参战队,大衣下是杂色短袄,脚踏靰鞡,背上还背着个小被包。用麻袋和干草做成厚垫子的担架,夹杂队中。来自阿城的民夫说:衣服是政府给借的,冻不着,哪里也乐意去。昨夜还是睡的旅馆,一色暖炕,政府里早给准备下了,被包也用不着打开。早起饭菜齐全,比家里还好。"这几天,歇哪里都有人招待,也没冻着饿着,心头更宽畅了。"

走去访问县办事处主任，他正和一个军区的政委交涉粮草供应的问题。年轻的主任转向我说："就七八个人，什么也干，部队要吃饭，参战队要吃饭，牲口要草料，来得越多我越欢迎，吃的烧的我全包啰。就是咱们人太少，怕乱了头绪。"

可巧一位野战军的供给部长来了。五十上下，大伙叫他"老头"，脚上一双夹鞋，湿了半截。我问他："部队没发棉鞋？"

"嗨，"他踩着脚上雪花，"要皮鞋有皮鞋，要毡靴有毡靴。我嘛，还年轻呢，先锻炼锻炼！"引得全屋都跟他爽朗地大笑起来。谈到粮食，他一样痛快，他对那位政委说："咱们都一家人嘛，咱们没见过面，也没介绍信，部队一样要吃饭，你要二十万斤——给你，五十万斤——给你！多了你运输保存都麻烦。不要怕我本位，干革命本位不得，我五盘火磨给你两盘，粮食给'条子'你就来取。到头结账，还是向政府报销嘛！他可省了大事，你们也饿不着啦！"

那位主任也来劲了："能省下我的事最好，你两家直接打交道，粮草我总包！"

江南还没挨到冬至，庄稼人就得到江北籴粮过日子。在江边一个屯子里住了一宿，房东就问我："为啥还不打过江去？那边整天盼着'刮北风'哩！"区上一个来组织破路的工作员也住在那里，我问他：这边大兵团一来一往，民粮能吃到明春吗？

他说："你路上不是见粮车来着？咱们可不是到一屯吃一屯，也没谁往自己家里搬。我们主任就开过玩笑：'只要我不贪污，军队老百姓谁也饿不着！'"

三　黎明的原野

头一晚到队伍去，就赶上夜行军。侵晨三点钟，小猫正缩在炕头,人却得钻出暖被,站到屯外集合,让朔风里的雪粒打到脸上,真有点支持不住。待走出三五里地,浑身就暖烘烘起来,脚上两只皮靴,反而热得发沉了。

一位负责人向我说:"我们承认'冷'的困难,因此也充分进行防寒准备,并向老百姓学习经验,到寒夜锻炼自己。'争其暖,抗其寒',就这六个字。"

原来他们不只随时以夜行军锻炼自己。各连队常常半夜离开暖炕,到场院练习刺杀。在朔风中脱下手套,挽起袖筒,在五分钟拆卸和装好一挺轻机枪。

一个老战士对我说:"现在有了'家'啦! 到东北以来,连队伙食从没现在好,一顿两个菜,早上还喝豆汁吃油条。天气一冷,肉更多了,每人一个月吃七八斤肉。雪里风里来回跑,一点不觉冷。"

"不带被子,黑夜不冷?"

"这件大衣可顶事啦!"他一把抓住身上的大衣,很得意地对我说,"这里老百姓,现在也和老根据地一样了,一进屋就腾暖炕,端火盆,热茶滚汤的,再没那样亲。有老百姓,咱们算冻不着。"他抹了抹额角,脱下大衣,在红色的朝阳里紧紧手榴弹袋,就撒开两腿,让背上披着的大衣迎风鼓着,追上队伍去了。

原野刚放亮,屯子里便走出来三三五五的老百姓,有的抱着大嘴镢,有的赶着柴草车。公路上拖着一溜溜烟火,锄影在烟里舞动着。仔细一打听,才知道是破路队。

沿江,一片莽原,再想不到三十里的路程,烧了七十多。司令部一辆吉普车,半夜在野地嗷嗷叫着,灯光扫来扫去找不到一条好道。他们很幽默地说:"美械化顶快也不过是吉普车吧? 我做主人的还得下车走;不管美械师愿意不愿意,到了咱们江北,老百姓总要把他请下来。"

　　唯一能在这残破不平的原野通行的车辆,就是大车。我第一次看见这样的担架队:大车上搭着席子拢的暖棚,还有小烟囱露在棚顶。另外几辆大车载着爬犁,这是北满人民精心巧制的担架,可以抬着走,也可以在雪野拖上走。据说铺上厚草,盖三床被子,两个彩号在三九寒天也冻不着。雪地里一个人就可以拉动。还有两匹马架着的驮轿,带着暖棚的担架⋯⋯在原野的清晨看到这些东西,心头不由得感到一阵暖。

选自《光荣属于勇士》,东北书店 1947 年

复仇怒火

　　反攻大军声威所至,蒋区群众纷纷燃起复仇怒火。"收回粮食好过冬!"这自发的呼声雷滚铁路沿线,向土豪劣绅展开翻身斗争。被饥饿和仇恨激怒了的农民,等不及我军到来,就动手干起来了。

　　这是以往几次攻势所未有过的。十月一日,我军收复长春外围范家屯前夕,当地暴发了四个乡农民抢割地主秋粮的壮烈义举。妇女儿童拿着镰刀剪子,高呼"我们要吃饭""我们快饿死了"! 紧跟着揭竿而起的壮丁涌到地主庄园。虽然土劣们在马上用美国步枪追赶射击,仍然阻止不了饥饿农民的正义行动。伊通西安边境的大小孤山一带,劳苦人民开荒斩草的米粮川都先后被"爷"字辈的恶霸强占了。拥有土地八百垧的伪满四平省长杨连山之流,过去曾被日寇表彰为统治农民的地主代表,两年来又使着蒋匪"二满洲"的美式步枪镇压群众。秋季我军进驻该地时,从地主大院起出无数武器,某部在五天中仅步枪就没收了七十支。农民们拉着战士的双手说:"大院没了枪,咱就不怕了。"

在一个叫作三道岗子的小屯子，我曾经在一家地主家里住了一宿。与其说是庄院，毋宁说是砦堡。只不过是十来间房的土鳖财主家，我们进出了三四次还要迷路：一道城壕，满是水，过了小桥，便是丈来高的新土墙，四角四座炮楼，都有三层枪眼。进得墙去，又是一道寨篱，用树杆、柳条、秫秸编织起来的，结实得很。好容易三拐两拐，快到场院又被同样的寨篱挡住了。甬道，夹墙，老半天才找到房子，而门口还修有堵击的工事。敌人就是这样把反动地主武装起来的。而现在，这些用寨墙、鹿砦、炮楼、地堡，重重武装着的地主大院，却成了农会的办公室。会员们扛上地主的洋枪，到野地放哨，掩护农民收割打场。小孤山三百户贫民到老贾家分浮产时，发现崭新的被子衣服，堆满三间房子，其中有大批的日本关东军制服，伪满国兵制服，和蒋匪的美式军用被服，九九式子弹和美式子弹也夹杂其间。一个老汉穿上棉袄后，乐得蹦起来说："蒋介石真要倒啦，咱几辈子哪穿过两层布！"

今年六月打四平的时候，我曾随军路过这里，当时正是青黄不接的初夏，农民急需粮食。蒋家匪帮的保甲却把义仓移作军粮。我军的突然出现，使得仓谷大部完好无损。饿馁的农民又有生机了。我们每到一村，他们都围到树荫下，纷纷控诉蒋匪罪恶，要求开仓济贫。我们虽然急于赶去四平作战，沿途还是派出少数武装掩护群众分粮，哪怕是一天半天也好。没想到我军走后一小时，那里就演出了一个虐杀的惨剧：农民黄彦的小姑娘欢天喜地地跑去领粮，地主却扛枪把住义仓，用大车把粮食统统拉走。三天没吃口干的，叹口气，也只好空手回来。路过徐家菜园时，饿得实在忍不住了，顺手掐了一把韭菜，正想放到嘴里，却被地主一枪打死了。十二岁的小孩倒在园子边，手里还紧捏着那几根"死罪"的韭菜。黄彦夫妇拼死拼活,要上长春告状,邻居劝他说:"你告状走错门了,长春是人家老财的,你要报仇等民主联军来吧!"

愤怒的农民日夜盼望我军,在深夜悄悄磨亮红缨枪头,现在暗藏的武器都拿出来了。

我军进驻郭家店(中长路上一车站)时,街上有个卖菜的把菜筐一扔,就跟上队伍说:"我要参军,我要报仇!"他叫王凤和,家在附近姚家屯,参军后不等穿上军装,便把队伍领到本屯,起出恶霸地主杀虐农民的九支步枪和两支驳壳枪。他说:"我九岁给本屯地主家当猪倌,十五岁当半拉子,直到现在二十五岁还吃劳金。这十来年光景,受苦受罪不用说了,过一天像熬一年,光是这两年的仇气就数不尽。去年家没吃的,拿钱向本街地主张福生买点粮,张家五百垧地,粮食满柜满仓,却把眼一瞪说:'贵贱不卖给你,我这点粮还要留下来喂猪哩!'就是他的儿子,在清剿队里当差作歹,我的妹子硬叫他说给清剿队长王海清做小老婆,我死活不愿意,他就带上清剿队揍我一顿,捆到村公所。妹子也叫他抢去了,还罚了我五千块钱。清剿队里的刘三豁牙和高四,'满洲国'时就专勒大脖子坑害穷人,现在蒋介石来了,他又帮着蒋家办清剿队,去年勾来一帮官胡子,把我家破袄烂絮抢得光光的,把我母亲打得浑身青一块紫一块,到现在还半身不遂。民主联军不来,我的仇想烂在棺材里也买不起啊!现在有了靠山了,我不怕了!"藏在大院里的清剿队长王海清,终究被他搜了出来,另外还捎带搜出个伪保安队的副营长。

妄想逃脱惩罚的西安土劣尚家老小十一口,连夜赶大车逃向长春,刚到公主岭,我军也随尾进街了。他们不敢停留,就奔向范家屯,不料那里的蒋匪早逃光了。眼看长春外围我军云集,只好折回,逃奔沈阳。但是沿途可以藏身的地主大院都被农民占领了。尚家来回乲突半月,终被我军查获,押送原籍,交给群众处理。吉林通气沟的伪满地主代表老古家,两个儿子在岔路河又当上蒋匪的警察。风闻我军到来,便星夜回家。但是民主联军比他们到得还早,于是只好当作人民的俘虏。在这秋季攻势全面展开的十月,我随军来去中长、吉长沿线,经常听到农民这样说:"过冬冻不着也饿不着了,洋枪拿到手了,开春再分几垧地,这辈子就翻身了。地主敢来翻把,咱就和他拼!"

十月二十九日

选自《踏破辽河千里雪》,东北书店 1949 年 5 月初版

横跨饮马河

"你们来得正好"

我随三下江南的民主联军，横跨松花江支流饮马河，直逼长春外围，在中长路和吉长路之间来去两个星期。每到一个屯子，都可以听到老百姓对我们这样欢呼：

"你们来得正好！再晚一天，屯里干活的人都毁了！"

二月二十五日黎明，我们突然插到九台北二十里的梨树沟门。在那里抓壮丁的十个蒋军，只有八个来得及提着裤子溜掉。我们进到孙家大院休息，案桌上还狼藉着他们预备早餐用的冻豆腐和白菜。我很奇怪，为什么这家人二十几口子，尽是些老头、妇女和满地乱转的小孩。到了晌午，中年男子们陆续从野地回来了，他们拍掉腿上的雪粉，凑到我们跟前，透着大气说：

"这可躲过去啦！'满洲国'没摊上国兵，现在叫国民党抓去才冤啊！多亏你们打开城子街，把王八羔子们吓得没敢到处抓人。要不,咱敢躲起来吗？都'五家联保'哪!"

原来他们都是"适龄壮丁"。我发现里面有一个四十多岁的人。这几天,国民党九台县政府正忙着办第二期"征兵入伍",他这个入土大半截的庄户人,竟也在"适龄"之列。实际上,这屯子已经征过五次兵了,他说:"比'满洲国'还邪乎啊! 那时挑国兵,就只二十一岁这一帮,国民党挑国兵,却是从十八岁顶到四十五岁;那时候挑上了还能盼个'三年退伍',这会子一挑就是一辈子兵,还有啥退伍的盼头?"

二月二十六号,正是九台点验壮丁的日子,但是黎明的时候,民主联军却攻入市街了。解放了的壮丁们,满街里拥着宣传队,和锣鼓声乐成一团。

"都盼你们来啊!"他们拉着战士们的手说,"要是晚来一天,咱们这几千人,还不知叫狗日的抓到哪里送死去呢!"

母亲的希望

这几天,每天总是前进六七十里,没有听见枪声,俘虏却没少逮,这个雪岗上抓七十八十,那个草垛拖出三个五个。我们休息的房子,登时热闹起来,宣传员睡不住,便拉起提琴,房东的小孩在炕沿举着"缴枪式"。

这些零散的俘虏,有保安团的,有××师的。其中有二十来个愿意回家,都放了。几个南方人也拿上通行证,回长春去。北炕上坐着的孙寡妇,招手叫我过去,好像有什么事情似的。我问她,她却不知怎样说好,想叹口气又闷住了,指炕沿让我好好坐下。老半天才凑到跟前,热辣辣地悄声问我:

"你们逮住那边的人,都兴放吗?"

我给他解释，共产党的队伍，不管哪一部分，对待俘虏都是行的一个办法。她忽然又很认真地问我："你们打安东不？"

这个饮马河边快五十岁的农村妇女，如此关心远在南满的一个城市，真叫我摸不着头脑。我怎样回答当时也记不起了，只顾得看着她那双直瞅着我的眼睛，想从里面找出些什么来。她终于说："我的儿也在那边哪，看见你我就想起他来了。听着那我心头直疼（她指着斜对过的提琴说），我儿在家里，也是爱拉爱唱的，干起活来没比，二十一岁，我寡妇家就一脉传后啊，去年叫国民党抓去当兵了。"

"你不会叫他躲到江东去吗？我们那边不兴抓兵。"

"都五家联保啦，我能连累旁人吗？"她无可奈何地说，于是又告诉我，她曾去看过儿子两趟，头一次到九台，他已调到长春，第二次到长春，他又调到安东去了，都没看上。写信叫他请假回来，哪怕到家住一天也好，当官的就是个不准。"又不给假，又没个退伍年限，唉，一听见炮响，我的心就裂两半了，饭也吃不下去。昨天这屋子住着那边的兵，说你们抓到他们，不是剥皮就是挖心，活埋的先埋脑袋，说一句，我哆嗦一下，心想我那儿没指望了，横想直想离不开个死。今儿个看见你们放那边的人，还发盘缠，开证明，我的心就活过来了！你们真好，一打就逮活的。我儿叫你们逮住才好呢！"

过了一会儿，这个可怜的母亲又犯起愁来："我那儿，是个牛心，不灵动，要是他不知你们行道'仁德'，愣打就坏了。"她反复问我，和我商量，最后决然地说：

"我破上几个盘缠，卖房子也要走趟安东，把你们的'仁德'告他，一响枪就投你们这边。"

半夜，突然又来了继续前进的命令。我刚翻身下炕，孙寡妇又拉着我说：

"快打到安东去吧！可要逮活的啊！多逮活的！"

粮食还家

二十八日，我坐着拉大米的空大车到九台去。

铁路线上爆破的雷声，震着雪野，车辙划破的泥泞雪道，撒着一溜溜大米。满载的大车、爬犁，背着麻袋的行人，面迎着来晚了的庄户人，热心地说：

"赶快去啊，八路大放粮！"

"大米、大豆、高粱，有的是！赶回去再来二趟！"

"有大车给一大车，有爬犁给一爬犁，有麻袋给一麻袋，粮食还家啦！"

车老板的鞭子，越甩越紧，大车简直不是跑着，而是向前蹦着，蹦呀蹦的，他不自禁地扬起双手，向迎面过来的庄户人欢呼：

"翻身胜利！"

车老板家住城北三十五里，五口人有三个干硬活，种三垧来地，就捞不上冬粮。想赶大车贴补贴补，拿着"国民手账"也不让进城，正如他所说的："憋住一身劲没处使，两条铁胳膊填不满个小肚子。"他指着爆破声的方向对我说："那就是饮马河大洋桥，炸了好！炸了好！省得王八羔子们来回发兵，作践地面。咱九台粮食，尽叫火车拖走啦！炸了好！"

他一时扬鞭，一时俯到我耳旁，说到头年民主联军还在的时候，他到长春赶了两次大车，给全家赚了身棉布衣，说到昨晚在他家住的江东担架队，和同志们一样吃的大米。西风把雪粉扫到脸上，抬不起头，他总是乐呵呵地咧着大嘴。快进街的时候，他又凑着我的耳朵说："咱屯也有小粮台哪，在屯长家，××屯也有，××屯也有，都是勒大脖子要的。你们到这边，也兴分地吗？得赶快，开春就种地了！"

九台街上，每个街口都躺着残破的堡垒，亲手修筑它们的市民，现在又把它们拆掉了，黄昏的时候，十字街口的地堡上，还有人独自儿抡着大嘴镢，啃着冰冻的厚顶。夹着布袋的市民，在大街排成一长串，直顶粮栈大门。

九台本来是大宗粮食出口地。蒋家吉林省主席梁××走马上任以后，也做起粮食"买卖"来了，于是火车从此不运商人的粮食。眼看房高的大豆囤子全要发霉，只好贱价卖给这位"梁主席"，于是他便成了吉长线上唯一的大粮商，把当地的大豆运到天津卖给美国。现在堆在车站的大豆，不下三百列车。"都是勒大脖子来的啊！"分粮的老百姓说："有车有麻袋只管搬啊！"从二十六号起，三天来分到粮的共五千多老百姓，扛走二十多万斤大米，六万斤大豆，三十几万斤高粱，但是粮食堆依然是满满的，像是没动过一样。

团部的房东是个瞎子，听着分粮的满街乐呵呵，正急得不知怎好，警备员已经扛进来三满袋，放到他脚跟前。"第四班"这名字传遍了驻地附近：他们没搬进屋，先把院子扫了，过大年也没这样干净，女房东要去背粮，他们说："咱们替你扛！"年轻小伙子打个转，二十袋粮就到了家。在粮栈——维持秩序的八路军，索性把步枪背起，只管帮着老大娘们和小老弟们，将满装的粮袋送上肩头，我对一个小女孩举起镜头，她羞得扭过头去，想把笑眯眯的红脸蛋藏起来，不提防整个人都滚到粮堆上去了，原来她肩头的米袋比自己还粗。

选自《光荣属于勇士》，东北书店 1947 年

江封地冻雪卷风　自卫杀敌逞英雄
——哈南前线杀敌竞赛剪影

"一般日月，两样世界"，江南老百姓望着滚滚东流的江水慨叹，盼着天老爷赶快封江。自从老蒋给恶霸坏种们把住腰杆，在各村屯立起"大排"保甲，跟着那般国兵警察特务也成立了"降队"（老百姓这样称呼"大排"的"乡队"），一样的米粮乡，未曾"冬至"地户人家就没米下锅了。刚一封江，他们便冒死溜过蒋军的警戒线，连夜到江北换些粮食回去熬日子。他们拉着江北乡亲们的手说："什么时候'刮北风'啊？你们的好处，什么时候能吹过江去？"谁知老蒋糟蹋遍了那边不算，又想打过江来，把□了霉的坏种们扶起，踩到老百姓的头上不叫翻身。

保卫江北解放区的部队，火起来了："咱们受苦人才翻了身，你老蒋又要来给恶霸坏种把台柱；非消灭你个舅子养的，我死了也闭不住眼！"

"为人民报仇立功！"——气势磅礴的自卫杀敌竞赛，就在雪卷

狂风的哈南前线展开了。

揪倒"黄世仁"的靠山,替千万"白毛女"报仇!

机枪连看过《白毛女》后,正讨论"谁是恶霸地主的靠山","谁是老百姓的救命恩人",忽听得蒋军要进攻江北,一个个气得捏拳拍胸说:"老子正没处找你,你偏自找死来啦!"这个说:"老蒋就是恶霸坏种的大掌柜,我打国民党牺牲了,也是替白毛女报了仇,为的叫穷人有处说理!"那个说:"我打仗不出劲,就不是男子汉,不如白毛女能和地主坚持斗争!"

新战士杨德军,仇气比谁都大,他说:"我活着不报仇,死了也没脸见我爷娘! 我家的事和白毛女一样,不出这口气我不是人!"

看白毛女的时候,他头也不抬只是哭,日本人才来的时候,大地主郭凤岭成了方圆的土皇帝。杨德军家遭了土匪,大哥叫土匪杀了,三匹马是种地的老本钱,也和房子一起叫烧个干干净净。父亲看看没法过,一头撞到火里死了。郭凤岭那小子硬把他的寡妇嫂嫂弄去做小老婆,又逼他妈改嫁给郭家的亲戚。他妈不肯,又逼他兄弟三人当了三年半小伙计。"罪是受老鼻子啦!"杨德军哭着说,"白毛女这剧要假一点,我姓杨的不是人。别瞅我新参加,打老蒋我头一个上阵!"

"替千万'白毛女'报仇!"没有经过动员,战斗的怒火自己燃烧起来了!

"吃菜要吃白菜心　打仗专打××军!"

×连连部,今天特别热闹,大伙都找指导员,把名字写到立功簿上。爆炸员刘洪顺抢了头一炮:"我要立一大功,下头一包炸药!"机枪手白明说："我这挺机枪，光跟突击队！"张德才晚了一步，话可抢在头里："我这机枪光跟突击班，还能下炸药！"吴学龙说："我爬梯子第一名，我要立一大功，冲锋不落后！"

满屋里挤得满满的登记立功的同志，两手跟不上耳朵，不知先听谁的好。三排副好容易搭上腔，走了出去又挤进来说："指导员，俺排怕你忘了，俺排要当突击排啊！"

转挑战书，转应战书，团部这两天尽忙这事情。今天一口气又来了一百多封信，都是战斗英雄们和各班、排、连要求下令出击的请求书。这个说："俺们全体讨论好了，俺排请求专打××军，非把他'天下第一军'打成阎罗殿上第一军不可！"那个说："××军到哪里，咱到哪里打！"新的连队也请求跟上老大哥，担任突击任务。每封请愿书都是坚决的誓词，除了坚决服从命令，遵守纪律，轻伤不下火线，重伤不哭等等以外，都特别提出"多捉俘虏多缴枪"，发扬"三猛战术"，猛冲猛打猛追，不消灭敌人有生力量不算功劳！

步枪兵摩拳擦掌，机炮手们也按捺不住了，全体炮手齐下决心："排除一切困难，坚决摧毁蒋军'乌龟壳'，给步兵开路！"小炮班信心十足地说："掩护冲锋包在俺们身上！"

机枪班于德祥，每次打仗离不开机枪阵地，老煞着眼看步枪兵冲锋，这次也横了心要捉几个俘虏，要求连部给他发步枪和炸药，他保证完成掩护任务后，还要冲过去，"非得他挺美式机枪不可"！七连机枪手郭焕起也说："要是我的机枪打不响了，我就抱上手雷往前冲！"猛打猛冲出了名的机枪连，这次特意找全师的英雄连队做比赛对手，得到对方应战后，更是劲头百倍，纷纷议论开了："吃菜要吃白菜心，打仗去打××军！"——他们美械化，正好，咱们的机枪都不错，就差几匹好牲口驮子弹。再夺过他们的几挺火箭炮和"六〇"

炮,咱这机枪连就美气了!

死不了打个好样　功劳簿上走几趟

三连连长刘洪石,肠胃病很重,常闹肚子疼,听说打仗精神就抖擞起来了:"我在战斗中犯了病,一跺脚就好了——死不了打个好样的!"李海青腿上长三个疮,走路拉跨拉跨的,也要参加比赛。上级说:"先到后方休息吧! 下了决心革命,什么时候也能为人民立功。"他却苦苦要求非上前线不可:"我走不动,爬也爬上火线,参加这次光荣战斗!"

张治平在班里订了计划,要捉俘虏,这两天不巧害眼病,啥也看不见了,老粗的大汉,忍不住呜呜地哭起来。指导员安慰他,劝他好好养病,他更伤心起来说:"别的什么病我都可以咬牙上战场,现在肿得路也看不见,还能捉俘虏吗? 越想心里越难受,就急哭了!"

二连三班三个小同志,年纪都不过十七八,背上个大背包,就能把他们的身子遮住,看着旁人订计划闹哄哄的,也忍不住了,张富多找了另外两个"小疙瘩"说:"我也订了个计划,就是:走多远的路不掉队,不叫人背枪,你们看好不好?"赵文远说:"行! 我再补充个打仗不落后,听小组长指挥,完成任务。"张富荣说:"好,咱们三个比一比!"这消息一传出去,全连都乐了:"小同志也订立功计划啦! 立功动员会上,事务处的同志保证大家按时吃饭,火线上送热饭热汤。"卫生员订的计划是:"不管炮火怎样紧,也要准确迅速包扎,保证伤员少流血,少痛苦。有我在,火线上丢不了一个彩号。"担架员说:"突击队到哪里我跟到哪里;不能抬的地方,我背也把彩号背回来!"某直属队理发班长也憋不住气,跑去要求首长让理发班上火线,他说:"别看我们年纪小,不能冲锋也能到火线救护,运送弹药……"大车班的老同志说:"拿枪杆咱不行,功劳簿上也要走几趟:多难走的路不让掉队翻车,夜行军不误事情!"

"光我英雄不英雄　大家英雄立大功!"

秀水河歼灭战的"夜战模范连",每个战士都找比自己强的对手比赛。战士马克林满有把握地说:"打拉法时我害了眼,还能抓个俘虏,这次眼好好的,还怕抓不到?"排长对副连长说:"你带一个突击排,我带一个突击班,咱俩比一比!"小炮手孙运中,打炮从来是全团闻名,机枪手相振士瞅准了这"好样的",给他写了封挑战书,看谁杀伤敌人多。孙运中刚从后方养伤回来,信已到了几天,赶忙回信应战说:"你的条件我都同意。另外再加上两条:一、弹不虚发;二、平时战术注意培养射击手。"如同意,就请团首长评判。

"突击模范班"成了"夜战模范连"的挑战中心,七班全体向它挑战后,班副说:"人家五班是有名的班,我不完成任务不回来,咱们坚决完成任务,保证胜利!"

五班紧张起来了,他们要求担任突击任务,作为自己的竞赛条件,全班日夜讨论战场上的突击动作,就是坐在桌边,也不忘用玉米粒在桌上练习"一点两面三三制"的战术。"咱们可不能摔跤啊!"战士们互相激励着,"咱们要发扬秀水河的光荣,这次一定打出个名堂来!"

唐李部×连群英自动集会,副连长当着二十位英雄说:"我虽不是英雄,这次有决心完成上级给的一切任务,把自己创造成新的英雄!""二虎子"甘永发还是那样虎里虎气,站起来就发誓:"上级指到哪里,我就打到哪里;光我自己不算,还要把大家一起带上去!……"英雄们越说越起劲,宣誓要带领全连同志成模范,发扬"猛打

猛冲"的作风。这是该连光荣旗上的四个字,新战士们高兴地说:
"我们的光荣旗还要发挥呀！有老大哥帮助,咱们新的一样能行！
全连打个漂漂亮亮的仗,请上级在光荣旗添上三个字:'英雄连勇打
猛冲！'"

"对,咱们人人都当英雄,共同立大功！"

"喝了首长这杯酒　立了功才算光荣！"

两百多个战斗英雄、工作模范、特等射手、机炮手、爆炸手——全
团的战斗模范,动员起来了！说打仗,个个生龙活虎,他们在团部开
了个联席会,在师首长面前,心头痒痒的,就等一声出击命令。

这群火线上的英雄,解放过长春,保卫过四平,老蒋的"天下第
一军",尝过他们的滋味的。英雄见面,分外红火,射击手谢吉五说:
"我专打敌人机枪手！不管什么情况,有我就能排除机枪敌阵,掩护
部队冲锋！"战斗英雄王玉宽说:"要求上级给我突击任务,哪里最困
难我上哪里！"

"我专打敌人指挥官,为人民立一大功！"

"我要带领全班同志完成任务,带领大家成英雄！"

每个人的发言,都是干脆的誓词。做老大哥的,责任不小啊,连
里开诉苦会的时候,新参加的同志也气红了眼,要挖掉老蒋这种苦
根,×连最落后的二班,当众发过誓:"这次上前线,一定跑在别班前
头。"六班同志说:"战场上不装坏种,就是死了也要绊敌人一个跟
斗！"带领大伙都成英雄,这才是最大的功劳。可不是,刚才师首长
们说:"英雄模范要成为部队中一切工作和战斗的核心和骨干;仗要
打好,必须依靠同志们的坚决勇敢,带领更多的同志成为新的英雄,
以刺刀手榴弹解决敌人,为人民立大功！"

多带劲的指示,两百多个英雄,忍不住吼起来了:

"我们要成为部队骨干,消灭××军!"

大伙宣罢誓,当场定了竞赛条件,向兄弟团的英雄们挑战:"……带领全体同志,坚决完成上级给予的任务……决心为人民立功,并创造出更多的战斗英雄……主动团结兄弟部队,共同战斗,共同胜利!……"

英雄宴上,多光彩,师长和政治委员,来回把盏满杯,到每个人的面前敬酒:

"喝一杯立功酒,为人民报仇立功!"

"望你们多杀敌人,做人民的功臣!"

在凛冽的寒气里,英雄们齐举满杯,一饮而尽。雄心热烘烘的,又满斟一杯。"首长太关心我们了,□后看吧!"好汉不知说什么话才好,大伙儿又满斟一杯,回答首长的盛意:"咱们火线上看,——战斗中我装孬种,对不起人民!"

"喝了首长这杯酒,还要战场上打个漂亮仗,才算真正光荣!"

选自《东北日报》,1947 年 2 月 6 日

刘家胜怎样打地堡？

"这次我学会了：漂亮仗不是'打勇气'，要'打战术'；立功也不是自己逞能，三三制小组领导好，功劳就大！"

荣获"其塔木战斗英雄"衔的班长刘家胜这样说。下面的谈话，就是他亲身体会到的经验。

听说打其塔木，我心里真高兴，自己订下立功计划，嘴里可不说。——我二十二岁，不短胳膊不短腿。参加队伍快一年了，不能算新兵啦，四平也打过，××岭也打过，头秋我参加师部群英会，没选上，心里怪窝火。我想：定是咱没能耐，本事不到家。这次非弄块英雄牌挂挂不可！

偏巧咱连的任务是打"出水"，旁人打得乒乒火热，咱却憋了两天。"怪冻脚的，为啥还不打啊？"我说，心里怪痒痒的，好容易请来了命令，又不叫我头里看地形，真坑人！房子里憋不住，我跑到马棚往外瞅：呵！房子东南三十来步，就一个地堡。我就去找指导员。

他正在南墙掏枪眼，我问他："干吗？"

他说："墙后有个地堡。"——可不是我看见的那个？我说："这地堡我包啦，让我去吧！"

"等一等，挖好枪眼再说。"他不给命令，我又跑到马棚瞅了瞅：南北大街两座大碉堡，正好封锁住咱们的后门，只要跑过这几步，就有一道地棱，岔到地堡北面十来步，弯腰过去不碍事。我二次又找指导员，我说：

"下命令得啦！这地堡是我的事！"

指导员说："看你这刘家胜，地堡能飞了？ 等我看了地形再说。——白白牺牲了还完不成任务，这算啥？"

指导员说的也对，"完成任务"，这不是闹着玩的。我三次跑去瞅瞅：——可不是！地堡里有一挺机枪。顶少是一班人，三个枪眼，我一个人能把住吗？地堡南还有个后门，要是敌人"出水"，往南一跑不就白搭了？我说去一个小组，指导员才答应。我说："自告奋勇的来两个！"

副班长说："算我一个！"我说："当然有你啰！"我故意拿这话激激旁人，好像大伙都不如他。我一面说，一面拿眼睛往潘世禄身上瞟了瞟。这个新战士，出发时情绪就很高，就是腿老长疮，不好使，大伙都叫他"潘瘤子"。我见他站起来又坐下，站起来又坐下，话到喉咙又咽下去了。我就装着没看见。

第三次走到他旁边，他忍不住了，他问我：

"班长，你是挑人啊，还是自愿的？"

"当然是自愿的啰！"我说，又过去了。

"我去行不行啊？"

我不说行不行，回过头却反问他一句："你不怕？"

这一下可鼓上他那股劲来了："我一样不短胳膊不短腿，怕啥？

为人民立功,不就是这时候吗? 我去!"

我带上他两人,摸到门后,指给他们冲锋道路:我在中间,副班长绕北面,潘世禄绕南面。我指点完了,突然说:"潘瘤子上刺刀!"

他脸红了一下,劲头更大了:"班长,你放心吧,临冲锋还能忘了上刺刀?"——他一面上刺刀,一面说:"我腿不好使,第一个上,免得掉队了!"

正好,地堡里敌人正卸机枪腿,大概平射打不着,南墙的枪眼,正忙着对付这两个窟窿哩,等街两头的碉堡发觉,潘瘤子已经跑出了几步,突过了交叉火网。他跑到土棱,机枪也跟着打到土棱,子弹擦着坡头,把雪粉土块削到他头上,就是奈何不了他。副班长和我也趁这时候,一个箭步突过去了。那样危险的地方,想不到啥也没啥。

我爬到地棱,离地堡才十来步,先给他两个手榴弹再说。一甩正甩进枪眼,敌人吃不住,叫投降了。

说缴枪可不出来,人还在里面唰啦唰啦的,忙着摆弄家伙,我仔细一瞅:机枪可不是又安上了梭子? 定是准备"出水"了,我两个手榴弹甩到后门口,封锁住突围道路,两个家伙恰好露头,一下子叫炸坏了。

敌人又说:"不打啦! 同志们,缴枪啦!"我想:他一班人,咱才三个,假投降就得吃大亏,我心里打个转,就说:"武器全放在里面,空着手出来,都给我举起手! 谁带武器,把你一窝兔崽子都炸了!"

八个人举着手出来了,还有两个挂彩的。现在,我更觉着三人小组好了,叫我一个人,又要对付俘虏,还要缴枪,真不好办哪,潘瘤子举着刺刀,监视他们八个,我就和副班长去捡武器。哈,一挺机枪、四支冲锋式、三支步枪——这地堡火力再强,咱们一组也□得了,——"打战术"嘛!

选自《东北日报》,1947 年 2 月 18 日

怕死鬼

一、准不是他！

战斗正展不开，电话线又断了。

突击连下晚接近了市政府大楼，马上被敌人火力切断后路，全靠电话和营指挥所联络。电话报告：

"会议厅已全部占领，路口大地堡也打下了。现在离大楼只十米远，就是弹药不赶趟：手边只剩三包炸药，机枪子弹不满四箱。"

副团长回电话："弹药给你们送去啦。好好组织部队，弹药一到，就发动攻击！"

"敌人反冲击了，不能等啊！这里离敌人太近。——首长你放心，剩一个人也要打下来！"

"拿人拼还行！要组织火力。再等一等，我豁上个班，也要给你们送上。弹药不到，不能攻击！"

弹药班冲到花园广场，钻进炮烟里。但是半点钟过去了，突击连的电话还是说:"没见来!"

正展不开,电话线又叫炮火轰断了。副团长拿着电话听筒,心头揪成一团:一层楼的洋灰大厦,一个整连的敌人,突击队没火力掩护别想接近。可是孤零零一座会议厅,正是轰击目标,待在里面只有白贴伤亡。把突击连的主力先撤回来吧,天又亮了,硬往下撤这个连算白扔啦!

最糟糕的是,联络完全断绝了:两个钟头撤出去三个电话员,电话总摇不通;身边四个通讯员全派上去,到晌午没见一个转回。

副团长钻出地堡:眼前黑烟滚滚,火花飞迸。钻回来摇电话:没人接。

炮火一股劲轰着。

副团长拿着听筒,嘴唇咬出鲜血。

地堡门洞猛地掀掉一角。一阵气浪排进指挥所,听筒从手心飞出去。

副团长两手护住脑瓜,滚到角落里。电话铃在地上响了。

他抓过听筒,黑痴痴的眼睛忽然亮起来:

"啊?打开了?"他对电话嚷着,咬破的嘴唇咧到耳边,"完全占领了?哦,哦,三包炸药……好,连续爆炸!谁送的炸药?谁?……林善学?哪个林善学?……机枪班那个大个子?你弄错了吧,不会是他,准不是他,那家伙我知道,怕死鬼!你快问连长去,把名字搞清楚。我马上报告团部,通令表扬!"

二、林善学

副团长没记错,林善学是个怕死鬼。可是突击连长亲自来的电话,也说炸开大楼的就是他,就是去年冬天自伤的那个新战士。

这就怪啦：自己打掩护，自己送炸药，在四平敌人核心工事中间，半小时解决一座洋灰大楼，——怕死鬼哪来这么一手？

要说清楚，话可得扯远了。

去年冬天，就是队伍头回下江南的时候，林善学乍到连里，正赶行军。战斗组长听说松花江封冻了，乐得直嚷嚷：

"可打出去啦，"他说，"这半年把咱憋坏了！妈的××军，咱越让他越来劲，'打哈尔滨'啦，'到佳木斯过年'啦，——老子还要打回关里去哩！"

班长也说："进关不进关，反正不能让蒋介石那小子耍熊。任他吹什么'天下第一军''飞鹰王牌军'，就算是哪吒下凡，也要把他打成阎罗殿上第一军！"

大伙情绪嗷嗷叫，林善学也凑上一句：

"我新来不懂啥，为人民服务，跟老同志走就是！"

当时他也不明白"为人民服务"是个啥，反正闹翻身的工作团这样说，演话剧的八路小同志这样说，就连吃了三十年劳金的跑腿子老王头，当了农会主席也这样说。林善学心里痒痒的，总觉着说上这句时兴话，人就高出半截子。他找工作团说："我也为人民服务！"当天参加了区中队。不知谁背后给他揭短，说他"二流爪搭，手不干净"，没几天又叫洗刷出来。林善学发狠说："在你这算是出不了头，你这破烂区中队算啥，咱到前方部队更威风！"也没回家看看，一口气找到这里。

这几天队伍一直往南开，好热闹：雪地里黑溜溜好几股人马，看不到头，又是炮车，又是大车，民夫担架队赶上队伍多了。同志们走在路上，这个说"咱当突击队"，那个说"我下头包炸药"，半夜宿营了还跑到连部请求任务。——到底打哪里？上级没说，不过看这股劲头,林善学心想八成是打长春。"该我走运了,"他肚里盘算着,"打下长春,革命就成功啦,那时回到屯里,嘿,大伙瞧吧!"

没料想刚到江边,队伍又连夜折回来。老百姓在道上挖壕沟,垒冰墙,汽车路满是坑坑洼洼。前两天火车还来回欢跑,现在铁轨也拔了,道木也烧了,老长一座洋桥也炸没了。街上冷清清的,买卖家大半关了门。"前面吃败仗啦?"林善学想,也没敢说,只拐个弯问班长:

"咱这是往哪里开?"

班长说:"问这干啥,到哪里不是革命!"就忙着借干草搭地铺去了。

林善学闷着头,只想喝酒。独个儿憋到烧锅柜台边,两杯落肚就和老掌柜拉起乡亲来。他瞅瞅身边没人,压低嗓子问:"风声不好啦?"

老掌柜说:"咱也摸不清,听乌拉街来的老客闲唠,前几天老王团下江南,开到江心冰沉了,整团人没回一个。都说'那边'坦克车可大啦,赶上我这大院了。人家摆下坦克阵,'这边'一过去就伤了几万人。同志你不是往南开的?怎么又回来了?没听说啥?"

"才到江边就回来啦。咱当个小兵,当官的能给咱说!"

"唉,赶上这年头,有啥法?这几天担架队没白没黑往南开,好急,也不知干啥去的。"

三、一场噩梦

正唠着,班长来了。"你在这儿呀,叫我好找!回吧。"他把林善学扯出门去,悄声说:"早起不亮就出发,都睡了。"

林善学回到班里,做了一场噩梦。

他梦见一个白胡子老汉站在炕沿，对他说：

"善学，还不家去？"

他大吃一惊，挥着手说：

"你是谁？快走！为人民服务，我自愿。"

"哪里不好去，单来当兵？"

"当兵准会死吗？你快走！"

白胡子老汉不走，又走拢一步：

"躲过这次躲不过下次，听我说没错！"

"我不！"

"别死心眼，打不死也冻死了。"白胡子老汉说着，忽然抓住他两手，拖出门去。班长可迎面来了。林善学急得直跺脚，挣着说：

"松开手，叫他看见我可没命了！"

他推开老汉，白胡子忽然闪花花的，越拖越长，吊到地上，忽然又倒卷起来，变成条银线蛇，缠住他的脖子。一阵冷气直透，他挣出一身冷汗，醒了。班长正坐在炕边，摇着他的肩膀说：

"怎的啦？快起来，开饭啦！"

林善学心头怦怦跳，胡乱吃了碗饭，就跟上出发。一路上连栽带跑，老拉队。直到太阳老高，才想起是朝着正南走。

"又要过江啦？"他心里嘀咕着，想起烧锅掌柜说的坦克阵，不由得打个寒战。没走出四十里就"扭秧歌"了。

一连三天，林善学没睡好觉，刚刚打个迷糊，就梦见那白胡子老头。醒来浑身汗滋滋的，班长摸着他脑瓜说：

"你闹病了？一宿老哼哼的，不用上岗啦。还要行军，多躺一会儿吧。"

这天他没背枪，也没摊勤务。下晚住到江边，他和卫生员要了三

150

包药面。回来端碗开水，坐在灶坑前，悄悄把药扔到火里，就睡了。

窗纸呼啦啦响着，棉衣的寒气扎透骨缝。热炕可烙得脊梁冒油。一班人挤在一盘小炕上，赶上敞开锅盖蒸馒头了。翻来覆去睡不着，恍惚看见队伍走到江心，忽然冰沉了。吓得他浑身直冒冷汗，醒来才知又是个梦。班长正在带岗，这个地来那个睡，挤得他身板麻半截。心里正烦，身边小李子又嘟囔开了。这班本该林善学的岗，他噘着嘴说：

"老大的个子，不上岗……一样行军受累，就旁人不是娘养的。"

班长说："你叨咕啥？同志友爱嘛，你不去我去！"

"哼，友爱，我看就是心病！"

林善学忽地爬起来，跳下炕，捞过步枪就往外走。班长急得滚下炕来，追上去说：

"你怎的啦？快回去睡！"

"我没病！"他赌气说，摔开班长便上岗去了。

江风刮着柳条，呼呼直打啸，雪粉刷到脸上，好疼。天快亮了，江上冰雪映映迢迢，没边没影。林善学站在树毛边，脑瓜嗡嗡的直晃晃。"走吧？"他想，可是四外都住满了队伍，叫逮住咋办？不走吧，一过了江就回不了啦！左思右想只有一条窄道：豁上一辈子残废，动手就在这阵子。他"哗啦"一声推上子弹，猛觉得肩膀一拍，——原来班长早站在身边。班长说：

"你干啥？"

林善学哆嗦起来。他咬着舌头说：

"刚才忘了上子弹了。"

"看你冻的！开饭啦，我换你，先回去吃吧！"

他恍恍惚惚走到院心，忽然害怕起来："进得门去，又回到班里了。"他想："吃饭，集合，出发，八十里雪道，——过了江就回不了啦！"猛记起枪子还没退膛，眼前忽然一阵黑，肩膀不知怎的就压到枪口上。他弯下腰，伸手压着枪机，使劲一勾，耳边便"铮"地响起来。

四、糊涂兵

林善学躺在院心，肩头一摊血。

"咋的啦？哪打的枪？"同志们围到跟前，嚷成一片。

"走火啦。"林善学哼哼着，让同志们架起来。

"走火怎么打到肩膀上？"

"我也不知道。"

他低溜着脑瓜，眼睛盯住雪上的血印。连长挤进来，看看伤口，忽然骂开了：

"你孬种，你怕死鬼！咱模范连叫你丢净了！你怕死，偏叫你马上死！通讯员，捆起来！押到营部去！"

林善学反剪着两手，傻愣愣地走着，也不知疼，也不知冷，只听见背后议论纷纷：

"我早看透了，就这心病！"

"比怕死鬼还臭，赶上个大地主了。——不是中央胡子，能打伤革命战士？"

"啥革命，就是蒋介石坯子！大伙要打出去报仇，没过江先叫他伤了一个。"

林善学走进营部，帽缘扣到鼻尖。那时候副团长还是营长。营长沉着脸，咬着嘴唇。屋里静悄悄的，四下眼光只盯在他脸上。他哆嗦了一下，脑瓜挂到胸前。营长可缓缓地说：

"你家种几坰地？"

"没地，"他松了口气，抬眼瞜瞜营长："从爷辈起扛活到眼前。"

"那你也是穷人啰。几口人？"

"寡妇娘带两个兄弟，我出来了。"林善学说着，忽地跪到地下说：

"可怜可怜我那寡妇娘吧，营长，我求求你！"

"站起来！站好！你到死还是个糊涂鬼，穷人叫你糟践透啦！——一样受苦人，有的活着当一辈子牛马，叫地主打死害死逼死了，满肚子冤屈仇恨烂在棺材里，这叫冤死，屈死；有的给地主扛大腿舔屁股，忘了本去当狗腿子中央胡子，活着坑害穷人，死了叫狗啃狼拖无人埋，老百姓路过也要踩他两脚，这叫臭死，糊涂死！千条死，万条死，离不开冤死屈死臭死糊涂死，哪一条能给子孙万代拔掉穷根？哪一条比得上给老百姓打天下保江山死得光荣？现在到处闹翻身了，枪杆子拿到手了，大伙抢着上前线报仇解恨都怕来不及，天天要求上级快打过江去。你却用革命的子弹打伤革命战士。你比那臭死的还臭，比糊涂死的还糊涂！"

营长越说越气，解开棉衣说：

"你看，"他指着胸口一溜枪疤，脖子青筋直蹦，"我革命七年挂了八次彩，十只手指剩下八只半，为啥还到关外受这冻，对着枪口子钻进钻出？难道你的命比我值钱些？人活要活得志气，死要死得光荣，给天下穷哥儿们打下铁桶江山，儿孙万代能忘了我们？我浑身上下十一个枪窟窿，你随便挑着问罢，哪一个不能见人？哪一个怕人笑话？可是你呢，你这伤怎对人说呢？怎见你那寡妇娘呢？"

林善学老大的个子，只觉得自己像只老鼠一样，站在营长跟前，再没那样小的。他嗫嚅地说："我一时糊涂了……""什么'一时'，

153

我看你糊涂半辈子了！我枪毙你，你死了，也是个糊涂鬼！想上后方，好啊，咱不要你这糊涂兵。你回后方现世去吧，回去让你那寡妇娘看看她养的好儿子吧，让屯里乡亲们给你贺功道喜吧！通讯员，送他去卫生队，带上这封信。"

五、说不出的伤

林善学在兵站医院住了两个月，脑瓜老缩在被筒里。

头些天病房就他一人。里屋炕住着房东崔老大两口子。崔老大出出进进，断不了说：

"同志，蒙着头睡好上火，伤人哪。"

林善学不吱声。他便自个儿念叨起来："这房子凉不了，街上八大家，就数这大院排场。窗纸还是×××那老王八新糊的。"

林善学掀开被头说："我头疼，你走吧！"翻个身对着炕梢墙，又蒙头睡了。

"唉，"房东走进里屋说，"多亏同志们哪，我两口子八年共一条裤子，现在暖炕也睡上了，新棉袄也穿上了，今年过大年，好歹蒸得起豆包啦！"

林善学闷在被筒里，腮帮热辣辣的，憋出一头汗。听见房东走了，赶紧亮出脑瓜透口气。小看护又跑进来了。

"同志！"他爬到炕沿说，"中央胡子是个啥样？你打死过几个国民党？"

"嘈嘈啥，我睡啦！"

小看护眨眨眼睛，出去了，不多会儿又跑进来说：

"同志同志，其塔木打开了！"

"穷叨叨啥，我要搂啦！"

"好消息啊！院长说的，咱队伍在其塔木打了胜仗，还有什么张麻子沟的，总共消灭国民党一团人，净××军。同志，你从其塔木回来的？"

"啥其塔木，开水都凉了！"

小看护把茶壶坐到火盆上，又说：

"同志，你在哪里挂的彩？"

被筒里响起呼噜来。

小看护搔搔耳朵，溜到大街上。这几天街上不断过着大车爬犁担架队，雪道轧拉拉忽隆隆的，没个消停，小看护那两条贼腿，就像安上了车轮一样，一时跑出，一时跑进，老拍着他的被筒说："焦家岭又打了胜仗，消灭了敌人一整团，也是××军！""担架队抢条大扁担，也抓了七个敌人。美国机关枪油乌贼亮，叫他们扛回来了。""美国汽车也逮住啦，比大军还跑得欢！"林善学闷在被筒里，脑袋乱成一锅粥。心里正烦，小看护又拍着被筒说：

"快瞧去，过俘虏了！"

"有啥看头，不去。"

"老鼻子啦！净××军！你看看那些俘虏穿得多洋：大皮靴，紧腰围，绿大衣灰不溜溜的，再安上个高鼻子，就叫了他爹的美国种了。走，看看去。"

"怪冷的，看啥！"

"老躺着还行？伤口都合口了，走动走动好得快！"

林善学叫他拖到门口，只见街两旁黑压压的，房顶也挤满了人，俘虏兵四个一排，打街当间往北开，看不到头。姑娘媳妇趴在土墙上，吱吱咕咕的，小孩子顺着大街跑着，悄悄窜到俘虏腿胯旁边，伸手摸摸美国大皮靴又溜掉了。一个月不上街，买卖家都开门啦，只有×××烧锅那两扇黑漆大门照样关着。崔老大对着黑漆大门嚷道：

"你们的中央军来啦，怎的不出来欢迎啊？穷棒子全在街上哪，就等你们出来拔脑袋啦！"

人堆里一阵哄笑，也冲着黑漆大门嚷起来：

"你们蒋介石发来救兵啦！快搬出酒缸来盛吧：咱们吃了你一口，都要给你吐一碗哪！"

"不是说县长也给你委定了？快出来接'官防'吧，你家蒋介石给送来了！"

林善学活了半辈子，心里从没像这阵子舒畅，不由得顺街溜达起来。街口一个卖切糕的，正拦着一群俘虏军官说：

"你们到底算哪国人？为啥拿上美国枪杀害中国老百姓？咱闹翻身碍着你们啦？告诉你吧：老百姓做了皇上，共产党万世千秋。就让你美国干爸亲自出马，咱们也要逮他过来！"

俘虏们低溜着脑瓜，过去了。他向林善学伸出拇指说："同志，吃块切糕！"嚓地切下一块，热腾腾的就往他手里塞。

林善学耳根红到腮帮，心头那疙瘩又纠成一团。他扭转身跑回病房，钻进被筒，又蒙头睡了。

六、"人民功臣"

除夕晚上，病房里添了三个彩号。他们才从前方转来，热乎乎地对林善学说：

"同志早到啦？哪部分的？"

"北口部队的。"他红着脸说，缩到被筒里。

"那不是打焦家岭的？咋转到这里来？"

"我也稀里糊涂的，三转两转就到了这里。"

"都一样，"新伙伴说，"到哪里都是八路军。又有伴了。"

就像老规矩一样，几个彩号住到一块堆，拉起话来没有个头。大年初二那天更热闹，又是秧歌队，又是儿童团，拜年的这伙走了那伙来，和彩号唠起打仗的事，都舍不得走开。林善学蒙着头缩在炕犄角，闷得棉衣全汗透了。小看护还是缠着他们说：

"好同志，再唠一唠打坦克那段吧，这老乡还没听上呢！"

"可不是，屯里农会派慰劳同志们，没出门先嘱咐好几遍，都想听听前方怎打的。"

炕头那彩号说："那不是坦克。国民党的装甲车，带机器的哩！我从山坡滑哧溜冲上电道，狗日的一阵风嗖过去了。我两条肉腿能撵上吗？站在雪窝子里干窝火，偏巧第二辆开过来了，嗷嗷嗥得好怕人。我心里一毛，就顺电道爬到雪沟里。不想背后"突突突"一梭子，迎头扫过去，原来咱的机关早伏在树毛里。八成是打坏了机器，那家伙哧溜到跟前就哑巴了。它没了机器，我两条腿可管用啦，蹿上去贴紧车沿，照枪眼就塞进两颗手榴弹。里面炸得吱咕乱叫，就是不缴枪。我绕车子转了两圈，贵贱找不到门。逮不了活的，就炸光个蛋得啦！我抬手又塞进去两个手榴弹，刚一松手，——你看，两个指头就叫狗日的一梭子弹削没了。我撕下块衣襟，正要缠手，猛看见身后忽闪一下，可不是开了扇铁门？叫狗日的跑出来，我一个可"踢蹬"了。翻身捞过铁门，使劲往回一送，又把狗日的连门推进去了，只剩两条腿夹在外面，直拨棱哩！俺班长带着个组上来了，比住铁门，狗日的就举起胳膊出来。"

"怪道俘虏兵一溜溜的，"老乡说，"真英雄啊！现在手怎样了？"

"没关系，两个指头换五个活的，没算赔本。老乡们怪困难的，慰劳啥,又是豆包挂面,又是猪肉小鸡,得多少钱!后方翻身闹彻底,咱就乐了。"

"这点子算啥,现在穷人不穷啦,地也分了,粮也劈了,咱屯五家参军的,每家都多劈了三几垧地。听说前方打胜仗,咱斗得更带劲啦!"

"老乡们放心,我好了还回部队。步枪不能使了,打小炮还行。这次不漂亮,下回再看!也不用慰劳,给我编个歌,教给小孩唱唱就行!我叫李万年,记住啦?李万年。"

老乡滚下泪来。他转身擦掉泪珠,拍着林善学的被筒说:

"这同志也给咱唠唠吧。为老百姓流血拼命,都是大功大德啊!"

林善学在被筒里哼哼起来。那老乡忽然想起待得太久了。"同志们该歇歇啦!"他们说,临走时拿出四条白手巾:

"咱老百姓一点心意,同志们留下吧。"

白手巾印着四个红字:"人民功臣"。他们拿一条叠成一方豆腐块,塞进林善学的被筒里,然后轻轻盖严被子,踮着脚出去,套上大车走了。

大车碾着雪道,轧拉拉地响着。林善学躺在炕上,车轮就像在他心窝里打滚。他掀开被筒,把手巾塞到小看护怀里,说声"给你!"就跑到院部去。

"我要回部队啦,"他要求院长说,"给我开路条吧!"

"没好咋走啊?你不是还要家去看看?"

"不啦!"

"那也得等好利索了。"

"在这里永辈子也养不好,你让我走得啦!"

七、弹药手

挨到四月前,总算回到部队了。庆功会刚刚开过,各个班又讨论夏季立功计划。林善学要求参加突击班,三个突击班长都不要。要求参加爆炸组,爆炸组长对指导员说:"他来了咱的计划咋实现?"他要求参加刺刀组,刺刀组私下开会说:"来个瘸子也比他强,咱不要!"连长指导员也不放心,就编他到机枪班当弹药手。

大伙信不过他,这能怪谁?"能上火线就行!"林善学盘算着。每逢阴天下雨,肩胛骨疼得直不起脖子,他硬挺着扛只弹药箱,走道从不让人换换。可是打起仗总不让他到头里。一个月碰上三次战斗,旁的弹药手都跟机枪走,他不是跟着大车看守弹药,就是留在后尾捡"臭火"装梭子。"小战斗我捞不上,这回打四平总沾上边啦!"他想。第一排把会议厅和大地堡打下了,眼看着打市政府大白楼的突击队也组织好了。他自个儿蹲在墙犄角,心里不是个味儿。他跑到连长跟前说:

"让我送炸药得啦,死也死在头里!"

连长正摇电话,没转过头来:"有决心慌啥,找你班长来。"待理不理的,又对电话嚷开了。

林善学跟着班长又来了。连长对班长说:

"你带挺机枪到北头矮墙根,掩护那地堡。没命令不准撤!"

"有口气敌人上不来。"班长说,带个组上去了。林善学还是留在后面,守着两箱弹药。

枪榴弹在房顶开花,从炸弹窟窿嗖下来。天亮了。一顿炮猛卸到花园广场的来路上。北头机枪声又炒豆似的,赶上开锅啦。班长那挺机枪,听着总不带劲。正尖着耳朵,眼前闪忽一团火,林善学吃

了一嘴泥。

他抹抹脸，弹药箱不见了，一堵断墙横在身边。他扒开碎砖，弹药箱砸碎了一只。他擦掉子弹上的灰土，收拢一块堆，撕床美国被子包住。班长的机枪不响了。

连长扔下听筒，跑过来说：

"你班长带多少子弹？"

"一满箱。"

"咋不响啦？"

林善学心里忽闪一下："我再送一箱去！"

"待会儿再上，封锁住啦！"

"不要紧！"他钻到炮烟里，贴墙根往前爬。六〇炮弹打房顶窟窿嗖进来，他又是乐，又是急：乐的是这回总可以到头里去啦，急的是炮弹老在身边开花，半道打死了连敌人也没看到一眼，真不甘心。几步蹿出大厅，炮烟倒稀了。射手贴墙蹲着，抱住机枪，班长和两个弹药手全缩在墙根，侧身拿着手榴弹。

"怎不打？"林善学说，"没子弹啦？"

"叫压住了，抬不起头。"射手细着嗓子说，用袖筒抹掉枪筒上的砖灰。电光火擦脑瓜嗖嗖盖过来，矮墙头砖花乱迸。矮墙外唰啦啦一阵响，路口好像有人。班长举起手榴弹，外面狼嗥似的吼开了。

"缴枪啊！咱也优待啊！"哇啦啦的，总有十来个"蛮子"。

三个手榴弹扔出去，敌人的机枪又吼开了。林善学说："我看看去！"

闪到旁边墙豁口，斜对过一幢白楼，一排四个窗洞全垒着枪眼，两挺轻机枪正冲着这边矮墙。他跑回来对班长说："就那枪眼祸害大。手榴弹够着了，你们准备好，我打几个手榴弹，你就往上架！"

160

"手榴弹不多了。"

"我带有,昨晚捡的。"

"中!我来打!"班长接过机枪,试了试拉栓,又来劲了。林善学回到墙豁口,敌人机枪跟着扫过来,抬不过头。脚底下可是一道沟。他跳下去,正是通地堡的交通壕。从墙脚沟口钻出去,地面一堆土不高点,正好映住脑袋。"就这里干吧!"瞅准白楼"铿铿"几个手榴弹,矮墙边的机枪又欢打开了。

林善学心里一乐,顺沟就摸进地堡。顶盖炸开了个豁口,小李子正拿被子往上堵,见他就说:"你来啦?快报告连长,他两个都挂彩啦!"

"在哪里?"

"土台子那边,都不轻。"

"我帮你!"他捡起支冲锋式,顺墙转了两圈。老大一座地堡,住一排人也松松的。顶盖用铁轨一根根排成,土台子在中间顶着,倒满结实。就是枪眼太多,守不过来。刚刚堵住豁口,敌人又从左面摸上来。一气打退了七次冲锋,敌人还是一劲往过上。

"沉住气,"小李子说,"到跟前再打!"

"没手榴弹了。"林善学说,不提防身后扑哧一声,滚进来个手榴弹,他闪到土台子后,刚刚躲过,迎面又"突突突"一梭子,差点没扫到面门。他翻身一扑,一跤绊出几步远。手底下软咕瓢瓢的,是条死尸,一顶"牛屎帽"压在泥浆里。他这才记起地上躺着好些"遭殃军"。伸手到死人堆里,美国手榴弹有的是。他抓住一个,连袋子撕下来,用牙齿拔掉保险针,就塞出枪眼去。

八、铁扎拉子门

敌人跑回去了。他们又拿起满地扔的美国被子,堵死枪眼,只亮着正北两个监视敌人。北面横着铁丝网，敌人上不来。迫击炮可是一劲往会议厅落，震得地堡豁口直掉砖。林善学说："大厅够呛的！怎么还不动手呢？"

"不是等炸药吗？"小李子说，"只剩三包了。"

"我看动手得啦。敌人老吊炮，能不伤人？"

"可不，老等也不是个事啊！"

正说着，连长来了，还有团部一参谋、爆炸组长、突击班长。他们凑到枪眼来回看了几遍地形，总是拿不定主意。爆炸组长说："铁丝网一包，花墙一包，都有把握，这大楼一包可不保险，三层楼哩！"一参谋也说："大白天打，就得准备'瞎'他三几包的，还是再等一等。"连长不吭气，绕地堡看了两圈，才发现林善学守着枪眼。

"你怎么在这儿？"他问了问情况，又说："你就在这里吧！听小李子指挥。弹药一到，就从这里突击！无论如何坚持守住。——咱们回去再说。"

看地形的走了。林善学往外瞅瞅，就是难办。他转到地堡沟口，只见铁丝网上有个铁扎拉子门，用铁丝缠死了。他从烂泥浆里扒出把美国洋锹，对小李子说：

"你掩护，我出去整开那门！"

"行吗？"

"行！敌人不出来你别打。不叫逮活的就行。"

他掏开美国被子，钻出豁口，敌人没动静；贴地爬出地堡，向前爬了半步，还是没动静。于是猛蹦起来，一个箭步嗖上去，抢起铁锹乒乓两下，砸断铁丝扣，就势踢了一脚，扎拉子门哗啦一声，闪开个大洞。敌人的机枪也跟着扫过来。他一头骨碌到地上，滚回地堡，血从眉梢淌到嘴边。

"怎的啦？"小李子说，堵上豁口。

林善学浑身摸了摸，啥也没啥。"是铁蒺藜挂的，"他乐着说，"行啦，省下一包炸药了。敌人不敢出来，你看住，我给连长提个议。"

会议厅叫炮弹打得稀巴烂。他从碎砖断板上面往回爬，衣襟撕成一条条。连长正拿着电话听筒发急，看见他滚成个泥猴样，更上火了：

"怎么下来了？"

"铁丝网搞开了。我看动手得啦。"

"能过人吗？"连长放下听筒，敞开眉梢。

"人高的一个门洞，就是过人的。"

连长转过去对一参谋说：

"弹药怎的还没来呢？电话又不通了。"

"没火力掩护还行？看封锁的——"

林善学说："手榴弹掩护行吗？"

连长说："哪里有？"

林善学说："地沟拐洞里有三满箱，都是木把。我刚才往回爬时看见的。"

连长扔下电话听筒，下决心说："那就动手？爆炸组，准备上！"

"组长挂彩啦，炮弹掀的。"

"算我一个！"林善学说。

"中！"连长说，就带上爆炸组和突击班，爬到破地堡去。一参谋亲自掌握火力，四挺机枪，两门手炮和两个班的投弹组，全摆开了。

九、三包炸药

三个爆破员都是新手。连长再三叮咛说："打开打不开，全看你们三个啦！一包也不能'瞎'了。"

林善学说："我下头一包！地形我熟！"

矮墙头一梭机枪，全部火力登时猛盖过去。前面二十步一段沙土路，烟尘滚滚，铁丝网、红花墙和大白楼，转眼间叫炸弹烟化成一片昏黑啥也看不见了。林善学抱起炸药，也不知自己怎样蹦出地堡豁口，怎样穿过铁扎拉子门，只觉得肩头刚接到花墙上，炸药包就顺着墙根支稳了。他挽住火绳，使劲往回一拉，半年来那块老梗在心头的疙瘩，也一下子全揪了出来。

"现在死掉也不屈啦！"这想头在他心里一闪，浑身说不出的轻快，一溜风跑回地堡，扬着手里的火绳说：

"连长，'任务'给你！"

就在这时候，跟前轰隆一声，整个地皮就像坍了下去一样，眼前一阵漆黑。灰泥刷脸扫过来，砖头扑簌簌地打到背上。连长吐着满嘴灰土说：

"第二包快上！快！"

爆炸手钻到黑烟里，矮墙头的机枪又猛打一个点。突击班伏到墙根，钻进工事，闷着气塞住耳朵，就等第二声雷吼。可是烟头慢慢散了，太阳光透下来了，大白楼也显出来了，爆炸手还没转回。林善学抬胳膊揉揉眼睛，泪花闪闪的，只见爆炸手绊倒在铁丝网上，炸药摔在一边。

"快掩护！"林善学嚷起来："加劲打！"顺手捞过手榴弹箱，一把把塞到怀里，插进腰围，冲上去了。

刚刚穿过铁扎拉子门，机枪突然中断。

林善学抢起炸药包，扑到花墙豁口旁。白楼上的手榴弹，顺墙滚到路边。

他跪起左腿，咬开手榴弹盖，打到楼根。一只手打不迭，两只手干；一手一个不赶趟，抓起两个一把扔。——他跪在矮墙边，两只手赶上两门掷弹筒，二十八颗全甩过去了。

白楼根"铿铿铿"的，敌人的手榴弹和他的响成一团。林善学钻到烟里，不多会儿又钻了出来，晃着火绳跑回说：

"妥啦！又妥啦！"

"快趴下，"连长说，"第三包准备上！"

又是一声雷响。林善学觉着那一团闪光，就像打自己身上炸开来的，烟柱冲上半空，浑身血脉也跟着沸涌起来："还是我上！一熟二不生，给！"他夺过炸药，趁着漫天碎砖还没落地，便纵身蹿进浓烟。

日头正毒。烟里昏蒙蒙的，只见白楼掀掉一角，六个窗洞炸剩三个半。几个敌人摔在沙土路上，好像扔的几捆破布包。林善学迈过去，从豁口钻进大楼，头层楼不见一个活人。二楼上斜着一堵断墙，在半空摇晃。两个"遭殃军"贴在墙上，□成一团。后楼脚步乱糟糟的，一个"蛮子"在吼："快打！"跟着一梭冲锋枪响，叫炸哑巴了的枪声又漓漓拉拉打起来。

他闪到扶梯前，楼门口滚下两颗手榴弹，烟滋滋的，就在脚跟打转。林善学索性再加上一个，扔到一块堆，才闪过楼门后。赶楼里震起三股黑烟，他便翻身出来，把炸药按到墙犄角，趁烟跑回来了。

这回是中心开花。洋灰墙歪歪扭扭的，瘫成一堆，钢筋像乱铁丝一样露出来。后半截楼站在烟里，赶上揭了盖的蚂蚁窝，熊种们和楼板一起掉下来，一掉就是十来个。就这么着，后楼上还是响着枪。通讯员跑过来说："弹药到了！"

突击连欢叫起来。连长吼着说：

"不投降就消灭他！炸药！"

林善学正在劲头上，也不等人掩护，捞过包炸药又上去了。他站在一堆洋灰墙边，把炸药往上一放，就叉起手冲着楼上说：

"老子就是干这买卖！不说放到跟前，就在这里一拉，管保叫你们全坐飞艇！想留命快缴枪，咱们又优待，又政策，一样弟兄看待。不缴枪我就拉啦！"

他挽住火绳站在敌人跟前，活像一尊铁人。楼上啪的一声，跟着是一阵乱嚷："缴枪啦，别炸啦！"枪从楼口扔下来，人也抢着往下跳了。突击连吼成一片，打狼似的，一劲儿冲向白楼，把敌人全部逮住。

黄昏，副团长到突击连交代新任务。他特意把林善学找来，反复谈着爆炸的窍门。完了忍不住问他：

"去年你为什么自伤？"

"就是你说的，"林善学红着脸说，"糊涂兵嘛！"

选自《文学战线》，1948 年第 1 卷第 1 期

前线新春

一、秧歌

新年前后，我沿着冻结的棱兰河访问各屯驻军。每到一个连队，战士们总是热情挽留："咱们今年闹美啦，过了年再走！"

东北民间艺术素以秧歌闻名。想不到临时拼凑起来的战士秧歌队，竟如严冬打春雷一样，轰动了远近村庄。老头子拍着小孩的脑瓜说："他十四五岁了，还是头一回看热闹哪！"言下不胜感慨。生长在这块土地上的青年，秧歌舞只是儿时恍惚的记忆；已经学会放牛放猪的孩子，"九一八"时根本没有出娘肚子。去年东北光复，这里依然是胡子出没的地方。直到民主联军驻防到自己的村庄，祖辈相传的新春喜气才又欢腾起来。在××××屯，×营秧歌队刚刚上街，儿童团彩带缤纷的秧歌队也涌上来了，分到土地的白胡子老汉，和年轻人争着敲锣打鼓，农会主任也凑在里头吹喇叭。扭呀扭的就和子弟兵乐成一团，相跟着从这村闹到那村。一群身着新衣的妇

167

女,趁着锣鼓腾欢簇拥到营部当院,嚷着"给咱们营长拜年!"听着这阵欢声不由得想起老解放区的情景。

整个冬天给霜雪冻死的窗户,今天朝着太阳开了,母亲和女儿、媳妇挤在窗口,向当院的秧歌队探出头来。闺女们在柴垛上扶着老太婆,土墙头不时探出村姑的笑脸。我在三城壕时的女房东,每天忙罢两顿饭,总是一动不动地盘坐炕上。这天锣鼓刚响到村边,她忽地扔下大烟袋,戴上她丈夫的帽子出去了。我从来没见过她用这种惊奇的微笑问我:"你怎的不瞧瞧去?"晌午阳光特别好,无云,风软,那位姓龙的农会主任逢人便说:"天老爷也护着咱们乐! 咱军队一来,天气比哪年都暖。——不是分了地,咱八口人一条裤子,能下炕看这热闹?"

二、炊事员

现在江南农村,已经很难看到鸡子。这里各个连队的新年聚餐,却丰富到炊事班没法睡觉,三天细粮,每人十斤左右猪肉,还有一车车的鸡、鱼、菜蔬、豆腐、粉皮……光是把它们煮熟炖烂,就够忙几天的。本来,连队生活要算炊事班最苦,这次二营机枪连的除夕会餐,更使我看到他们从哪里得来这股坚韧的力量。四十来岁的炊事员老谢,在双城饭馆里快忙了一辈子,"整天油香喷鼻,只是沾不到口"。赶到年纪一大,干脆叫掌柜的辞了。这次帮忙他做菜的新战士于光风,扛活的时候给地主家做过几年菜,"残汤剩肉从没捞到"。因为憋不住这口气,他们参加了民主联军。现在要办新年酒席,他和老谢更来劲了:"从前做菜给人家吃,这回可是给咱自己做啦!来,咱们做个十六大碗,配上八碟酒菜,好好过个翻身年!"

每班两席,另外还有一席招待村干部和军人家属,除夕晌午就都做好了。整个炊事班几宿脊梁不贴炕,摆席时还要自己上菜,怕同志上错了先后。全连吃个酒香饭饱,恰好赶上看秧歌。

团政治处五十来岁的炊事员老郭,安排大伙吃完以后,自己才敞下心来入席。他才参军三个月,两盅酒落肚,便滔滔地和我谈起来。他是陶赖昭人,秋天国民党到那里,把胡子一编就成了"中央军"。放着小米高粱不吃,上百人天天开进饭馆摆席,抹抹嘴不给钱就走了。吃饱了到处串门子,他家门帘和两条裤子也叫他们拿去。"这是什么派头!"他说:"咱队伍一打回去,我就参加,没二话,干革命,咱穷人自己不干叫谁干?起初我说自己是'破伙夫',首长一样给我敬酒,抬举我。这是革命工作嘛!几宿不睡不算啥,同志们多吃两个馒头,我心就乐啦!大伙身体吃得壮壮的,立下功也有我一份……"

三、请房东

农会主任,屯农和房东们,成了机枪连的上宾。筵席摆在一个班的炕上。连长敬酒,排长劝菜,不知该接应谁好。地上有一个用木梁围成的干草地铺,它引出客人们一连串的感叹:"咱睡热炕都冷得呛不住,同志们多占一铺炕也舍不得。真是——,军队请老百姓吃饭,哈哈,真像说古一样……"

×连的驻地三城壕,这个夹在双城、扶余、榆树之间的小屯子,半月以前还没住过民主联军。张大爷活了五十几岁,今天头一次吃到这样好的菜,肚里憋了半个月的话,一下子全倒了出来:"你们乍一到,我就说啦:这军队还有伙房呢!自己煮着吃,自己挑水喝,还天天扫院子。你们来了,我家的水天天满缸,院子比过大年还干净。这样的队伍,真想不到!屯子里孙家马家年年光着个腚,今年来了你们，一家老小都穿上了。"

趁着席上热闹，李家房东又悄悄地叫他小孩打了一旋酒，他自己满上一杯，就对大伙伸出手说：

"这回喝我的，喝咱一杯翻身酒！"

八班请的房东，是陈家父子。儿子陈宪武秋天和屯里六个年轻人一起过江买粮，去时路子倒没什么，回时却全叫"遭殃军"抓住了，腰包给掏光不说，还丢了四条性命。陈宪武的左胳膊被他们用铁丝捆住拧，一直拧到骨头上。跑回来养了两个月伤，指头还是僵的，动动臂弯得用右手抬着。席上陈老汉说罢儿子的不幸，又说起江南来了："真是一般日月，两个世界啊！现在江南庄稼人，出门不敢穿棉衣，怕叫'遭殃军'剥了；你脚上穿双棉鞋，他能下毒手给脱掉，让你光脚丫踩雪回家。秋天他们打到陶赖昭，咱们屯子可急坏了。要不是咱队伍打回去，这里不早就变成江南吗？有咱们队伍在，老百姓再不受罪了！……"

刚刚翻身的农民，第一次和子弟兵一起吃年饭，有如故事里所说的两个陌生人，忽然认出了就是别离多年的父子一样，一时酸甜苦辣，什么滋味都掺和到一起了。陈宪武摸着残废的伤口说："等伤口好了，我也参加。有一只手我还要报仇！狗日的过江来，我怎的也叫他认识认识我！"

选自《东北日报》，1947 年 1 月 8 日

松花江畔的冤魂

我军掩埋其塔木蒋军遗尸时，搜集到好些家信。

染满水痕，信皮揉损，贴着"航空"印签，从辽远的南方辗转东北，竟能落到亲人手中，在他们怀里沾上汗渍——从这些珍贵的家信，我又一次看到了自夸为"天下第一军之铁拳"的"无敌"×××团，它的士兵都是被临送到内战前线的善良人民，他们被蒋家匪帮赶到东北人民的松花江畔，终于撇下张着饿嘴的家人，怀着无以申诉的悲恨死去了。

其中最悚目惊心的，是"天府之国"的四川来信，竟写着"十室十空""六粮不收"。收信人刘×威已经尸体模糊，只能判断出是班排长模样的人了，而他的父、母、妻、儿在信中所显露的焦灼音容，依然清晰可见。发信地址写着"四川渠县三汇镇王爷庙新桥"，从民国三十五年六月一日到八月十七日，接连给刘×威来了四封航空挂号信。第一封是"胞兄刘×珍"写的，信上说："我们汇市物价，谷子每石二万元，白米一升五百元，布匹一个一万二千元，猪肉斤价三百，河盐一斤三百五十……"把物价写完以后,便叫他"请平安假返家看望双亲与兄,以免牵念"。此外,信中还能扯些闲言,勉强叫他"不要挂念"。过了一个月,他的"父母手书"却劈头就说:

"近来咱处,连年遭荒旱之灾,人饿死大半,外逃者不计其数,实难过活。民间十室十空,人之所食,树叶青苗糠等,实如牲畜。你想咱居家数口,无人照管,你哥有腰疾,不能求取生活,你想咱家难也不难!我儿见信后,即速返里,否则咱父子就不能见面了。"写完这最后的一句话,又补笔加上"千万千万,为想为盼!"字迹颤抖,不忍再读。

同一天来的,还有他的儿子兰坤和桂臣"叩禀"的信,草草六行字,除了遥祝"饮食如常,诸事顺遂",便是"俺母子在家受苦,饥饿在家,盼望你早早返里,照管家中,亦免我祖父母操心为盼!"

最后一封家信,是他的妻子"刘郑氏"写的,"航空挂号"底下,还特别注上"加快"两个字。信中说:"自夫去后,不觉数载,谁知天降荒年,六粮不收,又加公款,日日督催,口无所食,手无余钱,无奈地卖九亩,器具无数,苦难之处,一言难尽……"这一家老弱六口,把他们的希望寄托在"乞求上官,准假返里",如同其他蒋军士兵的家书一样。但是以人民的血作赌注的蒋家"上官",却把他们的命葬送了,连尸首也扔下不管。

但是解放区的人民要管的!人民不能让这个被丢弃的四川人,含着恚恨暴尸异乡,不能让这些血泪写成的家书,被蒋介石悄悄埋在北国的冰雪里!

"猛省回头,放下武器!"这就是人民的正义召唤。

选自《辽宁日报》,1947 年 3 月 5 日

踏破辽河千里雪

兄弟部队

新年前后,我随军横跨冰冻的辽河平原,和万马千军擦肩来去,日夜滚滚的脚步声和炮车声,在无边的雪上闯开一条条坦阔溜平的雪道,指向沈阳。不时听到战士们这样欢呼:

"看,兄弟部队来了!"

没有亲身经历"三下江南"和"四保临江"的人,很难体会到这句话的全部感情。去年这个时候,敌人狂吠着"到哈尔滨过年"的严冬,保卫人民的东北首府的部队,正在炸毁松花江北岸的铁桥,拔掉铁轨路基,在封冻的公路上挖掘防御坦克的冰壕。而被隔绝的南满,敌人正向仅有的临江地区猛扑,嗥叫着要把人民解放军"撵到长白山顶去吃石头,撵到鸭绿江里去啃冰块!"粉碎了敌人三次进犯的临江保卫者,许多还穿不上棉衣,战士们挤在冰雪压坍的荒山马棚边,吃着冰饭团,"四个县城,一座山头,两道荒沟",这就是所有的地区。而敌人又以九个师的优势兵力作第四次猛犯了。当天空似乎还是黑暗的时候，当坚持南满地区似乎绝不可能的时候，战士们只有一个呼声："打出去！"他们决心拿出"打大仗，打恶仗，打硬仗"，要把敌人□个七零八落，他们相信北满兄弟部队会打过来收拾敌人，因为在松花江也只有一个声音："打出去！"正是这种人民军队的英雄气概，把严冬的恶战引向今天的大进军，把东北战场从松花江畔和长白山麓移到辽河平原，隔绝了一年的兄弟部队，终于到沈阳的大门口会师了！

"看，这就是专打××军的北满老大哥！""看，这就是××军的死对头'打虎能手'（匪××军自称'虎威'部队）！"战士们边走边说。敌机正在跟踪扫射轰炸，进军行列的对空射击正在震响雪野，大伙仍然按捺不住见面的狂欢。我们经过刚被轰炸的屯子，屋里忽然跑出来几伙战士，端着开水追送上来，有的硬拉我们到暖屋里一道吃饭："都是阶级兄弟。"他们说："别客气。咱们盼了一年啦！不够吃再做！"一个风雪怒卷的晚上，我们半道上和另一支队伍纠缠住了，蹚开的大道刮满厚雪，走不动，对方忽然一声口令："靠左边走！"他们立刻闪到雪上前进，把自己踩开的小道让给我们。

人民的战士们

沈阳腹地不乏稠密的大村庄，但是改变了三次宿营地也找不到住处，我们到住满了人的院子稍避避风，一个连长立刻集合队伍说："咱们今晚全睡地铺，把热炕让给兄弟部队好不好？"满院响起一声"好啊！"我们便被他们拥到暖房里，他们争着给我们扫身上的霜花，敲打靰鞡上的雪块，问我们歼灭敌人"王牌军"的经验。一个参加过保卫临江的连指导员，向我介绍他这连队的装备："××军一个班两

174

支冲锋式,咱们班长小组长各拿一支;它一个连九挺美式轻机,咱十二挺也是他爹的美国造;它一连两门六〇炮,咱也两门,咱们的掷弹筒它可没有哩!"这个连一年来战斗十次以上,俘虏敌人二四一四名,缴获机枪五二挺、冲锋式一一五支、火箭炮九门、迫击炮九门、六〇炮七门、长短枪六六二支,创造了"东丰连"的光荣称号,出现一四九个人民功臣。这位指导员这样结论:"人民就是胜利!现在咱们四满大军来会合,大胜利就在眼前了!"

公主屯战斗前夕,各个连队举行新年回忆晚会。以攻坚闻名的"团山子连"挂起三面鲜红的战斗奖旗,这是在城子街、四平、吉林团山子三个强攻战斗的奖旗。他们计算过去一年战绩,总共歼灭敌人五个连。指导员问大家:"怎样得来的?"全连一个声音:"打来的!"响亮的回答使我想起一位将领的名言:"走出主动,走出胜利!"天才战略家的指挥意图,正是肉体坚韧的人民战士们坚决完成的。开始是零敲碎割,继而一个团一个团地干净消灭,最后创造了北满整师歼敌的纪录,整个"三下江南"该走了多少路啊!大踏步前进,大踏步后退,三番五次地扑空,包围好了又突然撤围……战士们两条腿便没日没夜地走着,双脚打满血泡,打开裂口,血水浸透毡袜,在脚上冻成冰壳,走一百几十里地不吃口饭,零下四十度的严寒住不上房子,——一旦发现几天强行军突然扑空,战士们依然毫无怨言地说:"敌人逃了这次逃不了下次,能走路不愁打不上!"好容易把敌人包围住了,一个命令队伍又□开远远的,他们便说:"这是总部爱惜士兵,没把握歼灭的仗总不叫咱打。""反正走路再苦也死不了人,有人在就能报仇立功!"等到队伍向着炮声急进时候,一切肉体的痛苦顿时忘得精光了:"准备放手打吧,'好买卖'可盼到啦!"战士们这样形容松南战役:"咱们原来是使的'回马枪'啊:一个大踏步□过江北,把敌人拖到江边;又一个大踏步□回江南,敌人就装到咱的口袋里了！"

亲身的体验使人民战士们坚信：能走路就能打好仗。"打仗要做英雄汉，行军要做铁腿将。"这是遍及全军的誓言。今年辽河大雪为七八年来所未有，千里平原不露一片黄土，朔风刮起遍野积雪，把蹚开的大道埋没了，而滚滚雄师还是川流而过，用双脚踏出新的道路。靰鞡踏破了——光着脚走，脚板的血泡沾成一片，咬牙挺着，双脚肿得穿不上鞋，缠上绷带一样蹚雪行军。害眼的战士看不见路，便用绳子拴在腰里，让同志们牵着行军，宁肯在雪窝里跌来摔去，不愿离开队伍一步。勇士们只有一个决心："指到哪里打到哪里！"

阶级的硬骨头

什么力量支持着超人的肉体坚韧呢？在出征宣誓大会上，有一个名叫伊小虎的新解放战士，走到全连被蒋介石杀害的父母灵前，便和大家一样地大哭起来："父亲你死得太冤啊，国民党抓兵，你出过三次行利钱买我，可是第四次你没能买动。你还不起钱，我离家三里路你就叫逼死了。你现在埋在哪里我都不知道啊！现在共产党把我救出来了，我参加自己的队伍了，我非给你报仇不可！不消灭敌人，我对不住你啊！"复仇怒火使他变成"阶级的硬骨头"，战场上他叫树楂子从脚心扎透脚背，拔出脚他浑身疼得直哆嗦。但他没让人知道，扛着机枪照样冲锋。跟着几天行军，伤口已经化脓，脚肿得穿不上鞋，他光脚走没掉下一步，一拐拐的还替旁人扛重机枪。班长硬要看看他的脚，才发现伤口肉全烂了，坏肉里塞满沙子。卫生员问他："为什么早不说？"他说："我早说了还捞上打仗吗？那谁给我报仇？"第二天行军，大家硬把他拉上病号车，他悄悄爬下来又追上队伍。脚上只缠条绷带，一样坚持了三天行军。

176

"不怕你下雪刮风,挡不住我复仇立功!""你能冻坏我的皮,冻坏我的肉,冻不坏我共产党员的硬骨头!"这是响遍全军的出征誓言。武器上红色的"枪托铭",写出每个战士的仇恨和决心:"刺刀见血,誓报父仇!""消灭死对头,要报血泪仇!"解放战士要立战功,打回老家算总账,翻身农民战士要挖掉蒋介石这仇根,保住自己打下的江山,解放天下穷哥儿们。"创造阶级硬骨头作风,做一个光荣的毛泽东战士!"刚刚放下锄头的农民和被俘不久的蒋军士兵,就这样地变成所向无敌的英雄。威震中外的公主屯战斗前夕,敌人把东北大半兵力集结沈阳百里以内,又以其大半兵力十五个师,沿辽河摆开二百里的扇形阵势,企图驱逐沈西我军。就在这个时候,东北人民的强大兵团,突然向炮声雷滚的敌阵猛插,将密集纵深的扇形左翼劈开。

敌人以十个师的援兵,解救公主屯之围,被我年轻的兵团堵在二十里地之外。突出地带被炮火炸成焦黑的残雪,堵击部队始终屹然不动,把坦克飞机掩护下的六次猛扑打退了。我围歼部队便在沈阳的大门口横冲直闯,把钳形包围中的敌人割裂压缩。飞机整日在头顶穿梭轰炸扫射,而滚滚雄师还是傲然前进,连腰也不稍微弯一弯。年轻的人民炮兵便和突击部队并肩逼近敌人,把阵地摆在前沿几百米远的开阔雪野上。一年来缴获的美国火炮,从六〇炮到野炮榴弹炮,在一个上午全部集中到敌人周围。尽管炸弹的烟火弥漫了阵地,炮火还是照样猛击,连续三十分钟听不出单个的炮声。步兵便随着炮弹的排击前进,虽然深雪没过双膝,冲锋道路上看不到掉队的人。战士们冲得如此之猛,以至第一个扑到地堡跟前时,敌人还弄不清他是什么人。这个战士干脆说:"我早知道你是×××师,我就是你们的老对头,今天专门找你来了!"

猛攻敌军部的"东丰连",两次失败了,连长已经挂了三次彩,咬着牙组织两次冲锋,也失败了,剩下一个班照样投入战斗。突击队就像尖刀一样,一把又一把地刺入敌阵,连续七次没有成功,小炮班和机枪班拿起步枪又猛打进去,把两百敌人最后歼灭了。孤胆英雄李家峰第一个冲进敌军部时,满屋军官和护兵们还拿着短枪,阶级战士毫不犹疑地呵斥道:"不准动,放下武器优待你们,你们的军官在咱后方多得很。我不怕死,共产党的队伍有的是!你们打死我不要紧,有的是给我报仇的!"——正是这样以"阶级硬骨头",以五十四小时的激战,把两个师敌人歼灭在沈阳的大门口。纵横辽河平原的人民军队,就这样地踏破了千里大雪,打新立屯,打台安,打辽阳,进出沈阳的卫星要点,钳住北宁线的咽喉地区,在足迹所到之处,为一九四八年创造新的胜利。

选自《东北日报》,1948 年 2 月 20 日

在八连

——哈南前线散记

一、"弟兄们"

年前我去访问第八连。他们正在吃晚饭：咸菜炒豆腐皮,豆腐炖白菜,热腾腾的小豆高粱饭。指导员吃得喷香,和我拉起话来没有头:"俺山东人叫关外人同化了,关外人也叫俺同化了!"

山东的老战士,从来只会吃面食:白面不用说了,小米得摊煎饼,苞米得做窝窝头,高粱也是先推成面,再烙饼或掺上米面蒸糕。关外的新战士就只爱吃高粱米饭,苞米也要煮成干饭吃。结果他们订了个饭谱:每天吃一顿窝窝头,一顿干饭,早晚还加熬一锅黏粥或米汤,叫新老战士都感到满意。日子一长久,新战士吃窝窝头不当回事,老战士吃高粱饭也一样香了。

我到各个班去,新战士特别喜欢说起这事情。"国民党那边真不是玩意"——一位在长春解放过来的战士说:"关里来的老兵满嘴里'抗战有功',骂新兵'亡国奴''奴才坯子',不侍候他们洗脸水那算不行。到这边来,弟兄们再没那样的。咱连长也是一锅吃饭,伙夫班给连部多打一勺菜,还叫他批评半天。上级发下棉鞋,他尽弟兄们先挑合脚的,剩下什么他穿什么。旁人扔的破袜子,他拾回去补补就穿了,把新袜子送给弟兄们。他有空,不是到伙房劈柴,就是帮文书抄这抄那,比亲弟兄还亲哪!"

在第二排,年纪最轻的是副排长。十九岁,红红的小脸蛋,十足是个小孩。我给他开玩笑:"你这娃娃样子,弟兄们服你领导?"

"不服什么?"他一时不知怎样回答,又眯缝着眼睛笑了。房里弟兄们也全乐起来:"咱们排副,老这样乐,从没凶过人。修工事扛道木他带头,飕飕的","起初新同志站夜岗胆怯,他一宿宿陪着,弟兄们,给咱壮胆","初到江防没被子,他和弟兄们一琢磨,拿乌拉草编了几个草垫,连铺带盖的,大伙就来劲了!""……"山东话、辽宁话、吉林话,在房里乐成一团:"咱们关里关外,都成了一家弟兄啦!咱弟兄们,没说的……"

二、战士的哥哥

管理员到后方韩家店买猪过年,替一个新入伍的战士捎了一封家信回去。

第二天晚上,张治邦的哥哥就跑得来了。已经快吹熄灯号,他进了连部,也等不及上炕歇歇,就揉着冻红的脸说:"这几天把人急坏了,不知哪里传来的风声,说咱黄团过江去,半江心冰沉了,全团没活一个。又说过江去碰上那边坦克阵,伤了好几万人。担架队几天几宿往前赶,都不赶趟。我一看可不就是!抬担架的一直没断过。我心里也犯疑:伤那样多人怎不见个彩号下来?当兵的救不回就连当官的也救不回？可是这里也说，那里也说，弄得我心里没个底。昨晚黑看到我兄弟的信，天不亮就赶来了。——嘿，屯屯住得满满的，都是咱民主联军，好不威风！又是上操，又是唱歌，赶大车办年货的，多着啦！我的心一下子就结实了。"

这一夜他就住在张治邦那班里。弟兄们又是敬烟，又是烧开水，好热和！这个说："盖上我的大衣！"那个说："铺上我的被子！"……兄弟俩说长问短，熄灯号也没听见。

他家弟兄三人，张治邦是老二。今年分了几垧地，三人再不扛活受气。老大说："老二参加不久，老三也到工作团工作了，十五六岁人，怪精灵的，跟着到各屯搞翻身，也革命啦！我在家种地供养着老娘，屯里还担任个自卫队长。误点工心里乐意：拿着枪杆子，闹革命心里就有底了！"

上操的时候，老大又找指导员拉话："三个月不见，治邦真大不同了。说话头头是道还认下一小本的字。咱扛活的受苦，镬把还拿不过来，哪能有钱上学堂？现在这里又发铅笔，又发本子，生怕你学不好，弟兄们还这个帮，那个教的。我就对他说：'早先咱这号人，想沾下书皮皮都靠不上边，现在这里像供太爷一样供你纸啊笔的，还不用功吗？'革命就是图个进步嘛！指导员，你说对不？我三十岁快啦，在自卫队担任个工作，也整天练文练武。要革命，不学本事算是不行！□着个土豆脑瓜，能斗过反动派了？"

十几个请假回家的韩店新战士，恰巧都回来了，说起各自听到的谣言，才知道各屯传的全是一样。"这不是坏蛋们放出来的？"战士们气得嚷成一团："咱在前方保卫，叫家里好好闹翻身。他们放黑风吓唬穷人，叫咱不敢抬起头来斗，这还行！"

"对啊"，张老大一下子想透了："他们就说过：民主联军快完了，穷小子们闹吧,中央军来了一个个拔你们脑袋！可不是有计划的?"

"指导员,咱们给后方政府去个信,把造谣的给抓出来!"

晌午,张治邦的哥哥要回去了。指导员拉住他说:"过了年再走!"

老大说:"回家还有工作呢,自卫队的事情离不开。这谣言,还要回去追出根来!"

选自《东北日报》,1947 年 2 月 6 日

"再打仗我可有底啦!"

一个淳朴的农民,决心为了翻身利益,献身自卫战争,一开始便碰到激烈战斗的严重考验,——他怎样才能够把高度的立功热情,放在战术基础上,迅速变成巩固持久的战斗意志呢? 在其塔木战斗立了一大功的新战士潘世禄,和我谈了下面这段话。

不是民主联军,我家能翻身吗? 指导员说:"为人民立功。"我一听就明白。为人民,就是为我家嘛! 两垧地,祖祖辈辈哪见过? 共产党来,我家才有这份产业了。去年六月参加咱主力,我真乐,为人民立大功,我老爷子脸上也光彩。

光荣是光荣,临上阵心里可毛啦:炮弹呼隆隆地响,也不知哪疙瘩掀过来的,那美国枪,一声一溜火,就和长了眼睛一样,尽往你身边忽撩。——我今年三十五岁,身上哪疙瘩不是庄稼人骨头? 我家在通化落户,七岁我就跟上哥哥放猪,九岁起自己放了八年,十八岁种地到二十一岁,正赶九一八事变,糊里糊涂给挑了兵,到保安队打胡子。我守在炮楼里,底下"嘎嘣"一枪正中枪眼,一块土皮崩到头

183

上,"我的妈呀!"脑袋往下一缩,身子早滚到墙角里。我两手抱住枪,你怎的打我反正是不打了。第二天挂号回家,再没敢转回去,连夜把家搬到蛟河,这才躲开挑兵,又给"满洲国"抓下煤窑。

下煤窑十二年,真个是"吃阳间的饭,干阴间的活",四块石头夹着咱一块肉,——不知哪疙瘩扑通一下,把你压到底下去了。一天十二点钟,顶着星星出来,顶着星星下去。挨到光复,总算露出头来,见着太阳了。刚好我叔叔从热河来找我,说八路军怎样怎样好,老百姓都翻身啦!妇女坐在树下纺线线,不吭气就能抓个日本探子。……一宿话打动我的心,就要当兵去。叔叔说:"别着忙,等老部队来了再说,跑错门可后悔啦!"我等不住,见招兵就参加了,也不知啥部队,当官的今天讲话是"弟兄们!"昨天讲话还是"弟兄们!"嗨,怎么不说"同志"呢?心里一纳闷,我就跑了。二次参加常司令的队伍,说话可不一样了。"同志们!"司令说,"我们的前身是工农红军,是抗日联军,八路军,新四军,民主联军是共产党领导的人民军队……"我一听这句话,心里呼啦地就开开两扇门,全透亮了,这句话,到如今我还记得!

我乐意待,他们偏不要我,说我不抽大烟,就吸料面。你想想,我下煤窑十二年,脸色还能好吗?我说没嗜好,谁知这条腿也叫挑上了,——大伙不是叫我"潘跛子"吗?就这条腿老长疮,不好使,到头叫洗刷出来。

我不服气,又跑来参加这部分。听说是老部队,这才乐呢!从这跑那,行军赶不上,可也没掉队。整天担心这条腿丢我的脸,就忘了到底离家多久了。有一天父亲来看我,父亲年老不中用了,兄弟不听说,一见他,我就惦记起家道。他说:"现在好啦!分了两垧地,顶好的地!"我说:"能务上一垧,就够你老人家吃用的啦!"他说:"可不是！咱祖祖辈辈哪见过这些地？现在屯里穷的不穷了，苦的不苦了，好世道啊！不是共产党，有咱今天吗？你可不能开小差，跑回去我这老脸挂不住了！"

我说："哪能开小差呢？我还要给你老人家增光哪！"为人民立功，我嘴里不说，就盼打仗。这次出发，听说要送病号上后方，文书到咱班抄名字，我心里就长个疙瘩，我问："抄啥啊？"班长说："你也去吧，走路不方便！"我说："一样不缺胳膊不缺腿，旁人上前线立功，我到后方干啥？班长你放心，打起仗来，我腿就不疼了！"

班长答应了，但总是不放心，一路上要替我背枪，我说："班长，你别操心我，你把这份心放在旁人身上吧！我就是跑掉一条腿，爬也要爬上火线！"——当孬种，我潘世禄不是这号人。可是乍到其塔木，心里可发毛啦！那美国子弹，一响一溜火，红光闪亮，尽往你身边窜，就像长了眼睛一样，咱到哪里它跟到哪里，咪溜溜价，一股劲躜到脚跟前，躜得土都冒烟了。我心里没底啦，两眼死死跟着班长转，他到哪我跟到哪。——他可是腰也不弯，三步两步就跨过大街了，就像小孩踩着花炮玩似的。我猛地闷住气，也跨了过去，顾不上是死是活——哈，一煞眼窜过去，身上啥也没啥，这玩意，吓唬人罢咧！

我刚缓过口气，炮弹又跟着打过来，眼前一座房子，登时着了火，偏巧那晚好月亮，地上明晃晃的，白天一样，哪有个藏处？炮弹打过来，未落地先打哨，那呼哨鬼叫魂似的，打脑门直攒到心窝，不由得浑身骨头都酥了。班长说："卧倒！卧倒！不要动！"大伙趴到地上，我也跟着趴到地上。班长可老是站着，他自己没事一样，这边走走，那边看看，瞅见谁没有躲好，他就说："离开点，别躬着背，放平啦！"也真怪，眼看着十来个炮弹落到跟前，我一层肉皮也没叫它擦破。

跟着班长来回跑了一宿,我心里就有个底了。人是活的嘛！敌人要打我,我还要找他打哩！班长说打地堡,我就来劲了。为人民立功,"好样""孬种"就在这一阵啦！我有心报个名,他可不待理我,打我身边走三趟,眼睛一扫又过去了。——咱排都是老同志,定规是瞧不起我,怕我完不成任务吧？人家是好腿好胳膊,我呢,出名的潘跛子,想到这里,我站起来又坐下去,站起来又坐下去,话头跑到喉咙又咽下去了。

到底憋不住这股劲,我悄悄问了一声:"班长,你是挑人啊,还是自愿的呢？"

他说:"自然是自愿的啰！"

我还不敢吱声说"我去",旁边二十二个人,他说声"不行",我潘跛子不是又丢人了？我只是说:"我去行不行？"……他也不说行不行,反过来问我一句:"你不怕？"我说:"潘跛子不是那号人！一样不短胳膊不短腿,偏我孬种？我去！"听见班长说声"好样的",我够多乐！正要上去,班长却说:"潘跛子,上刺刀！"你看,我差点忘了上刺刀了。我说:"班长你放心吧,临冲锋我不会忘记上刺刀的！"我又怕腿不好使,跟不上他们,耽误了任务就坏了,我说:"我先上去！"这时候腿也不疼了,也不跛了,——跛是跛,心里一乐也不觉疼了。班长真能,他说土棱好隐蔽,我爬上去正好挡住半截身。十来步远,偏我能打敌人,敌人可够不着我。班长说:"缴枪！缴枪！"我就挡住地堡门,刺刀端得挺挺的,怕狗子的跑了。

说缴械又是乐的！八个人举着手出来,班长命令我看住,这才难啊,他们要是哄上来,我一个人吃得住？搭上这条命小事,三个人抓的俘虏叫我弄跑了,这才孬种啊！正着急,班长忽然吼起来:

"跪下！"

这一吼我的心呼啦一下转过个啦，我马上接着说："跪下！跪下！统统跪下！"这时我的心也灵动起来，我想：要是他们腰里藏着武器，一回手不就撂倒我吗？我端着刺刀转到他们背后，说："哪个兔崽子动弹一下，我一刺刀把你挑死！你们老老实实，民主联军可是宽大政策，不为难你们，还优待……"指导员上的课，我记得多少说多少，正说得乐，班长又叫我拿枪，哈哈，都是美国造，这胳膊挂了三支冲锋式，怀里还抱挺机枪，还搭上三十七个梭子，压得吃不住——吃不住一样抱着，这就够我乐的，还能扔了！咱缴的枪，有我一份哪！……"这一仗，我潘跛子学的真不少：躲机枪，躲炮，打地堡，捉俘虏……再打大仗，我心里可有底了！

选自《东北日报》，1947 年 2 月 19 日

◇华　生

宿县老百姓的控诉

编者先生：我不知用什么方法来避免这些残酷的魔腕，我也不知用怎样的文字，方能将这些败类的形形色色描写出来。假使我是一架摄影机的话，我决不去拍那些哥哥妹妹或夸张自己的虚设战争镜头；我必须摄取人民的怨言忿语，采取笔墨不能形容的民间事实。在别的地方，我不敢断定能够摄取几部巨片，但在敝地宿县工作的话，材料不会比流行新片逊色。

在宿县我简直不敢置信这是现实，更不敢相信这些人，就是经过八年抗战的人！就是保卫人民的武力！沦陷期间，敌日压迫我同胞，虽然残酷、辣手，但还不十分熟悉民情。此辈的无孔不入实在比敌日更高一等，假使譬喻他们是豺狼，然而豺狼还有吃饱休息的时候。说他们是□都城里放出的小鬼，却偏偏还带着使人惊讶的功勋与符号。

总之这是宿县人的命运，活宝的县长吴剑秋走了，又调来了一位太和县临别时怨声载道的著名刮皮许汉三。最近又开来了许多

188

军队——中央陆军整编五十八军，保卫宿县。

起初，这些军队在城围附近二三十里驻扎，后来因谣传共军将由宿县开往东北，于是纷纷迁入城内民间住屋，整个县城，被闹得乌烟瘴气。

驻扎的第一步，是将各住户的大门重门或者木板搬去，大概"军民合作"到极点化了，招呼也不打，捎了就走，胆小的不敢追随，胆大的尾随了一阵也没有办法。

第二步就是居住，起先军队见空屋就住，倒也罢了，后来大概不甘寂寞，于是对略有空闲的客厅或者住口也都像浦口三等客栈那样高搭地铺，睡将起来。对于住民的女眷，他们是不顾及的，白天敞胸、赤膊、捉白虱、搔疥疮。在思想略旧的北方人，都会觉得赤膊露腿的太露形了，而且许多军人都将衬里衣裤按在平常煮饭的大锅烫煮，他们是卫生了，但是锅子呢？他们不会替我们住民想想？

自古道："财帛动人心。"自从来了这些人后，我们一院里时常少短衫、缺裤子，本来"夜不闭户"地睡觉太理想了。（其实是无门可闭）

敝人住在三间南屋，上星期来了两个军人，叫我们整个地让给他，当时我告诉他东西太多，请彼等另寻住所，哪知其中一个军官式的人，即声色俱厉地说道："不行，我们一定要住。现在限你们一个钟头搬出去，假使不搬，等会我们来人替你搬。"

天啊！他们是有枪杆的，谁敢向他们抗议呢？

不得已，暂将东西乱七八糟地堆在邻居的磨坊里，等了一两天，军队没有来，再搬进去，恐怕适逢其会。但磨坊里要推磨，不是长久之计，再加三天两千的苛捐，不得不迁至祖居的乡下。因为这样可以省却一方面——城内的重捐了。

城里的房子,让他空着,借不着房子的人,不敢借。现在还是空着。

到了阔别数年的乡下,亲友们都惊讶我们朝乡下奔。当我告诉他们城内的情形,都同声叹道:"乡下也是三日两头来军队,要柴粮马草呀,有的时候,碰着八路,就打得落花流水……"

第二天,我正和表兄李君谈话,庄上狗吠大作,夹着惶惶奔逃的鸡声。李君说:"又是军队来了。"我忙出门一看,杂乱地来了四个荷枪实弹的青灰军人,有的还握着手榴弹。我特地走近看看他们的符号,正是城内"一只袜筒"里的人。

甲长被他们找着了,拿出纸条,要一千斤柴。甲长着了急说:"同志,我们这一个小村庄,哪有这许多柴,而且你们常常来要……"总算讲到五百斤,不料从门外又进来十余荷枪同前一色军服的人。由一个乡公所的人领着来找甲长,拿出纸条,要两千斤柴,五百斤马粮。甲长说:"这是怎么一回事,刚才说的是五百斤,怎么又要两千斤……"新进来的兵立刻说:"他们是他们的,我们是我们的。"甲长说:"你们不都是五十八军吗?"那个兵即说:"五十八军多得很,他们是第一连,我们是第三连,两不相连。"

甲长急得顿足说:"这怎么办,五百斤刚说好,又要两千斤柴,五百斤马粮,我们这庄上累死也没有两千斤烧柴啊!"

"不管你们有没有,你不动手,我们自己来。"说罢,各家搜寻秫秸(即北地所烧的高粱梗)。斩草除根地整整凑齐了四大车(本地称牲车曰大车,为农家的运输车)。有一个病妇哀求道:"我是一个有病的人,你们连烧热水的柴火都拿去,叫我喝冷水吗?你们就当做好事,留下些吧!"一面说,一面勉强去拿着秫秸,但并未博得这些人的同情,一个连长还打云南腔道:"放心好了,我们要你们烧柴,到城里,给你们钱,怕什么!"毕竟民意强不过枪杆,于是几个农夫牵了牲畜套车替他们送上城去。

第三天早上,几个赶车的农夫回来了,我问他们昨天的烧柴可给钱吗?他们说:"钱是给了,昨天天黑□到城里,一到他们团部(由他们口中知道是三十一团团部),你也搬,他也拿,一千多斤秫秸到末了一称只有三百斤,四十五元一斤的烧柴(市价),他只给八块钱一斤,他妈的,一千多斤的柴变成三百斤,三八二十四,两千四百元……唉!"

一个姓张的老农叹道:"老百姓不想反,他们逼着老百姓反,这成什么世界!"

由于上述情形,我对于"官样文章"四字更明了了,譬如国府豁免了,省长禁止军队征收粮食布告,县政府的……等等都是。

一九四六年五月九日

选自《蒋管区真相(第三集)》,东北书店 1948 年 4 月

◇ 伊维华

为自己生产

　　早就听说过,穷人们翻身了,但怎样翻的呢? 自己总有些模糊,这次下乡,可亲眼看到了。当我们到了兴隆区的时候,天刚正午,大家全没有休息即时出□秧节目,那儿的老乡早有准备了,他们已准备了广场,天气虽然冷,在表演时,老乡们一直看到完了时才回到屋中。当时有个小同学进到屋反而哭起来,他说:"我只顾看剧了,冻得身痛,都不觉了,在老乡口中喊着好,并说这都是我们自己的事情,话也是我们要说的话,都被他们给演出来了,怎能不高兴看呢!"在东村时天已黄昏,各自到自己的住处,集合准备参加东村的讨论会,我到第六邻参加,他们的讨论:一、今年实行大生产的计划,我们应怎样做才能达到目的? 现在我们已有了地,绝对一垄也不荒废,并还尽力开荒。二、春耕问题,牲畜还少,未能每户皆分着牲口,但有牲口的很愿意帮助没有牲口的,而没有牲口的更愿意用他的人力去帮助别人,他们那样的互助精神,实令人惊异。三、种子问题,如果少的,由农会来解决。四、在春耕前还要不分男女老少,一同实行捡粪。并还要争取劳动英雄,以三百斤为最低标准。并讨论如何取得大量收获,如最初捡粪把粪发到相当程度才能送到地里去。还要实行苗粪等。小的问题他们都很注意,他们也组织了合作社,每人以二百元以上金额投入合作社去发展生产。我们相信,明年今时,农民们吃的穿的会更好起来,因为他们是为自己生产,这些更使我们坚信了。

选自《牡丹江日报》,1947 年 3 月 6 日

◇ 冰　雪

赵师龙入党了

赵师龙同志是十九岁的青年战士，在秋季攻势中，光荣加入了共产党。

他生在云南省××县一个山沟里的农家，跟着父母过着勤俭劳动的日子。十六岁那年，蒋介石抓兵，他被保长绑走，从那时他就没有了自由。

××战役，我军歼灭××师，赵师龙被解放过来，编到训练团习学。起初，因为受了反动宣传的欺骗，对我军抱着成见，想要拉拢人逃跑，后来到前方，又企图拖枪投敌。那时，部队里正轰轰烈烈进行着阶级教育，学习土地政策，开展诉苦运动，灵前宣誓。他看了《白毛女》《抓壮丁》《房天静复仇立功》等剧，才认清了蒋介石和他那一帮匪党，阶级觉悟迅速提高，因此在查思想时候，赵师龙把从前的错误思想完全坦白出来，并决心：为消灭蒋介石，为自己报仇立功，为无产阶级解放事业而奋斗到底！

部队在××屯练兵，赵师龙问班长："我能不能参加共产党？"班长说:"能! 但是你得努力工作,努力学习。"

有一次上党课,赵师龙被吸收参加了,上课内容是:"什么人可以参加共产党?"回来他问班长:"你说,我够不够资格?"班长答:"你做到今天上课讲的那些条件就够资格!""班长,那行了,我一定办得到。"

又有一次,排副手里拿了几张入党志愿书,赵师龙同志看见了,他就问班长:"排副手里拿着入党志愿书,给谁填呀? 是不是有我……"班长说:"我不知道呀!"赵师龙又说:"班长你去问问好不好?"班长说:"你急什么? 我问你:你为什么要参加共产党?"赵师龙同志笑着答道:"为了打倒蒋介石……""你好好学习吧! 到了时候就会有人介绍你的!"班长这样和气地安慰了他。

赵师龙同志记住了班长的话,天天努力工作,天天加劲学习,事事跑到头里,尽力帮助新同志,战斗里还表现了阶级战士的良好品质,经党委讨论,决定吸收赵师龙同志入党。

※　※　※

九班班务会上,大家都夸奖赵师龙。董又才同志说:"我在八连犯了错误,到九连来就背个大包袱,以为人家一定看不起我,可是赵师龙同志对我非常好,不到一个月,就跟我谈了十二次话,叫我进步。秋季战役时,飞机天天在头顶上转圈,我一看见就不敢迈步,赵师龙同志老给我讲:飞机不可怕。我也就不怕了,打威远堡出发时候,我换上一双新鞋,把脚上的破鞋扔了,赵师龙同志把它捡起来,补一补背在背包上,就出发了。路上,新鞋把脚磨破了,赵师龙同志看见,解下来补好的旧鞋,又给我穿在脚上。赵师龙同志帮助我,教育我,使我放下包袱,扔掉家乡观念,我今后得好好干啦!"

张喜才同志说:"高丽站战斗,赵师龙同志找了一个掩体先让给我。我行军跟不上队，他给我背枪、背背包。练兵时，他教给我打仗、瞄准射击、操法。天冷了，他又把一条裤衩送给我。宿营住下，我累了不愿洗脚，他总是笑哈地劝我洗。我想家不愿干，他就说：'忘了你爹妈是叫地主逼死的？你不好好干，怎么报仇呢？'咳！说句实话，赵师龙待我比亲兄弟还亲！"

丛宝珠同志说："有一次行军下雨把我淋出病来了，赵师龙就去给我要药。"

班长高维之总结："赵师龙同志，是咱班的任纪贞，是我们的学习榜样。"

选自《从诉苦到复仇》，东北书店 1948 年 5 月初版

◇ **刘 玉 绩**

工作第一,病算什么

　　涂装场工友在乌劳号夫船前桅杆上打锈,上半截的锈打完了,中间有横铁梁,也要打锈;可是横梁约有二丈四尺长,得先把绳子穿到横梁头的滑子上,搭上吊板,才能干活。工友有些发愁,可巧赵训蕴工友有病,在房里休息,从窗里望到二位工友在桅杆上停着发愁,知道他们没法干了,就不顾自己有病,跑上船,爬上桅杆,背上绳子,脚踏着铁丝绳,手把着横梁,一步一步地走到横梁头上,把绳子穿到横梁的滑子上,在危险中替他们搭好了吊板。二位工友乐地说:"你的病好了吗?"他说:"病不算什么,还是咱们的工作要紧!"

选自《"工农园地"选集》,大连大众书店 1948 年 8 月

◇ *刘白羽*

安东的工业

东北有无穷富源、巨大的工业建设,安东就是这样在鸭绿江边上发展起来的。我爱鸭绿江,我一次黄昏走在码头附近,回头望红色夕照中,林立之烟囱,巨大的仓库,使我想起黄浦滩头的上海来。日人在工业建树上侧重南满、东满,安东,据一册日文书籍上说:"工矿业之现状,堪居全满之首位。"

全省矿藏丰富,埋藏量巨大的桓仁、宽甸的铁矿,安东的黄铜,凤城之铅,以及各处的石棉、云母、磁石、金银、萤石、石灰石、石炭。已经日人挖掘这些原料建立的工厂有纺织厂、人造纤维工厂、洋灰工厂、自动车工厂、碳素工厂、化学工厂、机械工厂、纸厂等。此地东西有安奉铁路线,南北有鸭绿江航线。长白山大森林的木材,以及"巴尔普"(造纸原料)大批运到这里来,发展了木材、造纸。鸭绿江的"水丰"发电厂供应电力,这种种使安东省具备了成为一个大工业区的条件。因此,日本人拟订了扩大安东市成为容纳二百万人的都市(相同与沈阳),这包括在他们的建设大东港计划里面,如果这计划实现,在鸭绿江入海处,就将有一巨大的不冻港,从安东市到大东港,就将有一百里以上连绵的繁华都市,我此次曾乘汽车沿江向东南郊考察,驶行数十里,见各处工厂设备,确已有彼此连接的规模了。

我在四月十八日,同省主席高崇民、实业厅长李大章,曾参观鸭绿江造纸厂。

全部是机器,一端以巨大的整棵树木投入,经过皮带曳引、电锯、电斧,最后在一庞大机器中磨为碎片,而后制成泥浆,经过无数巨大的场房,最后在另一端造纸机上不停地滚出白纸。

"八一五"后,维持会(敌伪残余与反动派改头换面的组织)一度管理政权,安东工业遭受了严重的盗卖和摧残(正如我在沈阳所见者),像安东纺织厂,棉花失去六十余万斤,维持会长焦建吾等盗去大豆造丝机器价值千万元的白金圈,当时矿山、工厂全都一下冻结了,工人在寒冷的冬天里失业了。不久,人民民主政府组织起来了,开始发动清算、整顿,十一月到一月,逐渐复工,烟囱上,又冒烟了。一月以后,就跃入扩大生产时期了。这时全安东市造纸、纺织、丝绸、胶皮、被服、配造、制材等工业都在工人参加管理委员会情况下复活,工人从清算斗争中,组织了自卫队,起来保护工厂,清查物资,扫除了一切开工的阻障,拉起第一天开工的汽笛来。工厂的复工解决了工人失业问题,有了工业品,号召工人扩大生产,平抑了物价,繁荣了市场。而这一切问题的总关键,在于依靠劳动人民。工人生活改善了,同时也照顾到资本家利益,特别因为贸易自由了,私人经营工厂得到了鼓励与发展,八十六家私营工厂在安东市开了工,小型工厂还增加了一百六十家。

我参观安东纺织厂时,我看到一个叫周凤兰的女工,她十九岁,围着围裙，从机器旁走来。这工厂厂址极大，从这场房一眼望过去，一排纺织机在动力牵引下迅急地转动着，而发出一种复杂奇妙的轰响。我问她的生活和生产情况。她骄傲地说："我一个月挣三百三十斤米，足够一家人生活，我们现在是按实物计算，政府不让我们吃亏，我说挣一千多元有人不相信（等于法币二万六千余元），说我们有这样大力量？"

随后谈到往事："我从八岁做工，一天挣六角钱，吃不饱饭，我们那时都偷，都往机器里塞布！"

我很惊讶，她讲到偷，讲得那样自然、响亮。她以为我不了解："让机器坏呀，我们好休息———一天十二小时工，坐一下，给日本鬼子看到打个半死，每天站在机器旁边，机器的风吹得腿都拐了，有的男工整条胳膊给机器绞去，就挂着个空袖筒，那时候我们都哭。"

"现在一个工人最少挣一百八十斤粮食，工资普遍提高了百分之十。从前我们应该领到的面，都给日本人吃，我们只能吃到冻坏了的土豆子，现在厨房是我们自己的了———大家真高兴。"我后来就去参观了她所说的厨房，烧饭都是用电力，我看到一个有胡子的日本人正在一只木凳上低着头削萝卜。能容纳几百人的饭厅里，贴着要大家讲究卫生的标语。

一下，这样一个诚实的女工，自己笑起来，可是悲惨的回忆随即打断她。

"一次晚上夜班，机器很难作，工头骂我不好好干，我顶了嘴，差十五分钟夜晚一点了，辞了工就跑回家去———那时候，父亲拉水度日，家里连土豆子也吃不上，我跟嫂子到浪头去偷买了半斤苞米面，到火车站下车时候，日本人搜查来了———买东西是经济犯呀！好些人给打得哭，一个妇女在腰里捆了三斤面，日本人用刀背研她，回过头来问我,我放箱子里,一下查出来,这空儿那些人都趁空跑了,我给抓住了,送到公安局,罚我五十元,拿不出就当四天劳工,爸爸问我怎么办吧,我就咬一咬牙:去当劳工吧!钱哪里有……"

这些日子过去了,她现在是纺织厂的模范工人。因为她在提高生产上有了最优良的成绩。一会工夫几个下了班的女工走拢来围着她,从她的表情上,我知道她是她们的领袖,因为她是个市参议员。

"你怎么参加政治活动?"

"共产党来了之后,第一次去参加三八妇女大会,听了很多,自己可不敢跟上去,后来厂里选举,把我举作职工会会长,后来她们又选举我做街代表,别的工友都高兴说从前咱们哪里有这个地位,我就上去了,后来又参加了市参议会,觉得这样政府领导我们,我们怎能不感谢,这次我非常高兴,我要赶紧学习会做工作,为大家把事情办好。"

她突然笑了:"从前自己总恨,悔不是一个男子,现在我不这样想了。"

安东纺织厂生产提高了,工人比伪满时生产量都能超出两倍以上,一般公营工厂二月份比一月产量提高了一倍。因此,不是周凤兰一个,是无数的人,我经常在街上看到从工厂回来的男女工人说着笑着,挺起胸脯从我们身边走过……

选自《时代的印象》,光华书店 1948 年 10 月

"边区是我的家"

　　既然民主是人民做主人的意思,那么有没有民主这个问题就应该由人民自己来判定。因为人民是会讲话的,也是要讲话的。不过能用嘴的时候,发出声音,不能用嘴的时候,射出眼色。假如人民用他们的真心说出,他们是热爱着自己的政府、自己的军队的,那就已经把这问题说得清清楚楚的了。农村,农村,多少年,一提起这两个字,就让人想起无边的灾难,而现在必须依靠农村来支持抗战。在中国实行民主,怎能不首先去问问农民的意见?

　　我记得,前年,那时我住在边区,不断由《解放日报》上看到,在边区南部边境上,陆续地走来了许多穷人。他们真是扶老携幼,一路受尽了风霜熬煎,才来到这个地方的。他们是国民党地区或者沦陷区的"灾民",是流离失所的人,是找饭吃的人。这中间有一个叫作陈长安的,他家是河南尉氏,在家乡把树皮啃光了,就只得离开家。临行,他说:"算了吧!"婆姨却含着泪拿一把锁锁上空房。从此,陈长安挑了女孩,婆姨拉着六岁的男孩,七十四岁的老父亲,挂着拐杖，一颠一跛地跟在后面，他沿途伸出衰老的两手，向旁人求乞。把讨来的东西带给孙子和孙女，自己咽口唾沫说："我不饿——给他们！"在路上，穷人逢见穷人，悄悄流传着一句话，说遥远处有个好地方——他们爬山越岭就来到了边区……这里没有讨饭吃的。这里陈长安到一家门口去，他们送给他的蒸糕足够一天吃的，婆姨心里想："这是啥地方啊，这样富裕。"她也挨上一家门口，谁知另一家送来了，另一家也送来了。他们管这不叫给讨饭吃的，他们说："这是救济难民，不等要就给穷人东西吃。"陈长安正月初五到了鄜县，县长来迎接他们了，还讲话说："欢迎你们来，这边给你们解决困难，吃的住的都给你们想办法，好好种地，就有好日子过。"给他们一封信，他们带着到了大升号区，从此就落户在岔口村。政府马上发了一斗小米，区秘书从身上脱下半新的棉袄给陈长安穿。雪溶化了，他和婆姨，都把脚踏到新的土地上了。就这样过了一年，他打下二石二斗谷子，两石五斗糜子。现在，好日子来了，万里奔波果然获得了黄金。他笑着说："边区帮助我，给吃的，救了我，叫我生活好了，啥地方黄土不养人，这里毛主席是当家的，管得好，叫穷人有办法，这就是我的家。"陈长安老父亲把拐杖敲着地皮，笑得把胡子翘起来："我到边区才九个月，现在已经吃得饱穿得暖，我活了七十多岁，才看见有这样好的政府。"陈长安，中国的农民，二十九岁的农民，从前过的是一种日子，现在过的又是一种日子了。"民主"他懂得吗？可是他的话是黄金，真金不怕火炼，陈长安做了时代的证明人，他的话就把这一切说明白了。

选自《时代的印象》，光华书店 1948 年 10 月

不死的英雄

在逐屋争夺中他两次负伤

十分钟激战,×团×营把四平打开了缺口。王西兰带领他的第×排,一涌冲进,拿下右侧三个地堡,把五十米远狭窄突破口扩大,好让后续部队源源进入,他们立刻向北,攻击一幢幢排列的日本式房屋。

王西兰,二十四岁的青年英雄,有着高个子,英俊的圆脸,欢喜微皱的双眉——他的战士都愿意跟着他作战,他们给他的评价是:"跟着排长不会有亏吃。"因为在战场上,从他身上闪烁着的不只是他的勇敢,还有他的沉着、灵活、有办法,他们看到他就增加了信心。现在他打着冲锋式,跑在部队的前头。漆黑无边的夜,激烈的枪火闪闪然在房子周围发亮。战士们英勇地端着枪往上扑——他看见有一个战士在不远的地方倒下去……到了第二排房屋前面,他说:"同志们,这样吧!我们的队形要疏散,一个班在前面,一个组也要三三制前进,这样,第一个牺牲了,还有两个在后面……"说完话,他立刻带了突击班长张志伯到前头去看地形,他蹲伏在那里,指着前面,就这时"吭"的一声,一颗炮弹在附近砰然爆炸。

"怎么样?"张志伯问。

他试着动弹了一下,然后他咬紧牙关,手指钳着一块发热的铁片,从自己左腿上拔了出来,但是他回答:

"不要紧——没拐着骨头。"

张志伯解下自己的绑腿,给他绑了绑,黑夜,紧张的战斗,谁也顾不得看看到底流了多少血,连他自己也不知道。

一个组隐蔽着顺墙脚爬过去了——他不眨眼地盯着——一颗炸弹从窗玻璃上飞进去了,他发喊了一声:

"赶快打!"跑上去。屋里地板劈通扑通响,敌人从后门逃跑了。劈了两刺刀,没劈开房门,他们一按窗台跳进去——喳地划亮了一根火柴……两个"中央军"死在地板上,一支冲锋枪丢在身旁。这时谁也没有捡起这一支枪,因为他们又紧急地向第三排房前进。四平从战争一开始就变成一片火海,敌人在每处墙根、窗脚,都修筑地堡、工事,密如蛛网,他们隐蔽在里面,要在每一间房子里外流我们的血。这时一个思想告诉王西兰:我们要歼灭敌人,谁活着的多,谁才能战到底。他看准敌人火力正在密扎扎封锁房屋旁的道路,而战士们正要向那道路迈进,他想如果这样,我们就会蒙受大的伤亡,他立刻指挥他们不从道路上,而从窗户上(这一排排房子一面窗对准着一面窗),穿过去占领阵地,追击敌人——哗啦啦,玻璃捣碎了,第一组上去扔炸弹,第二组端着闪亮的刺刀冲上去。这时一个人影从背后靠拢了他,他从动作姿态上,习惯地知道这是营的副教导员,副教导员知道他负伤,亲切地问他。他拍拍他肩膀笑着说:"只要有我

在——一定完成任务。"

激战！连长在他身边负伤下去了,指导员也负伤下去了。

敌人的抵抗逐渐加强,他坚毅地率领部队奋勇前进——在一排房屋的门边上,他们和负隅顽抗的敌人面对了面,王西兰一跃上前,从一个战士手里夺了一支步枪,刺刀叮当响着,两个敌人在他面前倒下去。

……这夜晚落过阵阵微雨。在天亮以前,他们转往西北,向核心工事逐屋争夺的时候,他第二次又负了伤。

打退七次反击

黎明即将到来,他们在三道街四道街之间路角上,面对敌人碉堡线,占领了阵地。这时在整个战线上他们营的任务是保证侧翼安全(东面敌人控制着铁路线),他们将在阵地上吸引着敌人,以便于向纵深发展的部队,顺利前进。这是一个关系全局的重要任务,王西兰领会到他会必然遭遇的艰难,他预计到敌人会反击,应付反击唯一的办法就是坚强工事,这不但因为要保持阵地,同时为了前进。天还未明,王西兰奔跑着,呼喊着,叫战士们挖工事:

"同志们！这时多出汗,回头少流血,有工事才能抗着炸弹炮弹啊！"

他告诉大家挖了一米多深的一条交通沟,再在沟里面挖上小的单人防空洞,他们还打通了房屋,堵塞了巷口,构成防守线——他自己抱一支枪在前面监视。

整夜枪炮未停,现在代理连长杨青培,一个勇敢的苏北人,弯腰跑来,和他并肩站在工事后,打毁了的墙脚下,黎明的熹微微微照出他俩的身影。从昨天深夜,王西兰在火线上,已受营的命令代理了连的指导员,因为在战争中×排不断担负主要任务,他始终坚决跟着×排指挥作战,可是他已经给炸弹震聋了——头上、腿上、脚上三处伤口,一直到现在未止地流着血。他们看完了地形,王西兰兴奋地看了杨青培一眼说:

"老杨!咱两个人剩下一个,也不能让敌人夺去我们已得的阵地。"

杨青培应了一声,话说不久,天红光了,杨青培好久在心里盘算:让他下去休息吧,这时就从侧面说了一句:"让我到前面顶一会。"立刻被王西兰坚决反对伸手拦着:

"现在连的干部就剩下你,排的干部也就剩下我,咱不能都去前进,一炮弹都打垮,队伍交给谁?"他自己又跑到×排交通沟里去。

天一放亮飞机就来了,一昂头,怪声呼啸着,在他们阵地上发狂地扫射起来。八点钟,太阳照不透战场上发黄的烟雾,正是战场上的人最疲乏、最疏忽的时候。飞机转了一个圈,做了个信号,炮弹就一颗接着一颗往这里纷纷落下,尘土蔽天,什么也瞧不见了。王西兰一到交通沟里,他就抓住一个机枪组在他身边——他招呼大家隐蔽在防空洞里,只留下一个观察哨趴在交通沟沿上监视,机枪射手副射手一个占着一支机枪掩体,敌人从哪里来就封锁哪里。他自己也是一个监视哨,他在最突出的×排阵地,最突出的中间部分,他的眼睛是锐利的闪光的……排炮打得怎样紧,飞机扫得怎样猛,交通沟里的人都抬不起头了,王西兰咬着牙,从他的阵地上不回一枪。突然,他从烟雾下看见了,在阵地前,西侧是一片树林稠密的公园,树枝给炮火打落在地上堆了二三尺厚,北面是铁丝网、交通沟,敌人从北面和西北两面分两路来了,敌人感到我们每一步前进,对于他的严重威胁,他们挣扎着,进行反击了。三十米,二十米——他忽地站起来喊："敌人来了！"听到这声号令，人们从防空洞里出来，弯着腰，提着手榴弹跑上去，一阵炸弹，敌人把一具具尸身挂在铁丝网上，像风筝挂在电线上似的。

张志伯跟了通讯员，顺着交通沟到他这里来。他一看到排长，就发现他左胳膊上又增加了一处新的创伤，而且在左脸颊上淌着一溜血——可是他蹲在他的指挥位置上布置工作，区分任务，还是那样清清楚楚。依照连的指示，他做了一件重要的工作，就是根据敌人火力方向和冲锋道路，重新修筑了工事，配备了火力。因此他们在不久以后，很顺利地痛击了敌人。最后，他热情鼓舞地说：

"我们要好好守住这地方，守住才能再前进，好好观察敌人了解情况……你们看！"作为一个好的指挥员，他是深刻体会到集中使用火力之必要的，他指了一下摆在阵地前沿上的四支机枪、五支冲锋式，他笑了笑："这样多好武器，敌人打不上来！"

激烈的火力战没一刻稍停——在他身旁的机枪射手，第一个牺牲了，第二个也牺牲了。王西兰不管炮怎样猛烈，一发现敌人在阵地后面运动，为了射击各个目标方便，他放下冲锋式，拿过战士手里的步枪，一枪一枪瞄准射击，敌人子弹把他那里打得土咔咔的，他一点也不畏缩。

机枪组副射手阎成福在他身旁，突然懊丧地告诉他：

"排长！班长牺牲了，还有一点气……"

他转动不大方便地掉过头望了望，他知道没有了组织就没有了力量。他坚毅地下命令："你代理班长。"阎成福马上拿过枪来迅速发射。

战斗短促的间隙的时候，王西兰到连的指挥所去了。连的指挥位置在后面二十米远，王西兰去了一下，不久又顺着交通沟回来了——人们第一眼立刻发现他的胸口挂上了一块红星飞马英雄奖章（团的参谋长，在火线上那间给炸弹炸毁了的屋檐下，亲自把一块奖章给他挂在胸口上），这块红溜溜的奖章，好像发光的太阳一样，立刻照耀了整个阵地——伏在交通沟里的战士，一个传一个："我们排长挂奖章了，我们排长挂奖章了。"这时，敌人的炮火，好像都为这两句话畏惧而无声了。他是听不见的，但是他看见人们脸上的喜悦。机枪射手杜德，和并肩的一个战士赞美地说："真光荣。"给他听见了，他就说："就是这个时候呀！只要勇敢就行啊！"那时他很高兴，他的腿一歪一歪，走向前面去。

敌人第一次疯狂的反击，被击溃，中午又来了一次大规模反击，时间到了下午。

在阵地前，树枝打落，电线炸得头发一样到处乱飞，机枪把工事后面的砖墙打透，炮弹把房屋的红砖崩炸得满天飞，对面房子的空隙上，敌人频繁运动着队伍……敌人从东面铁路天桥，西面核心工事，两处炮兵阵地集中向×连阵地发射，十分钟，排炮从前沿上开始，炮弹一出口，机枪就"咔咔"狂射，飞机就"呜呜"地四架一排，四架一排纵深扫射、投弹……工事打毁了，土从地下喷起来，阵地上一团烟，什么也看不见了。王西兰说："把工事打歪，咱们也不能退出去。"等到敌人相信在这一块，每寸土地都给火药爆炸一遍，连生物也不会存在了，他们冲锋的好时间到了——顺着落在地下的密密的枝叶移动，王西兰开火了，作为信号的是他手中的那支冲锋式，突突震动他全身，他紧紧贴在工事墙壁上。可是激烈的反击，一次接一次，从这时直到黄昏，直到天黑，没有停止过。

火线上的夜晚

天黑，雨还没有停止，战士们在战壕的泥泞中淋着雨。

209

王西兰——跟了连部的通讯员到后面去开会。会议上，杨青培传达了上级命令：黎明时候前进，拿下前面一排碉堡。王西兰睁大他那发红的两眼说：

"这任务还是给我们×排吧！我们×排干部还完全些。"

杨青培大声喊叫好让他听见："你耳朵聋了，听不见，行不行呀？"

他点点头："行。"

他坚决的——别人分辩、争论，他听不见，但是他旺盛的战斗意志，终于得到上级同意。最后，连长拉着他在耳边，叫他把他的全排带到房间里去休息。不久，全排十五个人，聚集在火线附近一所给炮火打得破烂了的日本式房子里，有的坐在榻榻米上，有的坐在窗台上，他站在中央，热情洋溢地说话："同志们！我们守备了一天一夜了，连饭也没吃，水也没喝，现在新的光荣的任务，又落在我们头上了——拿下那溜地堡。那地方在马路上，很重要，不拿下来，兄弟部队不能发展，咱们想一切什么方法，不管人再伤亡大些，不准叫唤……为了人民的解放，就是一个人也要把地堡拿下来。"

提到拿地堡，大家都毫不犹豫地伸手去摸药包，可是大家叫起来：

"呵——淋湿了！"

是啊，雨从下午落到天黑，那时在壕沟里，紧张作战，谁顾得了挂在腰上的炸药包，可是现在怎么办呢？

你看看你，我看看我——一会，王西兰和张志伯，还有经过爆炸训练的九班长紧紧坐在一齐，研究起这个问题来了。

这时，有一个战士站在门口，他回头望了望，看见他们那里点起一支洋烛，四面用大衣罩着，不让光线漏出室外。在那光亮里，他看到排长布满血迹和尘土的脸——他想起在打四平之前,他们也是这样进行过准备工作,那时排长在大家面前说:"不好好准备,就不要想打好仗。"他们捆炸弹,搜集木棍子,找木锯,白天练,夜晚练,赤着脚也练,破坏铁丝网,攻坚——那时,排长睡也不睡,眼睛都红了。可是大家都这样呀!大家都这样想:一营一连、二连,都有英雄连队称号,就是三连没有,他们有时气愤地说:"我们是'干饭'连。"这回打四平,不简单,去年在这里保卫四平是英雄的,今天我们来打四平了,一定得打出光荣来,因此,他们不能光凭情绪,而要靠着实际的准备工作,来争取四平战斗里的光荣……在战场上,经过了残酷的一日一夜考验之后,这个战士的回想是十分有益的,不过他可是真的疲乏了。要是还在壕沟里放枪也好,现在火线上可出奇的沉寂。他又回头看了看,又看到排长那布满血迹和尘土的脸,他又振作了一下。他想起排长在攻击之前几次说过的话:"只要我能动一下,就不下火线,只要嘴能动一下,也一定鼓动大家完成任务!"

王西兰起来看看,他轻轻跨过几个倒在榻榻米上睡着了的战士的身躯,走到门口,朝敌人那方看了一晌,他为着解决了问题,闪着谁也看不见的微笑。

在蜡烛光下,他们工作着,把几颗手榴弹捆作一把——大家忙碌完,短短夏夜便已将尽,战斗组长团聚在王西兰周围接受任务。接受突击任务的张志伯环顾了一下其他几个同志说:

"我们组上去要是挂了彩,你们组决心赶紧上去。"

前进,再前进

一日两夜四平烧着烛天大火,烧焦的气息弥漫在战场上。十六日拂晓前,敌人向北溃退了——王西兰立刻指挥他的部队追击,他嘶喊着,但是他血流得太多,他显见得软弱了。他闪在一边,让部队从他身旁直往前进——他落在后面,他一只手扶着墙,一只手扶着腿,把冲锋式挂在一条胳膊上一拐一拐地向前进,他还督促着鼓动着一个落后了的战士说:"上啊! 只要我有一口气,我不死,我就跟同志们在一起。"通讯员李万发是一个小孩子,从后面喊叫他叫了半天,他才似乎听见拧回头,李万发焦急地做了一个手势——叫他慢慢地冲,他点了点头,但是他一拐一拐的脚步加速了。

前进,再前进——三百米远,敌人工兵营的坚强堡垒阵地被占领了。

王西兰从额头上流着汗——一走入阵地,他就看见,在前面不远,一棵树上捆着一个国民党士兵模样的人——他的头下垂,他的下巴紧紧抵到胸上,他被他的军官打死后遗弃在那里——他知道这是在敌人战壕中,一个不愿打内战的人的结局。他指给他身旁战士们看,他的眼睛发出一种光——那是充满愤怒、胜利与勇敢的光,他的耳朵聋了,他的声音却十分响亮:

"报告你好消息,我们打到核心工事了,我们占领了工兵营,赶走特务团,我们后面的队伍可多了,××队××师都进了四平了,我们一定把敌人歼灭在他们的工事里呀!"

今天他们占领了敌人修筑得很深的一条壕沟,背后是两层高的楼房。他匆匆忙忙,从这里跑到那里,从那里跑到这里,布置着工事,组织着火力。巨大的榴弹炮,带着吓人的声音落到阵地上来了,那种声音对于没有在战场上挨过炮弹的人是难以形容的,总之头上脚下,天空地底,全都震荡着。当一阵阵不停的烟雾弥漫之时,从敌人阵地伸出部分,一个街头地堡那里,四个人端着机枪站起来……

经过考验的,我们的战士熟练了,在一阵枪声之中,那四个人刚一倒下去,他们跃出壕沟,占领了面前那一处工事,消灭了时刻威胁我们前沿的火力点。

十点钟,敌人的反击,造成一次更激烈的火力比赛,可是由于我们先从侧翼进攻了,于是敌人的反攻被制压下去了。

巨炮——立刻无止无休地发出恼羞成怒的狂吼,时间延长一点零四十分余,两米多深的盖沟都掀平了。王西兰的战士英勇不屈,一面打毁,一面修复,这样一次、二次、三次……

在王西兰附近的机枪射手阎成福,当一颗炮弹,猝不及防,从他背后,突然把土地崩裂,猛烈的旋风一样,把这个正咬着牙奋战的射手和他的机枪全部深深掩埋到土底下去了,滚烫的铁片水一样到处泼溅着。战场上,人民战士的友情,这时并不容许考虑自己危险而不顾同志的存亡,他们立刻把他掘出来,就像跟大炮争夺这一个人似的,因为迟了,他就会窒死。阎成福被掘出来,脸色惨白,从他嘴里、鼻子里把土掏出来,风一吹渐渐苏醒了。他睁开眼,惊讶地看见王西兰蹲在他身旁,他讷讷地讲:

"我……我什么不知道……我昏了……"

王西兰冷静而慈和:"你休息休息。"

他软弱地躺在炮火纷飞的壕沟底,他看见排长又转过身去嗓子发烫地喊叫:

"同志们——为人民立功就在这个时间呀!"

实际他这时一点也听不见了,可是他总强辩着,他不承认完全是他自己听不见,他总说是别人聋了,特别当战争激烈到顶点,他分配紧急任务时,他听不见反应,他着急地喊叫着:"妈那个×!你大声说话呀!"就在这个上午,他正指挥着的时候,不知从哪里飞来一粒子弹,他的左手手掌心又打穿了——冒着空前剧烈的炮火,从团部跑来一个通讯员,在距离火线不远的指挥所里,听着枪炮声之空前密度,担心着×连阵地。王西兰立刻坚毅地挥着血流殷殷的手说:

"回去吧!通讯员同志,请首长放心,只要有我在,一定就有阵地。"

下午战场上情况一度恶化,二十架飞机,怪声叫啸着,低掠着,比房顶高不了一点,轮番投掷炸弹。突然,一阵白电光交织闪烁,燃烧弹把阵地上的房屋全部烧着了。飞机,榴弹炮,机枪,从天空到地下,密密组织了无数层火网,像失望,像发泄,一阵紧似一阵,敌人阵地上,七八辆装甲车往来奔驰。已经是下午二时,装甲车在前面吼叫着,敌人发动一个营兵力密集在一处狭小的阵地上冲锋了。王西兰头也不回,把身子压在他的冲锋枪上:"传——准备呀!"通讯员迅速地带给每个组、每个班(这一天,每隔二分钟他就这样传一遍,人们的注意力时刻紧张不懈,现在最严重的一次果然来了),王西兰敏捷得,似乎他不是一个遍体伤痕的人,他钻到机枪组那里去。他似乎是自语,似乎是没对谁讲:"我们死也是光荣的。"但是战士们感到了,这时是最重要的时间了。从不远小榆树丛那里,三十米,他的喊叫被一排接一排的手榴弹爆炸声压下了,装甲车扭头跑了,烟打得一点也看不见,一搂粗大树的树缨子纷纷打下来,只剩下树干。王西兰快乐地挺直胸脯……

就这时——侧翼一个连队(就在同一条交通沟里)前面的阵地被敌人占领了。

突然,在王西兰身旁的战士,听到从交通沟那一端传来敌人喊声:"缴枪吧——缴枪吧!"

不知是谁，激动地从王西兰身旁挤出，跑过去喊叫："缴你个这个。"轰的一颗手榴弹爆炸了。

连长杨青培得到报告，赶紧从指挥所跑了来，他立刻协同王西兰组织了两挺轻机枪、一挺重机枪，毫不犹豫，毫不为危险慑服——顺着交通沟，又把敌人从阵地上打出去了……打完之后王西兰不自觉地把头伏在沟沿上，喘了一口气。杨青培十分留神地看见了，走过去轻轻拍了他一下，王西兰忽地仰起脸，这时他整个脸部给炮渣渣打得一块块血一片片灰，只有两只发光的眼睛还露在外头，他摇一摇头，很快地，不等杨青培说话就说："不下去——我还能慢慢走，除非我牺牲，连长，我睡在地下有一口气也要指挥前进。"

机枪射手杜德弯曲着身子挖修机枪工事，偶然抬头往外一看……

在阵地前隔着一层铁丝网，七米多远马路中心——一个国民党机枪射手刚才被打死趴在地下，一挺崭新的美式机枪倒在身旁，这诱惑了杜德，也看了一晌，他不愿告诉别人，因为他愿意由他自己突然地把这支崭新的机枪抱到排长面前，那时排长该多么高兴。于是他爬出交通沟，一露头，对面一梭子弹哗地打过来，又一次，又给一梭子弹打回来。他苦恼了，他回头看看，王西兰在那边，他喊他，他听不见。他就叫人传："叫叫排长！"一会王西兰一歪一歪来了："干什么？""排长——那里有一挺机枪。"王西兰望一望，那里正被敌人火力封锁着，他摇了摇头："不要去吧！"立刻，他看到杜德眼中露出颓丧、失望、懊恼的神情，他发现了，他站了一会。他不愿意在火线上，让自己一个战士英雄的意志受到挫折。他知道，他应该帮助他的战士，让每一个人的智力在战场上得到发挥，都成熟为一个英雄。于是，他轻轻拍了杜德一下："我允许你去，咱们可得想个办法，再去!"立刻杜德又活跃了。他从杜德那里问清敌人火力配置(地堡一支,四扇窗四支,门口一支机枪)。他立刻下命令调来自己的四挺机枪。他指着地堡:"打那一点!"机枪风一样扫出去,对方也咔咔咔响起来……杜德在扬黄豆似的弹雨下,爬上去了,到了铁丝网下,他偏着身子爬过去,一把拉着枪腿,可是这时,只要一转身,就会被射中,他只有依然偏着身倒退了回来。他脚尖一点地,他就快乐地把机枪一举,交给王西兰。王西兰没有说什么,吃力地把它背在身上往后走去……

战士说:"只要排长从我们这里过一过,我们就有信心。"

二十分钟后,王西兰又上来了。

王西兰高大的英雄身影一出现,对战场上就是一种鼓舞。经过火海里的沐浴,在一个英雄的指挥员领导下,他的战士都成为钢铁炼成的人物了。可是,在频繁的战争的暴风雨下,战士群里早就流传着一句代表他们心意的话:"只要排长从我们这里过一过,我们就有信心。"他头上包着纱布,军帽只能歪戴在头顶上,整条左裤脚给血染得殷红,左臂、手上、胸脯上,都是血,脸上一块块出着血。但他是活跃的,他在各处跑着,他到哪里,哪里就百倍活跃、愉快。哪一个班长组长牺牲了,他立刻指定代理人,一个好的指挥者,同时是一个好的组织者。虽然他感到他掌握的人数愈来愈少,但他明确地知道他的组织没有松懈,这少数人,钢铁的拳头一样紧紧捏在一起,坚硬如一,摧毁敌人。哪里打得最吃紧,王西兰就出现在哪里,指挥,把敌人打下去。

他前脚跑下壕沟,连长杨青培后脚就赶来了,杨青培大声叫:

"我来掌握这里,你下去吧!"

"不，都死了——有我一个人，敌人也冲不到这阵地上来。"他也激动起来。

杨青培把他拉下去，一会，他又上来了。

他走到李万发身旁。这时在阵地上发现种种征候——敌人又一次反击行将开始。"小李——给我压一梭子！"他只剩下一只右臂，他就把冲锋式顶在胸脯上，一只手搂着，这里打一下，又跑到那里打一下，子弹，火一样喷出去，如同刘草一样，冲锋的敌人一个个倒下，把生命丢弃在王西兰面前。敌人炮火也十分激烈，可是他听不见，他全心全意为了人民的光荣而战。张志伯跑上来拉下他，把他按在交通沟里，用身体遮着他，一会，他又跑上去了。他正把第五梭子弹压上去，打了一半，突然，他叫了一声，他一扬手，倒下去了……

"怎么样？"张志伯扑过去，把他紧握的枪从手里接过来，抱着了他。

王西兰最后地望了望张志伯，拉着他的战友的手——这是最后的嘱托，这是一道命令，这是一个无产阶级战士伟大的光荣遗留。张志伯霍然跃起，大声吼叫：

"同志们——一定坚决消灭敌人！一定给排长报仇！"

他的声音压倒一切，震响在整个阵地上，每个战士都看见张志伯发亮的眼睛，他们立刻掉转头朝向敌人，所有枪口一齐猛烈发射。现在王西兰的身影，不是出现在一处，而是同时出现在各处，出现在每一个人的身旁、眼前，出现在每一颗炎热的发射出去的弹药上……它是打不死的英雄，它成为一种巨大无比的力量，它沉重地打向敌人。这时，李万发悄悄爬到他身旁去，他已经停止呼吸。李万发抱着他把他移到一处安全的地方，他流尽了最后一滴血，他睡在他的阵地上，两天两夜保证了全战线侧翼安全，打下敌人十六次反击,未退一步,而且前进了。最后,李万发严肃地把他的奖章从胸口上摘下来,这时奖章上沾着一层血,他把它珍重地放到自己小口袋里……

一九四七年七月二十二日于西安龙山上

选自《英雄的记录》,东北书店 1947 年 11 月

常兰英

太阳还没有出来,从延河一直到山谷,弥漫着雾。常兰英就由床上爬起来了,她坐到纺车的面前去,而纺车便发出"嗡嗡——嗡嗡"唱歌一样的声音来了。

人们说,纺车的声音是繁荣的声音。

现在,这声音不但响在农村里,也响在城市里,它是边区的音乐。人们有意识地在为了一种历史任务而奋斗,在改善边区人民的生活。人们坐在纺车面前,注意的是左手上顺手指尖抽出来的纱……有这样一根纱,它很光泽,很紧,又很匀,这才是一根有用的纱;它在织布机上,制成布,制成毛呢,去保人身上的温暖。从常兰英手上出来的,都是这样的好纱,头等纱呀! 工厂收纱的人,永远会愉快地笑着来接收它,永远会愉快地笑着付给她工资。最先接受这愉快的不是常兰英,是她的丈夫武丕业,他每天把线送到工厂,同时领取羊毛原料回来,都是雪白的、细软的、可爱的羊毛。

常兰英和武丕业,都是不到三十岁的青年人。他们原来在米脂县城里过穷日子。在一九四一年,他们带着一家六口人移到延安来,那时他们还常常挨饿——他们要生活下去,听到附近纬华毛织工厂的织布机声响,武丕业就到了那里去做学徒,学习做一个织毛毯的工人。常兰英要他去领些毛来,开始拿手去摇纺车,过了不久,常兰英把她的家庭都组织到纺织劳动中间来了,她创造了这个纺毛的家庭。

常兰英每天在紧张的劳碌当中,她身体是瘦弱的,她还要为一个吃奶的孩子花去一些时间。

她想着:"只要我不放过一刻时间去。"这样她每天纺了一斤半线,她成为这劳动的机械的轴,在这个轴上,转着每一架纺车的轮翼。她的最好的一个同伴,是她自己的大女儿宝珠,十五岁的孩子啊,她的出产量是一斤;她的二女儿玉珠,十一岁的孩子啊,她也交得出半斤二等线……常兰英和女儿们有着一个共同的信条:不完成预定的数目就不休息。在她们的周围,第三个孩子,移动着矮矮的身躯去做事情,有时扫地,有时端着一些谷子,叫着鸡,鸡群围绕了她,她把谷粒洒在它们的头上。武丕业的母亲呢,头发是白了啊,她自己去厨房里做饭和补缀衣服。武丕业自己呢?早晨天还没大亮,他走到延河边上,站在石块上打水,挑回来,砍柴,以后他扛了锄头到菜地里去了,他种有一片好菜地,去年他收获了白菜六百多斤,还把蔓青、洋芋、萝卜腌了几缸。

我们从常兰英家里,看出"时间"的重要意义,她经常在一盏菜油灯下纺织到深夜。

一年多的时间,是短促的时间,对于这起了巨大变化的家庭来说,是短短的时间,她们从贫困中走出来。她们现在每月有余款,她们在大众合作社入了股金,她们添置了五千多元的家具;在去年的冬天，很久还没有落过雪的冬天啊，她们每一个人穿着新的棉衣；常兰英还亲自替每人缝了一件棉大衣。武丕业的母亲和孩子还穿上毛线织的毛衣。她们脸是红扑扑的，孩子笑着，把身上的新衣服给妈妈看合不合身——孩子的头脑忘记了从前的贫穷和寒冷生活了吗？常兰英不愿提起那日子，她认为小孩子的忧愁是妈妈的羞耻。她们一家是那样亲热。她还把这样的话告诉我们："而今的世界，只要肯劳动，不怕没办法！"她逢到人们问到她们生活的时候，常兰英说："从前连两顿稀饭也还不能吃饱呀，一到天明就纺织，天黑看不见才有饭吃呀！现在有办法了，每天吃三顿饭，十来天吃一顿面，猪肉猪油也常吃，我家里还有一罐猪油呢！"

　　是的，常兰英生活在这土地上，她是光彩的。这土地，也因为她们而光彩起来了。

选自《时代的印象》，光华书店 1948 年 10 月

从敌人心窠里爆炸

——郭家屯歼灭××师的一个战斗

夜晚,郭家屯外边公路上,××师汽车队的电光照着他们步兵的幢幢人影……突然,机枪在西面叫响了。×营像箭头一样插到这里和公路平行了,猝然的遭遇。敌人一发现情况,就想占领优势阵地,展开火力,可是前面枪响,是我们的机枪连,急占了公路旁一个小屯,堵住敌人前进道路。×连走在公路南侧,虽然与团部失去联络,未得到命令,但立即机动地先敌展开,猛力向公路上冲击。子弹的光亮立刻在各处闪动起来。二排副排长薛延聪,听到枪响,从后面往前跑——我们占领了公路南小庄。可是公路高地被敌人控制,而且十分钟内,敌人向南面冲了三次,我们一排向公路上冲锋受了挫折。情况紧急,混乱,严重。

"二排副排长,你赶紧组织几个人冲上去!"

薛延聪往西瞥了一眼,岭岗公路上,机枪火光突突地亮着,那是制高点,全线敌人火力集中点。

十分钟内，他组织好了。在他面前站了九个人，谁也看不清谁，可是谁都知道：二排副排长在这里。他们熟悉他，他们的勇气上升着。在薛延聪身上背着两袋手雷（其中一袋是他自己的，一袋是在一百四十里急行军中，他把年轻的战士张富林的拿了过来）。黑地里，副连长——那个讲话很嘴急的矮个子走过来，递什么给他。薛延聪一摸，是一袋手雷，他们谁也没说什么，可是他知道副连长记得他下决心时讲的誓言，他心里笑了一下，他坚毅的声音响了：

"冲上去！"

八十米远斜坡地，我们从下往上——迎面而来的子弹蝗虫似的稠密，队形疏散，飞跑的脚步，摸得出是黄豆地、平坦。最前头的是薛延聪，他一招手喊："同志们！使点劲呀！坚决拿下公路，战斗时候，为人民立功啊！"坚决、勇敢、迅速，五分钟，一转眼，他冲到了公路旁，现在他该密集火力来杀伤敌人了。一阵风，一阵手雷——他手中提的两颗朝前面抛去。一条深沟边（一辆马车翻在那里，马作着死亡前的战栗），他跳过去，猛吼："占领公路沟呀！"不能突破的被突破了。像经过一百度高热的溶铁，人们从内到外都燃烧了。这时，在他背后，还有三个人影。敌人被这猛然、突然、迅雷一样的打击击乱了，纷纷乱跑。向北、向东、向西——（东面一百五十米远，满载弹药的汽车队停在那里，西面是敌人前哨部队）他从中间一个楔子，插进敌人心窝。薛延聪突击组是一把刀，薛延聪是光芒的刀尖，四个人突入敌阵，西面敌人联络东面汽车上的弹药，必须经过他面前的公路，或公路北的平地。薛延聪两脚跨过在哀呼的敌人伤兵……他知道决定的时间只是一刹那，他也不隐蔽了，他挺起胸脯，掷着手雷。沟里塞满死尸，还冒着带热的血味。胡景山趴在他脚下，不停地把盖子揭下来，把手雷递给他。他右手捏着两颗手雷，左手勾着两个环子，一拉，一只手扔出两颗——五秒钟，轰地炸了。三袋手雷光了，公路不再是活着的敌人的了。胡景山从地下捡起十几颗敌人的手雷，又光了。这时，满公路、满岭岗是敌人。北面的压在公路深沟里去了。西面的纷纷溃退了。可是，在薛延聪站着奔走着的沟沿上，东、西、北三面机枪交叉，紧密地往这里扫，红火光的子弹，嘶嘶的火星。

情况让薛延聪不能一刻停止——胜利在召唤他。他觉得停止是危机，危机联系着整个连、营，无边际的人民生命与荣耀。他顺着沟，向西，继续地猛烈攻击。他和胡景山（在他突破的地方，薛延聪命令罗玉普："你坚决守在这里，监视着东面！"罗玉普趴在雪地上，端着枪，另一个战士趴在他身旁挂了彩。）两个人，往西追赶几步，停下扔一阵手雷，追几步，又停下扔一阵手雷——他身材高，膀臂长，手掌大，一把两颗（在前蓝旗练兵时，他是扔过五十三米远的优胜者），从后面阵地上，一个勇敢的同志给他送来三十颗手雷，战斗继续着，他第二次刚送上，又送上第三次来……

"胡景山，手雷没有了。"

停了一停，他沉静地说："你从死尸上扒一扒看有没有？"

他不甘心停止——他在这次作战前下了决心，他说过："如果我连有任务，我一定担任突击组——我不要枪，我只要三袋手雷。"

天蒙蒙亮了。胡景山在雪沟里一扒，兴奋地低低叫了一声："有。"可是死尸冻了，铁一样坚硬了，搬也搬不动，但无论如何胡景山他扒得是很快的。

"你怎么赶不上我啊！"

薛延聪从胡景山手里接过一只匣枪，朝前打了三枪。——时间电流一样……主动的局势在这时间里形成了：敌人混乱了，被突破了,我们×营全营的布置展开了,我们的胜利决定了。在青色透明玻璃似的黎明光亮中,为中国革命奋斗的一个英雄,一个共产党员,他那巨大而雄壮的身躯倒下来。这时,从我们阵地上传来一片紧密的枪声,顺着薛延聪爆炸开来的这条道路,攻击部队继续上来了。

选自《东北日报》,1947 年 4 月 24 日

村落战英雄孟绍武

　　一颗照明弹哗地亮了起来，三排副排长孟绍武带着他的突击部队，一齐扑在地下，这时他们距离螺家屯只有六十米达远近。借着照明弹，孟绍武抬起头把前面地形清楚记在心里。东面远远一处村庄燃烧着，敌人的美式机枪子弹带着红光，刺刺地成串飞着，响声、爆炸声充满了这不安静的夜晚，但射击都朝着另一个方向，没发现他们。

　　眼前一黑，他就一跃而起，急促地喊了一声"前进"，就上去了。敌人把秫秸铺在地下当障碍物，一踩发出一片哗哗声响，墙角上敌人一挺机枪便喀喀叫起来，可是机警的孟绍武已经穿过一间独立小房，风一般扑到墙根下，一气往院里连扔了两个手雷。八班战士没有一个落后，紧紧跟在后边，他回过头说了句："跟着我，我到哪你们到哪!"战士李茂珠领会了副排长的意图，第一个翻上墙头，一阵机枪，他栽落到墙里头去了。孟绍武第三个跳了进去，脚刚一点地，黑暗里顺着上房向这里跑来一个人吆喝着："谁?"他等那人一接近，盯准那人手里端着的冲锋式，一把夺了过来，他问清原来这里是新六军××师的一个连队，他笑了一下，立刻叫这个俘虏喊话，刚喊了两声，敌人发现这墙角进来人了，机枪子弹的子溜子泼水似的打在这边墙根上，紧接着手雷也飞了过来，八班战士只能紧贴着上房墙根趴下了。孟绍武一看敌人封锁了他们的出口，他脑际闪了一下：如果敌人占了上房顶？！他的心紧了紧。李茂珠记着"轻伤不下火线，重伤不喊叫"的誓言，刚强地朝孟绍武说："我不要紧，你带别人打吧！我死了也不要紧，你们完成任务吧！"孟绍武机警地环顾了一下，立刻蹬着一个战士肩膀，爬上紧接上房的墙头，这时又一颗照明弹在天空一闪亮起来，他等了一下，霍地跃上了上房屋顶。

他想从房檐把手雷扔进屋去，"先来消灭这个连部再说"，谁知他刚走几步，西仓房里有人猛嚷：

"房上是什么人？"

他一趴下，一阵冷风忽地从头上穿过，机枪打上来了，他手中的手雷光了，他趴着向下喊人。

十七岁的战士邱耀连应了一声，他便吩咐："去！把手雷全拿来！"小邱抱了二十多个递上来，孟绍武扔了一阵，又叫人把机枪递给他，他一伸手把机枪拉上来就猛扫了一梭子。机枪班长上来了。这时孟绍武想出了一个主意，向屋下叫："小邱，刺刀。"两分钟时间，房顶上掘了一个洞，他一连塞下两个手雷去，跟着轰轰两响，只听得屋里一阵惨叫，一片脚步声往西头跑。子弹乱飞，院里院外炸弹轰轰紧响，他一滚滚到屋顶西头，又掘了十几刺刀，一个手雷又塞下去了。他刚滚到东头，一闪眼，从下面一个黑球直抛上来，"哗"——爆炸了。他肚皮紧贴着屋顶，机枪班长叫了一声"排副"（他从声音里知道他挂彩了）。硝烟里他问："还能打吗？""不行——我头晕了。"

他坚决地说："同志们！要坚持呀！不能让敌人上房，我们要消灭这新六军！"没等他说完，第二颗又炸了。孟绍武气了，他把弹药手黎玉林一拉，把机枪搬到房檐一个小烟囱边就往院里扫射开了，下面又抱上二十几颗手雷，孟绍武一面扔，一面高兴，五十颗炸弹爆炸在院里。

小邱在墙角上冒着敌人封锁火网，不停地打了五十多发子弹。他记着刚才副排长说的话："同志们猛干呀！打了营部（敌人每自把连称为营）立大功，有决心吗？"同志们齐声："有。"（小邱想得更远些，平时副排长就常跟他讲："你这小孩得个战斗英雄多好啊！"这次急行军一百四十里，副排长帮小邱背着枪。）他正打着，突然，副排长从屋顶上又伸下头来，压低声音，但那声音钢铁一般有力而带着鼓舞性燃烧起来："……时间到了！炸药一响，你们猛冲呀！堵着上房门口！"这时连屋上屋下还有七八个人，小邱急着找刺刀，爬到李茂珠身边，李茂珠血流了不少，一声不哼。他看到小邱还鼓励他："你们打呀！……我牺牲也是光荣的！""你的刺刀呢？""我压在我身子底下了。"小邱不愿动他，怕他痛苦。这时轰的一声巨响，压倒一切声音，孟绍武一下从屋顶扑下来："还不冲干什么！"小邱紧紧跟上了他，他堵在窗口喊起话来：

"中国人没有仇恨呀！八路军优待俘虏呀！"

里面无数人呻吟着，一会从木格窗上递出一支美国冲锋式、一支美国步枪。孟绍武用枪托把窗口捣碎，一跃进了房，小邱也紧跟着跳进去。孟绍武把一进院捉到那个俘虏身上的电筒拿在手里，现在按亮了……炕上地下横躺竖卧二三十个新六军伤兵和死尸。刚才还在西头屋里喊叫"打呀！打呀"的新六军的连长，呻吟了几声不响了。这时外面夜空中，子弹的红光更稠密地闪烁、爆炸着。孟绍武跳出上房去占领西墙角（那里是敌人最坚固的一处机枪阵地，不停打击墙外我们的部队，一直到孟绍武刚才在房顶上往那边扔了八颗手榴弹才不响）。他的电筒的白光一闪，两个新六军的兵士朝上张着两臂走出来，一挺美国式机枪从草堆底下拉出来。两个俘虏不肯走，他们在草堆里忙乱地扒着找寻他们藏的钱和表，一会以后，一个俘虏一定要把手表塞给孟绍武。孟绍武严正地告诉他说："八路军不是为了升官发财的。"——在西面仓房又缴了两支冲锋式、一支步枪。在墙角上有一个猪棚，战士们赶出十三个新六军兵士，排成队，向上伸着手走出来……

连部的通讯员传来命令："三排送俘虏去！"孟绍武舍不得似的，在子弹光亮中环视了一下他们占领的院落，我们一个排怎样歼灭新六军一个连的院落，然后召集了他的战士，到他冲锋上来所经过的独立房那里，一瞧！——黑乎乎一大片，胜利品在一旁也堆了两大堆，他的心眼里乐了，他自己对自己说："比张麻子沟胜利还大呀！"走二里路把俘虏群送到营部，炽烈的战斗的情绪要求着勇士们，孟绍武又集合了十几个人，重新进入到战场上来，他"哇哇"地吹着小黄铜喇叭与部队联络着，敌人最后一颗照明弹打上天空，发着微红色的明亮的光芒，约五分钟慢慢熄灭下去。这时从南面打谷场上，跑来几个敌人，第一个在前面跑着，孟绍武在黑暗里猛喊：

"干什么的？"

"自己人。"

"口令？"

"联络部队的。"

孟绍武手一甩，紧跟着一个手雷出去爆炸了。那人一过来，他顺手一把把冲锋式夺过来了，原来这是新六军的一个通讯排长，孟绍武让他喊话，又喊来三个人带着一支冲锋式、两支步枪。最后，孟绍武和他的十几个同志，又接受了任务，把战场上的负伤同志和牺牲了的英雄运送下去。坚毅地信守着英雄的誓约的李茂珠，却早在往绷带所运送的路上光荣地牺牲了。孟绍武一队人在天将破晓的时候，踏着冰冻的大地，从战场上转移下来。在这猛烈的螺家屯村落战中，孟绍武排的战绩是：十四支冲锋式、四十七支步枪、四挺机枪、一门六〇炮、六十四个俘虏。但比这数目字更大的意义，是他们为祖国为人民而战的英雄意志，孟绍武机警而勇猛地指挥作战，让狂妄的新六军的触角从南满刚一伸过来，就碰毁在这钢铁英雄的膀臂上了。

三月二十九日

选自《东北日报》，1947 年 4 月 17 日

东北小城

如果是冰封雪冻时节,我不知道我怎样完成黑龙江的旅行。这里是中国的北极,这里经常受西伯利亚寒流的影响。

同时,几个月以前,据说这里有上万的土匪,从各处向新成立的民主社会进行烧杀、袭击。现在已经过去了,我在呼海线,曾经半夜从住宿的车厢里出来,试验着在杳无一人的月台外散步,结果一切平静无事。铁路上,一些车皮载着从遥远的佳木斯,兴安岭森林里运来木头。我从哈尔滨向北经呼兰城之后,到达绥化,我很欢喜和一个东北小城接触一下。

一家"火磨"(东北人这样叫电磨),几家"烧锅"(酿酒厂),这就构成这一个北满粮库地区小城的动脉。从乡村中,六个马拖拉的马车经常络绎不绝地装满粮食到城里来。"火磨"一天能消化一千八百多袋麦子,每袋四十斤,磨成面粉。高粱从酿造烧锅的一根木管里,每天流出一千多斤酒来。我真惊讶:为什么东北各县都有这许多"烧锅",农民们需要这许多酒吗?领我参观的那位脸皮发皱的老掌柜干脆告诉我:"要喝这许多。"我想这也许是劳动与气候的关系吧!但是在日本人手里,除了一小部分酒配给到农村去以外(顶可笑的是酒的瓶子冻裂了,因为里面三分之二是凉水),而大部分"烧锅""火磨"的产品,成批地装上火车,火车日夜不停把它们运输到工业区或日本国内去。一个小城,在那时候实际上只是日本吸收农业物资的一个囊袋,这是它和农村的关系,至于它和大都市的关系,它只是一个加工的支站而已。

在我到的这天,绥化街上尘土给太阳晒得发热,市民穿着夏天的白衣裳,热闹地参加庙会去。有些小学生,站在马车上摇着红绿纸旗,宣传"要和平——不要内战"。我的马车夫告诉我,这都是十四年没有的事。

从前——一个小城,就是一个小世界,它的主宰,必定是一个最富有者:他在省里有几千垧土地,城里有几条街房屋、成群的骡马,他是"火磨"与"烧锅"的东家,他有炮楼,有"大排"武装,因此他有了这一个世界,他可以决定一个人的生或死。一个小城里住着周围一带土地的地主,但他们用不到到乡村里去操劳,只需要派出二地主、管家的、佃富农,代他收租、经营土地。伪满的一套统治都安在这小城里,兴农合作社,配给所,一切是吸收与配给的关系,禁止自由贸易、自由生产,将工商业集中在城里,农民要一盒洋火也要依靠城市。这种反动集团,比如通辽县城一切都是"敖玉峰等士绅八大家,义隆德等商业八大家"。在绥化县,同样的支配者集团之领袖,住在一条僻静大街上。小孩子指给我:"这就是常八的房子。"

常八是绥化的魔王,他是常荫槐的儿子,这一条街的房子都是他的,他开设了各种店铺,他还杀了无数人。

我看了他的住宅:巨大的黑铁门,进去是一块能容二百辆大车的院落,有井,有仓库,有马房,从前这儿还有无数草垛吧!再进去才是另外一段院落,隔着一重门,完全给花和树遮满,树丛中露出一片洋房——有曲折的走廊,蜂巢样齐整的房间,刷得洁白,玻璃窗,有最现代的浴室,有电灯。在它城墙一样院墙上再接高五尺铁丝网。据说从长春来的"显贵",如果要走入黑龙江,都得先来看望常八。连那个老朽的欢喜在身上带根绶带和勋章的"国务总理"张景惠,有一次也是下榻在这个可靠的地方。常八的罪恶是说不完的,现在只讲他一个爪牙的行为就可以知道他了。

王怡贵,是一个恶劣而凶狠的人,依靠常八势力,做了绥化县自卫团长,他霸占过一个铁路员工郭兴五的女人。郭兴五原来是一个光身汉,从南满来,在铁路上受苦十余年,才积钱讨了老婆,生了孩子。这时候,王怡贵却把他老婆抢到家里去了,甚至连他的孩子一齐抢了去。这时一个日本特务岗本就出面借故要抓郭兴五,那么他只有逃走了。几年之后,他悄悄回到绥化,一个夜晚,铁路上他的同伴李福春瞧见了他,又黑又瘦,破破烂烂,可是他的情感没有断根,他想看看女人和孩子,女人已经不见了,经过千方百计弄到了孩子,他就悄悄抱了孩子从此不见了。今年一月,李福春被民主选举为三班七组组长,他就出来替友报仇。王怡贵在挤满三千人的电影院里,经过公审,一颗子弹打死了他,被压迫的人向旧社会挑战了。常八几天以后,也同样给一颗子弹打死了。现在常荫槐儿子那豪华的房屋不再属于他家的了,我去看的时候,铁门上贴着一张学校的招生广告,一个穷人坐在门槛上朝我笑。

现在,这个小城,就如同一根发亮的引火,写着"兴农合作社"的房屋封闭了。仓库的门敞开着,只有成群的麻雀。兵房的马路上长满青草。人们并不因为破坏了旧的传统而生活混乱起来,相反的是繁荣起来,许多人忘情地——穿起最好的衣裳坐在马车上,马车夫紧张地在人群里喊着。次日,我那一节车厢又停在海伦,这一个像是外国地名的小城,曾经因为马占山黑河抗战而驰名世界,它是呼海线终点,在它和绥化中间隔着一条呼兰河。在这小城里,充满同样情调:紧张,热闹(东北人的特征)。因为热,我在十字路口上喝了一瓶冰镇的"格瓦斯"(是由俄国传来的一种清凉饮料,以面包发酵制成,微酸而甜,有专门工厂制造,流行在哈尔滨,齐齐哈尔以北)。我发现这城里有一股轻便铁道,据商人说是日人铺设为了到附近山上取煤和木料。现在海伦人发明一种可以坐二十人用马拉的车子,顺着铁轨跑,一直可以跑到火车站,来往的车子都挤满人。我还在一家商店里换了我的手表带子。我说:这些小城很可爱。它古老,东北特殊农村味道很浓,它的工业就是酿造、制材、磨面,但是加上俄罗斯的"格瓦斯",日本人的建筑。它们的街道宽阔,街旁水沟都修了整齐的木头盖子;它们可以不尽地吸收兴安岭很多新鲜木材。他们在电影院、戏院里看戏,也在那里开会,会议里时常是尖锐的、激动的,而大家感到轻松、愉快。小城对乡村,改变了从前狰狞的面目,它们开始招手向乡村要求粮食,农民则不再是送出荷,而是做生意。

深夜一点钟。一点星光也没有,小城酣睡了。我坐了一辆马车平安地从树林里穿过,回到我的火车厢里去睡觉。

选自《时代的印象》,光华书店 1948 年 10 月

法西斯的军火工业

趁小组未出发，我参观了铁路西工厂区。

我在那四百多家工厂当中，看了通讯器材工厂、三菱制机厂、金属精炼厂几处，其中通讯器材厂全部破坏，制机厂一部分破坏，金属精炼厂完全完整。四月六日，又搭了一辆吉普，到北大营去，在那十四年前日人侵占东北首先发动的地点，现在是一片荒凉的衰草，几座兵营房舍在这次解放的时候也被摧毁了，有一座极高的塔形堡垒，我们攀梯而上至顶层，冷风拂面十分削劲，俯视沈阳全貌。堡垒旁只一农民在耙草，他告诉我：从前日本人常常成群结队来拜祀纪念"九一八"他们"发祥"的日子，这塔就是一个纪念碑。回顾十四年间变幻，立在塔顶，真是无限兴奋又夹杂了无限感慨。从北大营再开向东北，直驶"九一八兵工厂"——这是日本人从"九一八"开始修筑成最大规模的兵工厂，其附近，原来在国内驰名的奉天兵工厂，相形之下已渺不足道了。这兵工厂建筑计划为四十年，现只完成其计划的三分之一，方圆开阔四十里，可同时出产各项军火，列为东亚第二位。在厂内行走一周必须有汽车代步，否则全部参观非三四日不可，单就职工宿舍一片房屋，现在残余下的工人，就还有八千人，如果是平时，可见其数目之庞大了。兵工厂大部机器已毁，有的厂房，据厂内向导说：还是太平洋战争后，美国飞机轰炸的。目前的八千日本工人，据彭璧生说：他们还带有枪支并没缴械，这又为什么呢？他却没有回答。

参观这些工厂之后，可以让我们了解日人在东北建设工业之梗概，就是一切矿产经过铁路西区工厂加工之后，最中心是供应这个庞大的军火工厂。这是一个法西斯巨大工业的形式；同时，也让我想到苏联红军在消灭日本法西斯强有力之关东军的军事行动中，远见地残毁日本法西斯的反动基础——军火工业，军火原料工业之坚决与无情，因为谁也知道另一部分反动派也想从这基础上再孵生法西斯。

据我调查，沈阳全市有百人以上的工厂共一千八百多家。被摧毁者占百分之二十，其余百分之八十还依然存在，像轻工业中制药一项，目前全市二十六家中，除五家小厂外，机器原料并无丝毫损坏，像极负盛誉的武田药厂，是一个每年仅注射用的葡萄糖精即产三十吨，武田现有的原料，还足够一年之用，其余如监野义、田边、山之内、第一制药厂、藤泽、满洲特产，共为七大药厂，都可在恢复电力情况下，立即开工。这只是一个例子，还有像我参观的金属精炼厂就是一家巨大工厂，它的烟囱的高度为全市之冠，可以炼铜、铁、铅、银、金，在我参观时，场房内许多炼出的银块堆积地下，连工厂秩序都一点没有变动过。不过一个工人告诉我，现在夜晚常常有人用马车从这里把东西拉走。

我问他："八路军在时拿不拿东西？"

他不知道我是谁,而且我身旁就是那位军装的警备司令部课长,可是那工人铁定地回答:"八路军不拿东西。"

至于现在,机器零件,上高市地摊上到处有人在卖,这是怎么回事不是很明白了吗?! 谁说过"喊捉贼的人正是贼",我看沈阳工业被破坏的宣传不只符合于一些人的政治目的,也适合于他们的私人经济目的了。无边的黑夜浸蚀着沈阳,沈阳在全东北来说,恰如太阳上的黑点。六日深夜,我徘徊在"中苏联谊社"四楼走廊上,因为我在等候消息,三方面的会谈从下午十时开始了(实际这会谈竟延长至次日上午十时),这时窗下街上一阵喊叫,继着是自动步枪。我从窗上下望,但见一片茫茫黑夜,不知发生着什么骚扰,最后听说是误会,但人民是天天在惊慌和"误会"之中过日子的。

选自《时代的印象》,光华书店 1948 年 10 月

翻　身

从民主政权建立那一天起,安东人恢复了自己的生命和自由,他们立刻向屠杀他们的人进行报复。这股怒火,首先从铁路上清算郑剥皮、李剥皮开始。他们生前许多血淋淋的罪行,给群众控诉出来以后,民主政府枪决了他们。在这样的日子里,旧社会中永无出头之日的人,挺起胸板来,像诚实的、嘴有一点瘪进去的田宝宁就是一个。他那时不过是一个洋车夫,为了向吸血鬼——人力车组合的尹长秋清算,他白天拉车,记下别人谈的材料,晚间开会。最后,在永乐舞台竟组织了二千多人的大斗争,尹长秋当场吐出十四万元,赔偿大家的损失。

元宝区有一个刘为治,他在伪满时代做一个班长(街长以下,管二百多人),倚仗儿子在县政府里有势力,无恶不作,没人提起他不恨,从前敢恨不敢言语,现在他们再也压制不住了,纷纷起来。有的向他要命,有的向他要钱,他们把这从前谁也不敢多看一眼的老奸贼,带到九合成工厂里去算账。一个穷人告他从前抓劳工的时候怎样打人骂人,又有些人告他替伪满向老百姓收麻袋,他叫人出钱买了,结果他全部私自留下了。这不过是一个开始。暴风雨突然来了,轮到进行控告的是赵金山了。

从前赵金山花五百元买两间房子,向他报迁移户口,他说:

"搬家理由不合,不给报。"

那个年代,不报上户口,就领不到配给粮,就得挨饿。赵金山女人去求情,也给骂开了。后来送了二十斤肉、鸡子,才说一句:"先住下再调查吧!"可是又露出口风说,搬家的十有九人是八路军。果然,没一个月,他就把赵金山抓了去当劳工。赵的女人正在怀孕,赵跪下哀求,他哼了一声说:"叫你们死就死,没话!"赵没法,花了二千元雇了一个劳工。过几天,刘为治又把他领配给粮的粮票拿走。一家饿饭,女人刚生下孩子,气死了,孩子也死了。这时就剩下赵金山带着一个十七岁姑娘,两个小孩,姑娘不久又给人拐跑了,没一个月,刘为治又逼着他背了孩子去当劳工。到市政府去请求,又给骂回来。这时他一家都毁了,思前想后,忍无可忍,就找到刘为治争吵起。刘就把他当作"浮浪"(游手好闲的人)送到煤矿里去了。现在赵金山回来了,站在那里,他褴褛、肮脏,已失去人形,但两眼闪着仇恨的光,连狡猾得像老狐狸一样的刘为治一见之下脸色也变了。

一件件控诉下去,最后有人揭发他在"八一五"后,趁着乱腾腾的时候,从蛤蟆塘车站,把木料拉了二十根,还有一百吨煤,洋灰、铁筋。他们在积极分子田宝宁的领导下去查他的家,一下,在他那洋灰地下室里,查出很多物资来。

这样清算斗争,完全是人民自己发动起来再报告给区政府。区政府的干部在这样场合上,并不站在一个法官地位上,真正审判者是群众。群众一件件无情地揭露,使一切狡猾的人没法从真理面前逃去避开。他们有时激动起来，流着热泪，因为不知多少年代的痛苦与耻辱，他们忍耐得太久了，现在忍耐的日子过去了。

这是一个伟大的翻身，完全由人民控诉、人民处决的，在安东市有日本战争罪犯十六个，汉奸六个。全省有八十六万人参加到这翻身运动里边来，收回自己失去的一切。

选自《时代的印象》，光华书店 1948 年 10 月

富裕的日子来到了

从前安东人民,生长在富裕的地方,过着贫困的生活,那是些悲惨的日子。

所有的物资从工厂到农村日本人把它搜刮干干净净,统制在各种组合里,连田地里的豆杆子也有组合。人民要吃要用,都是配给。自由贸易早就变成历史的陈迹。我们举一个洋车夫的自述,就可以知道,敌人经济控制的情况。

"伪满时有人力车组合……火油、皮带,都是经过他们配给才有,可是他们一年才配给一次,你要是夜晚不点灯,那抓去就打,再说那时候安东市连人力车带马车有三千辆,到配给时候,手心捏着钱票子,去领配给品,一天两天也领不上,这两天不能拉车就吃不上饭,我们央求说轮流吧!他们鼻子里出口气:哼,'满洲国'可不能随你们的便!可是他们发购票,多给钱,从后门走,你要购买别人火油、皮带,那就经济犯……那没法子,只有把他们拉到没人地上垫上三四百元。最可怜是一九三九年,忽然变了卦,洋车要改三轮车,这可怎么办呢？要到组合去买才行,要不,组合就没牌照给你,我穷,就用木板自己钉,向放印子钱的日本人借钱,一百元十元利做起来了,到组合去找尹长秋,说能不能报上,他一枪两个眼,把我又罚劳工,又打,我跪在路上求,后来花了三百元,才给了牌子。尹长秋一个月挣五六元薪金,可是有了二十万家产,都是从我们穷拉车的身上剥去,他一个人靠了好几个拉车的女儿,他就多配给他们……”

这话真是一个字一滴血泪,人们就在这严格统治里挣扎了十几年。

自从民主政府建立以来,首先就摧毁了过去“满洲国”一切税收机关,建立了代表人民利益的贸易管理局,它的任务是扶助生产,发展自由贸易,平衡物价,从外边吸收必需的大批物资,解决人民日常生活用品。在成立以后确实保证了盐、煤、粮、纸、布的供给,安东人,这些日子里没感到贫乏。苞米面一斤十七元,盐从前卖七元,现在二元了。像东北商店从前每日交易三十万,一月份增到三百万,三月底存货额为一千八百万元,都证明商业的繁荣向上。

所以有这样的情况,由于从最初就取消敌伪组合,开放许多仓库,同时正确地开展对外贸易,调节有无。

税收方面,以前伪满税收在一百种以上,取消了,奖励必需品入口,奖励木材等剩余品出口,限制奢侈品入口,禁止违禁品入口。

安东省沿江有无数盐区,计公营盐滩一千五百七十二处,民营盐滩一千四百六十处,不仅可供全东北食盐,还可大量出口,现存六百一十三万石盐,取消了伪满官运官销办法,改为征税制,鼓励自由贩运,政府还在这方面贷款一千万购置机器,修筑盐坝。

总之，这是一个翻天覆地的大变动，从根本上改变了日人统治的经济力量，这就改变了一个城市的面貌，从前除了几家配给店、几家加工工厂外，一切商工停止，现在商工脉搏活跃了，安东市区三十余万人口的城市，短短半年中，已开了三千一百五十二家商店，其他外县如桓仁过去十七家商店，每店每日营业额为五百至一千，现在增加了，每店每日营业额为七千至两万三千元了，庄河由七百六十二家增加到九百六十二家，凤凰城增加了一千家商店。

在金融方面，民主政府接收了伪满洲中央银行、安东银行，成立了敌伪金融机关联合清理处，新成立了东北银行，进行贷款，在农业、工业、盐业、商业各方面约七千万元。粮食方面把敌伪仓库打开分给人民，过去出荷（政府强令交纳）负担从农民身上解除了。过去这项负担大米大豆为100%，粗粮每亩地二石一斗六升，还有"道义出荷""报恩出荷"（报日本人的恩）。同时，各级民主政权机关、军事机关展开生产运动，减轻人民负担，他们计划从今年四月份起各机关自己解决全部开支的五分之一，七月就开始全部自给。

我在另外的城市（从重庆、北平到沈阳）里，看到的是物价高涨，商业萧条，市民整日愁苦在衣食的困难里面，从他们脸上看不出一丝笑容，而在这里却是空前繁荣。在这次参议会上，选出了一个商人参议员，任为安东省出席国民大会的代表，他是一个长着一部黑胡须、机警能干的人。他戴着黑绒帽子，穿一件长到脚面的呢大氅，这就是我曾经和他搭车同行到通化的袁世杰经理。在通化的那个夜晚，在一家大商店里，我吸着烟，坐在一旁听他们商议成一件巨大的交易，就是通化的商店以一大批稻米去换取安东的日用品。我也看到整车整车载满货物的汽车在那山岭之间的公路上，不断地往来行驶。

选自《时代的印象》，光华书店 1948 年 10 月

耕者有其田

现在轮到怎样来处理农村中的土地这个问题上来了,这是农民的根本问题,是中国革命的根本问题。

怎样处理?也许没有人反对这些土地,现在应当由人民去种,至于经过怎样一种关系土地到农民手里呢?

(一)土地为政府所有,租给农民耕种,向农民收地租?

(二)土地为政府所有,无偿分给农民耕种,但农民没有所有权,只有长远使用权?

(三)土地为政府所有,组织农民集体耕种?

我想我的这些拟想,也许恰恰曾经被千百人想过,甚至这一大片一大片的土地,会引起某些人的烦恼。但是解放区的政府确定的办法是那样简单而明确,一个方针:把土地无偿分给无地或少地的农民去,农民并取得土地所有权,执契为业。这样做的结果,农民将从此获得土地。住,在这土地上可以盖自己房屋;死,在这土地上有自己坟墓。他们可以长远地种植下去,一泡尿也要送到自己土地里去。这是一个伟大的理想的体现,最重要的是农民在从前世界里他们失去土地,现在世界里他们有了土地。

在宾县全孝区一个部落里,一天,农民们开起讨论会来了。县里的干部在人群中说:

"现在分开拓地了,要看老百姓的意思,老百姓说怎么办就怎么办。"

老百姓热烈讨论之后的结论是大家均分。这时候有一个有车有马的旧牌长提出要求,他说:"有马的应该多分地,因为马要吃粮吃草。"这一来,引得农民有的笑,有的气起来,特别是没车没马之贫农说:"有马要多分地,我问你:我们没马的借马耕地是不是要钱? 要是要钱,是不是要多分地?"这是一个敢于在会议上第一个发言的贫农,他的话却使更多贫农激动起来,发出同情的笑声,有的还插上几句话,这使会场上空气对立起来了。

旧牌长是坏人,第二天的会上,部落里的贫农突然揭露他一件隐私,他家里藏有私枪。

可是会议上还有富农,富农提出:种谁的地仍然归谁种。这个问题贫农不满意,可是没有发言,也没得到结论。第三天,雇工和贫农提出了主张:"要分彼此拉开均分。"上面只是一个例子。我调查过一些地区,都是从这种农民会议上,产生了分配敌伪土地的具体办法。

像辽北省的镇安村,把农户照经济情况分为五等:第一等是吃现成的,即不劳而获的地主,无权分得土地;第二等是年年有剩的,即有雇工的富农;第三等是年吃年用的中农;第四等是少吃没穿的贫农;第五等是赤贫的雇工及孤寡等。以上二至五等均有分地权。各地的办法一般是照顾到劳动力、人口,主要是把土地分给最贫穷最需要的为原则，不是预先拟定的一套，而更多时候是在实际解决纠纷中，由群众所创作。

经过群众讨论，产生了分地评议委员会，镇安村这种委员会的选举结果，三分之二是贫农，中农与富农占三分之一，来领导分地工作。丈量土地一开始，全村情绪更高涨了，大家动手，算盘、毛笔、地桩子、量好尺寸的绳子都纷纷拿出来，他们知道丈量好之后的土地，就属于他们的了，这时便充满欢腾愉快。土地分配之后，农村经济上起了巨大变化，百分之七十五的贫农和雇工上升了，他们成为自耕农，获得了温饱，现在这一个伟大的经济变革预示着一个伟大的社会变革，据黑龙江北安第四区调查：

（一）一九四四年的雇农一百二十一户，占 12.6%，即约为五分之一，但是一九四六年他们变了，由一无所有变成有土地的人了。

（二）一九四四年的贫农三百零四户，占 54%，一九四六年阶级内容上有了变化，每户取得二垧土地，同时还有贫农上升为中农。

从这个调查可以看出：在"满洲国"对于贫穷的人只有下降没有上升，现在解放半年，一下子就有九户上升，这是一个什么样的预兆呢？成千成万人从濒于死亡的界限内爬出来，带着他们满身伤疤掌握了土地。——这不就是一个民主的经济前途、社会前途的真实的开端吗？

选自《时代的印象》，光华书店 1948 年 10 月

公主岭入城记

公主岭于五月十九日重获解放,长春到沈阳交通线以此宣告断绝,自黑林镇方向猛追残敌之民主联军一部于下午二时,一路从公路,一路从飞机场开入城区时,车站上还是一片乌烟瘴气,火车头还在车站上哀鸣,但最后一列车不得不丢弃在站台上,经我军射击后,车头仓皇逃逸,不得不把最后一列车丢弃在站台上。记者冒飞机往复扫射危险进抵近郊时,市内还传出密集的枪声。但旋即停止。民主联军某将领骑着白马亲率骑兵行列,自车站经天桥正式进驻公主岭。

去年四平保卫战时,记者曾抵此地,现在重睹车站,房舍花木,街道……更加感奋,尤其是千百群众高举两臂欢呼着"一年不见了"。部队中不少战士也向群众示敬,慰问着:"你们好吗?"最感动的是一个白发老人说:"你们再不来,我们就饿死了。"此间粮价奇昂,而车站上粮食囤积如山。尤其最近七日,商店全部停业,成万市民被驱逐去挖掘工事,可是工事还没有挖完,民主联军已经进入市内了。

据说最后开走一列车中蒋记军官装满自己家属财物，还带走一个女学生，把逃溃下来的士兵却从开动了的车门上纷纷推下来，记者巡视所见，果然月台上遗弃无数绣花鞋与化妆品，而血迹斑然的士兵，则一步一拐，顺着铁路线走去。

我们的队伍停在市中心，骑兵队分成若干小组往各街巷慰问，立刻一群小孩来报告："这里有美国枪，新的，还不去拿。"又有人来报告仓库地址的，立刻一群青年，把敌人隐藏的一辆中型吉普卡车推到我们面前来，军民喜笑颜开地互相问讯，一位老人家倾诉："一年零一天，你们走了以后，我们受了多少罪呀！"

公主岭市面立刻热闹起来，一幅人民城市的真情实景，展开在这个快乐的日子里。

进入公主岭后，记者获得一种印象，即蒋介石出卖民族利益严重后果之一，是中国素称富庶产粮区之东北蒋管区，业已变成饥饿世界。公主岭市民纷纷向解放军控诉说："你们再不来，我们就要饿死了。"当记者询以"粮食哪里去了"时，一位长者指着车站仓库和站台上堆聚成山的粮袋说："都送到美国去了。"自解放之日起，市郊内外不少贫民和工人在车站上露宿等候分粮，民主联军政治机关从二十二到二十四日三天内，即将囤积在车站上的三百余万斤粮食，全部无代价地分给了三万余群众。虽然在这三天内，蒋机不时在头上盘旋扫射，但分粮的人们却漠然处之，仍兴奋地扶老携幼赶车拉马或徒手提袋前来分粮。从民主联军进驻公主岭之第三日，粮价即由每斗五千元骤降至一千五百元。

五月二十日于公主岭

选自《英雄的记录》，东北书店 1947 年 11 月

观　　光

几个月中间,长春经过几度变化。我来时一场风暴刚刚廓清沉重密雾。我曾在一装有电梯设备之巨厦内,访问民主市长刘居英氏——他是一个年轻英俊的长春人,他在这十四年里积极为抗战而受过苦,现在他安详地坐在沙发上,但他由于忙碌,只有十分钟的时间给我。

我想问他一个问题:他怎样管理城市的?

因为经过四日四夜巷战之后,如何在第三天上,一个八十万人口的城市就恢复了正常的社会生活了,这是一个奇迹,国民党的宠儿姜鹏飞,有计划地破坏了电力、用水、粮食、燃料,没有这些,城市就不能成其为城市,特别是电力,它联系着灯、工厂机器、碾米、自来水、升降机、家庭电炉。刘居英市长开始工作,不是在他的办公室里,而是亲自率领工作人员,动员市内所有技术工人,日日夜夜地在装修,因此一个电气化的都市恢复了,活了。市外,同吉林、公主岭、哈尔滨的火车也立刻通车,这样就使长春的市场照常繁荣起来。

管理城市工作的另一面，也是最基本的一面，是爱护市民，给市民以从来未有之自由与民主。让他们自己起来，东荣区首先在二万人群众大会上选举了区长，吉林区清算斗争了配给店，当年横眉怒目的配给店主，被人民战胜了，酒里掺水，油掺米汤，米掺沙，今天都得到赔偿；吉野、大和各区把敌伪房产分给了贫民，这样这城市的居民就突然获得新的生命，就活泼，就站起，成为建设城市工作的不可战胜的有生力量，它是一切的源泉，一切的基础。

长春的市政工作，就是住在亚洲饭店的国民党吉林省代理主席王宁华（他和赵君迈、陈家桢住在这饭店里）也说：

"共产党有办法，出乎意料，市政恢复如此之快！"

我曾遍游长春各街市观光，也曾驱车去看溥仪宫室，叫作宫内府的地方，是一处表面富丽堂皇，而实际很简陋的，远逊于关东军司令部、各株式会社的大厦，在有巨大镶彩色玻璃窗的帝室里，现在住的是工人大学。这是一个喜剧式的对历史的讽刺，我深赞对此神秘宫殿处理之得当，在从前傀儡殿堂中，今天踞坐着自然坦率的贫苦工人。据工人大学王副校长谈：校长为中国老职工运动领袖陈郁同志。学校开始成立在沈阳，后来迁移至抚顺，又经梅河口，现移此，一部分学生已到部队中去组织了一个工人旅；目前大部学生都分布长春各工厂里帮助发动清算斗争工作。

距我住处十里之洪熙街，是"满洲映画协会"场址，我曾两次乘马车去参观，因为它是占亚洲第一位的电影制片厂。

这个会社是由日本特务机关所设立的，主持者甘粕正彦，亲自住楼上一华贵巨室内经营厂务。当"八一五"解放后，甘粕正彦就用手枪自杀死在室内，现在我们在这室内进午膳。电影厂连宿舍在内，约占地四五里；可同时进行拍摄几部影片，其中主要设备，多订购自美国好莱坞。它有一密布全东北的放演系统,计有影院一百二十余处,还有巡回映演队。厂内制片分为娱民映画、启民映画、时事映画三种,总的目的就是从电影方面宣传日人王道思想,进行奴化教育。在"满洲国"时期大出风头之演员,如李香兰、李明等早已逃匿无踪了。我被招待在小小的舒适的试映场里,看了两部宝贵的影片:一部是有历史意义的张作霖在皇姑屯被炸;另一部则为不久以前制成之李兆麟将军之死,看到李兆麟将军被暗杀惨状及人民视棺痛哭情形,不禁暗中流下热泪来。从"满映"回来,一片斜阳,经过国务院及各部,多为红色或绿色之宫殿式建筑,不过门前青草萋萋,从前的车轮人迹,淹没完了。

选自《时代的印象》,光华书店 1948 年 10 月

"国防线"的指挥站

现在轮到我们谈谈日本人的"国防线"了。他经营了十四年，从海参崴那遥远的东方经过整个兴安岭，一直到外蒙边界。我觉得他们特别迷信兴安岭那些奇异的山谷，他们从那里伸出炮口朝着苏联。我到黑龙江后觉得，如果一九四二年希特勒的冬季攻势，不是失败的话，日本法西斯是不是会发动一个对苏进攻呢？时间也许迟，但绝不是不可能的。如果可能，那时他们将从黑龙江这条线开始侵断西伯利亚，因为他们早就在这儿修好一条铁路，像伸出的剑，从北安向北直伸到国防线而抵黑龙江边；西面还有一条从讷河、嫩江也要直伸到国防线，北安连接着这些铁路线，它恰好形成这一条"国防线"背后之总指挥站。

关于北安和黑龙江（"满洲国"分为二省），日本人的书籍上说："……今值大东亚圣战决战之年，为顺应国策方针，乃侧重防卫之强化……俾期完成战时下兵站省之重任。""……边隔黑龙江，与极东苏联领土相接壤凡达一千四百公里，所谓'国防省'……"

兴安岭——凿出很多山洞，这些洞里可以通电车，有火药库、隧道，据说还有一条秘密隧道，从孙吴开始，可以通到苏联边界去。这些年是不准任何人到孙吴以北去，除非你有特殊身份或者带着劳工证。

北安，一九三一年时候，还是一个二三十户的村庄，完全是为了军事的目的，把它造成一个省会。现在还不过是四万人口的小城——自然日本人并没想把北安造成哈尔滨或是长春，而北安就是北安，一切建筑物全按严格的军事计划，两排巨大兵营遥遥相对，可以停放数百架飞机，机场上无数飞机格纳库，一些红色或灰色的楼房在离火车站较远处是司令部以及它的附属机关，医院和一个顶不可缺少的特务机关，还有许多仓库和冷藏库，实际整个北安说来就是一个大兵营。但悲哀的是这条国防线，简直一点也挺不起胸脯，像是纸糊的一样，去年强有力的红军渡过黑龙江后，激战二日二夜，在喀秋莎大炮猛轰之下，就突破了兴安岭，从此一气直向南下会合各路红军，解放了全东北。于是这一个北安，风向一样突然就变过来了，它失去了它的军事指挥站的意义，目前它的全部意义是黑龙江省的政治中心。

从前一个日本什么司令官会从那白色建筑物的大门口走出，走上他的汽车，而现在这里是省政府，我到了这里——谁在胶合板隔开的电话室里打电话，有一列火车载运了民主联军的伤兵就要到站，省政府工作人员捎着一面红色的大旗去组织站台上的欢迎会；在布告牌上贴着一张布告：因为陈大凡主席调哈尔滨充任北满铁路管理局长，省的行政委员会决定由杨英杰副主席代理主席。

选自《时代的印象》，光华书店 1948 年 10 月

哈尔滨也翻了身

从解放那一天起,哈尔滨沉默的空气改变了。有一天早晨,我从霓虹广场经过,我看见路上无数行人,目送一队敲鼓走过的民主联军队伍。那眼光,那神色,充满了美妙的幸福,从这里面看得出过去的光荣与现在的骄傲。

五月二十二日这天我到南岗大直街去,参加老巴夺纸烟工人清算经理赵一拂的会。老巴夺纸烟工厂,如同哈尔滨其他一些建筑成的工厂一样,已有三十年历史,最早是英国经营,赵一拂在九一八后就勾结着日本人了。现在工人一个个走到台上控诉,一个比桌子高一点的童工说:"赵一拂用皮带打我,叫我跪下,把我身上打烂,丢到厕所里,还送到警察局。"一个女工王玉蓉说:"我有孕八个月,马上要生产了,他不准假,做工出厂房挤得我小产。"……他们高呼口号:"打倒吸血的赵一拂!""血债要他还!"他们提出他的罪状:配给粮应该每人八两,他只发五两,劳工服胶皮鞋每人一套,他全扣了,他还污辱了女工,勾结日人指使伪警枪杀工人。他们清算他应该赔还工人八百八十八万元,最后工人把他绑在一辆马车上游街,挤满大直街、秋林公司门前、喇嘛台全是人。一个人高兴地拉着我说:"这可是翻身了,从前谁敢动他呀,从前你多看他一眼也要打你一顿,要不然就抓起来。"

在三十六棚,香坊,傅家甸,各个地区,人民翻身的运动展开了。

哈尔滨新的民主社会秩序,从斗争中已经显露出来,电车迅速地驶行着,商店一天也没有关过门,兆麟公园里,每天下午充满游人;更多的人按着定时走进电影院,这里上演很多新的苏联影片,特别是描写红军解放东北的《粉碎暴日》激动了人民巨大的欢迎。当银幕上出现了过去日人如何惨杀东北同胞镜头时,观众眼中烧着愤恨的泪水。早晨,卖《哈尔滨日报》的孩子,在中央大街上,被人们争抢着去看,人们都在关心东北的和平。当我在的时候,松花江开始把油漆的红色或白色的游艇放下江去,我跟若干年前从此流亡的人,一齐划向太阳岛,听他们叙述旧日的回忆。在春天之后开始发热的太阳下,哈尔滨的人,享受着"第一个"自由的夏日,这里很多日子,很多事情,都被加上解放后的"第一个",这成为一种诱惑、一种新奇故事。

可是,五月二十四日上午,突然东北大学副校长、医学专家白希清先生,带着满脸热汗,跑来,他说:"你跟我到车站去!"

在站台上,停放着惨死了的青年苏庆儒,刚十八岁,辽宁人,当火车从长春开来哈尔滨路上,松花江岸陶赖昭附近,给国民党反动派的飞机扫射打死了,像这样无辜的东北大学青年,被打死三个,打伤十四个,还打死了司机师、工人、老百姓无数。当苏庆儒已重伤两处,他咬紧牙,一声不哼,他听到旁人呻吟,他握着拳头:"我们真冤,我们都是中国人,我们没有死在日本人手里,可死在自己人手里了。"这时他还安慰别人说:"不要急,我好了一定替你们报仇!"但他自己把血流完,死去了。我望望周围无数哈尔滨人的愤怒、坚决的脸,我望着苏庆儒身上发黑的伤口,惨白的十八岁孩子的面孔,真是说不上来的愤恨。东北人民受苦十四年,犯了什么罪?刚刚解放几天,毒手又来击毙他们,这是什么世界!

　　哈尔滨,带着她的一切美丽,今天以她的胸膛、臂膀,在捍卫东北人民了。我虽然离开她,最后黄昏苍茫中,还舍不得地瞥视着松花江,但我知道,以哈尔滨往日的无畏,她永远是不会屈服,永远是光荣与美丽的。

选自《时代的印象》,光华书店 1948 年 10 月

257

韩殿发的经历

——郭家屯歼灭蒋军××师散记

韩殿发，这个结实的山东人，一冲到公路边小坟堆那里，就拼起刺刀来。一刀捅过去，一个敌人扑通倒下去，捉到两个俘虏，交给旁人送下去，他自己趁着子弹光，朦朦胧胧看见前面有人，他就往那里跑去。忽的一下，从沟里扑上来十几个敌人，啪，啪，啪，三枪打到他腿下。他感到一阵热乎乎的，他看准头一个一爬上来，一刀，刺在那人衣袖上了，另一个把他的枪打落，就厮打起来，因为他只有一个人，终于被按倒了。

"检查——检查！"

他镇静地说："就是子弹了。"

这时身旁子弹打得"哗哗"响，黑影中，一个人慌张地说："不要了，不要了，没枪，子弹有什么用。"

他们把他推到沟里，下面是死尸，一堆人立刻趴在他身上，继续向东打枪，韩殿发心里喷着火，他这时闪耀着一个思想就是"坚决牺牲"。尸体上的血浸湿着他的面孔,突然一点火花,希望的火花跳跃起来,还有两颗手榴弹别在后面腰上。他要以他的生命,换取最后的代价了。耸着全副精力识别着:东面不远有我们的人(就是张纪春和刘永清),不停地往这面打枪,像穿豆腐一样,把压在他身上的人打着了。

十分钟,好像那样长久,敌人的一个连副想起他来:

"把那个八路带上跟我来。"

韩殿发从一堆死人活人的身子下出来了,他满身满脸是血迹,他的一只红胶皮"靰鞡"厮打时脱落了。一个××师的兵捉着他右臂,后面还有一个把枪口顶着他后胸,那个连副猫着腰在前边跑,韩殿发知道他们要把他带到哪里去,有了宁死不屈的决心,他并不害怕,可是,不能把自己部队的、党的文件落在这些敌人手里。在这一百米达远近向公路东北走的路上,他把左胸口袋里一张"立功登记表"暗暗取出来,塞到嘴里,最后,他到了几个粪堆那里。

这是敌人一个临时指挥所,可是,一个人直挺挺死在那里,几个挂了花的人喊叫:"团长,把我们弄下去吧!"

被叫作团长的军官,趴在一堆粪后面,在附近还有几个护兵,一个机枪班。韩殿发被带来放在旁边,那军官着急地问他:

"你们有多少人呀?"

韩殿发一听对方口气就说:"可多了,黑夜白天,好几行排着往这面走呀!"

那军官搔搔头,叹了口气,急急指了一下东面:"那面有你们人吗?"

韩殿发心中想:"这小子想跑。"我们可还没有到那面呀!他就说:"那边有,多的是,便衣插过去可不少,你们没来就插过去了。"这时,天放亮了,军官忙着写了几个字交给旁边一个人,嘱咐说:"你是好同志,你完成这件事吧,你到东面那小庄联络一下,叫他们狠狠打一阵,咱们好往汽车那边突围。"那人拿着信,就是叹气,刚一坐起来,"啪"一枪,一股血溅到韩殿发身上,军官害怕地往东移了移,那边枪紧,就拿望远镜探看探看。可是随着天亮,四面枪声都一样紧密。突然他想振奋一下似的吼机枪班长:"打——往西打!"那个班长把脑袋栽在粪堆里,抬也没抬,"嘟,嘟",往天空打了出去。那军官自慰地叫了声:"好,打得好。"可是一个护兵说:"不要打,别把人家的炮惹来吧!"忽然,从东面汽车那里扫来一梭子机枪,机枪班长倒下了。乱了,更恐慌了。韩殿发望了望,那边是翻穿着大衣的。"啊,自己人。"看这时也没人分心注意他,就一滚滚到旁边死尸洼里,把脸藏在死尸大衣下装作死了,在下面,悄悄把手榴弹,一颗,又一颗,取了下来,把盖子拧去,把引线环子摸好。这一瞬间,从东面跑来喘吁吁拖出长鼻涕的一个人报告:"团长,俘的俘,死的死,快跑吧。"机枪班几个人一听,想跑,有的坐起来,又一阵枪,都打倒下去了。看! 团长要跑,韩殿发急急一看,公路上往这边跑的都是自己队伍。他这时发现身旁一只美国步枪,心中一动:"太近了,手榴弹把自己带在一起。"于是他拾起枪。那个军官翻身站起跑了三步,韩殿发猛然跃起一枪,从后脑海打进从前额出去了,一个护兵手一扬把卡宾枪扔到坟后,倒下了。韩殿发跑上去,从那军官身上解下一支美国手枪、一支美国望远镜和一支美国指南针。咱们的队伍潮水一样冲来,他快乐地抱着他的胜利品,第一眼看清楚的是他营里的机枪连长的面孔,他就大喊了一声:"连长,来我把他打死了!"

公路上解决战斗的地点,就在这一片粪堆的东北面山坡上,××师的人成群地跑到那里以后,最后的把枪缴了,有的一屁股坐在地上说：

　　"给你们追得三天三夜没吃上饭了。"

选自《东北日报》,1947 年 4 月 19 日

黑龙江省政

我在一座小楼上,看到代理主席,这个身材特别魁梧、肩膀坚实的东北人。他刚在不久以前出版了一个叫作《北安第四区调查》的小册子,在这小书末尾他写着:"只有深入群众中调查研究,才知道哪些事使群众痛苦,哪些事使群众快乐,他们缺少什么,需要什么,在他们各种需要中,解决哪一件或几件才能基本上解决了问题。"他这话是对一切政权工作者、群众工作者说的。

关于目前黑龙江省政他答复了我七个问题:

第一,黑龙江解放情形。

"八一五"以后,群众在抗日联军领导之下一度组织了民主大同盟,但是汉奸特务在各地骚扰,特别是大汉奸尚其悦,以国民党挺进军第×军军长名义,把一切敌伪残余势力集中在泰安,同时在北安市内进行破坏活动,扰乱社会秩序。北安,从十二月十五日到三十日,一连五天放火,先是弹药库,后来扬言要把一切大建筑烧光,第六天汽油库也炸了,同时从通北,继之绥棱、孙吴、德都、拜泉纷纷向人民作军事进攻。民主联军以抗战将领王钧将军为首,集中力量打击了泰安的土匪窠,大部歼灭俘虏,从此为一转折点,逐渐肃清敌伪残余势力有九千人。

第二,黑龙江省概况。

黑龙江省共二十一个县,二百五十万人口,可耕地为二百三十八万坰,为丰富产粮区,各县有二十一处火磨,一处火磨日夜可以出二千袋面粉,里面一部分属于大汉奸的已收为公营,还出产亚麻,过去日本人把它运到哈尔滨去织成布,现在我们已研究出纺织机,存储的亚麻,可以织成二百五十万尺布、十五万件大衣,有七家工厂在制造,还有一万车厢已采伐好的木材;最富裕的当然是漠河、呼玛一带金砂,可是黑龙江过去农民是贫穷的,这里有一份拜泉时中区的调查,它告诉我们无地者62.8%,无房者64.6%,无牲口者66.5%。总之,黑龙江省百分之六十以上农人过着垂死生活,现在我们分配敌伪土地来解决这个问题,房子鼓励老百姓自由采木建筑,宾州李屯一百户中六十户无屋,现已有三十户盖起房子,牲畜力问题,用互助办法,农民叫作"插犋换工"。

第三,民主建设程序如何。

一月三十一日召开了全省人民代表会议,从最贫苦农民到地主都有代表参加,大家来讨论全省问题,提案一百余条,有很热烈的争辩,如物价是否应由政府规定问题,商人代表反对这样做,说自由贸易,最后结果是自由贸易,但不准囤积居奇。在这会议上产生了临参会常驻委员,于天放被选为议长,从此各县都召开了人民代表会议。

第四,农村工人生活。

这里土地多是富农经营方式,有地,雇工人,自己也参加劳动,打头的雇工一年七千元工资,做十一个月工,只够吃饭,一年两套衣服和家庭生活得不到解决,就是夏天中午,日头很毒,不准歇午,也不给草帽蓑衣,因此生活很苦痛,他们是日本人抓劳工的对象,一点生命保障也没有。

第五,目前农村生活情形。

现在太平了,从前出荷五百万石,占生产量百分之六十,现在建设公粮,包含城内商工及乡下农民合出十二万石,只占生产量百分之二点四,且以累进方法计算,使小户担负轻微,至于百分之六十的无地贫农根本免除了,如拜泉县五坰地以下农户都不出。现在不但生产上,权利上也都平等,因为十四年纠葛,打官司者甚多,政府司法方式简单,受了冤屈的总能打赢,穷人说是看到太阳了。群众还在斗争中改造了政权,过去时中区十七个屯长中十一个是富农,五个是地主,一个是流氓,现在再来看一看,时中区十七个屯长,七个是贫农,四个是中农,两个是雇农,两个是中医,还有两个小商人。

第六,教育方面情况如何。

北安、克山、拜泉、明水、庆安、绥化、望奎、海伦、绥棱都有中等学校,还有省立高级中学和师范都开学了。开办了一个军政学校,有八百余学生。

第七,商业有无发展。

以海伦为例,从前有四百八十九家商店,现在有七百五十四家商店。过去没有的,现在有了,比如粮米店三十二家,金店三家,肥皂店六家,豆腐店三十家,大车店二十家,肉店很多。

我在北安停留五日。除了车站附近有一部分旧市街多木板房屋,为繁荣市场外,东西两大营已被破坏,地下到处散着断了的铁丝网和电线,但新增加了兆麟电影院和兆麟书店。一家每日出版四开张的《黑龙江日报》。晚间电灯很亮,有日本式的暖水池可以洗澡。我每工作到夜深,玻璃窗外总是呼呼地吹起大风,我担心野外的一点绿色会被吹跑,但早晨在那开满了野花的草岗上,闲走着很多荷兰种奶牛,马路上走着上课去的学生,晨光显得那样洁净。

选自《时代的印象》,光华书店 1948 年 10 月

红　　旗

在火线上，发动总攻那天崩地裂的一刹那，我看见一个战士高举着红旗向前奔跑。红旗迎风飘展，鲜明耀目。红旗是我们无数英雄的鲜血所创造出来的，它象征着奔腾的热血、无上的荣誉，以及新中国的光明，红旗到哪里，胜利就到哪里。

一、夜探

在锦州进行攻击战的时候，发生过这样一件事情。敌人按着军事常识，估计我们绝不会从南面——女儿河至小凌河五里平滩上进攻，因为那里地势平坦，加上他们的三层火网，绝不会让一个人从那里通过。可是我们战士在地底下工作了整两夜了。突击连的战士陈和头一个听到面前有流水的声音，他立刻把铁锹一丢，伸出头望了一眼说：

"到了，到了——小凌河挖到了。"

现在只隔一条河，明天，只等总攻信号一响，就揍敌人一个措手不及,啊哈!……几个战士揩把汗水,伸出头去。可是这一看不要紧,战士们兴奋的情绪,马上降落到冰点以下去了。这为什么呢?因为小凌河不像女儿河那样平静,河床足有四百米达宽,它不规则地到处奔流,好几道激流闪着月光,白茫茫一片,哪里深哪里浅,谁也不摸头。五里开阔地好容易通过,可是明天发起冲锋的时候,就得涉渡这条不知深浅的河流,敌人只要有十几挺机枪死封着河面,那就谁也不要想活着过到河那面去,死——谁还怕吗?问题是任务怎样完成。

看大家在发愣,指导员立刻感到不对头,赶紧推开别人,走到前面去看。

敌人在城墙上打起三颗照明弹,就像三盏银灯高悬空中,把小凌河照得如同白昼,炮弹扑通扑通落在河里,打起几尺高水花。

"怎么办?!"指导员自己问自己。新情况产生了新问题,你不能解决这问题,冲锋就会干脆失败。嗨,自己这个突击连,哪里有突不破的难关,路,靠勇敢也总冲得出一条呀,可是想一想,大兵团作战,一面打不好就可能面面打不好。指导员瞪着眼看了十几分钟,忽然拨剌一下扭转身,战士们都举眼望他,他却抓着一个个看,末了找到了孙本基。他和孙本基附耳谈了一阵,两眼可借着月光瞧孙本基面上有没有疑难颜色,他的心跳起来了,孙本基却说:"好,指导员,这不是你一个人的事,也不是我一个人的事,是总司令计划完成完不成的事。"指导员心放下来,点了点头,孙本基就站起来跟他往前面走。战士们跟在后面,看指导员到底怎么办。

我们不要忘记,这时间是十三日午夜以后,海风吹来,据说小凌河在这种时候是冷透骨的,孙本基却把裤子脱下来。这时,飞机在左面投了两颗炸弹之后,又恰恰转到头上来,死盯着不走,照明弹凑热闹，赶紧打亮起来。孙本基爬出沟道，到了没一点隐蔽的露天之下去了。战士们张大眼睛，看着他爬进了小凌河。大家看指导员，指导员瞪着眼往前看，照明弹却熄了，前面什么也看不见。

炸弹嗖嗖地落下来，把水溅到沟道这边来，指导员脸上全是水，一动不动。

河里面很久没一点声响，然后，模模糊糊，有个人影在摇晃，在努力荡水，水响，人在前进，战士们欢喜得几乎喊叫起来。突然一阵冷风，敌人机枪擦着河面飞，子弹嗖嗖钻到水里面去，扑通一声响之后，水上完全寂静了。

时间过得太慢了呀！指导员把手搁在沟边软土上，把头搁在手上。围着他的战士们完全绝望了。他们很明白，那扑通一声响，是自己人给敌人机枪打倒在水里，没问题，孙本基一定很勇敢，可是结束了，血流在河水里了。有一个战士就悄悄说：“指导员，你放心，拼也拼过去，剩下我一个人，扒也扒上城，把旗子插上去。”指导员很欢喜这个战士，可是他知道：他们都绝望了，都相信这一个计划失败了。不过"问题没有解决"。飞机跑到锦州北面去扔炸弹，我们的炮兵忽然向城里撂了几炮，火光立刻像蜡烛一样在夜空下闪动。这边，小凌河的对岸，响了几声自动步枪，以后又没声音了。忽然指导员抬起头，张大眼睛，他敏锐地听到一种声音，原来他眼力看不见以后，就把头俯在手上静静地听，这时便失声叫起来：“水响！”别人不相信，以为他听差了。指导员一翻身跳出沟道，像一只蝎虎一样快地往前爬。他在河边迎上孙本基，孙本基水淋淋的，冷得牙齿哒哒响，指导员把棉衣脱下来给他披上，一齐来到沟道里。战士们一个个传开去，一下子从沟道两头拥上来。孙本基坐在地下用干衣服擦身子，一面向指导员报告：“我来回来去踩了三条路，插了树枝做路标,顺着我插的路标走保险没问题,水顶深到腿肚,要不顺路标走,水能淹到腰眼……"实际比话更动人,孙本基在炸弹、机枪、自动步枪射击下,来回走了六趟,竟安然无事,战士们就会想:我只在冲锋时走一趟,一定更没问题了。

指导员故意把声音提高,好让大家听见:

"怎么,这河里也能找出三条路吗?"

"是,找出三条路。"

指导员于是快乐地说:"同志们! 听见没有! 这不是河,这是冲锋的道路。"

战士陈和站在指导员旁边,他问孙本基:"冷不冷?"孙本基说:"不冷?! 屁股上冻了一个窟窿呢。"于是在这总攻前夜,在这潮湿的地底下,我又听见战士们轻轻的笑声。这种笑声我们在火线上常常听见,我每次听见都这样想:能在火线上这样笑的人,一定是能打胜仗的人。

二、第二面红旗

有一个战士,在总攻之前,冷静地下了决心:"决定东北一战,这面红旗是我的。"

他叫林鸣和,两年前还是松花江北一个贫农,他在东北局势最艰难的四六年冬季,从他那四壁结霜的草屋里走到部队上来。我对于那时参军的人有一种私心的好感,第一,我认为他是在革命最困难之际,拿自己力量来支持革命的,第二,我们虽然不在一齐,可总算共同尝受过零下四十度那滋味。四七年是林鸣和跟随部队频繁作战的一年。今年春天,他是全连诉苦典型,后来他坚决要求组织吸收他成为一个共产党员。这次,他下决心时,不知道有没有把那些爬冰卧雪、冒死求生情景回想一下。他的指导员,一位跟黄克诚同志第×师出关来的苏北人,跟我说到林鸣和时却说:"这决定东北全局一战是光荣的。"指导员那时把红旗交给了林鸣和。

我的观察位置选择在突击部队后面,我的左右两侧是炮兵阵地,我已经无数次感受过炮兵摧毁敌阵的快乐了。特别是去年夏天攻四平,百门巨炮齐鸣,暴风雨似的一片响,脚下的土地都在打颤。不过,这回情况并不相同。"总攻时间以雾消灭为标准",海雾像白色蒸气逐渐冲淡,我两眼盯着前方,我知道,决定的时间快降临了。这时战地上沉默、紧张,令人喘不过气。可是炮兵的暴风雨换了新方式,两面炮兵阵地上一齐传来口令声音,随后炮兵表现了超凡的技术,只在开始试射五分钟内,有三颗炮弹同时打在敌人主阵地碉堡上,一团黑烟很久不散。这还是炮兵试射时间,还没有发出步兵冲锋信号。团长通过地底下的电话线紧紧掌握前面突击连:"不要过早暴露呀!不要过早暴露呀!"可是突然之间,前面有什么亮了一下,闪了我的眼睛,我看见一面红旗展开来,在迎风飘荡、飘荡……啊,步兵攻击了。指挥员赶紧摇电话给炮兵,炮兵还没过瘾,但是赶紧转向城里延伸放射。

过小凌河了,战士们紧跟在红旗后面,如同走平地一样,在河里激起一团一团白色浪花,一直前进。

敌人给这突然出现小凌河上的红旗吓坏了,拼命对它发炮,炮弹纷纷在林鸣和左右落下。一阵黑烟,红旗不见了,我急得不能呼吸,烟散了,红旗在飘飘地不停前进。敌人两架银白色战斗机飞来,一昂头就钻下来,扫射。可是任何火力也打不倒红旗,红旗一转眼到了城脚下,爬上城了。战士们跟在后面,往上爬,往刚才炮兵打开的缺口上爬,红旗升到城上了。这时我的心跳得极快,现在已不是由于紧张而是由于快乐。我看见林鸣和插开两腿,挺起胸脯,站在城墙上,高举起红旗,左右摇摆了六七次,在火线上立刻爆发了一种胜利的欢悦,所有的人都朝红旗那里奔跑。林鸣和把红旗插在城头,但是林鸣和倒下了。当林鸣和站着,一个战士说:"你负伤了。"他回过头说:"没有,没有。""我看见冒烟呢!"他低下头,突然血从伤口喷出来,他头朝敌人扑在红旗下面。子弹打入肺部,又从背后穿出来。据说凡是子弹打进肺,常常是不痛,可是,立刻就死了。

当我到他们连里去的时候,胸上挂英雄奖章的连长,很久对我解释为什么这一次没有等信号就发动冲锋,他说:

"我们情愿给自己炮弹打死,也不愿给敌人炮弹打死。"他为他这个连队的高涨士气而微笑。

我问到林鸣和,指导员很伤心地望了望我,继续埋头写他的伤亡统计表。

我希望让他兴奋一下,我讲:"这是第一面红旗呀。"

指导员说:"不,对这一战来说是第一面,对我们连来说是第二面,第一面是去年冬季打彰武,头一个上城是林鸣和兄弟林庆和,他当时也很英勇地牺牲了。"

我忽然想起,四六年冬季,我在松花江边住过无数低小寒冷的农民草房。这一双农民兄弟正是从那里出来,带着过去的痛苦、眼泪、一心革命,身经百战,在这决定东北一战里,为了换取人民的幸福,不惜牺牲了自己。我永远记得,我们胜利的光辉,正是在那红旗摇摆时,骤然射来的。

三、无线电话机旁

战斗到了白热化程度了。营长陈世贵把营的指挥位置,移进到五分钟前夺取过来的一所房子里。

他是一个高大、年轻、面孔英俊的人。他带着很满意的心情，弯着腰，从他的炮兵阵地，经过一段火力封锁地区，跑进屋来。他在计算着他所掌握的火力，他把炮分布在指定地点了，把重机枪安置在离敌人一百五十米远的地方，再加上附属尖刀连的重机枪，还有尖刀排、尖刀班的轻机枪……他一面走，一面动着手指仔细计算，他反复慎重考虑——这样组织火力是不是正确呢？半年以前，他在作战时简直怕团上附属炮兵给他，那时他始终弄不清应该把炮放在哪里使用好，还老得担心别在敌人反冲锋时失落。可是过去令人头痛的事，现在他却应付裕如地部署了，而且已经具体区分了步炮兵任务，联络讯号，以及统一的时间。现在只等那由他亲自规定的时间到来，就在他指挥下，一阵炮弹、枪弹，把敌人赶进火焰山里，而后这攻击两次未能奏效的核心工事，就会被他摧毁、占领。刚才这段路上，左右落了三颗炮弹；弹片打在墙上，土块崩到脸上，很疼，但是他很高兴："让他打吧，回头一下子就……"他钻进房子。这房顶给火烧去一角，阳光把满屋烟尘照得像一罐糨糊似的半透明。他立刻吩咐电话兵，把无线电话架起来。他自己走到窗前看了一阵，前面枪声响成一片，炮弹还不停地落在附近，看样子敌人还要来一次绝望挣扎，他望了一下手表，他咬着牙，决心让敌人连这一次挣扎也不能实现。

电话兵迅速把细细的天线竿子竖立起来，差不多顶到屋顶了，把耳机挂在耳上，拨过头问："叫哪里？"

"要五小队（尖刀连代号）。"

电话兵一只手在对着波长、距离，以后就喊开了："五小队！五小队！五小队！五小队！……"

营长的小通讯员金星，才十七岁，矮个子，圆眼睛，塌鼻梁，老是爱笑，军衣在他身上显得过分宽大，手里抓着不久以前缴来的一支卡宾枪。他突然跑到营长身旁，严厉地喊："蹲下！蹲下！""哐"一声，全屋都震动了一下，金星一把把营长按倒，炮弹碎片刚刚把营长帽子打在空中，碎了。营长笑了笑，骂声"妈个×"，弯腰离开窗口，他怕他的通讯员再麻烦他，就老老实实，蹲到无线电话机旁边去。——五小队叫通了，电话兵把耳机子递给营长。营长问了情况，他的最后决心下了，又一次看了看手表，这次看得迅速，眼珠只动了一下，就严肃地皱起眉，全身伏在无线电话机上用力地讲话："同志！告诉大家，决定的时间就要到了，不要怕敌人的炮，挺住啊！你们听我们的炮就要响了，你们应该……"这时，金星蹲在他的背后，瞪着孩子气的两眼，不眨眼睛，他的五官都集中注意周围会发生什么事情。正当营长讲"我们的炮就要响了，你们应该……"这句话时，突然金星听到一种声音，这是重迫击炮弹的声音，可是并不是从头上飞过的咝咝声音，而是一直向头上落下来的可怕的声音。金星知道营长的命令正下达到最重要关头，营长死也不会在这一刻放下耳机，躲躲炮弹，相反，如果你拉他一把，他也会凶你一阵。可是可怕的声音来得这样快，不容金星再想什么办法，于是他的小身躯一下跃起，张开两手，扑到营长身上，像鹰一样摊开翅膀，把营长压在他的身子下面，就这一瞬间，炮弹落在屋的一角，满屋充满黑烟，火药味塞入鼻孔，窗口附近两个战士倒下就没有再动弹。营长却无论这震动多么大，两手只管紧紧按着耳机子，在金星的身子下面，一刻未停地大声对无线电话受音器下达命令："你们应该立刻趁敌人炮火被制压时，拿一个排从敌人左侧方猛插进去，要猛，要坚决，好，还有一分钟，我们的炮开始响了。"这时营长推推金星，金星软软的两手垂在营长两肩,只一滑,像条鱼滚倒在地下。营长脸色变得苍白,立刻抱着金星,把他的头放在自己怀里。他发现金星负了重伤,两面肩膀,都给炮弹皮撕得稀烂,鲜血一滴接一滴淌下来。营长明白,如果没有这两面肩膀,那么炮弹皮就会老老实实钻到营长自己脑袋里去,那么,指挥就完了,攻击就全破产了。金星慢慢张开眼说:"营长……你应该换一个阵地,这里暴露……"营长想坚决摇头,但看见金星孩子气的两眼时,他没有那样做。这时,突然一声紧接着一声,我们的炮弹,从屋顶上空排着空气咝咝打过去,打向敌人阵地,一颗接着一颗爆炸,声浪气浪像海啸一样狂荡着。营长立刻把金星放下,金星明朗的两眼追随着营长,营长又伏身到无线电话机上,用尽平生力量在快乐地喊叫:"五小队! 五小队! 听见没有,伙计! 干呀! 狠狠干呀!"

四、地板

我得预先声明,这种冒险的事情,只有在小部队独立执行分割任务时,才会有的,指导员和他的全连失掉了联络。因为战事发展太猛太快,指导员去侦察情况,一转眼,部队就不见了。天漆黑,看不见人——哪里有枪声到哪里去吗? 这里已经分不清战线,四周围都有火光,都有枪声。不过,指导员——连队党的领导人,无论如何,不能在部队起作用的时刻,离开部队。他左面小口袋里,和英雄奖章一齐还放着五个战士的"入党志愿书",他正要在这一战中考察这五个战士的行为。他一下想起这一切,他就掐着他的驳壳枪,向原来预定前进方向追赶。他摸进一座地堡,他想喊:"同志们,你们在这里。"可是对面朝他打了一枪,他在火光中隐约看清是四五个敌人,他立刻冷静地有信心地把要说的话改变过来:"缴枪吧!"对面又是一枪,他立刻还枪,听到有人扑通倒下,趁一阵混乱,他扭转身跑出地堡,轻轻骂:"妈的! 这个方向摸错了!"他还是急着找队伍,因为从时间上估计,他相信部队绝对不会走远,其实部队早已抛开敌人正面阻击,而钻隙迂回到敌人后面,正在所向披靡,锋利前进。他选择了另一个方向,跑进一幢楼房,这是一间黑漆漆的房子,只在炮火一闪时,才隐约看到一圈人,他叫:

"同志们! 你们在这里!"

"啊! ……"他已经挤进人群,一下愣着了,原来有蜡烛点在钢盔里,在那微弱的光圈里一圈大沿帽子上晃着国民党大帽花,又是敌人,敌人军官,看样子是敌人指挥阵地,可是他退不出去了。

为什么敌人会跟他答话呢? 他却惊讶着了,瞪大眼睛,莫名其妙,等自己低下头,一看这保护色的衣服,他才明白,原来因为冷,他从地下捡了一件美国夹克套在身上,敌人错把他当作自己人了。于是他机智地改变了计划,悄悄转过身,把驳壳枪塞到夹克里面,他避开灯影,转到黑暗的角落里。这时周围枪炮声密极了。他冷静判断:部队可能在这附近,不过他自己是陷在敌人圈子里了。他立刻把希望寄托在连长,连长也是战斗英雄,会领导得好,而且那五个战士的行为也可以问他,反正,不久就会会合。他决心留下来,留在这个敌人指挥所里,可以给部队起些配合作用,当然这是危险的,他轻轻撬开一块地板,于是钻身到地板下去了。

地板下阴湿、黑暗。他喘了口气,先把口袋里的文件(一份连队支部工作总结,一份动员令)撕毁了,埋在拿指甲挖开的湿土里。可是他摸到五个战士的"入党志愿书"时,他没撕,他决定留到最后一刻。他把笨重的驳壳枪套丢了,数一数子弹,还有六颗,还有万一,"誓死不给抓活的"! 最后一颗是自己的,还剩下五颗。可是很奇怪,部队并不如预料那样很快就来了,时间有如蜗牛爬在荆棘上,很费力,很慢。他听见地板上不断有人走来走去。他的心随着时间向下沉落,他渐渐向坏的方面着想,连队能够没有了吗?!主力能放弃这个方面吗?!因为不久以前激烈的枪炮声,一下都停止了。(十四日那晚确实有几小时停顿,当时我还以为解决战斗了呢!)约深夜两三点钟,他听见一个人的脚步,哆哆不停地专在他头顶地板上转来转去,他警觉地把枪举起来,他知道最后的时间快到了。有一回,那脚步重重在他头上跺着,地板只要一掀开,就完了。他把枪口对准自己的太阳穴,但一转念,不对,他把枪对准了地板。以后,他听到有士兵报告、敬礼,头上的脚步停止,那人粗暴地喊叫着。他高兴了,这一定是一个指挥官。指导员的一线希望又来了,好像地板下忽然发了光,他笑了。他计划把敌人这一个指挥官打死来配合部队作战,这时"最后自己打死自己"的念头,只是轻轻想了一下,他发现现在不是想念个人生死的时候,而是如何作战,作战唯一的目的是干净消灭敌人。他又想到自己连队,他们会发觉指导员失了联络,他们当然不可能专门来寻找他,可是一定会更无情地咬着牙,多消灭一些敌人……可是正想的时候,突然一种奇怪的声音惊醒了他,他一下子就清醒过来了。他听见——枪声,在很久沉寂之后,突然响起来,而且很快地愈响愈近,看样子,作战目标是这座房子。"自己人也许不知道这是敌人核心阵地指挥机关!"他坚决地认为,自己人应该先用炮把敌人首脑部打乱,而他忘记那样一来炮弹就会打到自己头上。炮果然响了,声浪像海水一样怒吼,不过都在这房子四周,这房子一时之间就像小船在怒海狂涛中荡来撞去。不久,他听见呐喊声音,啊,自己人,是自己人。地板上脚步声乱成一片,转来转去,啊,敌人在挣扎,在防御。他把地板推开,一跃身跳到上面来,"啪"

一声,他把那个面朝窗背朝里在指挥堵击的敌指挥官一枪打死了。敌人回头一看,溃乱了,纷纷往窗外跳,屋里空了,只有那顶美国钢盔里点着半截蜡烛,发着微光……

突然由门口跳进一个人,不容分说就把他的驳壳枪夺过去了,还把枪对准了他的胸口。指导员只是笑,他慢慢把美国夹克脱去掷在脚下。对面这人立刻惊呼起来:"啊!是你呀,马成光,你们连队在这里,他们在找你!"指导员一听就往门外跑,迎面扑进几个人,指导员看见五个交"入党志愿书"战士中的四个战士,他问那一个呢,他们说他完成了艰巨任务以后,英勇牺牲了。

五、为了胜利

有一个连在中央银行附近作战,正在决定胜负关键上,遭受了敌坦克车队的突然袭击。因为是一条狭巷,坦克只能一条线地冲过来,呼呼吼叫着,蚕轮在爆炸得不平的路上碾得唰唰响,坦克昂着头,像野蛮的猛兽一样直冲直撞。我们的战防炮还在后面,连长叫副连长向营里去联络炮兵,已经来不及。因为战事发展顺利,这个连又是突击连,没有准备火油瓶子,唯一能对付坦克的手榴弹也打光了。这真是千钧一发的时候了,因为这是核心阵地最主要的决战,如果"失败",那就会影响整个战线。可是我们战士的脑子里是绝对不能忍受"失败"这种念头的,于是一部分战士,也不等指挥,就奋不顾身,举起枪,一直向坦克冲去,那就是说宁可拿血肉之躯挡着坦克,也不能退却。

"喂——喂,冲呀!冲呀!"

他们热情呼唤着往上扑,可是带头的坦克上冒出火花,开机枪了。流血了,鲜红的血流在地上,给阳光照着,冲锋的战士纷纷倒下,有的把手一扬歪下去,有的给蚕轮碾倒,坦克仍然冲进。这时有一个战士,个子不高,叫陈德,不知从哪里找来一根爆破筒,灰绿色的细长细长的竹竿似的爆破筒。他是那样勇敢,那样灵活,他不是从正面,他弯着腰绕到坦克的侧面,坦克以极大速度冲进。陈德十分清醒,他们只有这一根爆破筒,如果这根爆破筒也不能停止坦克,那么干脆一句话,那就全完了,阵地失陷,全连也就毁灭了。因此,他离坦克愈近,他两手抓得愈紧。他离坦克还有十几步,坦克上的机枪射手发现侧面有人袭击,立刻凶狠地掉转机枪,可是陈德拼命加快速度,像一阵风一样扑向坦克。他没有放松爆破筒,他紧紧抱着爆破筒滚身到坦克前面的蚕轮下面去了。蚕轮还在旋动,就在这一瞬间,他拉了导火索。轰然一阵火光,一阵浓烟,陈德和爆破筒一齐同归于尽,爆炸开来了。浓烟烈火像一阵暴风骤然震动开来,坦克头一歪,不动弹了。后面的坦克都拥塞上来,火,从第一辆坦克向第二辆坦克扑去,汽油向空中拉开一面黑旗一样,冒着黑烟。敌人从坦克塔里向外跳,最后一辆坦克很想扭转身,但是已经来不及了。我们的连队在连长指导员亲身率领下,高声喊着吓人的声音,立刻发动猛烈的冲锋了。

六、钢铁的意志

团政治委员于纬,为了团担任主攻,已经快乐了几日夜。在发动总攻之前,他匆匆在日记上写:

"十月十四日,在火线临时指挥所。我团即将发起总攻,坚决为了最后消灭东北蒋匪而战,为了革命胜利而战。"

这就是他作战的情感。他常常写,可是他觉得这一次不同,这一次是站在历史的门槛上,一个人一生作战,这样由自己英勇努力而决定全局的战争，却不会有几次的。

突击连打开突破口，那一面令人看一眼，就满腔热血立刻沸腾的红旗，已插上突破口。部队像流水一样，不顾敌人侧射火力，蜂拥前进，都想早一刻跑进城去，于是涌塞了突破口。副团长在前头带突击部队先进去了。敌人拼命想延长自己的生命，把创口堵住，于是组织炮火反击。恰恰在这时，一颗炮弹落在政治委员与团长的附近，轰然一声，团长倒下去呻吟了一下，立刻被人们抬下去了。这时，全团的命运，就都在政委身上担起来了。于纬赶紧跑到被拥塞的突破口那里去指挥部队，每次作战，在关头上都听见政委热情而嘹亮的声音，现在他一喊叫，战士们立刻兴奋而又清醒，迅速地从突破口插进去。这时，于纬插着手站在突破口附近，望着战士们从他面前走过，炮弹还在前后左右地纷纷落下，每颗炮弹一炸开来，立刻就分成无数刀刃形破片，带着吆吆声，可怕地向四下飞去，恰恰有这样一块滚热的破片，一下子打上政治委员的胸膛，鲜红的血液，从衣襟上流下来。他的警卫员赶紧掏救急包，政治委员可是一点也没动，他的脸望着他的部队，只说了一句："我不要紧，让队伍先进去。"

政治委员刚刚二十五岁，他原来是个知识分子，民族战争开始那一年，他"为了祖国"参加作战，从此以后，身经百战，把他练成一个沉着勇敢而又头脑新颖的军事干部。他是全师最年轻的一个团级干部，当师首长们在一起，也都承认他是最有希望的一个干部。两年前在那天和地都白茫茫一片的松花江南岸作战时，他还是师的组织科长，他和一个营长（现在的团长）执行一次单独作战任务时，表现了卓绝的政治坚定性。他们被敌人包围，在风搅雪雪搅风的雪地里，艰苦作战，一日夜不吃饭、不睡觉，最后，以他的英勇机智，还在火线上进行政治攻势，迫令敌人一个营全部投降了。可是他从那次患了严重的支气管炎,天一冷就咳嗽,他从未对旁人讲,只是不知从哪里找了一块破兔皮缠在脖子上。不过只要谈起那次作战,政委和团长都会兴奋起来,因为好几个心爱的战士牺牲在那次风雪之下了。现在在南满作战了,深秋,树叶还没落尽,当政治委员跟随部队进城,在刚刚夺占的坑道里,瞧见一处淤水,水上浮着一摊血和落叶,他忽然想起了北满的严寒,于是有一种思想升上脑际:"今天,我们在胜利中前进,决定全东北人民的幸福。"可是他摇了摇头,他心里说:"应该这样讲。"在三下江南那最艰苦的时候,毛主席所说"天空中似乎是黑暗的时候",就决定了胜利的前途,就是那个战士饮弹倒在雪里时,那个战士叫什么——他一下子却想不起来,他努力在想……

这时激烈的纵深战斗正在顺利进行。按照总部的作战计划,他们抛开正面敌人,向南,然后向东,然后再折回来向北,这样去分割敌人——就像切豆腐,先把这一大块切下来,然后再切碎,用部队的习惯语叫"吃掉它"。政治委员一面走,一面想:"是的,坚决抓住敌人吃掉它。"突击营却在一个建筑极其坚固的敌人仓库周围停滞住了。政治委员跑上去。敌人坦克车出动,反复冲杀,炮弹和枪弹就像从筛子眼漏下来一样,把这一段地方打出一片火,在这儿,你会觉得子弹跟子弹会在空中相碰,黑色的子弹头落在地下,就像密林里的鸟粪一样满擦擦地盖了一层,这不但在一天的攻击中,而且在这整个战役攻击中,都算最艰险的一次了。政治委员立在营指挥所的房子外,亲自观察了情况之后,转过身对营干部说:

"同志们!坚决地打,消灭敌人!"

团与后面主力已失掉了联络,像一个圈套着一个圈,我们割断敌人,敌人又割断我们。政治委员不用望远镜,已把敌人阵地看得一目了然,敌人炮火、坦克、步兵一齐出动,但是如同火已经热到一百二十度,那是最可怕的时候了,但是政治委员不为现象所迷惑,他从这烈火里已经预见,只要我们再坚持一下,敌人就要动摇。于是他决定自己直接指挥作战,于是他走进已经半塌的房子里去。营长、教导员听了团政委那句坚毅的言语以后,一声未响地到连排位置上去了,他们留下副教导员和政委取联络。政治委员蹲到无线电话机前面,带上耳机子,直接掌握前面火线上的突击部队。他的热情而嘹亮的声音,通过空中传达到前面火线上去。他说:"同志们!坚决地打呀!敌人就要动摇了,看谁硬到底呀!正是消灭敌人的时机到来了,同志们,这时机不容易抓到啊!到了嘴边的肉,别让它滑掉啊!"火线上甚至听到他清快的笑声,实际他没笑,不过那确实是他的声音,是他带着坚强无比信心的声音。

五分钟以后,正是战斗最紧张时刻,一颗炮弹刚刚好落在屋顶上,把屋子打塌,一块锐利的破片钻进他的右臂,血花喷出来,卫生员忙着给他包扎,并且因为他已两次负伤,要求他离开火线。他说:"没问题。"立刻拿左手指挥作战。

他从心里感到部队在新式整训之后作战的神勇。二十分钟之后,一点也不错,他的预见在火线上出现了,敌人集中所有力量最后猛扑不逞的时候,立刻就慌乱起来,于是按照政治委员的作战方案,我们一个排就如同一把弯刀从侧方楔入敌人阵地。这时敌炮不往这里打了,空气立刻缓和下来,胜利的声音从前面火线上传下来,他接到这个报告,那时他大声叫喊:"反击下去!反击下去!不让敌人喘气,反击下去呀!"于是他立起身,轻快地对副教导员笑了一笑,拿单独的左手拍拍身上的灰尘,从废墟里爬出来,往前走去。

部队现在已经折回头往北了。只要把包围圈一封口,他们团的任务基本上就算完成了。政委是个敢于胜利的人，因为在刚才这阵激战中，他英勇地迎接了胜利，像已经拿钥匙开了锁，下面的门自然就好开了，所以战事发展下来就更顺利了。最后，他们不但迅速封了口子，而且战场情况起了急遽变化，敌人崩溃了，等不及再向上级请示，政治委员机动决定："本团在分割敌人之后，继续执行最后完全歼灭敌人的光荣任务。"他把写了这项命令的一页纸从日记本上撕下来，马上送到各营里去传看。下午四点半钟光景，阳光为烟尘蒙蔽，他们最后向筑有四座碉堡的院子进攻，敌人一个师的指挥部在这里面。政治委员仍然是亲临火线，部队在他直接指挥下，最后冲破敌人防线，打进院子，现在敌人进行的已经不是战斗，而是缴枪了。政治委员跟在部队后面，走进院子。在这时候，突然之间，有一颗炮弹，落在他背后，火光一闪爆炸开来，弹皮从背上打进去嵌在身子里面没有出来。他猝然跌倒了，很多很多的鲜血从他身上流出来，淌在地上。卫生员很迅速地把他抬上担架。他的脸上还露着笑容，对从他面前走过的一个战士，热情而嘹亮地说："同志！我们胜利了，好好歇息一下，等着新任务吧！"

十二月二日于哈尔滨

东北书店 1949 年

会　晤

　　八日清晨,我带了一条毛毯到执行小组办公处——万福麟公馆去集合。九点钟出发了。我跟随的是第二十九小组,小组的任务是到抚顺、本溪之间了解情况,进行调处。五辆车的第二辆是我们七个中外记者。这个行列向东,经过一片松树的东陵苑墙外,傍着宽阔的浑河右岸前进。

　　十时半到抚顺附近的抚顺桥头时,风颇大。美方在桥头高处拍发无线电联络。

　　这时遥望浑河彼岸,烟雾茫茫中间,烟囱林立,确是一个巨大矿区景象。恰有一行路经过桥头之炼油厂铁工曾万伦,我与他谈起话来。他告诉我抚顺约有五六百处矿场,工厂,包括炭矿、炼油、发电、石灰……他并遥指对岸一角,即为出名矿区千金寨。据云从前工人约十数万,由于日本人压迫劳工,当时此地流行有一歌谣:

　　　来到千金寨,

就把衣服卖，

新的换旧的，

旧的换麻袋！

流露出当时工人苦况，因为工人不得温饱劳力减弱，日人便供以毒品吸食，刺激精力，但劳力用尽，不久即倒毙而死。胜利后许多劳工得到解放，纷纷走掉，也有参加当时起义的矿工部队者。现在工人人数大为减弱，但烟囱上的烟说明了多数工厂还在开工。

上车继续过浑河上的永定桥，进入抚顺市。在一座红色有花圃的楼上，和国民党军××师师长会晤。小组计划在这里花个短时期了解情况，继续前进。可是这个师长用笨拙的威胁口吻说：二十里外路已破坏，不能行走。他希望唤起德莱克的怕麻烦的心理，而后把小组像船一样搁浅在这里，然后由他操纵。可是由于共方代表的坚持、美方代表的同意，拒绝了吃午饭，把大部分工作人员留下，只有三方代表，和记者们冒着战争危险，在两点二十分钟向南走。证明二十里外被破坏的情报是欺骗，实际平坦无阻。当车进入二道沟，我从农民处知道前面一带就有民主联军了。据他报告：四日前就在二道沟左侧山上作战过，该山山势平坦，略有小松林，当时国民党军倾一师之众向这里进攻，一日一夜，就向西面惨退下去了。

我们的吉普在路上坏了。前面的小吉普远远抛下我们跑了。车修好后又走，到石文厂转向山村去的路上，我突然之间，第一眼看到了东北民主联军，我走进了东北的解放区！

是几个年轻的战士拦住了汽车，和他们在一起的有一群老百姓。

我非常激动地跳下车来，我自从进入东北，唯一志愿是看到长期苦斗的东北人民部队和解放了的东北人民。但困难重重，谁知道哪一天才能见面。可是意外地，他们现在站在我眼前。他们穿着黄色或深绿色军服，戴着从日本人那里缴来的皮帽，也有穿日本皮大衣的。一个个面孔红扑扑的，结实而机警。我一见他们，说明我们来历之后，一个年轻的排长紧紧地握着我的手，我感到他的手发热，我眼睛潮湿了。说清楚之后，围上来的战士、老百姓都笑起来，小孩子从苞谷杆的篱墙后面跑出来，他跳上车领我们前进。一路上，战士、群众都向车上挥手，路旁山岩上一个戴钢盔的战士也挥手。不久见小吉普车已回来，知已接洽好了。车向南再开，开到英守城子，为保安三旅旅部所在地。

他们是张学诗将军的部下，旅部在一农舍中。院中是谷草、马房，东北南部农村房屋很宽敞，即草顶房亦有大玻璃窗，间或有窗纸糊在外面者。屋中一妇女正以大豆制酱，颜色极黄而香。我们都挤在这房屋的一间里面。在炕上铺了一张军用地图，德莱克中校和二十九岁的南副旅长谈起情况来了。南副旅长河南人，十几岁上来东北，"九一八"后参加义勇军抗日，斗争十四年，他身材适中，面深红，极为诚挚。他最后告德莱克中校：

"我们不愿打仗，愿意和平，他们打到这里（他在地图上比着手势），我们退到这里，他们又打到这里，我们不得不打。"

据说四月二日至四日，曾在史文厂一带激战，今早西面有炮声。

我一人跑到外面来，跑到农民中间，他们都兴奋地问我以和平消息。不久，农民愈来愈多，要找小组讲话。因为天太迟了，他们就在村庄口上送着我们。五点钟我们往抚顺赶路，回想这意外的遭遇，使我骤然之间得晤十四年永远在怀念着的英雄的人民，是我进入东北以来，第一件快乐的事情。回到抚顺天已黑暗。我住在一所松林内绿顶小楼房中，望见山岗上松林里闪闪灯光。

　　抚顺,日人称为"炭都",大煤矿皆为满铁株式会社经营,地质属于第三纪夹炭层,埋藏量十亿吨,为亚洲第一大产煤区,上层油岩可炼制成石油,采掘方法为"露天掘",不是凿洞,而是把整个山顶去掉,平面地向下发掘。九日原拟参观工厂,但临时又随小组出发,去找国民党××军的军部,一直找到下午,鬼也不知道这个军部跑到哪里去了。因为路太难走,还是无法到达,吉普车四次陷入泥中,都由很多农民抬出。两日的旅行使我了解了一个问题——东北民主联军的退出抚顺是为了爱护工厂煤矿,不使遭受战争损失,所以他们仅仅在市周围,而不是一下很远退走。市外开始有山地,已为辽河平原区之东边缘,山上森林甚多,耕地都是黑色土壤,极肥沃,山峡中且有未长成之幼林极夥,令人想见将来更丰富之林产。九日东行二十里后,隔一条小小沙底河、一道山梁就又是民主联军驻地了。

　　小组准备二日内去本溪,记者决定从本溪深入民主联军的广大地区。

选自《时代的印象》,光华书店 1948 年 10 月

记沈阳

北平已是穿夹衣的天气,经过两小时飞行,我又穿起皮大衣了。这里,虽说冰雪正在悄悄溶化,但本地人说,沈阳是没有春天的。

我觉得这里也确实是我所见,气候唯一如此多变的地方。飞机场上给飞机指示目标的红白布幌,在一定时间内,竟可以吹向几种不相同的方向。沈阳市上,溶解的污水和冻裂水管中的漏水汇合一起,到处泛滥,到铁西区去的铁桥里外黑水成湖,汽车驶过竟激起巨浪。冬天冻结的垃圾反潮了,冒出臭气,鼠疫在这城市里严重地发生了。记者请教过董文琦市长,他是一个工程师出身的人,瘦长个子,穿一身青呢制服,他告给我两个可怕的数目字:一项是全市垃圾有四万万立方公尺;一项是集中隔离病院的鼠疫患者有五百人。

沈阳面积非常之大,除旧城以外,有商埠地,有"满铁"附属地,有铁路西的工业区。人口二百多万,可是,日本人占二十七万。到沈阳后,非常触目惊心的一件事,就是如果不进旧城,竟完全像是置身于日本三岛。日本式的建筑、神社,那什么町、什么通的街名,商店招牌上的日文，满街穿木屐的日本人，日本女人在货摊上喊叫着，咖啡店播送着柔软的日本音乐。城里呢？巷子里是黑泥塘，气味熏人，从这两个世界的比较上，就可以看出一个缩影，那是多么悲哀。

到沈阳，被招待住在"中苏联谊社"里，这七层巨厦，本地人叫作"奉必鲁"（日文译音），从管电梯到侍役到厨房，一共有八百个日本男人和女人，现在成为专门招待执行小组的地方了。次日清晨，我到一家官方新闻机关去，立刻就听到一位社长大发牢骚，骂政府接收的混乱。据说有一座房子，大家都看中，一齐贴了五家封条，结果弄得啼笑皆非。就这个新闻机关也一度被人抢去。据说还有中央银行行址，要不是经济接收大员张家璈大发了一场脾气，也会在封条上再加贴一条上去的。这自然是一场闹剧，在重庆住了几年竹条泥巴房子，一眼看到这许多精美房屋，又可以动手就搬，动嘴就占，怎能不抢，然而这就是消耗大批经费的"接收"工作，实际已形成沈阳市民的一阵大灾劫了，有不少东西都算作敌伪物资被"接"而收去了。沈阳老百姓说：有两种国民党军队，一种是打内战的，一种是接收的，就是那些从广东、上海来的，手上戴着无数金戒指的新一军、新六军，也乐于向人表示"我们是来接收的"，这好像是他们的荣耀！

有一位记者访问行营赵参谋长出来，惊叹那公馆的豪华美丽，另一位开他玩笑说："谁让你不是什么长呢？！"

一个明朗的下午，我从浪速通（附属地一条大街）走过，见到一栋巨大洋房上高悬"国旗"，出入却是日本妇孺，我很奇怪，同行一位熟知内幕者告诉我："这里已经给政治部占用，不过日本人还没集中。"我才知道，原来这支"国旗"妙用在此。

二日我们去参观铁西区了。我在各处工厂门上发现了各色不同的封条。我当时把这问题提出问询带领我们参观的一位警备司令部的课长："各机关部队按什么权力、按什么标准来接收每座工厂呢?"那回答是："按照各机关需要。"这模糊的答案,是说没有任何标准可说的。因此我想起有人讲:如果再不组织统一接收委员会,自己就打起来了,这话是诚实的。可是我乘着汽车在铁西区跑了两小时,只看见一家厂门上贴着"统一接收委员会"的封条。实际在接收的,是一家以民营姿态出现,实际从政府取百分之九十资本的实业公司,它已经控制了十几处轻工业,且在开工了,这些工厂将为经营的私人赚出一笔大钱,这私人自然就是办接收的官人,不过因为是民营的,赚钱自然算私人的了。由于接收得混乱,刺激物价飞速上涨,十三元法币换一元伪满洲币,买一点东西动辄百元——就是法币一千三百元,折合起来,物价已超过平、渝各地。

还流行着一个严重问题,是失业。全市二十万工人往死路上奔走着,谁来过问?邮政局五千员工,却一下裁得只剩下七百名,警察调出去改编为进行内战的部队,一批批由关内来的人代替了本地人的生存位置。一天傍晚,在中苏联谊社食堂内吃饭时,我发现了日本侍女之外,突然增加了三个东北青年人,招待吃饭——其中一个是日本帝大学生,一个是吉林大学学生,还有一个是哈尔滨大学里学工科的;前几天他们在小旅馆里过只有一身棉衣在身的日子,现在当了只管食宿不取分文的招待员,当他们中间一个对我说:"现在为自己国家服务总是好的!"语下说不尽凄凉意味,是的,自己国家,失业,这岂不成为历史的嘲弄了吗?

夜晚从楼窗上望下去,一片警戒森严,恐怖的魔影正笼罩了沈阳,二十几天中间失踪与暗杀者竟有一百余起,中苏友好协会的门被封锁,《文化导报》禁止,人们喘息不自由起来。我们记者每次从门口出入必须登记姓名,往哪里去——但我是一个记者,我如何能够预先填写得那样清楚呢？还有一件苦事，就是周围戒严，进来没有"派司"是不行的，但是沈阳当局也并没有记得给我们任何证件。在这样无奈情况下，我们只好借重于一张乘用美军飞机的单据，谁想，每次掏出它来却起了特殊作用，因为那里面没一个中文字，结果，就比我们这一张中国人面孔有效得多了，这是一个笑话，但是一个多么悲哀的笑话啊。

选自《时代的印象》，光华书店 1948 年 10 月

家庭会议

绥德郝家桥的农民李树厚,今年的一月里,还召集了一个家庭会议,出席这个会议的有他大哥、四弟、侄儿,和他的婆姨、兄嫂、弟媳七个人。李树厚做主席,他们在这会议上都热烈地发言,讨论今年的生产计划,当场就具体地分了工。当男人的讨论结束了时,大嫂却站起来说:

"我们妯娌三人,过去做生活还有些不大好。比如不论大小生活,都一起来做,互相客气着,有些小生活上,你也动手,我也动手,就浪费了。我的意见,今年我们三人也要分上工。比如三个人做饭,每人一天轮流做,谁做饭,零碎生活也归谁做,两个小娃娃每天一早起,就把衣服给穿上,交给咱九岁的女娃引上。这样,我们就能经常有两个纺线的,一个做饭和零活,做好后也可以纺线,去年没分好工,三人只纺了二十二斤,今年这样计划好,就能纺上四十五斤,自家穿一半,给合作社纺一半,还可以挣到几石细粮哩!"

老四的婆姨说：

"对！咱们三个人纺四十五斤，一人纺十五斤，大家打赛赛，看谁纺得快、纺得细！"

老二的婆姨也说：

"谁纺得多，谁就穿好，大家纺得多，大家都穿好，心里也痛快！今年我们妯娌三人，有两个会织，老四家今年也要学会织布，如果线子少的时候，两个纺一个织，线子多的时候，一个纺两个织，我们有三个纺车、一架机子，两个人织布时，就向人家借一架来使唤！"

三个婆姨都点头说："对！"

李树厚说："今天的会开美了！今年我们的生产一定能闹得更好！"

会议就这样圆满地结束了。

边区有的是土地，现在人们在和土地做斗争。我记起一个开窑的工人，在我门前告诉我一句话：

"什么东西剥了皮都不好看，地剥了皮就好看。"

多么深厚的，是浸在深厚的土地中的感情呀！他说这话时，指着对面山上山下，我们生产队所开垦了的土地。他留着长头发，一只手臂戴了一只镯子，他眼睛细小，鼻子向上翘着，总是要笑似的。他极喜欢谈笑话，他的语言总会有极丰富惊人的魔力。他一面劳作，一面唱着郿鄠调儿。我顺着他的手往下瞧，瞧我参加了，开垦了的地，我也发生了感情啊。我懂得人们说一句简朴的话：农民得到了土地，就像小孩子得到了蜜一样。

在劳动中，人们向集体互助的关系上发展，他们更有力量，可以战胜自然了。

现在，家庭成为劳动的人民和蔼可亲的家庭了，就因为家庭充满劳动的和谐的感情。

选自《时代的印象》，光华书店 1948 年 10 月

军队爱人民

部队有很好的娱乐生活,他们和父兄子弟一道娱乐。春节里,各地部队都闹起秧歌来了,锣鼓声到处响得可开心呢! 到哪里,就给群众围起来,然后他们的笑声就飘扬起来了。场子上的战士们也就高兴一面舞一面唱起来。秧歌一演完,大家就混在一道了,你拉着我的手,我拉着你的手,亲密地谈起来了。人们都清清楚楚:这是些可爱的人来了,是边区好子弟,为了大家的好处,他们辛苦劳动,减轻了人民负担,他们一年不拿老百姓一粒谷子,倒还穿起黄呢子衣服来拜年了呢! 在盐池县有个老农民,看了这光景,就说:"我是同治年间生的,从来就没有看见过这样好的军队!"

这样的军队世界上确实少有,他们还帮助老百姓。开头在村庄里有点怀疑呢,有的悄悄讲:

"务庄稼,他们不会,他们搞不好。"

可是队伍上定下了纪律:"一、不吃群众一碗饭。二、粮食自己背,蔬菜自己送。三、不伤苗不留草。四、不踏坏一根禾苗。五、爱护群众工具(有些部队自己带工具)。"最初的怀疑一下就打破了。比如"菲州"部的劳动英雄青年连长刘顺清,有一次和另一位劳动英雄战士,一路去帮助一家老百姓开荒了,那家的两个老乡和他们一道挖着地,老乡挖得很慢,一会又休息了,他们为了多开些地,就提出和他们来一次比赛。一个老乡看看刘顺清,年纪轻轻的,个子小小的,就满不在乎说:"我和你来!"刘顺清笑了,开始他让了让那个老乡在前面挖,可是一下跟一下,慢慢赶上来啦,要赶上了,他又后退一点,那个老乡慢慢满身是汗了,他才努一把力,远远开下去了。下午,刘顺清和一道来的那位劳动英雄比赛。这消息一下传遍了,好多老汉、小娃、婆姨,都来看他们挖地了。各处队伍都是这样,老百姓才讲:"军队比我们自己割得还干净,掉下的小穗穗,我们都不管它,可是他们一根根都给咱捡起来。"我去年冬天,在边区生产展览会,看到一只惊人的大镢头,陈设在那里,那镢头刃足有一尺半宽,总有十来斤重。可是从南泥湾来的一个朋友告诉我,就这样重的家伙,他们抡起来是一下不停的。在会场上,贴着一个标签说明这是一个劳动英雄××所用的工具。不过,后来听说在这和谐可爱的军队和人民的潮流里,发生了这样一个争执,那是吃饭问题。老百姓看他们那样出力,感动极了,一定要留吃饭,可是一个队伍上的同志告诉他们:"吃饭就受处罚,我们就不来了!"可是老百姓也硬着说:"要处罚我替你受,你们一定不吃,那就不要来了!"他们争执着,这是多么可爱的争执啊。

选自《时代的印象》,光华书店 1948 年 10 月

可爱的气氛

冬天,农民们穿了自己的羊皮袄,走到延安来。延安的人们,用笑眯眯的眼光欢迎他们。我时常在新市场的街上看到他们,他们买着东西,吃着东西,有的在手里掐一个白麻纸的字条条,走到我面前,问我:"同志!这在哪嗒呵?"我看那条子上,写着机关和人名,他们有自己的兄弟或儿女,在政府机关里,他们收获过了,开过了秋荒,为买了一匹牛,或者买一件单衣布料,来了,顺便看看他们,然后一道在酒馆子里喝几两烧酒。就是这些农民,做着老老实实的事情,在边区北部吴旗县,有一个农民叫作梁显荣,去年五六月内,一种紧张空气掠过边区的时候(当时国民党反动派,不好好抗日,反要进攻边区),他送弟弟梁显富,到县政府去警卫队入伍,他对弟弟说:"咱得到了解放,咱分得了土地、窑洞,让咱现在有吃有穿,还有了婆姨和娃娃,我们一定要保卫边区,不然,咱的日子又过不成了,又要过没吃没穿、受人欺侮的日子,你去当兵,好好干,保护咱们现在得到了的利益……"我觉得这话是可爱的,想想吧! 从这里,看出一种极可宝贵的人民的自觉性，每一个人清清楚楚地爱护自己的土地，这是一种极可骄傲的主人翁的感觉。这种感觉，只有人民得到了全部自由的时候才有。这种种切切，在另一个农民的嘴里，一句话说出："现时政府是咱们的！"这个农民，家住在绥西双湖峻，他是这村里的农会主任，叫乔廷银。

人民有自由歌唱谁，也有自由反对谁，这个问题，就看，谁为他们，为他们解决问题，他们看在眼里，存在心里，然后他们就真心地爱你。一个社会需要这种气氛，这是一种和洽、可爱的气氛，我在边区过惯了这种日子，我看惯了这种现象。

去年，毛泽东同志去看劳动英雄代表们。代表们去向劳动英雄学习，他们谈了自己的生产经验，随后从心底要吐出的话，吐出了，他们叙述怎样从贫困的深渊里，走到今天足食丰衣的光明的日子。他们都高声地用同一的语调说："今天，我们在你和共产党的领导下，是大翻身！"陇东老英雄孙万福，在谈到这段光辉的历史的时候，他从椅子上站起来，走近毛主席，用两只手紧紧地抱着毛主席的肩膀，他沾着口沫的胡须，因兴奋而有些颤动，他说："大翻身哪，有了吃，有了穿，账也还了，地也赎了，牛羊也有了，这都是你给的，没有你，我们这些穷汉，趴在地下，一辈子也站不起来！"正是他，这个被农民拥抱的毛主席，宣布着，号召着大家"向群众学习"！

选自《时代的印象》，光华书店 1948 年 10 月

空　中

四月一日,一架专机从北平西郊,送我们十几个中外记者到沈阳去。有人说,此行好像可以象征神妙的东北问题之豁然开朗,实际我们还不能那样相信,半年间的经验说明,一切还在曲折复杂发展中间。当飞机平稳飞逾渤海上空,望着一望无际的碧海,我知道再飞就是东北黑土地带了,这时却不禁想起许多问题来。

最早的记忆,是我还是十六岁青年的时候,一天黄昏,突然听到东北事变的消息,大家坐在课室里痛哭。谁知自从那回以后,那丰沃的广大东北地区,成为我最向往的地方了。每一想到那里的人在受难,就感到巨大的痛苦。这中间,经过多少热情的呼喊、流血,人民和政府不可避免地采取了两条不同的路线,全面民族战争展开了,而且经过苦斗胜利了,而这两条路线基本上似乎没什么改变,也就引起今天复杂的东北局面。但我应该为中国人民申明,广大的人群没有忘记东北,是另一批人(以蒋介石为首的,出卖东北的国民党反动派)从最初就摒弃了东北,因此,今天要去的地方,可以说是十

298

四年与我们隔绝,实际却是与我们联系最密切的地方。

这时已飞临东北上空。我遍视机舱中同行者,大家谁不带有无限新奇与兴奋的情感呢?

"你以前来过吗?"

我摇了摇头,另外一个也摇了摇头。飞机声轰轰响。

下面是一片平坦的沃土,铁路线联络着一切工业区与城市,太子河、辽河闪烁其间,这正是南满一带产棉区及工矿区——地里蕴藏着丰富的煤、铁,自从吉林和鸭绿江建设了巨大的水力发电厂,东北已成为一个相当电气化的地区了。东面长白山与北面兴安岭绵亘无边的森林,西面草原上正是畜牧繁殖之地,澎湃的黑龙江、鸭绿江更是天然的水产地……从天空看东北,是愈看愈辽阔,愈看愈可爱。这时我却自问起来:你到东北最想看到的是什么呢?我的答案似乎是早经决定,我愿望看到东北人民解放后的快乐、笑容。

因为,我想他们在日本人刀斧之下过日子,一过过了十几年,他们曾浮起过无数的希望,也曾浮起过无数的幻想,可是希望一年年向下沉,幻想一次次被打破。我想:他们也许会失望了吧!也许会暗自说,祖国没有什么希望了。那时他们心情该多么可怕、阴沉,简直是死亡。我知道我这假想太消极了,不管怎样,一旦解放,他们是应该快乐,特别是从今天往前回顾,正是他们在苦难之中创造了一部新的历史,这历史中充满血与搏斗,也充满民族的光荣与辉煌,它向全世界宣布了人民是不会屈服的。

可是,面临的东北,绝不是这样单纯。有人想让人民永远做奴隶,从做日本人的奴隶,转做国内反动派的奴隶,这一来问题自然就复杂起来了。我觉得一个到东北去的人,确实需要冷静、客观观察问题的能力,及正确的民主知识,否则他会被复杂及曲折迷惑。

　　飞机愈低,太阳在下面展开的辽河流域土地也就更美丽,我伏在窗上,不知不觉竟欲流下眼泪——谁知不久以后,飞机在沈阳北陵机场上空下降时,天空中,竟是阴霾的冷雨了。

选自《时代的印象》,光华书店 1948 年 10 月

快乐的家庭

从简单的印象，看边区工作忙碌，还容易，真正理解边区生活的愉快却较难，因为对于愉快的理解有的人是有些差别的。然而只有二者合一，才真能深刻懂得边区，却是无疑的。延安是很快乐的地方，我不仅看到它丰衣足食的今日，就是在它最苦的时候，那时几乎没衣穿，没菜吃，可是也没压倒过这种快乐。

人们时常从孩子身上看见自己快乐的反映，现在我就先从孩子介绍起吧。当休假日来了，年轻的父母，唱着歌子，提着口袋，去看小孩子。孩子在保育院里和小朋友玩耍，爸爸和妈妈走来，先被那站在沙土坡上的小朋友看见了，他撒开小腿跑下去喊着："小罗！你妈妈来啦！"然后这群小孩子停止了玩耍，而那被叫作小罗的小女孩，有着黑头发、黑眼睛、红面孔的，穿了黄色毛呢衣服的，穿了绣着她的名字的白围巾的，笑着，张开手，扑到妈妈的怀里来。父亲和母亲和她们坐在地下，把口袋打开来，取出糖、红枣、梨子，有时候还带一双小鞋来，孩子们围着他俩笑着、唱着，小罗把吃的东西分给同伴们，她看着他们吃，她快乐起来，鼓着小巴掌。父母在一周工作之后，从孩子天真的微笑中得到极大的安慰。孩子们在这里，从幼稚的时候起，就没有自私观念。我曾经看见一个孩子的来信，信是在一张小纸头上用铅笔大一个小一个，歪歪扭扭，写着的："妈妈同志，带来的糖，我分给××吃，分给××吃……"我笑着问孩子的母亲："是自己写的？"母亲立刻感觉了很大的光荣，笑着说："咦，小家伙会写呢，是他念着，让保姆先写个样子，他再看着写的。"

我认识一个男孩，已经在安塞上学了，他是一个沉默、喜欢看小说的孩子，但也是一个勇敢活泼的孩子。他冬天写信回家来说："要买双冰鞋。"那时他正热心于滑冰，他因此整个寒假不愿回家，他在学校里，和同学一起，像一群小鹿似的在山下奔跑，在冰上奔跑。

在延河上滑冰，这是许多人爱玩的游戏。冬天早晨，我经常看到，大家穿了羊毛衣，戴了皮手套，在冰上轻巧地兜圈子。那时，四周山上披着经冬不解的白雪，太阳还没出来，冰闪着蓝色的光。一个人轻快地滑过去，冰刀带出一条白色的迹印，如同一条线，弯曲着，这条白线跟着人跑……等太阳出来，钟声一响，人们回去了。冬天是寒冷的，但是可爱的，当一天工作完了的时候，人们在恢复一日的疲劳，窑洞里是温暖的，木炭火燃着红火苗，你坐在它旁边，当你觉得墙壁上或脸上照着愈来愈红了，你抬头一看，啊，天早黑了！有时外面落着雪，你会感觉到安静极了。在每天下午，人们笑、休息、娱乐，有的在俱乐部方桌打"扑克"，有的下棋。去年，我在这种时候，总是坐在长椅上看旁人打"扑克"，同时我听到在另外一个房间，许多人在手风琴的声音里唱"一人为大家，大家为一人"（《俄罗斯人》里的歌子），是这样的声音与休息吸引了我，把我吸引到这集体中间来。根据我的经验，可以这样讲：

"你把自己站在集体外面，你不会懂得边区生活。"

从前我的理论是："让我出去玩吗！我不如点上灯看点书，这样我觉得安静，这是我的休息。"

可是那时我是孤独的，我和周围生活隔绝了，后来我才从大家一道的快乐中感到真正生活的意义，我改变得开阔些了。比如我们去看晚会，工作了一天，吃过晚饭，拿到了票子，我们十几个，有时几十个，走向会场去。我们说着，唱着，从河上走过去，远远看见会场长格子窗上射出雪亮的蓝色灯光，这时自己如同糖融合在水里，人融合在快乐里，而后在那长椅上吸着纸烟，讲着笑话。毛泽东同志时常出现在这样的晚会上，当他进来的时候，立刻爆发了很久不能停息的鼓掌声，那时人们快乐到顶点，而后随着剧情发展，全场的情感在发展着。我常思索怎样才能说明这种感情，我觉得这是"快乐的家庭"，这是一个最融洽的大家庭。在那里面是完全如意的、兴高采烈的，周围每个都是自己亲兄弟，他们好像都觉得我快乐，我也觉得他们快乐，在这种场合时常并不认识的人，也交谈起来，相互笑起来。我在今年春节里，看过十几次秧歌、两次《俄罗斯人》、三次《逼上梁山》，每次夜深走回来，还时常两三个人围着炭火，烧着吃的东西，谈论着戏剧或者某一个角色。这种改变对于我是很重要的，我仿佛失去一点什么，是什么呢，是个人抒情的忧郁，它经不住群众的风霜，也经不住群众的热烈。那种个人主义者才欣赏的心情，追随了很多年，而我现在变得愉快起来了，因为我生活在愉快的现实当中，紧张的工作、紧张工作之后的休息是最快乐的。我想：让那忧郁滚蛋吧！那是旧社会给的，我生活在新社会里了啊！从此我才懂得了真正的快乐。延安社会生活的意义正在于大家一道奋斗、一道快乐。在这个社会里，不允许以大部分人受苦的代价去供一部分人享乐。

我记得在"文协俱乐部"开幕那个晚间,我们曾经谈道:"有些人把我们的生活,想成为神秘的、枯燥的,我们要生活过得好,过得快乐,我们用双手建筑这一切。"不错,没有的有了,人家不给的自己有了,粮食、布、毛呢、石油、纸、火柴、玻璃、煤、铁……从没有到有了,快乐也有了。

我不再记叙秋天的旅行、夏天的延河游泳了。我总是怀念那样快乐的日子。我时常想那日子里有些什么神秘吗?想来想去,我想起一件有趣的事情,今年春季里,我们大家在纺线,谁都想纺得顶好,要做突击手。有的同志当人家午间休息的时候,他去"嗡嗡——嗡嗡"地纺线了,人家晚间休息的时候,他又去"嗡嗡——嗡嗡"地纺线了。后来便决定:"除了规定时间(按体力与工作分为一小时、两小时、三小时不等)外,禁止生产。"那时人们还是舍不得离开自己的纺车。我有一天在规定时间之外,在空旷的俱乐部里见到一个同志在悄悄地纺线,我劝他:

"你要注意身体,不要纺吧!"

他笑了笑,放下车把,站起来:"我试验试验这车子。"

"来,我们去玩玩吧。"

把人们组织到娱乐里面去,娱乐也是重要的,在那儿,手风琴、鼓、胡琴在响着,在号召着人们走到那儿去啊!

选自《时代的印象》,光华书店 1948 年 10 月

快乐的张万福屯

在黑龙江的时候,我专门做了一次农村访问。

我坐了马车走过一些草甸子,上面有水泡,丛生的柳条、草地纵横着绿色,沿着一条岗子绕一个大弯,到了张万福屯。旧的村庄全是草屋,可是我发现:在村庄边缘上,农民正在为自己建筑新的房屋,红砖,白木料,发现之后,我立刻从车上跳下来。一个立在木梯顶上的农民高兴地招呼我:"十四年没得到一块木料、一片砖瓦呀!"在破旧的草屋附近,我又发现另外一所用铁皮钉成的新家屋,很精巧,有玻璃窗,太阳光里,铁皮上的黑漆发着光,木板搭了牛棚,还有用铁丝网圈出的一块菜地,大车躺在地上,黑牛睡在一旁,这情景使我真正看到快乐是怎么回事了。原来这些红砖、木料、铁皮、玻璃、铁丝网,都是从日本人兵营里住房上拆搬来的,特别是铁丝网现在显得十分和平、有用了。

张万福屯是一个十九户人家的村庄。

屯的农会主任萧元庆——四十几岁,苍老,面孔满是风霜的诚实农人，丛生着胡子，沙眼，他穿着一件短得出奇而质料很好的日本制服。他告诉我："这屯子有将近三十年历史，早先黑龙江召人垦荒的时候，开始在这荒田上建立了一个小村庄的，就是张万福，愈来愈多，就发展起来了，大家都是靠力气垦荒过日子……日本鬼子一来，这里所有的地都给开拓团占去了，十九户人家从那去后，再没一个人再有一寸土地……"

"那怎样活下去呢？"

"大家回过头再向日本人手里佃地种呀！除了交租、出荷，你想想！人死了几年，报不上死亡，一天报不上就要一样出一份荷，我们就是受尽着人间的苦，吃不上，喝不上，偷偷吃一点，还得在门口放个打更的。你瞧！这北安县驻了多少关东军（他指着遥遥一片兵营）——他们要猪，小牛、小鸡、鸭要活的，一送去就听到一声惨叫。他们把鸡活剥了皮，送到冰窖里存放起来，我们一年到头就是拔不完。有一回天上过飞机，屯长敲锣把我们都赶出来看，看完了，一个人出了五角钱飞机捐。"

一面说着，他领我走进屯子里头来。另一个农民对我说：

"现在老萧也是区农会主任呢！"

突然老萧把我一拉拉到一处。原来这屯周围有一百多垧地，都是开拓地，现在一下完全分配给大家了，萧元庆在这中间分到了四垧土地。现在他在他租住的草房旁，盖起三间新房屋来，绕着这新房屋前后，就是他分到的土地。房子还没盖完，梁上贴着红线，写了"上梁大吉"，他把我一拉拉到房前面，自己笔直地站在那里，叫我为他拍一张照片。在对光的时候，我清晰地看到老萧的脸，那每一条深深的给风霜打出来的皱纹，都兴奋得在微微地、微微地颤动。

现在张万福屯的人有了土地，也有了房屋。这时我就问：

"张万福屯一百多垧地,可是你们怎样种得上呢?"

在这以前,我一直在怀疑一个问题,就是土地分到贫农手里,是否一下就全部解决了耕种问题。因为据我所知,东北土壤是胶质的,普通熟地也必须三匹牲畜拉犁,这是一个很严重的劳动力问题呀,可是张万福屯,我来时是在土地分派完后一个月,所有的土地都种上了。原来全村在分了土地之后热情极高,农会主任萧元庆马上领导,把所有牲口组织起来(这是很好一种互助换工的办法),把所有一百多垧地都耕种了。

我问:"这样一来,有牲口人家的地先耕了,没牲口的不就误了春耕吗?"

"不。"萧元庆坚决地回答,"我把有牲口人家的地耕种一部分,把没牲口人家的地也耕一部分,保证谁也不迟。"

从前——贫农没有房,租房很贵,租不起一间,租一铺炕,租不起一铺炕,租半铺。我最后在村庄边沿上发现一处小小泥房,就是满满住了三个家庭。

张万福屯土地分配得好,在谁门前就分给谁。目前有十户上下在建筑新屋,不久以后这里将蠡现一个新式的农村,这个农村最大的特点是没有饥饿和贫穷,有的将是无穷的快乐。临行在街上,有一个黑胡子卖劳力的人,喃喃对我说:"我家在城里,这里我没分到土地,我要求我算这里的,我让他们把我写上,我要搬到这里来……"我看出农民是多么羡慕土地了。

选自《时代的印象》,光华书店 1948 年 10 月

浪头一日

　　浪头,是安东市郊一个区,从市内坐了二十分钟汽车到了那里。

　　这一天,四月十八日,是浪头自有史以来所未有过的日子,从早晨起,无数群众成群结队往区市上走来,他们的脚步轻快,带着无比的快乐——因为他们是来参加翻身庆祝大会的。全区二千多户,在民主政府主持下已经分配了三千八百亩敌伪土地,贫苦的人变为有土地的人了。今天,将在这庆祝大会上领取地照。我从来没有看见过这样多的人,这样一致的高兴过。他们几乎无法使他们的高兴不从脸上泄露出来,不,他们再用不着去掩盖,完全自由地笑着,特别是妇女,前一天晚间就从包袱里把过节日的衣服拿出来了,用红绫给孩子扎起发辫,她们一面摇着手中飒飒响的纸旗,欢腾的声音,如同水浪,此起彼落,把整个区市变得那样和谐、轰动、愉快。在区市边沿上有一块平地,我们从那儿下车,前面走着高崇民主席,刘澜波副主席,安东市长吕其恩,副市长张雪轩,立刻被一种欢呼声,如同把他们吞没一样,骤然袭来了。

会场上，到处挤满穿新衣的人，高跷队、秧歌队，敲着锣鼓震响着。

因为风向的关系——高崇民主席他们临时利用停在那面的一辆卡车，他们站到卡车顶上去的时候，一阵阵鼓掌，卷着不停歇的口号："共产党万岁！""拥护民主政府！""拥护高主席！""反对反动派向东北进攻！"在他们向农民致亲切祝贺中间，也不断给群众的呼喊、掌声所遮断，翻身的热情震动得天空都似乎在翕动。

一班民间音乐家，在台下吹奏起来，各街代表走上台，从区长手里领取地照，每个街的群众的眼睛，紧紧看着他们的代表从台上走下来，代表脸上挂着花朵一样的笑容，立刻是一阵欢呼，几千人把地照领到手，放在自己贴身的牢固的口袋里——这时，在那辆卡车上，一个青年农民爬上去，谁在用一只铁传声筒罩在嘴上喊什么，这个青年农民奋勇高呼，他要求参加自卫队，他的理由，是他要保护他们已经得到的土地，他说他们从前没有土地，他们从前是牛马不如。这立刻吸引了全场注视，不知从哪里来的，敏捷而能干的妇救会会员，忽然也爬到卡车上去，把一朵丝绢制的红花挂在他的胸上。

这时我在台上，找到主席团里一个瘦小的老工人，正在谈话。他叫于云祥，眯着两只笑眼，为群众的快乐所激动。因为我听说他有三个儿子，大儿子、二儿子在保安队上服务，昨天晚上，原来在窑业做工的三儿子，又在他的鼓励之下参加了自卫队，他自己也到街职工会里面去找工作。他对我说："我不会做什么……我送送信也是好的……"

这天在会场上，我数着，三十六个青年爬到卡车上去，提出同样要求。然后他们走到那游行的行列里面去，他们每条街的队伍前面都扎了花轿，抬起毛主席的巨像，无数农民背负着从会上领来的种

散文卷② 浪头一日

309

子、农具,紧跟在花轿后面。

十分有意义的,是这个农民的游行,不是到市区街上去,而是到他们分配了的土地上去。现在是自己走在自己的土地上了,自己的影子落在自己的土地上了,他们不停地看着,指手画脚寻找自己那一块土地。

这次浪头区分配敌伪土地,是花了许多日夜的工夫的。事先由工、农、妇女、军属代表与街长共同组织了各街分配委员会,根据按照贫富需要的原则,进行了详细的调查、测量、审查,再提到群众会议上,大家来研究、讨论、公平决定,决定以后,他们就带了绳子到地上去丈量,丈量好就插上木标记。农民们普遍地分到二天地(一天十亩)或一天半地。这几天,有上千人正在突击一件工程,他们使用日本人准备建设大东港的水门汀水管,埋到地下去,计划从鸭绿江中吸水来灌溉他们自己的土地,这巨大工程已快完工了。

第二天下午,浪头区的副区长许有贵,坐着一辆卡车到我这里来了。他是一个面孔微红,戴鸭嘴帽,穿工裤,一看就是个工人样子的人,果然,他是"满洲自动车会社"的技术工人,现在是副区长。他兴奋地问我:"昨天的大会怎么样?……对,这是有史以来,对……"然后他告诉我,这一个大翻身,在浪头引起巨大变化,从昨天夜晚一直到现在,他们区政府里简直络绎不绝,直到现在还在报名志愿参军。有的带着紧张的不误春时的生产热情,来商议种子问题,商议"我那一块地上种什么好呢"。现在农会正在组织大家讨论,各街分配委员会转为生产委员会,来领导这解放后第一年的大生产运动。

浪头区在短短半年中,完全改变了面貌,他们组织了粮食、船运、渔业、烟草、电机等合作社四十几处。合作社的资本,一部分是民主政府贷款,大部分却是清算斗争中得来的款项,比如斗争伪满渔业组合责任人,拨出七万元,斗争三胜粮栈,又拨出款项,就开办了信用合作社和电机合作社,这许多合作社中以瓦房店合作社办得最好,三个月批发一次红利,合作社的物品卖给社员,只收普通价的十分之六,他们还经常救济一部分贫苦的人。这样一来,浪头区就一天比一天繁荣起来。

浪头紧靠江边,在区政府的房脚下,我看到鸭绿江巨浪,直拍到我站立的一棵树下来,我看到江下的船只,起伏于风浪中,那里是一个理想的产鱼的地方。现在春江水暖,已经诱发着渔人们的兴趣了。听说浪头区今年有了自己的渔业合作社,今年比往年要做得有组织、有计划,他们要求好的收获。

选自《时代的印象》,光华书店 1948 年 10 月

两个人的作战
——王云甫和黄永才的故事

四平——敌人遍地修了地堡,要打仗就得在这些地堡上下功夫。你看! 每天夜晚,一闪一闪的火光紧跟着"吭——吭——吭"巨响,那就是一个跟着一个的地堡爆炸了。我现在要讲的倒不是这些,而是两个人在火线最紧张的时刻,冲入陌生阵地,凭着他们的勇敢与机智,一气拿下五个地堡、一个炮楼,解决了战场上的大问题。

王云甫高个子,大眼睛,大嘴,一看就是一个有力气的人,他挂着一支冲锋式枪。

他们从铁路突入路东地区战地以后,这一天发展到一个大院跟前受了阻碍。这大院从前是烧锅,现在敌人把它修筑得变成一座钢铁城堡,大门堵塞了,一挺重机枪在那儿构筑了工事,院墙外两边都是大地堡,侧射火力封锁前沿阵地。地堡很坚固,我们往上打了几颗枪榴弹,连点缝儿也没裂。还有高耸院里的粮食囤都弄成炮台,顺梯子爬上去,上面架了机枪从空中扫射……于是发展便在这儿停滞了。对峙可不是好事情，整天整夜挨炮弹、炸弹。那天，王云甫隔条马路占领房屋，一会房屋炸塌了，一会燃烧弹刺刺冒着绿电光，房子燃烧了，最后前面的墙壁完全倒塌了，他们就退到后窗外头，还是一枪递一枪地猛烈还击，在这阵地上坚守了一日一夜，王云甫所盼望着的出击时间终于到来了。

营长带着机枪连长来看地形，告诉他们："四点钟攻击。"

好，非把那些乌龟壳都个个儿，看看里头到底有多少美国子弹，这样永不歇气地"嘟嘟"……王云甫正心里发狠，恰好突击组的任务就落在他头上。这可不简单，营首长亲自爬到跟前来："炸药一响，你就冲进门去，往左拐，那不是有棵树吗？就往那儿奔……"最后严重地叮嘱他："你进去，我们才进得去呀！"王云甫担负了这个光荣任务就对他组里两个同志讲："冲锋我在头里，我走一步你们跟一步，我走哪里你们跟哪里。"他把刺刀上上，手榴弹铁盖掀去，塞在胸口底下……"轰，轰，轰"，营首长扔出三颗手榴弹——这是信号，抬头一看，爆炸手跑上去了——轰，翻了天似的一声巨响，一阵黑烟，王云甫就朝着黑烟冲上去了。大门炸倒了，垒工事的装满黄豆的麻袋崩塌了，几个"中央军"死在那里，他从那儿踩过就往那棵树那儿跑……

呵，那不是一个地堡吗？一个"中央军"钻出来，从南面红楼那里逃跑，还有一个蛮子班长端着美国机枪，到了地堡眼上，一发现王云甫就"嘟嘟"一梭子，王云甫把身子一蹲，就觉得嗖嗖一阵冷风，子弹从右胁下穿过去（他指着他军衣现在补了一块补丁的地方），他隐蔽到一捆捆树条子后面，抛了一颗炸弹过去，在地堡眼上炸了。他一站起，那蛮子也站起扔了一颗甜瓜式的美国手榴弹，他赶紧跳到一个小水坑。他急了，他解下第二颗炸弹扔过去跟着冲上去，把冲锋式塞进枪口打了一梭问："还有人吗？"哪里还会有人？蛮子死在里头了，王云甫就把那挺机枪捡了起来。他回头看看，原来突击组就剩下他一个人了——后面队伍为何还不上来呢？可是他看见就在门旁，有人在那儿"咔咔"打枪，他寻思自己人吗？不能，一定是敌人企图封锁门口——那里有地堡吗？枪又从哪里打出来呢？刚才他不是从那儿跑过来的，什么也没有啊！他仔细一瞧，敢情是一处用席遮着，一处用一堆土挡着，敌人就是这样狡猾的，枪就从那儿发射。他顺着墙根七步八步跑过去，一瞧，一个蛮子班长守在门口，叽哩哇啦，门口挂着饭锅、猪肉和衣裳包。他冷不防就一下抛了一颗炸弹，跟着喊："缴枪吧——回家的机会到了，不缴扔手榴弹了。"这时黄永才来了，黄永才是个五短身材的精明人，提着根枪，跑得吱溜吱溜的。刚才他看见王云甫进来，他就也进来了。"怎样有地堡呢？"他就要钻进去，王云甫不让他下去，堵在口子上用枪"嘟嘟"，一会里头往外递了一支冲锋式、一挺机枪、五六支步枪。"快出来！"一个跟一个拍着巴掌出来，黄永才把死在口子上的蛮子班长拉开进去搜索，里面很黑，麻袋、美国被铺着，席遮在墙上，一个人身上血糊拉的："八路同志——给上点药吧！"这时可来不及，他们忙着把土堆那儿的地堡除治了。

队伍呼呼啦啦进来了，一直往后院冲，因为敌人正依据那里进行猛烈抵抗。

一听——怎么北面还打枪呢？王云甫没等什么命令，机敏地一挥手，两个人顺大门往北去了，绕过一个个粮囤，接近角上一处炮楼。

炮楼上有一个眼，挺高，扔炸弹扔在墙上碰回来炸了。黄永才说："这不行，不进去不行，还是找门口往里系炸弹。"

贴着墙，望见炮楼门口，喊喊话，里面还打，他就扔了一颗炸弹进去，一听没动静，炸弹又给人家扔出来了，他恼了，一连气摔进几颗去。

俘虏出来，都是东北口音，说是一班人。王云甫问："为什么喊你们缴枪不缴呢？""那个蛮子班长守在那儿，谁敢？！""他呢？""给你们打死了——不信，你们去看看！"一个人懊丧地说："我是伙夫，也给弄来压梭子。"一个脑袋流着血爬上来，王云甫掏出手巾给他包扎了说："一会卫生员来再给你上药，别哭别叫，你们溜墙根坐着吧。"黄永才却笑嘻嘻从里头钻出来，抱着一挺机枪、一支冲锋式。寻思没事了，突然"啪——啪"一下一下往这里打枪。黄永才喊："赶紧，靠墙，有敌人！"他们两人转过去又解决了一个地堡，把俘虏集中一齐。这时，最后一个地堡里就慌乱了，吆喝起来——王云甫和黄永才两人挨着粮囤转了过去，听到一个东北人口音："叫你们快跑还不快跑，八路进来了，快快！"说着就有一个伸出头来张望。黄永才转到南面粮囤去了，王云甫从后面也转过来，爬着接近地堡……这时天已漆黑，可是粮食囤烧着了，火光烛天，什么也看得清楚。这一次，一喊话就全班缴了枪。

统共不到一小时，王云甫和黄永才拿下五个地堡、一座炮楼，缴了四挺机枪、五支冲锋式，压下二十多个俘虏来。但是我所以记下这个故事的意思，还不仅仅在此，因为在四平敌人工事修得很多很复杂，地堡墙里墙外沟通着，对外防御，等你一冲进院子，他就狡猾地在地堡里把枪掉转头从四面用火力把你封在院子里。这回部队冲往后院去了，王云甫、黄永才没有上级指导，却机动地把屁股后一排地堡一个个清除，使敌人失去从后面钳制的作用，这确实是很好

315

的经验。当他俩把地堡都打完了,敌人还不死心地从后面房顶上往这里打枪,不过那已无用了。

选自《英雄的记录》,东北书店 1947 年 11 月

刘致成回家

一到承德之后，我有一点好奇，我想知道这几个月他们是怎样过的？用什么速度过的？一天我按着约定时间，到区政府里去看刘致成，他完全是一个劳动者，面色苍老、黧黑而坚实。他原来在承德市一区，给伪政府实业课种菜园子，一面看守屠宰场，最后在敌人强迫之下，给当作移民送到东北去做了劳工。

是去年旧历正月二十日，天一亮，组长、班长、区长就把他叫起来说："半点钟以内，移民！"

刘致成一听着了急："那么我的家（指房屋家具）怎么办呢？"

班长说："走你的，把门封上，给你卖了钱邮寄去。"

"那不行，还有欠里欠外怎么办呢？"

"以后再找吧。"他们就不再多讲话，把他们全家的"配给簿"收走了。这一来可就非走不可了，没有配给簿，是得不到粮食的，那么一家只有饿死。移民，敌人说是把无业游民移走，有家室的不动，自然这只是一句空话，还说一家移民发一千元移民费，几家一只羊、白面,可以饱餐一顿再走,实际也是一句空话,钱拿到手只有一百二十元。区长怕人逃跑,临走前一晚才敢通告,被通知到的人自然像是挨了巨雷。俗话说:"热土难离。"谁知到那茫茫远方是生是死,做牛做马。亲戚朋友听说都来抱头痛哭,然后送别。刘致成一瞧这情形,没有办法了,奉公队监视在窗外一会来催一遍,他就只好收拾收拾,带了老婆和三个孩子,丢下了家,哭着去集中。那伪区长池荣,给大家端来两盆羊骨头汤,摆在地下,哪里有一个人去动它,五六百人就是坐在一齐痛哭。

天黑了,装上闷子车,挤得一个个站得直挺挺,动也动不得。天是愈走愈冷,脸上都冻起黄豆泡来。小女孩抱在母亲怀里,手都不管事了,车开过锦州,一看,孩子死了,刘致成只好去报告车掌。一个伪警啪啪打了他四个嘴巴,恶狠狠说:"要么怎样误了车呢,拉你们活的还拉你们死的!"他过来伸手就拉着孩子往下丢。母亲可拉了孩子一条腿,大哭不放,两个人在那小窗眼里争扯。她挨了一脚,刘致成把孩子悄悄埋到河边雪地里去。

到了辽阳进了麻袋工场,就进了地狱。日本人叫四十九岁的刘致成去扛二百四十斤一捆的麻袋,他扛起来,眼睛冒金花,摇摇欲坠,还挨打。四班人住一间小房,地下结着厚冰,冰上铺层草,人就在上头睡。外面成天成晚下着大雪,木柴是湿的,点不着火,一天吃几顿高粱米粥,就像喂猪一样,把大家赶在一团吃,一个月一人拿一元一角九分工资(还要扣去来时的火车费、手续费),一天不上班就交出六七元钱才行。可是煤要三元五角一百斤,合煤的黄土也要十元钱三百斤,高粱米一斤二元。在这个工厂里还有特别的办法,工人彼此不能讲话,讲话就算国事犯。刘致成经过几次央求,拨到机器上去轧麻袋团了,可是他不会使用机器,一上去电火就把眼睛打坏了，流了两天眼泪，什么也看不见。十三岁的女儿，也给逼着去机器间纺麻袋，一夜她正在工作，手稍微呆慢一下，冷不防从后面来了一耳光，她一抖索，回到家，母女抱头哭了一夜，从此一只耳朵就给打聋了。老婆自从孩子死了以后，她做做事，只要一听见人家的孩子嘶哭，她就像表一样停下来，躲在那里，要好一会才醒过来。总之，她变成了一个傻子，脸肿得老胖，有一次给刘致成缝一条棉裤，把棉花都扎在一条裤腿上，翻过来翻过去弄不清楚。

到辽阳去的移民，只算从兴隆、赤峰去的就有一千三百多户，死了五六百人，四五岁的孩子就都死光了。

刘致成还告诉我，在工厂里谁也不准出去，四周围都是电网，一个星期一家出去一个人，不准往外带东西。杜万生偷偷带了把棉花去卖，在树上捆了一天，拿柴棒打，老婆也捆在树上晒。可是有一天半夜里正做工，一下电全断了，后来才知道是日本投降，千金寨工人都暴动起来了，这里门岗还是严禁出入，直到红军来了，事务所的人跑了。红军问："有没有吃的？"听说没有，四个红军就扭开仓库叫大家去拿。那个事务所里姓左的翻译给工人追了十几里路，一面追一面打，把他一条胳膊打断，身上给尖刀钻了很多洞。

刘致成就一心想回家，走了一个月零三天，讨着饭回来。杜万生先来，他是在墙下掘洞逃出来的，回到承德，还是伪政权时代，就不敢进街里来。有一个苏万年，一跑回又给抓了劳工，又送到鞍山去了。杜万生就躲在外面山上树林里，下雨就淋着，饿得没法把媳妇卖掉，儿子正病着，说："养不过来不要都饿死。"一家大哭了一场。刘致成回来，承德却解放了。家自然早给旁人占了，就在菜园子陈家住下。

这时候，移民也回来一些了，大家商议商议，就找那些害人的汉奸区长算账评理。

在承德进行复仇清算的时候，这些十三年受过血海冤仇的人，都愤怒起来，他们把池荣拉到街上来游街，有一个妇女拦在路上狠狠地打了他几个耳光。有的说："这群汉奸把我们害得好苦哇，有的家产荡光，有的父母死在路头，还有把妻儿卖在外面跑回来……"有的说："刘保廷从辽阳逃回来，池荣不让他住，他没法，请池荣和赵班长吃饭。他们才说：'住下可以，得改名叫刘福山，重上户口。'"有的从这大会上清洗了冤屈，分别赔款，跑回东北去接自己骨肉回家了。到那里，他们说："回去吧！承德可热闹了！"现在承德市回来二百户移民，刘致成分到一万元，买了条棉被，还向政府领了四十斤救济谷子。我问他目前生活，他说："到山上打柴火进街里来卖。"

刘致成算是个十分坚强的人了，但当他谈到把小女儿扔在锦州河边上的时候，我看见他眼里冒出泪水，头微颤着，声音变得十分暗哑。他是一个受了多少灾难的人，今天从他脸上看出显然不同的颜色——在最近一区六街进行民主改选街政权时，他被选当上副街长，他热心街上工作，他不怕困难。他到区公所来谈工作，一次拉着我手说："我饿死也要工作。"他现在跟四五户从东北回来的移民住在一起，他们在患难中成为朋友，他们在做小生意，却拥护他出去做政权工作，他们时常到他屋里看看粮没了就送些来，柴没了就斫些来，只是他的老婆还在怀念着她那扔在外乡异土河边上的孩子，她一听别人家孩子哭就愣在那里，有一次正在生火，结果把炕席烧去了一大半。女儿现在可是高高兴兴地带着弟弟上山打柴去了。

选自《时代的印象》，光华书店 1948 年 10 月

六勇士

薛延聪倒下去以后，就在他留下的阵地上，从黑夜到白天，在复杂变化情况之下，出现了六勇士坚守阵地的事实，这六个勇士是张纪春、刘永清、何玉发、胡景山、王紫贵、丁立准。

张纪春接受的命令是"冲上去"，于是他在密集火网下，组织全班人冲杀到了公路南的沟边上。

他们跳进沟里，这时张纪春发现敌人遗弃在那里的一门六〇炮，地上一堆炮弹，还有一支重机枪。"要组织火力"，他可是没有工夫，因为这时只有他和王紫贵占领了公路沟阵地，背后的开阔地，随即被敌人火网更凶猛地封锁断绝了。他们和敌人只隔一条公路，谈话都听得见，敌人疯狂地企图把这路打通，同时从北面有两挺机枪专门封锁张纪春所站的地方。就这工夫，何玉发和丁立准抱着一挺机枪上来了，何玉发把机枪一按，往北猛扫。张纪春拉了机枪班副射手丁立准说："你不是会打小炮（掷弹筒）吗？"他指着倒在地下的六〇炮。丁摇摇头："那能会？！""不要紧——支起来！"可是张纪春也不会,他只看到过一次,他就试验着放射。一炮、两炮……出去了,张纪春突然发现,敌人隔着公路往东爬了,他急忙放下六〇炮,让丁立准去放射,他一手把一颗炮弹扔了过去,又是谁也扔了一颗。敌人吵嚷起来:"八路打炮了!"又一次纷纷向西溃退。何玉发的机枪子弹打光了,张纪春说:"你准备着手雷,监视着北面!"他提了枪顺着沟往西爬,在这里他发现了刘永清。

刘永清是九连的。九连一个班冲锋后只留下他一个,他正趴在沟里往西射击。张纪春一爬到他身边说:"你没把握,看我的!"

"你不行……"刘永清手一动,一枪,西面一个人倒下去了。张纪春叫了一声:"打得好!"

这时,他眼快,看见敌人朝这面竖起一门小炮。他紧靠着刘永清,瞄准一枪,那面,支小炮的炮手,栽爬下了。刘永清也喝彩了:"你这一枪打得好!"

天朦胧得要发亮了,深沟给冻雪塞住了,敌人刚才在这雪山掘了几个坑穴,张纪春和刘永清就趴在这样一个坑穴边沿上,身子底下是狼藉的死尸和彩号与美国步枪、子弹。始终在这条沟里的胡景山先同刘永清会合了,这时趴在他俩后面,又做起扒子弹的工作来。王紫贵在沟边上抬头看了看,伸起腰,用劲扔了两颗手雷,他叫了声:"副排长!我挂花了。"张纪春叫他下去,他不肯下去,他爬到后面的坑穴里去。敌人的枪榴弹嘶嘶地迟缓地飞过来,带着吓人的声音爆炸起来,天放亮了,西面还有一挺轻机枪响。张纪春决心除去这威胁,伸头瞄准了,一、二、三、四,第五枪,他瞅见那射手一震,他心里想:"打着了。"机枪果然不响了。太阳出来了,刘永清问他:"咱们人怎么还不冲呀!"张告诉他:"咱们只要坚守着这里,咱们的人就能迂回上去了。""对,坚决守在这里。咱们打在一堆,死在一处,死也死在这阵地上。"张纪春环视了一下给烟尘、血浆染满了的何玉发、胡景山的面孔,他坚决地说:"同志们! 这是为人民立功的时候了!"勇气和太阳同时照亮、通明。拂晓时候,九连已经占领了东面的汽车队,在张纪春阵地上,现在只有西、北两面威胁了。谁知子弹在这时打光了。何玉发从口袋里掏出小刀,把王紫贵身上的子弹袋切断,把子弹送上来。打了两个钟头,又光了。这时刘永清突然记起黑夜冲锋上来牺牲在这里的彭相祖,他身上带有子弹。他们俩就抢了起来。太阳一步步高升着——一夜一百四十里急行军,现在又是半日,太阳出,雪融了,雪和血弄得他们浑身湿透,冷得牙齿打战,饥饿也火一样燎着。西面七十米远处敌人不敢露头了,张纪春喊了一阵话,那边也不应,他想出一个主意,告诉胡景山,胡景山就把一支步枪朝天举起。敌人果然伸出头来,张纪春瞄准就是一枪。

七小时,阵地坚守下来了。张纪春把周围的子弹打得净光了,他嘱咐刘永清在那里监视,自己一个步枪手又去尝试那挺马克沁重机枪,终于放响了两发——又哑巴了。他抛下它,到处去找寻子弹——这时北面一座小坟头上,还有敌人一挺重机枪不停地朝南射击。他往东爬了一百米远,接近这机枪阵地,去消灭它。他的腿已经压得麻木了。一把刺刀压得像一条弯曲的干鱼了,但战斗的意志仍然旺盛地燃烧,他不停地移动着,忽然从那开阔的漫地上,我们的人,不是从一处而是从四面八方,"全面出击歼灭敌人呀"! 从那湿淋淋的小沟里,几个勇士一跃跳上公路往北面捕捉敌人去了。张纪春和王紫贵是一个排同一班的,胡景山是二排的战士,何玉发、丁立准是机枪班的射手,刘永清是九连的战士——虽然不同建制,他们在一起亲密地战斗了,而且打得好,打得坚决,像一个人一样。我看到张纪春这个二十二岁的山东青年,他是这七小时猛战的组织者。刘永清高大茁壮,桦川人,红黑的脸膛挑着两道浓眉,何玉发有一副喜悦的聪明的面孔,扁平鼻梁,一看就是四川人。我问他,他笑了笑告诉我他是新站战役解放的,胡景山二十二岁,现在做了排的枪榴弹手。他高兴地把他那美国制的绿色的枪榴弹拿给我看,机枪副射手丁立准是高个子山东人。这六个人里面只有王紫贵因伤重到后方休养去了。战后有人到西面沟里去看了看,一大堆敌人中,百分之九十是被他们炸碎了头部的。

选自《英雄的记录》,东北书店 1947 年 11 月

"满洲国"的"华尔街"

我在长春美丽的柳条路，一间红色楼房中住过十天。据说那是一个纳粹科学家的住处，墙壁上有画了一条鱼的油画。隔不远就是黑色的巨大的满炭大楼，从那儿拐出来，就是二十里长的"大同"大街，我相信这是中国一条最宽最长的街，夹着四排树木，连行人道在内平列伸展着五股道路，还在城市中心，展开一个广场，可容纳十万人集会游行，现在矗立一座花岗石的红军纪念碑。不过，最突出在长春景色中的，第一是那深灰色的关东军司令部，第二是那无数的株式会社，第三是日人神社。我可以断定——日本人从一块荒地上建筑起一个都市，它取名叫"满洲国"的"新京"，实际八十万人口中由二十七万日本人所主宰。

如果说在那宫殿式深灰色司令部里，从大岛、南次郎到梅津，干着屠杀的罪行，是东北统治者，他们保卫的却正是那些种类繁多的株式会社。

这些会社是法西斯财阀伸来攫取的手（东北从农村到城市，在

325

它之下呻吟、受苦），其中资格最老的当推"满铁"（南满铁道株式会社），开始在明治三十九年，至今已三十余年，规模极大，投资额为十四亿元。其他如"满炭"（一亿元）、"满电"（三亿二千万元）、"满洲重工业"（六亿七千一百万元）、"满洲飞行"（一亿元）……根据我手边材料统计，主要会社，计有七十八家，遍布全满，为保险、交通、燃料、电气、矿产、机械、化学工业、农事、配给、弘报、土地、房产等各业，投资额为五十九亿三千余万元。从"大同"路原"满洲国通信社"（即中央社所在地，当时为新华社东北总分社所在地），巨大玻璃窗上望出去，一排排巨大建筑所构成的大街，灯光闪烁，使人联想起纽约的华尔街（它控制全美国经济生命），正是这些会社控制了整个东北一切经济命脉。

"满洲国"曾经提出两次产业开发五年计划，进行经济建树。抛开它那些堂皇措辞，实际情况是——最初是以东北为日本之过剩物品游资及失业者的销场，这时开始设立各种会社，强调其移民开拓政策；三七年战争爆发后，则以东北为日本之粮食及军需仓库，乃施行物资贸易的严格管治；等到太平洋战争爆发以后，就更加紧榨取物力、劳力，以供应日本战争之消耗，于是生产"出荷"，强制劳工，增税，强迫储蓄，严格取缔贸易，一切都是组合配给。这就是经济侵略一步步的发展、深入，这种榨取的血债：

在农业方面每年约一千八百五十四万公吨；

牧畜方面每年约毛皮一百一十一万九千张，肉量为十七万九千公吨；

森林方面每年约五百万立方公尺；

工业方面每年约六百二十八万五千元。

从贸易上来看，对日输出与输入，比如三十二年度，"满洲国"总输出额九百零三（单位为百万元）中输日本占六百九十八，另一方面在输入额一千零九十一之中日人输入竟占七百零八。

从长春来概括日人经济侵略罪行之后，可以想见，从前出入这些豪华会社之门的人物，是如何趾高气扬。他们在贫穷不堪的广大农村的骷髅上繁荣了一个长春，这就是"满洲国"。同时从一个中枢伸展到各省，日人把东北分成二十省，是为了便于统治，在这二十省中省长为中国人，副的都是日本人，实际决定问题的都是副省长，最高的"国务院"，则操纵于一个总务长官，叫作武部六藏的日人，从经济到政体，"满洲国"完成了一个十分严密的殖民统治之典型。

我肯定地说：长春不可爱，长春让我想起的不是这个，虽然我到长春天还冷，穿皮衣，而从前线回来，满街柳色已那样浓了。

选自《时代的印象》，光华书店 1948 年 10 月

民族斗士于天放

　　黑龙江的人，没一个不知道于天放的。听说他最近到海伦去了一次，从数十里外奔来成万的人，听他说话；他在北安经常有成群结队的人，来看他，因此他那里常常挤满人；听说他现在简直不能出去，到处就会给群众包围，群众简直着了魔一样。

　　我到北安以后立刻去看他。他身材高大，面孔微红，但他是那样沉默，头发很秀美，端正的鼻子，谈话时眉毛时常微促，有时低下头去停一停。他不吸烟。他住在几间日本式房屋里。

　　他就是松江省呼兰县人，清华大学学过经济系。一九三二年冬他和同学张甲洲（张平洋）秘密回归东北，组织了巴彦反日游击队，后来又到齐齐哈尔做地下活动，不久被敌人追踪，就到松花江下游的富锦县，做一个中学校的英文教员，最后他组织了一部分人趁着黑夜，携带了油印机、电台出走，在敌人追击激战里面，同行的张宗孚（清华学生）、陈训、郭革一等都牺牲了。他终于到了部队里面，从此他在抗日联军三路军里，坚持了兴安岭冰天雪地中无衣无食的生活，他是一个出色的士兵教育者，他担任了第六支队的政治委员。

这以后，我专门询问他那震惊东北的逃狱的事情。他说：

"一九四四年十二月十九日，上午九点三十分钟，我从老金沟里（那时他孤身一人住老金沟森林一土洞里坚持工作）出来，在绥棱县向阳区一个村庄小学校里，由于叛徒告密被捕了。"

捕到他，敌人快乐得很，很多人从长春赶来看这个无畏的英雄。审问时用种种酷刑拷打，他只有一句话："只有一死，没话讲。"他们最后把他解到北安。下车以后用黑布蒙了眼睛，由两人拉着转了几十个圈子，让他神志昏迷，才押进一个秘密特务室。谁也不知他关在什么地方。

于天放进来以后，知必死，决心挣扎一下，可是这是很少希望的，那特务机关是铜墙铁壁，日夜由二日本特务轮流把守。而且他甚至连方向也不知道。但是坚强的意志不准他有一点失望，一天忽然从窗户上露出一些微弱的光亮，从这点微光中，他看见院中一座灰色楼房——他就把这灰楼当作指南针，弄清了东南西北，同时从隔壁监房一批囚人口中零碎记下一些话，约略辨出了方向，于是布置第二步，如何击毙看守者，最后从狱室中的大铁炉（土语叫"别拉气"）上发现一只铁门可作武器，这时剩下考虑的是选择一个什么时间，打击的对象是哪一个！

在这细心准备过程中，已入狱五个月。他想七月下旬至八月初当是最好的青纱帐时期，同时庄稼野草都结实，可不致饿死。

恰在七月五日，在克山活动的一个抗联同志赵忠良也被捕送到这里来了。

赵隔墙悄悄问："于天放在不在？"他以为是日人的骗局，不理睬。后来赵说明自己是谁，如何被捕，同时他传达："德国败了，八路军新四军正往东北挺进,已到冀热辽,抗日联军部队正在整理!"于是两人秘议逃狱。于天放问:"草多长了?""可以藏人了。"

一切周密地计划好,最后难关突然自行开启。

原来有一天,特务机关长永井走进来,拿了一张小兴安岭详细地图给他,要他标明符号;将来苏联进兵满洲时从何地进攻,哪处可走坦克,哪处可走骑兵,抗联从何处配合作战,任务是什么……于天放看出永井的慌张,可是看着这张详细地图十分高兴,就答应下来。可是催了几次他推说未画出来。

七月十二日早晨一点钟。于天放将军望望我说:"一个最后胜利的日子到了。"

恰好这晚,每班看守二人,却只有石丸一个人来了。于天放被允许在廊中就电灯画图,夜晚放封时赵忠良也带了铁炉门出来了。这时全狱人都睡了,一点声音没有。于是,于天放突然从背后向石丸猛击,两人翻在地下立刻扭作一团,翻来覆去,搏斗了十五分钟,石丸要喊,他就把手塞进石丸口内,石丸拼命咬,他痛死也不取出,最后终将石丸击毙,从口袋里搜出一把钥匙、一只夜行指南针,打开两重门,击碎第三层窗户,跳了出来。这时把地图围在腰间,手上拿着夜行指南针,跳木墙出来,往西跑去。

黑暗中不知道路,一下闯进飞机场,折身逃出,东方已经微白,听到街里警笛乱鸣,枪声不绝。这时他四肢无力,挣扎跑了七八里路,天已大明,钻进一小块麦田隐蔽起来。这时才发现双手疼痛难忍,原来左手食指皮肉全部咬光,右手亦咬伤,浑身血渍斑斑(谈至此,他举起已残废的左手给我看)。这时敌人飞机二架低空侦察,没有发现他。

天黑以后,走出麦田,到大铁桥边工棚内与赵忠良约定地点会面,一夜竟未找到。天亮藏进一小松林,下午七时了,突然听到林里嚓嚓脚步声,原来日伪警察正在搜查这小松林,他决心最后只有抢枪,以求速死,一日警果然走近两步远近,目标已被发现,他奋起一跃,逃出松林,滚过大路,伏到二十步远草丛里面,日伪警察慌张中没弄清方向,拼命往北追去,搜来搜去,直到天黑才走。汽车就从他草丛边过了几次也没发现。

他逃狱后,日人大为惊慌。"满洲国"报纸上用极大字标题:"于天放逃跑,满洲国失去了一大半。"长春来了命令,一定要捉到。省长、各厅长都受了处分,停止办公一个月,到处搜捕,整个黑龙江都乱了,所有老百姓都给驱赶着到处手拉手——走遍所有草地、山林,不放过一寸空隙,秘密寻找于天放。

日本人以白布一百匹、胶鞋一百双、劳作服三十套、满币十万元,计百万元价格悬赏。谁要隐藏,全村诛灭。可是群众忧愁了,脸上阴沉起来,海伦一个小贩情愿替他死,许多老年人烧香许愿,说只要于天放逃走,中国胜利了,杀一只猪,特别是拉着手搜寻的人,一进树林就轻声喊:"于天放——藏好一点!"

饿了四日四夜,只吃了一点野菜,于天放浑身软弱无力。一天晚上到了小屯边,一下给六七个棒子队(自卫队)跳出包围了他。他一看无有办法,就说:"我就是于天放,我为了抗日奋斗十几年,你们有中国人天良就放我走,你们要发财,我死在中国人手里也甘心!"他话未说完,其中一个青年农民刘国忠一跃而出说:"出了这样一个救国英雄,我们不能害他!"大家都说:"不能捉于天放!"就一齐到小土地庙烧香发誓,谁也不准走漏消息。这时正是遍山遍野撒大网捉他,他们偷偷把他藏了一天,次日晚间给他一双旧鞋、一些干粮,送他数里远才分手。这时他知道赵忠良已被杀死,他决心西走讷河重组部队继续抗日。

从此他白日不敢行动，夜间还得绕过屯子，找着沟壑走路。在德都荒原上踟蹰前进，双腿刺破逐渐肿胀，双手溃烂不堪，终日得不到饮食，只吃一点野草、麦穗、生土豆子，喝一点河沟或车辙里的污水，全身破烂，脸黑得像木块。他一到讷河就得到"八一五"日人投降的消息，于是重组抗日联军，重回到黑龙江来。

这样惊天动地的事情，听了真使人兴奋、感动。说完，于天放同志就领我去参观他逃出的监狱。因为这一座灰色的楼就在他住房对面，现已改名为天放楼。他随走随指点那阴暗的单身牢，那廊道，那重重铁门，以及那最后击破的窗户。

选自《时代的印象》，光华书店 1948 年 10 月

南满归来

计划以三月时间完成南满之行。我相信,在我们这里,不论是在农村,还是在火车厢里,或者工厂、商店的门前,我们回想起来,把去年和今年做一个比较,都会感到在这里发生了巨大变化。在蒋占区作战的时候,当一颗炮弹向敌人放射去,我们也没有忘记我们的回想——"梨树我来过","公主岭我来过","四平我来过",就是这些简单的士兵语言,带着深厚的人民的情感。——我去年访问过南满,那时,亲眼瞧见南满的人民,从身上还未擦净十四年血迹,以他们不屈的眼色,看到了黎明,需要奋斗的时候,他们就从地下爬起来。可是他们脑子里还纠缠不清一个"正统观念",还有幻想,只当我们为了和平做巨大容让而从那里离开以后,东北的光明主要是在北面照射,而另一部分却阴了天。

在这里,我先介绍一个姓孙的农民。他蓄着小胡子,穿着毡鞋。五月间,我们顺着怀德到公主岭公路追击,到他的家里,他拉住我手:

"去年四平作战,我赶了大车,帮助你们四十天,国民党炮弹把我的一匹马打死了,后来你们走了,我送你们到德惠,临走,你们从骑兵队拉一匹马给我。"后来,他在他院里马厩边,把我们介绍给他那头发斑白的母亲,她亲热地叫着:"你们就是××团的同志啊!"她似乎整年记着这一个数目字,国民党从他们身上斫去一切自由、解放,但是无法从这个老人心中斫去这个数目字。可是当我问他:"马呢?"他懊丧地望着马厩说:"给'中央军'拉去了……这回是完了。"那时,战斗还在公主岭市区里进行着。

我们不是讨论一匹马同一个农民的问题,而一个农民正是从他切身的痛楚与欢乐中,做着比较,做得他的结论。

这样长的时间,南满的同胞们是什么日子呢?我越过松花江到丰饶的东北谷仓地区寻得我的答案,那正是解放区深入土地改革中加紧春耕,农村里忙碌而愉快的季节,在公主岭、昌图、开原、四平,我亲眼看见饥饿。一个病弱的女人,一手抱着婴儿,一手扶着车,挤着去分粮;小姑娘挤在大人腿底下,伸出小手捧起落在地下的黄豆;一个赶大车的车夫把口袋放下,从额头上揩一把汗,望着在天空"咔咔"扫射屠杀分粮群众的国民党飞机,他不躲避,他却快乐地笑着……因为在这一刻以前,他们有着比死亡还可怕的慢性的毁灭,国民党正在用饥饿杀人。关于这方面,国民党的中央社,最近也露了狐狸尾巴:"长春四平之间堆积待运之大豆,统计损失达四百二十四点二吨。"这些大豆哪里去了?如果我们不去,就送到美国帝国主义的工厂里去做原料,现在呢?如数归还给农民了,因为粮食原就是从他们家里掠夺来的,东北蒋家掠取粮食的机关,叫作"东北粮食调剂委员会",去年在哈尔滨阴谋杀害李兆麟将军的杨绰庵,就做了四大家族的收粮奴才,当粮食掠夺来的时候,主人流过泪,尔后他们就挨饿。

在昌图，一个姓王的眼睛发红的中年人，和我坐在树下谈心，他告诉我："我家六口人，同志，我从昌图站分了三石粮，算把女人孩子接济了一下，能吃三个月，要不是你们来，我们都要饿死。"

晚上，住在一个老头家里，他是一个快乐而固执的人，用他女儿的话形容："老头——六匹骡子揽在手里，叱一声，谁也不敢动。"可是这一年他沉落在痛苦深渊里了。他是一个富农，而且是一个牌长，但是他从他那扇新安的木板门向我痛骂起蒋介石的统治："光这一个门，就得花一千五百元，还要缴身份证，每人照相八十，证书费二十。十八到四十五岁的人，半季得出五百元，供给驻在东北村的乡团壮丁吃穿，一天地半季缴费八百元。抓劳工到开原去修工事，连妇女也到东北村去修了三天，还得自己带吃的。"他当牌长，可是他受了很大气，县上常常来抓壮丁，壮丁逃跑了，上面就打他，他憋气，一直生病到现在，他说话非常气愤，他的老婆和女儿胆怯地怕他的话得罪了人，不断阻止他，叫他去修补猪圈……他不去，他，主人一样继续讲下来，他说："国民党得不了天下，他们恶贯满盈了，做得太绝了，袁振海他有个小儿子，两人拆墙，把脚摔崴，二月里挑国兵十九名，往县里送去抽签，一个个用绳子捆在大车上，他说：算了，这儿子我不想要了……老婆泥水连天地跑上县去，路上挣脱绳子跑了五个有钱的（送壮丁时，有钱的给村长十几万就绑活扣，没钱的绑死扣，绑活扣路上挣着就跑了），他的小儿子抽签没抽上，虽然第二次挑国兵村长说还得去，袁振海急了：'十九个跑了五个，要是五个都去我儿子也去，我儿子也不要了！'前两天又来要，这回可大喜大喜（老头作了个揖表示感谢八路军来了）。"这时，他那胆怯的老婆也气愤地倾诉起来："前些时铁路上给你们炸翻了火车，铁保队（铁路保安队）整些洋火来卖，那天村长来要火柴钱了，我说小户没人要呀！他就骂我！奶奶个×！还踢我，末了把联络员打了几个耳光。"这时，他那年轻的媳妇也活跃地讲起话来："一天官上来了人，爸妈不在，我就给送信，一下来了辆马车，上面坐着个什么老爷，一下吓着问身份证，没有，拉到车上去，吓得我乱喊，有人认得我算放了我。"离他们不远，青羊铺有个铁桥，铁保队要一户交一百元，不交，不但不准走那里过，还得去看守桥梁，一个穷人缴不出钱就去看守了，铁保队偷偷把自己被子烧了，看守一夜，天亮该走了，却给一把拉着诬赖他，硬赔了五千元。今年过年铁保队队长到屯上来放局，贫穷的农村里，哪有人敢跟他赌，他就叫屯长陪着赌，屯长没钱，他借给五万，一夜输了二十八万，屯长然后把这钱账摊在每一家农民头上，每家出一石粮。在开原车站，我们解放军到达的前两日，一个人因为抓壮丁自己用绳子吊死在房门上了。

我这里有清原县兴隆泰区门帘村一份不完整的调查材料，门帘村下辖七个小屯，三十户，约八百口人，除去国税、省税、县税之外，他们额外负担着如下项目：

他们供养着——二十一个"自卫队员"（大牌武装），每人每月三千元，买枪十几支花费五十一万元。

还供养着——每屯屯长、通讯、情报、文书四人，每人每月三千元，金融合作部五人，每人每月六千元。

还供养着——每屯一个分队长（专门出去做探子），每人每月四千元，军警稽查处五人，每月每人六千元，村设盘道员十三人，每人每月供养六千元，村公所有四个便衣谍报员，每人每月六千元。

在草市、土门子一带修碉堡，门帘村每天出六十五个工，还负担三万斤洋灰、二十五万块砖、八百斤铁丝、一百块木板、六百根八尺长的树杆子、一百车鹿砦、六十根二丈长六寸直径的木料。

国民党新六军运输团一部分在门帘村驻军两月,人民又要供给三十石黄豆、二十石高粱、三石大米、二十口肥猪(鸡,无法计算)、二万斤谷草。

在修铁路时,还负担过二千五百根道木。

一个农村就给这庞大的供养数字压倒了,贫苦的人就是这样供奉着统治者,使人想起俄国萨兰蒂可夫含着泪写过的"一个农奴怎样养活两个地主"的故事。如果把这些数字加在一起,再用八百人去平均一下,每人的负担在一万五千元以上。有一天民主联军解放了门帘村,老百姓说:"你们再不回来,我们打锅卖铁也给不起了。"双庙子一个种五十亩地的小康之家把门前种的几棵树都砍光卖掉了。门帘村还担负了污辱与蹂躏,那就是四十个妇女被强奸,如果你不让他蹂躏,他就把手榴弹塞到锅底下去,把火放到草房上去……从这份材料还可以看出什么问题呢?就是他们在农村遍布谍报网来控制人民,而这些谍报人员就是不久以前当民主联军在那里时逃匿了的伪警察、日特、胡匪、伪满官吏及地主,现在他们以加倍残酷报复来流人民的血了。伊通去年人民选举的区长张锡权被屠杀在狱里,像西安菜园里的血案,处处都有,很多农民因地主逼迫加倍倒算而破产,大批被安上"穷党"的名义,毒打以后送去当了兵……从这样残酷教训当中,南满人民以血与泪洗去自己头脑中的"正统观念"而开始传播这些歌谣:

　　盼光复,望光复,光复已去,
　　痛亡国,怅亡国,亡国又来。

当我们的一支游击队在今年三月以前曾经得不到同情与支援而坚持苦斗,三月以后,农民们在自己农舍前欢迎他们,落下辛酸眼泪说:

"你们不来我们成了没娘的孩子了。"

就是在南满人民悲惨的日子里,从沈阳到梅河口之间,我们一支部队光荣地坚持了一年敌后战争,当去年我们从四平转移,他们以两个连,在西丰南部山区里,与敌人作战,而落到敌人后方了,经过最困苦的冬季,十二月里他们还没有穿上棉衣,在森林里打游击,而最后,他们扩大了部队,发展了西安、西丰、东丰、开原、沈(阳)铁(岭)抚(顺)地区,梅(河)柳(河)清(原)地区,以及梨树东部之广大土地,一直到这次与打向南满之主力部队做了愉快而动人的会合。在南满人民未清除"正统"观念的时候是他们最困难的日子,但是他们坚持着他们这支人民的红旗,他们到处袭击国民党村公所,把抽壮丁的名册捐税单据都焚烧了,他们在哪里,哪里就没有国民党抓壮丁收捐税……在开原一带活跃着出名的"张陈武工队",这一个武工队分了四千七百亩土地给农民,于是南满人民从巨大的觉悟中重新起来支持了他们,在开原五区上肥地一座小庙上一天出现了用粉笔写的一副对联:"共产党在深山修身养性;八路军出古洞普救众生。"横匾写"一定成功"。这就惹得"中央军"心惊肉跳,昼夜不安,四处奔跑着。而人民以其无比的勇敢就此对一年以前欺骗了他们侵犯了他们的蒋介石政权宣战了!

记者这次旅行,从西满出去从东满回来,"你们来了"是这一个夏季攻势中最动人的、最常听到的、从群众里来的一句感情深厚的话。而在这一年中,解放区在解决土地问题的斗争中教育了人民,蒋占区则以其残酷压迫教育了人民,东北人民从一年的现实当中认清东北人民的方向,那就是要获得解放、自由与土地。在×××以为自己的屁股坐得还稳当的时候,南满的人民早从泪与血的苦海里遥遥望着北方了。现在广大的新收复区里,人民又获得解放,他们比去年更懂得珍惜而且紧紧掌握着它了。记者经过松花江上的航行,第一脚又踏上解放区,在蛟河,我看见田地上紧张劳碌的农民,在敦化,我看到铁道旁边背枪放哨的妇女,在图们我跟一个胸口上挂着模范工作者奖章的铁路职员谈话——在明净的客车厢里,我感受到在中国从未有过的像这样好的铁路交通。这不仅在它们时间的准确与迅速,还在那些铁路员工严肃地为群众服务的态度。一个请假回家的工人告诉我一列车过去需要三十人工作,现在十个人就能担当下来……在那旅行者的黎明与夜晚,我处处看到一个新社会逐渐成熟的光彩,我惊讶着三个月飞跃的进步。我的热诚要我把我的话寄给前方:当我们在那无数风雨的夜晚,泥泞的早晨,子弹在头顶呼啸,我们从战壕里走进走出……而我们的后方,正在以无比的勇敢与努力,向前猛进。

选自《东北日报》,1947 年 8 月 28 日

难忘的日子

哈尔滨无论道里、道外、南岗都是繁荣而穆静的。

不管你从中央大街走过，还是从俄罗斯式的绘着壁画的教堂前走过，我这一个新来的人，总觉得哈尔滨有着一种说不出的动人的力量。

有一天夜晚，我坐在松江省主席冯仲云官舍的大房间里。

他是抗日联军领导者之一，他高大，圆脸，近视眼镜后面一对常笑着的眼睛，他是一个教授样的人。这一天，他和我，还有两位过去由哈尔滨流亡出去，现在刚刚跋涉归来的朋友，冯将军答复我的询问的时候，很多次，成为和那位朋友的话旧，他们回忆，谁从哪个地方被捕，谁在哪里被杀。这极其自然的场面，突然提醒我，哈尔滨动人的力量，在于它那英雄的历史，在于它那些令人难忘的日子。

一个在哈尔滨被捕，长期坐过牢的青年人告诉我：

哈尔滨在伪满十四年间，发生过无数惊人的案件，远了的不说，像三五年，由安东大事件，牵连到北满来，那一次逮捕千人以上，枪杀三百多,哈尔滨一地,报上发表的数字就有四十人;三六年在新安破坏共产党机关,同年还发生了"白鸥口琴社"案件,社员二十名丢进监狱,有的在狱中压死,还有第二中学一班人全部失了踪;三八年,一次飞行场案件,一些飞行员,准备联合抗日联军起义,被镇压、屠杀;四二年更发生了恐怖的大检举,涉及东北一切抗日机构、读书会、书店,逮捕的人塞满监牢。

从"九一八"开始,哈尔滨就成为北满与日本做斗争的一个中心。东北的民族抗日英雄如杨靖宇、赵尚志、李兆麟、周保中、冯仲云、于天放,都先后在这儿工作过,中国共产党,从这里来领导,来支持广大东北土地与山林中的抗日战争;这些真正优秀的人物,留下了影响,散布了种子,成批的工人、学生走到抗日联军里去,就从文化上的反映来看,从哈尔滨也显露出无比的北方的倔强的气概,传达了人民呼声……他们好像是一条火龙,在哈尔滨周围,松花江两岸,火焰一样烧得通红。我手头有着最好的材料,这是日本人军部的材料:"一九三三年夏,在珠河中心县委指导下成立了独立赤色游击队,指导者赵尚志,是北京法科大学出身。"(满洲共产"匪"的研究)这个组织,就发展成为后来普遍北满,一直坚持十四年的第三路军前身,他们在通河、木兰、巴彦、肇州、肇东,这火焰包围了哈尔滨。

这是东北的历史,人民经过流血与艰苦的道路,不息的斗争,是东北正统的历史。

选自《时代的印象》,光华书店 1948 年 10 月

农民的决战

绥化县永安区正白四屯。

一天,一个六十余岁老人,眼含酸泪从街上走过,自语:这次一定得饿死,三岁小孩饿得长不大⋯⋯自己去做零工,人家不要还挨了叱骂!这是去年的冬天,是一个解放后的冬天,但也是一个困难的冬天,全屯有六十户人将要完全饿死。

因为一切财富还在地主恶霸手里。虽然在这以前,群众已发动了斗争,被斗争的是一个叫作徐英文的徐大房屯长,出荷亚麻的时候,日本人要十斤,他却要十五斤,在屯中常常凶殴别人,把人家打得一脸血的时候,他自己好像就欢乐了一些,他们斗争了他,他赔偿了大家五千元,还声明:只有改造自己才有出路。甚至群众也找到这一带农村中封建统治的根子,那就是日本人的兴农会长黄克武。他把自己儿子认给日本驻在员小林作干儿子,叫自己小老婆去招待日本人,然后他就更凶狠地殴打老百姓,四二年他让全村多出荷五吨粮,争取模范村。他家有一黄土坑,一次傅广和、傅广明两位五十岁的弟兄,在那里掘了一点黄土去补房屋,他发现大骂:"你真敢在太岁头上动土! 你把土筛成细面,把坑填满!"两个老人哭了一整天,没人敢管,夜晚就自缢了,给人救下,全村人太看不过去,就派人代表到县里打官司,代表一去就压了二十多天。这一个头号恶棍,现在轮到清算他的时候了。从县里派来工作的李同志帮助大家翻身,领导这次斗争的是一个穷光棍出身的农会主席于会川,斗争发动起来后,李同志回县里去开会了。

反动集团趁这时阴谋计划反攻了。

这天,于会川召集大家到黄克武家去开斗争会,分一百五十石小米。可是群众进去以后,黄克武一下把大门关闭了。这时出来谈话的是李同志的哥哥(李是本屯人),他说:"李同志太莽撞了,县里公安局说谁也不准斗争,不准造谣生事!"接着于会川说:"调查以后,过去是错了,现在谁要再分粮,那就等于抢了!"这些威吓,一个个落到刚发动起来的群众头上,大家慌乱了。这时就一哄而散,只剩下二十人给拉着没跑了。这时黄家杀猪请客。屯长写了一张保状,证明黄克武从未勒索,要大家盖手印,有的不肯盖,跳墙跑了,有的也就只好盖了。于是斗争失败了,正白四屯沉入可怕的消沉中间去了。

县上开完会,李同志回来了,还带来一个工作队,可是群众谁也不作声响,都避开他们,暗暗说:"谁见了金钱心不黑呢!"

工作队挨家调查,没有结果,都是一样话:"没有什么。"

这样一天天过来,最后还是在街上发现了夏光林,就是那个六十岁的老人,腰下挟一小破口袋⋯⋯工作队上的人从背后跟到他家,一看,在村边上,一间小土屋,五尺来高,光线暗淡,住三家人。他家的那个三岁小孩子,因为吃不饱不会走路,没衣服,养在絮满干草的鸡笼里,露出一颗头,妇女没衣服穿,乱围一点破片子;另一家的小孩,抱着凉土豆坐在炕上哇哇哭。原来夏光林全家八口两天没吃饭了,今天就到黄克武家请求做零工,黄克武骂他:"你眼花了……你去要饭吧!"这时工作队提出由夏光林找大家穷人来商议办法,一下来了一大群人。

"姓黄的为什么不借粮?"

"吓,姓黄的,从前穷人就不能从他门前走!"

大家商议一阵之后,觉得不能就这样饿死在这冬天里,说"人不亲土亲",还是去找黄克武借粮,讨论对象还有王克礼。一会工夫,穷人们扛了口袋在学校集合,把屯长、农会主席找来,讲理借粮,春借秋还。一会也把黄克武、王光礼找来了。他们硬说没有粮,群众就轰动起来,最后他们答应一人借给一斗,一共是五石四斗。这时天已黑,又下着大雪,不好拉粮食,每家先带一点回去吃饭,等天亮再来量。当场由农会从六十户中选出一个生活改善部来管理这事,就散了。

天快黎明,黄克武悄悄把夏光林找去了,给他馒头吃,答应给他五斗粮,让他去活动,只借给大家一石。夏光林跑到工作队中去说:"减成一石吧!"李同志说:"只要大家同意,这事好办。"这一来,夏光林怕穷人都反对他,又把地主的欺骗说出来了。大家去拉粮,当场对证,又把黄克武斗争了一下。胜利了,群众的势力又在正白四屯占了上风,于是又翻了一个身。这时穷人才把上次斗争失败的原因,讲给李同志听。紧接着,三个农村工人聚会商议要求加工资,他们一下召集了四十人,在学校开会,可是谁也不敢讲话,因为他派了女人和孩子站在窗外听风声。后来把这些女人小孩子赶走,大家谈

起来,先算了算账:

米一百五十元一斗,布七十元一尺,屋三百元一年,秫秸每月三十元,菜四元,这是一个雇工的生活费。

他们结局说:"工资增加以后,一定努力生产,爱护工具。"怕闹起以后地主开除,就当场组织了雇工会,决定:如果开除一个,全体都不干。第二天落大雪,工人晚间才有时间,就点了一盏小油灯,把地主请来开会,提出具体数目字,地主就说太多了,争吵时间很长,才答应打头的增加三千元,一般只增加一千元,企图来分裂工人。这时一个打头愤愤地嚷道:"只给我增加两万也不行呀!要增就全体增!"黄克武就喊:"不干算了!"遂号召地主退席,他就向门前走,这时会场空气紧张极了,突然一个雇工一拍桌子说:"好——你们不要吧!发给一年工钱,全走!"黄克武一听从门口又折转回来了。农民的决战,暴发了,开始了。这时许多佃户也跳起来,一下转到减租减息上来,他们揭穿黄克武,在民主政府命令下,明减暗不减的实际材料,要求全村开会清算。一阵飓风一样,群众压力向上陡涨,地主们的狡猾欺骗失效了。当场推出劳资双方代表,保证一方面增资,一方面增产,减租问题要继续清算。自从正白四屯这一个下雪夜晚得到胜利的消息传出后,一下子影响了二十多村庄都动起来了。

夜晚很迟了,农会主席于会后找到了李同志说:

"我心里有一件事,几天吃不下饭,上次斗争黄克武是我领导。我又出卖了大家,现在小户都不理我,我把黄克武给我的旱烟都退回去了。"

李同志笑了笑安慰他:"只要你以后好好为大家谋利益。"

于会川重新组织了清算黄克武的斗争会，把正白四屯从历史上一本本账都翻出来，暴露了一个地主是怎样毁坏了一个村庄的。

选自《时代的印象》，光华书店 1948 年 10 月

漂河口杂记

"他们让我深知——我们是怎样走过过去这一段道路的。"

去年夏末秋初时节，我上前方去采访。当时敌人还占有吉林、东满便无直达铁路线，到蛟河就得从松花江里航行。可是正赶上江上军运紧急，我不得不顺着松花江东沿起旱步行，穿过长白山余脉，经四道沟、头道沟、恒道子、漂河川、南木条子、荒沟、桦树林子等等富有东北地方色彩的地点。秋初正是东北雨季，我们行走着，忽然在悬岩上，望见一片松江，忽然又降入密林、深谷，走了不少摇头甸子、红眼哈塘，山中出水獭、鹿茸、黄皮子、蛤什蟆，有虎，有熊，草一封塘，人们就该出猎了。这是上前方去最艰难的一次了，我们每天住老百姓家，自己烧饭，与老百姓亲密接触，因此也是最有趣味的一次旅行。

头天落了雨，九月二十七日，就在泥泞中走了一天。

山上处处红叶，远近错杂，真是彩色斑斓，下午翻过摩天岭，从森林中下降到一片狭长山谷中来，就到了头道沟，借宿在梁村长家，家极贫寒,三间屋一间已坍塌,中间一屋烧灶做饭,里面一间村长住,把一铺炕让给我们。正是中秋节前一二日,林子里天黑得早,刻涌出一轮明月,照耀窗外小小菜园,一切蔬菜都成熟了,我们匆匆烧了饭,就坐在屋里。虽是夏天,屋里还放设一巨大火盆,燃烧木柴,柴烟很浓,他们在上面烧水,吸烟。村长是个青年,留着洋头,天黑了的时候,他还在一间明灯亮烛的大房间里开会,处理×县战勤队月前寄存一辆坏了的大车,后来伤兵下来,紧急需用就套上送上县去了,现在县战勤队回来要车,讨论很久,得到了解决,他才回来了,不久,一个青年农民昂然走了进来,朝我们这伙穿军衣的人打了个招呼,我一看他一只眼是玻璃花,我很想了解这一带情形,就和他攀谈,他却很善谈。

去年这里一江之隔,江西就是敌占区,封了江,敌人常常溜过来打枪,白天黑夜不得安宁,因此江东江西群众是血肉相关。

去年年底,江西几处得到解放,全村非常高兴,就组织学生去"欢迎新解放区老百姓"。

谈到这里,他就引出一个人物来,那就是隔壁的王木匠,这木匠四十多岁,一直耍手艺,解放后,大家想给孩子们办个学校,一合计,全村里学问最好的还是王木匠,木匠就被选当了校长。要欢迎新解放区,他就做了些旗子,排成秧歌剧,带学生过江去了,到处演剧宣传。新解放区群众,从暗无天日中解放出来,余恨未消,却指着那个扮演蒋介石的说:演得真好。可是国民党谍报队报了告,国民党就纠合些武装土匪来袭击,那天他们正在场子上演,四处响枪,就把王木匠掳去了,把他一手刺穿,鲜血淋漓,两脚冻坏,光着脚一步一双血脚印,不知给带到哪里去了。这个青年农民说:村上人都念着他,现在大家养活木匠一家人。

这个故事,引起我十分注意,好像说书的刚说开头,正引人入胜,却停止了。

我就盘问这个青年,他姓于,他说村长是他姐夫,我记起刚才进口出口那个画了眉毛的女人一定是他姐姐。他说他不久前报名参军,已经到区上集中去了,今天,区长说:"你回家过个团圆节去吧,过了节就出发了。"后来,他又说起从前他是这一带出名的猎手,我就问他入山行猎危险不危险,他忽然笑了笑说:"我十四岁,就常常给抗日红军送信。""什么抗日红军?""就是共产党领导的,那时候,日本鬼子山林队一出来,我就赶紧往南山里去送信,顺着大林子走,人小,谁也看不见,红军就放了卡子,一下子就把小鼻子除治掉了,那个时候,杨靖宇就在这山林里,老杨,为老百姓牺牲了,真是好人。"他前后这两段话,一句一字送进我耳鼓里,都引起我激动,我才知道这不是一个普普通通的山村,就在这荒凉的地方,用血写下了东北人民过去和现在的斗争的历史。吹灯后,月光照到我脸上,山谷间如此寂静,我却很久未能入睡,血的斗争历史一页一页在我眼前展开来。我记得最后问过老于:"你们区政府在哪里?"他说:"在恒道子。"

从头道沟到恒道子,本来只有一山之隔,但那山太高了,一上一下数十里,没人家,我们还是顺着沟走,中午就到了恒道子,那是一个大镇,有卖酒卖饭卖江鱼的,我们本想打打尖就走的,可是天落起雨来了,只好住下。在市外找了个住处,那人家院里种了向日葵、白菜,院前就横着晶莹清澈的漂河,河那面是一望无际的绿色巨山和森林。雨雾笼罩了漂河河面,打鱼人在水面上影影绰绰,看不清爽。房主人在杵稻米,制中秋节的干粮,墙上挂着满是红辣椒,有一个十二三岁的朝鲜女孩,叫芭乌的,黄衫,白裙,常常到这屋来跟几个孩子在炕上跳着、唱着。

突然进来一位五十余岁的老人，清瘦得很，留有一部黑胡须，他瞧见我们像特别亲热，寒暄起来，他告诉我他姓许名希晋。

反正外面落着大雨，我们就坐在窗下缓缓谈起来。

他有六个孩子，两个大的都参军去了。他单单跟我讲他二儿子许云起的事情，我看得出他是多么爱云起，他说他满二十岁，高大结实。他反复地悄悄告诉我："人真好，哪里都说他好。"他跟区委的王政委当通讯员，他回家来，身上背一支大枪，还带一把匣橹子，真像个军人，许希晋说到这里两眼笑得眯起一条缝，可是，他在江西沿二十家子那次残酷斗争中牺牲了。

他说他牺牲得非常英勇，被国民党反动派捆在树上，由刺刀戳死，他还破口大骂。王政委一面抵抗一面退到江边草塘里，死了还坐在雪地上，瞪着眼，一手端着一支匣枪。

我问起这惨案发生的原因，原来和头道沟王木匠是一回事，他们去开展新收复区群众工作，正在演戏，突然遭受了袭击。

我了解当时松花江东部边沿斗争的情形，袭击解放区人民的不是别人，就是这一带反动地主武装，被吉林的梁华盛，编为"忠勇队""华盛队"的特务组织。许希晋说惨案发生以后，江沿的人都震怒了。从那时到今天，传遍了松花江东西两岸。许云起的遗体搬了回来，就放在院里，浑身被戳了六七刀，许云起宁死不屈，冻得铁棒子一样直挺挺的，棺材都放不进去。从此许云起的母亲———一个和善的一头白发的老太太，天天想念儿子，常常从梦中哭醒，说梦见云起，云起说自己是冻死的。我听到这里，眼望着白茫茫的漂河，心中浮起无限仇恨，我深刻了解了在这一带荒凉山中，人民与国民党反动派做了多么坚决的生死斗争，牺牲的长眠地下了，只那一步一双血脚印的木匠，不知到哪里去了，我总觉得有一天还会出现似的。不知什么缘故，在这一带谈起二十家子这个惨案，还流传着：有个张指导员给敌人把心挖去了，这只是传说而已，调查不清楚，但由此可见，这件事留在人们脑子里是多么惨痛，多么仇恨。于是牺牲的在前面牺牲了，活着的在后面更坚强起来，火，只能把铁炼成钢，却无法把铁烧为灰烬，那个有一只玻璃花眼睛的姓于的青年，十四岁给杨靖宇送消息，今天拿起枪打蒋介石，这行为不是十分自然吗。我这里记起二十六日宿营在四道沟，从一块黑板报上看见：

"苏尔哈讯：这次扩军，苏尔哈十天就有十名青年自愿报名参军。农会主任焦有芳，自卫队长郑有财带头参军，他们提出要完成一个班的口号。"

许希晋有事走了，黄昏才回来，又坐在我身边，我安慰他，他却说：

"同志！ 革命还能怕这个。"

我看见五十余老人眼中的怒光，他继续说：

"往后能拿枪的就去当兵，给他哥哥报仇呀。"

恒道子这一季自动参军的有四十多，其中尹光书弟兄三个一道参了军，我想这就是蒋介石匪帮用血腥惨杀所动员起来的。

许希晋当时分到了一垧稻田地，可是当时他还没那样快就富裕起来，他摸着身上的衣服说：

"这还是云起的衣服。"

我看那是用半旧花格毛毯缝制的短褂子。

第二天黎明，鸡啼，晓雾蒙蒙，漂河如同披了白纱，我就登程出发了。

但我很久很久怎样也忘不了漂河口两日两夜，所见所闻。秋季的仗打完了，已经满山满谷冰雪，只有杉松亭亭而立，青绿可爱。我很高兴，又从这山路上回来，这回坐的是汽车，当晚又住宿在恒道子。这时情况却不大相同了，早把反动派打得滚到远远的地方去了，他们血腥的手，再也伸不到这里来沾污我们的松花江、长白山了。人民在艰难的，天空似乎还黑暗的时代，付出了血债，现在得到了愉快的代价：在哈什密，我看到人们正在努力组织生产，农民老于家小姑娘参加儿童团，穿着单裤也要去放哨，小小孩子的热情、责任心是多么顽强，她家分得一垧八亩地，她们说："好好种上二三年，棉衣就都穿上了。"在二道甸子，我坐在农民合作社火炉旁，他们组织了打猎生产，前天打了一只巨大的马鹿、一只黑瞎子，一个农民到合作社来出售他的狐狸皮和黄皮子。

我们知道，去年这一年，东北局势有了多大变化，今天我们在胜利中前进。吉林那个钉子拔除以后，东满有了直达铁路线，我很少再有机会走那艰难的山路，但我又永远不能忘记他们，因为他们让我深知——我们是怎样走过去这一段道路的。

一九四八年"八一五"三周年

选自《时代的印象》，光华书店 1948 年 10 月

奇迹在出现

物质生活的幸福,在佳木斯人民的眼里是:已经开始了的,就会有结果。但记者觉得惊奇的是文化方面高度的收获。我访问过中山大街的东北书店总店,我告诉他们我想知道他们出版书籍的销路,以下是他们告诉我的:

《论联合政府》(毛泽东)六万册。

《腐蚀》(茅盾)二万册。

《新人生观》(俞铭璜)一万册。

《中国革命与中国共产党》一万册。

我是一个由上海来的人,也许是那污秽与荒淫的海的泡沫,已把我变成一个眼光遮塞的人了,我对这些数目字不能不惊讶。因为按照目前上海出版情况,充其量一版书是印一千五或者二千五百册的,但这里"一般书一版都是印五千册"。东北书店在这一年里面,出过一百四十一种书,八十五万三千五百册,另外合江省教科书十七种,五万九千五百册。这些书出版之后,输向东北解放区各地,如哈尔滨、齐齐哈尔、东安、北安、牡丹江。如果说自由文化的光芒在那些地方,光芒的来处却是佳木斯。我追逐的自然不是单纯的数目字,而是想着:当在这里一个人自由地把握着他可爱的读物的时候,有没有想过在上海那些地方,由于政治限制或没有购买力,渴望读而读不到这一本书。

我发现东北书店还把一半的地方,修了一个阅览室,长桌、木椅,玻璃上结着冰,屋内十分温暖。每日有五六十人在那里读书,星期日更是拥挤不开。书店还在这里设了一个服务部,读者写信来,他们就回答,贴在墙上。因此在这儿的店员用不到注意有没有人偷书,而注意有没有人在提出问题。在一个短时期,书店解答一百三十八个问题,我在编辑部桌上,看到一个署名"章非"的一封信,他写:

"在最近解答那三个问题之后,我好像见到有要我常常与你们通讯的字样(因为星期天的读者太多了,我挤了半天也没能够到跟前去,所以没看清楚),假如不是看错的话,我是很欢喜的,在我个人来讲,能够有这种条件,这真是太好了,所以才用快乐的心情来写给您这封信。

亲爱的服务部同志:我现在不知怎样来感激您,感谢共产党,感谢毛主席是好,一个青年人能够生活在解放区简直是再幸福也没有了,我在旧中国生活了十二年,在'满洲国'活了六年,都没尝到过这个自由幸福的滋味……"

几日前,奇迹就出现在他们面前。有一个二十余岁的兴山青年岳峻峰,把他的秘密揭穿开来了,他先写了信,后来就会谈了。原来他是铁路上开火车的工人,在"满洲国"时与日人打架给判作思想犯,后来又挑了国兵,他逃跑了,被捕受刑。可是他第二次又逃跑了,一下跑到山海关里,因为看母亲又回到兴山。"八一五"后,国民党由佳木斯派人到兴山活动,他只答应了一句就给上了名册。后来,从六月到现在,他都在各处躲藏。他眼看着弟弟们一个个参加了革命,自己变成反动派,心里是难过的,天天躲着,有一天躲在太平镇(距离佳木斯约百里的乡间)亲戚家打铁,看见一队民主联军剿胡子,从面前经过,一个个鞋子都烂了,用绳捆,也不要老百姓的鞋。他看了半天,突然跑回去,取出自己一双皮手套,走到一个士兵跟前说:"同志——把你那破的换给我!"那士兵不肯,他追了好一段路,表示自己情愿,才塞给士兵了。可是内心的苦痛更加剧了,他悄悄到了佳木斯,躲在一个打柴度日的姓董的朋友家,董介绍东北阅览室说:"可以看书——还可以解决问题,你的苦闷……"他去了,于是一天,岳峻峰到了阅览室,他一眼看见墙壁上挂着毛主席的相片,穿着普通服装,他的泪就到了眼圈了。他向服务部写了信申诉自己参加国民党的苦痛,从兴山来的回到兴山去,岳峻峰现在又到铁路上开火车去了。

佳木斯从一个被战争毁坏了的城,变为一个文化的自由的城,这是一年来东北人民解放极应重视的一面,因为我相信:

哪里有自由,哪里才有高度发展的文化,这是一点也不错的。

选自《东北日报》,1947 年 1 月 29 日

全面模范的第八连

　　××部队××部的八连，不顾昼夜，横贯中长铁路，逾过走不尽的雪地冰河，强行一百四十里，每人怀着"总司令要我们到那里去，一定打得上"的信念，没有一个人掉队落伍。连的干部一会帮助身体弱的战士把枪背起走了一段，一会又出现在伙夫班挑起担子来，战士们说笑话、唱歌，战斗情绪昂扬着。当黎明到来，他们一听到姜家屯（郭家屯以西六里）作战的枪声，"朝枪炮声前进"，就立刻向前冲去。八连连长刘兴胜，是一个战斗英雄，勇敢与战术结合于一身的人物，一开始他就机动地指挥，保证全连二十分钟通过岗岭高地。敌人封锁的火力让他封锁吧！八连已经突入姜家屯。激战随即在屯内展开，逐屋争夺，最后把敌人压在村边两处院落里，惨败的敌人在最后挣扎，造成一片火海。无法前进，攻击停滞了。

　　突然一排一班战士刘汉生（一个短小精干的人）一挺身子，穿过墙洞、火网，猛扑到敌人占据的房屋跟前，窗眼上往外直打枪，他一脚踢开堂屋门，端着冲锋式朝两边一面一梭子弹，他喊："快溜达溜达吧！缴枪不杀你们！"一支冲锋式、一支步枪从里面递出，八个人把手举在头上拍着巴掌走出来，做了俘虏。

连的指导员吴宗汉正跟在突击班后面，立刻宣布："我给刘汉生记第一功！"通讯员在火线上奔跑着把这消息传播到各排各班，这英雄的号召，发动了无穷的力量，三排在后面做预备队，战士朱发贵一听立刻把棉袄一脱："头一个算我的！"二排战士李兴旺说："我也背着冲锋式，他能立功，我不能立功吗？"各个战斗组从炮火里立刻冲破敌人封锁，停滞状态被打破了。掷弹筒射手徐凤桐，"吭——吭"两弹把敌人最后顽据的炮楼打毁了，他跳下房顶，捡了支步枪就跑上去冲锋。这时稠密的硝烟遮盖了阳光，××师××团团部和三个连把西头最末了一个院子挤得满满的，他们心里可真一点光亮也没有了。

进行最激烈的第四院争夺战时，敌人火箭炮把房屋燃着了。张广武一眼看见——屋脊上一片白色火亮，赶紧跑进屋去，一瞧，十几个老乡大人小孩压在炕沿下哭泣着说："死死在一起吧！"张广武劝解了一阵，先把一个老人拉出来说："你出来，你一家才好出来呀！"张广武协同三个同伴把老乡的衣服、被子、粮食全部抢救出来，老太婆给他们扶着一面朝东院走一面讲："还是咱们队伍好，打仗还忘不了给老百姓帮忙，要是'中央'的话，他们哪有这闲工夫，还会在一边笑呢！唉，叫这些东西快死干净吧！"火愈燃愈烈，房屋崩塌，冲起黑焰，三排趁黑焰满空向西开始最后的攻击了，子弹"哗哗"地泼水一样在各处飞鸣……东面院里几家老百姓望着被抢救出来的一家子人走过，感叹地说："人家真是为老百姓，你瞧！"一刻钟后在这激战的战场上出现了动人场景：老百姓冒着炮火抬了开水桶往火线上送，正作战的二排战士们一看见，笑了，嚷："你们放下，赶快回去吧！"

李兴旺跳上墙头大喊："快缴枪吧！四面八方都是我们的人呀！""枪是老蒋的，命是自己的，赶快过来吧！"一片喊声，展开了政治攻势。刚才刘汉生捉到的俘虏，一送到后面院里，三排的刘彩云立刻烧开水给他们喝，还亲切地问："饿吗？"三个冻饿得流着鼻涕的人说："三天三夜，给你们赶得哪里吃上一口饭。"刘彩云立刻从荷包里掏出自己的津贴费买了些豆包给他们吃，这会他们中间的一个跑到墙边喊起话来："快过来！真是优待呀！还买豆包给我吃呀！"马上三个炮兵过来了。团长蓝松岩也从草垛旁边走了出来，一个亲眼看见自己同志牺牲流血而燃烧着怒火的战士"咔咔"拉着枪闩朝蓝团长跑去。指导员吴宗汉把手一扬喊："不要打了，缴了枪就是好弟兄！"一大群三百多人，一只手朝天举着一只手放到帽檐上敬礼，一个跟一个顺着墙洞走到前面院落，赵成林从倒在地下呻吟着的负伤俘虏兵旁边走，一个冻得打战战的向他要求一杯水喝，赵成林说："水，等一会，冷水你不能喝。"说着把自己棉大衣从身上脱下盖在那人身上。姜家屯立刻由战场变为愉快而热闹的场所。八连以少胜多，俘虏三百三十六人，缴获火箭炮六门、迫击炮四门、冲锋枪二十七支、战防枪九支、轻重机枪三挺、步枪二百一十支，造成这次战役当中一个连队缴获的最高纪录。

记者两度住在这个连队里，我想了解：一个英雄连队是怎样形成的。八连从前是出名的"张文祥连"，这一个负伤十三次的英雄，在第十四次时他光荣地牺牲了，但是这个连队从秀水河子、四平、新站、张麻子沟到这次姜家屯，一次比一次更光辉地闪烁着他们的名字。一到连队里来，就如同嗅到新鲜空气一样，我发觉充溢在这里的活跃而愉快的朝气。两个张麻子沟作战负伤的战士，从遥远的后方医院归来，一个多月各处奔波才找到了队伍，刚走进院子，刘兴胜连长从窗上望见，早从我身边一纵跑了出去，拉着他们的手一面笑一面亲热地谈起来。晚间，当我把话题引到这上面来时，刘兴胜说："从前我脾气是暴躁的，在蛟河，为了这事我回想了三天三夜，我想到我也做过一个战士呀！"我知道，想到这里他当时落下泪来。从此他成为一个非常关心战士的指挥员，他关心战士的伙食；他在无论多么艰难而频繁的战争条件下，检查与保证没一个战士的干粮袋是空的；同时，他懂得关心战士最主要是让他们在战争中胜利。一个下午，我跟随部队去野外演习，刘兴胜在队伍前头讲了一句话："演习要与实际结合。"在营的会议上我听到他把姜家屯实际作战的经验总结出来，每一问题里都包括着对于作为一个指挥员的他自己的严格的检查，然后他把这些总结出来的经验去指导部队的野外演习。一个战士说："平时多练练，对自己生命就多了一份保障。"至此我深知八连七个月无一逃亡的光荣纪录，不是凭空而至的。年轻的指导员吴宗汉是八连优秀的群众工作作风的创造者，他善于运用战士们在旧社会中所遭遇的不同的痛苦生活来启发大众的觉悟，不是勉强的，而是自觉的，你想想看，这是多么动人的场面吧。一天夜晚，指导员出来，听到井边有声响，走近一瞧，一个人在打水，"谁？"那边回答："五班的。"这就是张广武，他向指导员陈说他怕黎明有情况立刻行动来不及给老乡担水了，这不是在和平驻军时候，是在紧张作战时候，就在这次松花江南岸紧张作战过程中，张广武给老乡挑过七十担水。八连普遍地订了一个公约："三不走——损物不赔偿不走，不挑水不干活不走，不扫地不送铺草不走；两不用——未经老百姓允许的不用，纸包的枕头不用（农村装饰品，绣花枕头，平时用纸包扎，年节时打开）。"最令人感动的是这一回从农安转移，一天他们住在大榆树屯,三排七班住在一家房屋破陋极其穷苦的人家里,是寒风呼啸的日子,四个孩子裸着身子蹲在炕头发抖,母亲穿着不能遮体的衣裳,贫穷完全把他们淹没在无边苦痛当中了。刘彩云看在眼里,临走就把自己一条棉裤留下来,李应启也跟着从身上脱下一件,王成文把大衣的棉花取出来,巩国贵给了一件衬衣……孩子们惊喜地围拢上来,母亲一把把这些衣服抱在怀里说:"除了八路军,谁看得起穷人……"眼泪立刻哗地流下来了。我相信孩子们长大了,永远会记得有这么一日,他们目送这支人民的部队,自己走向雪地冰天。

战争严格地考验着我们,无数日日夜夜,战胜一切困难与危险,如同火中炼出钢,我们可爱可敬的战士,以自己的生命与血为代价,从战争里成熟,全面模范的第八连,就是一支鲜明的旗子,说明这一英雄事实。

选自《东北日报》,1947 年 4 月 23 日

人民爱军队

去秋,正是收获季节,我住的山下,谷子地已割光了,荞麦地也红焦焦的了,可是,一个同志告诉我:"咱们队伍开往边边上去了。"那时候,有炮弹从外面落在边区和平的土地上来(国民党反动派的进攻)。我担心着,队伍们走了,他们种的大片田地呢,不荒芜了吗?

不久,我听到,在淳耀县五区五乡,有五十四个农民,在郭正德领导下,九月间带了三辆牛车,替军队抢收,五十多亩谷子,连收带拉,一天,就完成了任务。他们讲:"前边军队站在那里保卫边区,咱们帮助他们收粮;后面的军队和自卫队又帮助我们收秋,军队帮人民,人们帮军队,咱们军民是一家人!"这种行列,牛车呀,扁担呀,挑呀,拉呀,农民们,还有包了头巾的婆姨们,小小的临时性的抢收队,到处紧张地活动,忙着收割。"谁的都一样,反正是咱们边区的。"先是,南泥湾的农民,组织了锄草队,锄了一千三百亩,用了七百多人工,还写了封信给前线部队说:"你们的庄稼长得很好,我们决不能让它荒了,请你们放心!"

选自《时代的印象》,光华书店 1948 年 10 月

人民的战争

在蒋介石伪装"停战令"后二小时,他的军队就朝茂林方向向西满解放区进攻,但这只是一个前哨战,现在他是集中×师兵力又一次向东北人民挑战了。记者在最近二十余日当中,从漫长的西满交通线,走向前方,处处看到一种人民动员的热情,这种热情是当人们认清目标,充满希望,沉毅向前的时候所流露出来的,而且这种热情和我今年在四平之战时所见,有了显著的不同。一周之前,松花江在一夜严寒后冰冻起来了,我在江边一家搂青户王家破旧的草房里过了一宿,早晨天尚未明,主人在灶前烧火,在火焰的光照中,四十六岁的左尔钦农民马云仓和我谈起话来。他原来是抬担架送伤员到大赉去,完成任务,连夜折回,赶在朋友家借宿,准备天一亮就回家。当我们谈到伤员的工夫,他突然望了我一眼,他说:"……在街上我把我抬的同志放下,我看了看,我就买了两支香烟给同志抽,他不要。我说:你抽吧! 后来我想他一定饿了,我又买了些干粮给他吃。"

他谈得平淡,笑得得意,但他的形象却引起我一种可惊的感动。我记起那天在前郭旗所见的事实:黄昏,从伏龙泉火线上下来的一批伤员进了街。前郭旗街上设有八处伤员暂留所,我访问天丰客栈的一处,那里有十个小孩子,一个胖胖红脸的孩子叫隋联璧,他是这个组的组长,他们都是儿童团的,在这里照护伤兵。这一次,八处暂留所的儿童团员都一日一夜没有合眼。一个十三岁的小孩子为了要给一个重伤号找到热开水,在那样寒冷的夜间,满脸是汗,从我身边跑过。在一铺炕上,放着十个小行李卷,我问隋联璧:"你住在外头,母亲放心吗?""是母亲叫我来的呀!"——就在这时间,在门口发生了一阵哄闹挤动,原来一个伤员曾经在这条街上住过,现在在昏暗的光线下,给老乡发现围上了,一个老太太端着刚煮好准备当晚饭吃的饺子走来。

我不愿过早去下任何判断,但我忠实于我确实所见。正像不久前一个民主联军战士在火车站告诉我:在大赉附近,他们伤兵到了一个村庄,那里没有新奇口号或标语,只有几个小学生冒着冷风,一个人从手里递过一个热鸡蛋,他们一接到都哭起来了,他不能不为此感动。在洮北这次动员民夫时,因为有的人没棉袄,一个老头突然把棉袄一脱说:

"我老了不能去,棉袄脱给你们!"

在严寒中,他光着身跑回去。

我乘着美国十轮卡车在郭尔维斯草原上前行,我望见大路上千百群众,大车带着灰尘前进。我曾经试验在他们中间寻找一个鲜明的答案,当然这答案是关于目前战争和他们的动员的,以下是我寻找的结果。有的说:"八路军分了土地,现在是我们报效的时候了!"有的说:"八路军是为工农打天下!"热情的泉源在群众中,热情的泉源是不尽的，十四年严寒冻不了，封不住，现在是喷射、倾泻的时候了。乾安县半日之间送齐全县公粮。家家户户，通宵打场。一辆大车陷在冰泡子里，连夜拉出来，在零下三十度冷气中，还是往前送，十万斤粮米送到了前郭旗。十一月十六日，我坐在前郭旗旗政府的时候，走过来一个短小精干披老羊皮的农民，他说他叫姜永和，是吉拉图区的翻身会（农民称自己的农会）会长，他臂缠红布臂章。就是他们的吉拉图，夜晚十时送去信，天没亮，鸡没啼，四十辆大车一个不少到了指定地点。

东北天寒地冻，传说中关东人是豪爽而热情的，但是群众没有任何神秘，他们是真正实际主义者，他们眼睛看着世界，他们认识到哪里说到哪里，长白线（从白城子到长春）上的老百姓说："我们是里八路，你们关里来的是外八路，没有里八路，外八路站不住脚，没有外八路，里八路翻不了身。"难道还需要添加什么奥妙的语句，炫惑的言辞吗？这不是最恰当地说清人民战争的意义了吗？说清人民的热情是怎么一回事了吗？这是基本的问题，是人民有了土地——在获有土地的过程中，人们发生了显著的变化。关于这一点，我再报道一件事实。乾安县蓝子区群众运动发展较迟，五月分了地，把窝主的牲口也分了。一个分到一只牛的农民跑去向农会会长问："牲口是不是咱们的？"会长沉吟了一下回答："还不能说，你先喂着吧！"后来他要上县开会，那个农民又来问："听说你去县开会，牲口算不算咱们的？"他说："等一等，县上回来再看。"在县上开了农工大会，会上决定各区都抽干部帮助蓝子区翻身，不久部队也开来把胡子消灭了，这时那个农民又来问，这次农会会长肯定地回答："现在没问题，算了。"那个农民没有响，会长立刻兴奋地想出一个主意：不信，杀一只看看！农民们果然杀了一只，看看，地主也果然没有表示,他们相信这真正是自己的了。这是千万个翻身运动中一个很冷僻、偶然的例子,但过去这一段发展,正说明这半年来,东北解放区与今年春天有了更大不同,群众从实际发展中积极起来,而且明白这是为了什么。马云仓那天还告诉我,他在左尔钦分了一垧半地、一匹马、十石高粱、一间半房屋,他伸出手指跟我计算着,明年秋收后他可以富裕五石粮,他就能够添上两身棉袄。

记者从郭尔维斯往东进入蒋管区,十一月二十三日黄昏,黄家堡子附近,从东方一群老乡赶着百多匹马走来,我们远远看见,以为是养马队("中央"胡子),老乡却快乐地举手高呼:"听说何区长回来,我们都回家来了!"何区长从春天就是高家店的民主区长,长春撤退后,他在这附近打了半年游击,现在又来了,他个子不高,声音洪亮,黄家堡的农民沈希玉走到民主联军一个同志跟前说:"你给写封信吧,叫我儿回来,你说咱何区长回来了!"

选自《血肉相联》,佳木斯东北书店 1947 年 9 月

谁不爱自己的家呢？

想想——人们谁不爱自己的家呢！就拿边区这块地方来讲，过去的日子不是光泽的，在那山崖上，在那高高的白桦树下，在那黑暗的低矮的窑洞里，可是谁不爱自己的家呢？谁不想自己的家过着丰裕的生活呢？然而，那时从那里找不到温暖与和蔼可亲啊。城市里的人们呢？——你也许有带玻璃窗的家吧！可是想一想，这就是幸福吗？实际不是在这里更缺乏着人民真正感情的结合吗？有人卖尽劳动力仍然饿肚子；富裕的家里又充满争吵和不幸，（人们也许说：这是战争带来饥饿，其实从前的日子，又何尝经得着回想！）一个家庭里有真正的笑容，劳动得好，收获得多，那么愉快的笑容就从这一个人传染到那一个人了；她们笑就笑得响亮、好听，只有这种声音在说明着，什么地方有真正的自由，什么地方有真正的人情。

我这样说，有的人也许会惊讶，当今年春节的时候，一个乡下老太婆拉了小孙女走进了书店：

"喂！同志，卖一册娃娃看的书给我！"

小孩子笑着用小手接过书去在翻着看。祖母把钱放在柜台上。

我这样说，有人也许会惊讶，当今年延安市一个完全小学校招生的时候，有五个孩子从遥远的乡村里，由一个小学生领来，要求上学。还有一个三十几岁的妇女，她的家在几十里路以外，她带了自己孩子，骑了毛驴到延安市来找完全小学校，她说："娃娃灵醒呢，好好地教他读书认字。"我时常在清早顺着大路走，我逢见了那些孩子们，他们不再继续父亲和祖父将近一百年的褴褛和文盲生活了。他们有的在头上梳一根辫子，有的穿了红羊毛绒衣，有的戴了黑色皮学生帽，他们从家里出来上学去，而不是讨乞去啊！那是春季的一个清晨，我感到原野上飘着是多么愉快的风和野蒿香气，我浮上只有在自己上学校的幼年才有过的心情，感到一切都明亮、轻快。你想一想吧！在人们家庭的木桌上增添了一册小孩子的书，墙上挂了小孩子背的书包，这是什么意思呢？……晚间，祖父坐在那只长脚灯旁边吸烟，父亲坐在对面打算盘，母亲离得远一些，在卷白天纺的线，而小孩子呢？小孩子趴在他们中间，凝神的，伸着小小的手指，在那书本上念着字，这一幅生活的图画又是什么意思呢？

边区的家庭在哪里？在山上。我住的地方面前是一条延河，对岸山上，住了很多农民，那里有一个乡政府。一次过节的晚间，我看见那边黑暗中有无数盏红灯，我的心是如何向往那迷惑童年人的小小的红灯啊！——那一晚我无数次出来看，灯一直亮着，据说亮到了天亮。我以后就到那里去，我看见十多条黄牛散在山坡上，那窑洞窗上装着小小的玻璃呢，一家人出来欢迎客人，穿着新的衣饰，姑娘们的辫子梳得光光的，年轻的妇女还戴了红花，老太婆拉着不许我走，一定叫我吃了她们的炸油糕再走。

从延安往西走，走过一片树林之后，到了崾崄湾。从前这里土地是荒芜的,地上长满了荆棘和狼牙刺,天一到傍晚,就不断听到狼群在嚎叫,现在呢,变成人口稠密的村庄了。从边区外面讨饭走来的李兴海也一天比一天丰裕起来。再走到黄花窑后洞,那是一个黄昏时候,农家们在一天劳动之后,聚在谷场上唱小调、吹箫、拉胡琴,飘着妇女们极愉快的笑声,这只要一走过那山梁就能够听见了。

选自《时代的印象》,光华书店 1948 年 10 月

谁的苦最多？谁仇最深？

——记"全面模范连"战士李玉海

谁的苦最多？仇最深？在八连——全面模范连诉苦会上，回答这一问题的是李玉海的经历。那次在连上诉苦，他一到大家面前就哭了。李玉海是辽宁北镇县人，十九岁，可是他的苦是说也说不完的。他生于父母流浪在哈尔滨当苦力的时候，五岁上母亲死了，父亲无以为生，回转家乡。火车轰轰驶过松花江，这时可怜的父亲突然抱起他，一手推起车窗，准备把亲生儿生投入江心，哥哥看见从后面跪在地下央求："爸爸——爸爸。"他也懂事了。打动父亲抱着他哭起来。父亲是无法，李玉海并不能怪父亲。回到北镇县里那连绵不断的山地里，他家在鞭子沟，在这村庄里，有两个姓，老张家都是地主，老李家都是穷人，而李玉海家更是房无一间地无一垄。不久父亲死了，从此李玉海就成为一个孤儿。什么苦还有比穷苦的孩子苦？他从八岁就放羊，冬天下大雪时，李玉海穿着破鞋前后露着肉，冻得发抖。那时人小放羊多，一次羊吃了地主家爬豆，一棒子差点把他打死。山野里有狼，常常给李玉海增加惩罚。一次狼吃了他的羊，他哭着到处寻找。天已苍苍夜已茫茫，他一面抱着一块羊骨头，一面哭着走回地主家。瘟疫也跟他作对，偏偏瘟死了他放的羊。人家骂他打他，他只有坐在地下哭。那些日子，双眼泪汪汪的日子，李玉海不能想。李玉海说："那些地主就是要把穷人一脚踏到地里去才解恨。""就希望把穷人一时弄没根子，就剩他几家才乐。"地主拿条子抽打他，条子拿在地主手里，血印留在李玉海身上，他留在心里。他放羊时总是在路上一面走，一面想："放羊多时放好呢？放出头呢？能报仇呢？"那时村上没有人管他，住在地主家就如住在地狱里。亲人只剩下哥哥，哥哥还在财主家做活。再说哥哥也小，可是哥哥惦记着他，见面就抱头痛哭。冬夜里哥哥和又老又穷的祖母就一段一段把他父母的痛苦告诉他，他这时才知道父亲要把他投入江心的事情，谈一段，哭一段，兄弟俩，天明就分了手。他好容易长到十七岁，就到沟帮子找哥哥一道给地主家做活，也是去年二月间，国民党抓壮丁，区长说："老孙家两个穷棒子写上一个吧——"那时他正在老孙家院里跟哥哥一齐铲草，两人大哭一场，被抓送走编了队，从县上开向沈阳。过沟帮子去看哥哥时，哥正在拉地，一见面就哭了，送到车站，车要开了，哥哥还不走，李玉海说："这一去死活不一定，你就不用管了。咱父给人压迫死，你自己弄好说个亲不断了后，回去吧。"晚上还得挨人家打。车走了，他在车上哭，哥哥坐在地下哭得抬不起头来。从此他成为新一军某师某团的一个小兵。他放羊放坏了身子，国民党还叫他背七个大炮弹——还有炮盘；在泥泞中行军，一天一天一夜一夜过去，李玉海成了个半残废，两只脚经常肿起，走一步刺痛一步，一直到今年夏季作战在张麻子沟他被解放过来，但是旧根新仇把一个青年压得太沉重了，解放后的心情据李玉海告诉我："想开小差回家看哥哥。"一直到诉苦运动开始,他一句话没讲。后来他思想通了,他讲了,站在毛主席像下,他诉说了自己痛苦的经历。他最后大声说:"现在我明白了,我死也死在自己的队伍里了,我要报仇。"这时会场呜呜哭成一片,排长去劝战士,排长先哭起来,平常都说穷人队伍,可是大家把苦埋在心里,现在一说起来,你苦我比你还苦,大家就是亲人。有苦大家知道。有仇大家报。这次我看到李玉海,他说着又哭起来。可是他揩揩眼泪说:"没想到自己的阶级兄弟把我救出来了。现在我真享福了。"他告诉我国民党怎样把他弄成半个残废,而现在呢?"那天指导员在全连队的面前说了:李玉海是咱们阶级兄弟,他的脚给国民党压坏了,叫他到连部休养,养好再跟你们一齐拿枪。"就这样,晚上排长亲身把他送到连部。

选自《时代的印象》,光华书店 1948 年 10 月

松花江

　　中长路火车窗口外,掠过丰饶而无边际的北满黑土,驰向哈尔滨,对于我是一件异常兴奋的事情。在这些年代中间,冰天雪地里演变着多少英雄的、沉痛的事故,现在我来了却是哈尔滨在它无比的解放与欢快的时日里面。

　　车厢里,跟我坐对面座位的是一个姓白的成衣匠,他跟我谈起来:

　　"我原来在营口做活,我有老母亲,可是四年前,日本人抓我当苦工——反正当劳工就是一个死,我半夜里跳上火车逃来哈尔滨,从此我在哈尔滨就做了一个黑人,我没有身份证,我不敢去登记,我逃避劳工,如果抓到要打死,我就像老鼠一样,一二年没有到街上走过一步。去年哈尔滨一次大检查,我趴在缝衣服的案子下头,拿布遮着,我听到他们走到案子前来,他们的脚几乎踩到我,我怕得气也不敢出——我活在哈尔滨,可是我做了三年黑人!"

　　我们谈话停歇不久,车过松花江,在那有着树林和白色房屋的高岸上忽然我听到一种熟悉的声音：

"我的家在东北松花江上……"

后来我又无数次在哈尔滨、松花江附近，听到许多儿童唱这个歌。这是一支沉痛的歌子，十年之前，我曾经唱着它，走向各地，走向战场，那时松花江不仅是松花江，而是代表着每个人可爱的家乡的情感，以及仇恨的情感。可是，那时，甚至很久以后，在东北的同胞谁敢自由唱上一声，不过一位哈尔滨人告诉我：那时他们如何偷偷在冬天跑到野外空房子里，烧一小堆火，低声地唱，流下眼泪。今天听到儿童们稚嫩的声音，让你感到分外自由。

选自《时代的印象》，光华书店 1948 年 10 月

铁的城——本溪湖

汽车在山路上颠簸一天，黄昏时由山间转出一山口，骤然下望，一片工厂烟囱与市街罗列谷底，一条河如细带，那就是太子河了。本溪为出名产铁区，铁的储藏量是六亿二千六百五十万吨，煤的储藏量也有三亿七千万吨，巨大的炼钢厂联结本溪市街在山下河边上，穿过河上长桥，驶往新开辟的宫原区。路上很多民主联军战士，戴钢盔，穿黄呢军服，持枪行注目礼。后来我从身边几个警卫员肩上发现，他们背的全是注明 U.S.A 的美国冲锋机枪，他们见我注视就笑起来了。

在楼上，我看见萧华将军，他是民主联军在辽东这一战线上的指挥员，他身材不十分高大，甚至有点瘦弱，脸上却满是年轻人的和蔼、活泼，他今年才三十一岁，恐怕是全世界上最年轻的将军了，但他有非凡的作战能力，及在部队中普遍的信仰、威望。这夜晚，是我进入解放区的第一夜，我很久从我的玻璃窗上望着远远的太子河彼岸炼钢厂的光芒，不能入睡。

次晨,我巡视了一下本溪,街上商店很多,我到了本溪铁业公司,在那巨大的总管理处二楼上,我看见一幅油画,画的就是工厂中巨大炼铁炉,在黑夜之下闪着血似的红光。我相信这是一个日本法西斯画家在"增产"口号之下的写生。我参观了炼铁、发电、机械各部分,特别是这里煤矿之竖坑为亚洲最巨大之竖坑,现在七千工人在做工,每日约产九百七十多吨。周苏泉经理告诉我:"工人现在最高兴的是去掉了压迫。"他随手指着窗外对面黄土山上密林中许多幢小的洋房,过去是日本人才能住,现在不但职员,工人一样分配了住屋,过去工作十二小时,现在八小时,过去工人没一点自由,现在民主管理工厂,大家讨论,根据工人意见,提出生产计划。

在那漆黑而寒冷的竖坑的口上,一个工人告诉我:

"从前不知道死了多少人。"

那时,无数抓来的劳工,掷进矿山,周围密布电网,吃不饱饭,死了就丢出去。可是,在"八一五"的时候,本溪矿山的工人,起义了。我问这是怎么回事,他们说:这是在十几年压迫之下,工人早就望得眼都要瞎了的一天。原来在劳工里面,有许多八路军的战士俘虏,给日本人送来掘煤,他们在这儿和许多矿工亲密团结,最后领导了起义,突破电网,缴了敌伪的枪械,组织了工人的武装。有个工人叫师善宇,说:

"自从九一八后,东北工人过着牛马不如的生活,受了最惨无人道的压迫,'八一五'前来了些地下军,后来见到日本人的布告,才知道是共产党员,一次枪毙了四个,后来又枪毙了八个,我们矿山工人看见日本人押来许多俘虏,一齐下煤洞,到了煤坑里,知道是八路军,他们和我们一起做工,比我们做得重,我们受一层电网围住,他们受两层电网包围着,抓来了五百,常常几天不见,就剩下五十人,每天打死三个、五个不等。可是我们天天在坑内，一齐商议怎样破坏电网，可惜那时候咱们力量达不到，我们受压迫十四年，我们想是整个中国没有希望了，永远做牛马，没想到'八一五'日本鬼子失败了，就有一个人领导工人出来缴枪，当时他叫王金仁，现在叫邢怀里，后来我们知道原来他是个共产党员，我们集合一齐，打死了日本的司法科长，抢了枪，组织了三万多人。"

本溪最早为日人巨商大仓崔翁，在此从事采炭，后来逐渐发展，与鞍山之铁、抚顺之炭齐名，市内曾有本溪湖特殊制钢会社、宫原机械制作所、白云石工业会社、窑业会社，人口在十五万以上。"八一五"后，虽然大批劳工得到自由，返回故乡去了，不过，本溪铁业公司仍为一已复工之大工厂。

夜晚，我很幸福，参加一次美丽的晚会，在这晚会上，萧华将军致辞说道："和平是全世界的潮流，全国的要求。遭受十四年压迫的东北人民，如同需要空气一样需要和平……可是东北刚刚得到解放，又蒙上暗影。我们主张应该立即停战，和平解决，谁想用武力，那是解决不了的，而且他将成为历史的罪人……"

确实如他所说，我看到了历史罪人的明证。因为次日我到一座灰黄色房子里去，在那里面，我看到成排穿美国服装的从新六军那里俘虏来的人，他们坐在台阶上晒太阳，我在一间铺着"榻榻米"（日本席垫）的房间里，访问一个有活泼泼黑眼珠的青年张贵筑，是贵州大学工程管理系的学生；一个成都人叫冉金山，是同济大学高中部的学生；一个四川十六中学学生叫林境先，还有十八岁瘦小的邓先德是贵阳导文中学学生。他们知道我是不久以前从重庆来的人，他们包围了我。因为谈起一年前在四川发动的青年学生从军情形，我们彼此都是十分清楚的，而他们就是那一次受骗到苦难中来的。他们说:"到密支那以后,生活待遇情况原来完全不是宣传的那样好,还常常给军官打耳光,什么书报都禁止看,在印度,有的苦闷极了,服毒自杀了。"现在张贵筑欢喜看民主联军的报纸和书籍,他告诉我:

"我们一月二十六日从上海装上美国船出发,二月一日到了新民。我们本来拒绝来,我们要求复员,他们说:'还未完成任务,到东北接收,打土匪!'可是在到秀水河子的路上,听说××团给'土匪'包围了,不久又看到伤兵,老百姓说××团给打垮了,这时我从墙头上贴的标语、春联,我明白不是打'土匪',是内战爆发了!"他兴奋起来,他诉说他做宣传员到东北来后工作很难做,他说:"骗人——就失去宣传的意义!我只有到那些民主联军从没到过的地方去宣传,否则谁信呢?"最后他把手放在那美国服的衣袋里去平静地说:"我希望赶紧组成一个民主政府,我欢喜文艺,我还是去上我的学校。"

这天下午,我得到消息:向本溪的进攻被粉碎了,××军两师被歼,××军一个师被击溃,当时,紧张的本溪平静下来了。

选自《时代的印象》,光华书店 1948 年 10 月

通　　化

　　日本人把顺着鸭绿江的走廊叫作"宝库东边道"，这个宝库的中心是通化市。

　　通化现在属于吉林一个行政公署区，我到通化就住在公署楼上，主任是连柏生同志，他供给我很丰富的关于"东边道"的知识。日人在通化市二道街区，曾设有东边道开发株式会社，投资一亿四千万元来经营矿山，其中最大矿山，即为通化省临江县内之大栗子铁山，据日人调查，铁质占矿石的百分之六十五，比较美国最大之富矿，即于斯裴里欧尔湖沿岸之大湖矿占百分之五十一点五为优越。另外通化市东南四十公里之五道沟铁山，品质为百分之五十五，铁内含有锰百分之五点二，尤为世界上很稀罕的矿山。另外如铁岭子煤山、五道江煤山、石人沟煤田、烟筒沟煤山还有金、银、铜、水铅、云母、直绵、石灰石，一切矿藏都蕴积在这山脉里，而山上之森林，在长白山麓，又成为一片林海，所以在"宝库东边道"口号下，日人拟定了庞大的计划，准备将抚顺、本溪各地矿山机器，全部集中于此，通化市开辟像沈阳,可容二百万人口,我看是因为地势极险,物产又丰富,将作为法西斯最后依据之老巢,准备最后将日本天皇及"满洲国"皇帝都移来此山丛中,且已为溥仪建筑了宫殿。此次苏联红军解放东北,溥仪就是在抚松一带缉捕的。

在这里,可以作为一段插曲的,是我在通化看到溥仪的妻子,她是在溥仪那座宫殿里被民主联军俘虏的,她原来是长春一个中学校里的学生,被选作妃子,她自称是"二皇娘",当我问询她:"你什么时候被俘?"她却可笑地闭了一下眼睛说:"我是×月×日接见八路军的。"……这个奇怪的女人,带着倒退一百年的气味,仿佛是从坟墓里掘出的人,真使人觉得可笑;不过这个"皇娘"她却有一个有趣的希望,她说她可以和溥仪去生产,做一个劳动者,这是多么渺茫的梦呀!

说到生产问题,连柏生主任很感兴趣,他说:

"政府正以二千四百万春耕贷款送入农村,分得土地而无种子的贫农,向富户借种子,秋收后还粮,同时所有机关部队抽出四百匹牲口,分配到牲畜少的地方去帮助春耕,目前煤矿有生产过剩的现象(受战争后交通影响),一部分工人和家属分得矿山周围三万九千亩土地,工厂供给他们农具,如果不是战争意外的话,每亩地增产五斤,则可以增产二千万斤粮食,过去总产额为六万万斤。"

通化,还有一种特产,是人参,在山坡上有一片片植参者,但据说这种人工培植者不如长白山中之野参。一九四四年,曾计划生产四十万斤。养参者在山坡阳光适宜地点,培土成畦,盖以苇帘;远看如一排排小的花舍,人工耗费甚大,但代价往往很高。至于野人参,在鸭绿江边长白山大森林中采掘,流传着许多类似神话的故事。因为那确实是一种危险甚多的工作,有如猎户。

现在，通化市已具有一个大城市之规模，如街路、广场之设计，洋房建筑沿山一带已密布一片，但大街上处处也还露出荒地。夜晚，中心广场上，电灯极明亮，一面是广播公司，一面是银行。我到一个新开设的合作社里去，他们玻璃柜中，陈设多是日用百货，但也经营运输业，他们告诉我：通化产稻，可供应安东，然后他们从安东换来日用品、布匹。

这里有一家《通化日报》出版，还有民主联军的军政大学，炮兵学校以及后方勤务机关也在这里，因此很引起反动派的注意，今年二月三日就曾经发动了惊人的通化暴动，现在通化市民则完全地获得了和平。我趁着夜晚去访问军政大学副校长何长工，他是共产党中井岗山时代的老干部，他的特点是爽直、明朗，他答应我可以搭他的专车直赴长春，因为在途中我已收到民主联军进入长春的震撼世界的消息了，因此，我当时最大希望是立刻赶到长春，这个东北新闻的中心点去。军政大学是一个规模很大的干部学校，在安东，以及后来在长春、哈尔滨、北安、齐齐哈尔都看到有它的分校，性质如同抗战初期在延安设立的抗日军政大学。这夜晚从何副校长寓所出来，在街上一家卖生鱼鲜菜的楼房附近，一幢没有灯光的房屋门前，看到许多人，原来是许多市民在看电影。另外一处大楼灯光通明，楼上人影幢幢，同行人指告那是杨靖宇支队的司令部。

选自《时代的印象》，光华书店 1948 年 10 月

土地呢？

富裕的东北农村，怎样就呻吟在无边苦海中了？

回答这一个问题，梅河口有一块土地是个说明：这块肥沃土地，给"日本开拓团"看中，就要强买，可是土地所有者不愿意；日人在上游筑闸一下放水淹没了这片土地，结果庄稼淹死，土地还是算作日人的了。像这样强占的土地，在桦甸县占全县土地三分之二，在松江省宾县的杨家烧锅（全孝屯），一九三七年开始收买所谓"无住地带"（禁住），三九年又强迫收买平原地，次一年由日人移住耕种，到四一年，附近一切好地都给强迫圈占了，这一个过程，就是由半殖民地走向殖民地的门槛，农民整个地失去了土地，除了变成一个廉价出卖力气的人之外，再没有其他意义。

这种侵占，"日本开拓会社"用每天地（十亩）三元的代价强买，这还抵不上当时地价十分之一；"满洲国拓殖会社"便每天十元代价强买，但是付地价时就预扣下五年的国税。还有像从哈尔滨到牡丹江铁路沿线百分之九十土地全在"国防地带"名义下被强占了。铁路、公路、矿山、工厂更可以无限制地占用和吞并大片土地。

日本人做了土地主，除一部分给日人开拓民留用外，把地转回头租佃给中国农民，这当然是丑地（坏地）才有份。日本人的地除了开拓民之外，大半以"勤劳奉仕"成者"劳工"来耕种。中国佃户交租，要看日本人当时需要来定，比如他们需要大豆，佃户就要买大豆交租。除去可怕的租佃关系之外，农村给"出荷"毁坏了，"出荷"——就是强制勒索，竟索取到每家收获的十分之九；满洲一年出荷数为八百零三万公吨；附带的还有线麻、大麻子、猪皮、猪血、白菜、土豆、大豆杆子、野葡萄叶等"献纳"。我记得当我从抚顺到本溪路上，在一农家休息，我向他们找寻靰鞡草看，因为东北有三宝：人参、貂皮、靰鞡草，东北人四千万里面起码有三千九百万靠它过冬，做棉鞋用。一个四十岁左右的农民取出一束白色细长的草叶，可是他叹口气说：

"十四年……我们连靰鞡也穿不上，因为要皮革统治……"

"如果要偷偷穿呢？"

"那不行——那要抓经济犯！"他说到经济犯，脸都皱起来。

凡是一切经过日本组合（这种组合有四十三种之多），统治的东西，是严禁私售的，如果发现私售或私用，就是经济犯。有一个农村里的牧猪青年，在结婚前夕偷偷杀了一只小猪请客，一下给特务发觉，在结婚这天他被逮捕了，因为他犯了三种罪：在他家查出大米是"国事犯"，杀猪漏了"屠宰税"，猪肉带皮吃（皮应交组合）又违犯了"皮革统治法"。农民偷吃一次大米，三年之后有人告发，仍然要丢到监狱里去。一切经过组合，把广大农村吸吮干干净净后，为了不让这批农奴饿死，继续给他们劳动，"配给"些豆饼（一种肥料，喂猪用），最后是橡子面（一种树□磨粉）；布一人一年只配给到半尺。现在东北人说："如果不是八一五解放，再晚上几个月，不知要冻死饿死多少人！"

农村还要担负苛杂捐税，单土地税就有三种：国税、县税、村税。还有报国公债，"驻在员"（每村驻一日人管理摊派）的花费，门户税，勤劳所得税，还有可怕的"储蓄"。统治农村者，在开拓、满拓之下，就是一批新式地主，"九一八"以前的旧地主不同日人合作者被打击下去；代之而起的是一批日人扶植起来的地主，他们是日人爪牙，新的官僚屯长，特务，土地大量集中在这种汉奸地主之手，在通辽县的姜家窝堡占所有土地百分之七十，东北平均起来有百分之五十人口无地，黑龙江雇工则占百分之六十，屯长可以任意加重"出荷"、摊派，比如通辽隆兴当区三合甲甲长徐振国当甲长前有土地七十天，当甲长以后马上有一百二十天了；他们从土地、政权双方来控制农村。他们剥削佃户最厉害的是"上打租"，就是当春天就要把一年租子预交；佃户没存粮缴不上，就向地主高利借债，这样滚来滚去……一年到头最后贫穷的人是连一滴泪水再也榨不出了。

剥夺了一切生产条件之后，可怜的农民时常被抓劳工（农民说："抓劳工就是死！"），成千成万丢到煤矿冻死饿死；在修小丰满水电厂时，不少由于不能再忍受铤而走险的人，给捉回来，一个个挂在电网上烧死；一条从绥化到佳木斯的铁路，十几万劳工葬送在山林里没有回来。在农民里稍微得罪一下汉奸特务，就要被辱，打协和嘴巴，两犯人对站互打嘴巴，更多的时候，就是两排对打，你不用力，他就用皮鞭抽，最后大家愈打愈气，扭作一团，他们在旁看着发笑,十四年,东北人民就如同走进了黑洞,不走不行,愈走愈黑。

一个农民悲哀地告诉我:"'满洲国'哪里有我们的路?!"

选自《时代的印象》,光华书店 1948 年 10 月

为了战胜敌人

在延安逢到朋友,握握手,总是问:

"你工作忙吗?"

人们回答"忙"或是"还好",那意思是一样的,大家都会为了彼此工作的忙碌而惬意地笑一笑。

这次离开延安的前一天,我逢到我所敬爱的一个同志,我告诉他我将要远行,同时,我知道他将要到西北局去参加边区经济工作,就问他:"最近还不搬家吧?"他却回答我:"就要搬了。"

我所以这样问,因为不久以前他还在休养,现在我看他脸上虽然病容减少了,但还露出不健康的苍白颜色。几个月以前我听说过,那时他心脏病害得很严重,可是他不肯离开工作,他的工作是极繁重的,他仍然吸着纸烟熬到夜深为工作绞脑汁,和他一起工作的同志当时劝他留一个保姆来照顾自己的小孩子,那么,他的夫人可以多照顾他一些,因为恰好有几个人到他这里来要求分配这项工作。但他拒绝了,他把保姆们一个一个分配到旁的机关里去了,后

386

来组织不得不做决定强迫他去休息，他才休养下来，可是现在他又匆忙地到新的岗位上去了。

如果能够把在边区的人，每一个人"工作"上曾经发生过的事情记载下来，那是极可感动人的，当然我并不是说那千万人中间，在这个问题上就没发生过一点小小的波折，在个别的人身上是有过的。但是他可以考虑，可以走来走去地想，思想上认识清楚了之后，他就愉快地走到分配工作的地方，欣然接受了工作，去舒舒服服地工作。因此边区的工作干部，他们是严肃的，绝对服从于工作，因为战争的责任在我们肩膀上，一天天更加重了，这就要求我们好好工作，把工作能力提高。在边区，人们不是为了薪水和糊口才来工作的，那么为什么？ 这正可以用"一人为大家，大家为一人"这句话来说明了。我经历过边区最贫困的一九四○至一九四一年的阶段，那时我们苦，但工作更起劲，也正因为这些工作，边区面貌才改变成今天的样子，那时从物资缺乏的困苦中燃起一种希望，用工作来把它变成现实，这就是边区的丰衣足食。我们工作着，如同一架钢琴的每一个音键，如同一架机器的每一个杠杆，每一个动着，然后合成全部的推动……

我在四个月以前曾经看到了这样一件事情。

那事情发生在我所在的机关里，事务工作同志中间。我时常去看他们的墙报，墙报是一张大的纸，上面贴有彩色画，也有文字。有一天，我在那上面看见他们所做的自我批评，有一条："我有一次浪费公家剩饭倒给猪吃了。"有一条："一回借老百姓东西争吵起来，我态度不正确。"有一条："××同志有一天晚上到厨房来要开水，我不耐烦，不给他，他说话是笑着，他说是工作迟了，我也没理他，后来还是管理员讲话我才给他。"……这是用些曲曲弯弯的笔迹写的字，这些都像是小孩子写的，这些字都是出之于受了半辈子旧社会折磨的人，但这件事本身，为这幼稚的字体而更增加了感动人的力量。过几天，他们开了大会，会上他们自己提出增加工作效率，展开竞赛。这样，磨坊原来用五个人，现在只要三个人，这三人不但完成了从前的任务，而且超过了，从磨坊往外送着雪白的面粉供给我们食用。我在那里时常是睡得很迟的，那时天已接近黎明，我从山上走下来，望见一只灯亮着，送出"嗒嗒——嗒嗒"木头撞击的声音，我走到跟前，是磨坊，看见他们三个人开始紧张工作了。过几天，我逢到他们中间的一个，那是一个矮小中年人，生得胖胖的，抗战开始他还在河北种庄稼，以后却参加军队做炊事员，回到延安来，在我们的磨坊里。他说："没有见过这样工作的，这样才叫呱呱叫。"他咧着宽厚的嘴唇在笑："那个喂猪的同志……你知道！昨天夜晚猪要养猪娃，天那样冷，下大雪，猪娃生下会冻死，他就不安心地想来想去，后来就合身睡在猪窝里了。天快明了，生啦，他赶紧脱下皮袄，包起猪娃，抱回屋里，屋里早生上了一盆木炭火了，你看人家是这样工作的……"他结束时的眼光没有嫉妒，而是羡慕。

我听了，很久在笑着，耳边响着这样一句简单的话："人家是这样工作的！"

如果让我谈谈印象，我说："边区，时刻使人感觉到中国是在战争，是在建设，充满兴家立业、勤劳紧张景象。"用边区不识字的劳动诗人孙万福的诗句是："万丈高楼平地起。"——大家都动手，鼓着热潮地突击，在竞赛，你好，我比你还好，最初这种积极性也许是一些苗，领导方面就好好发现这些苗，而且推动成为群众运动，然后得到了更大的收获。如果说边区的人们，大家太一模一样了，我的理解是：大家有一个共同理想与目标，那就是"解决群众的问题，使群众得到解放与幸福"。也只有群众动员起来,才有战胜敌人的保证,因此谁为群众做得更好些,谁就光荣些。"群众的利益"是一个尺度,每人用它来检查自己,发现自己不够的地方,来克服它,这样就在共同的理想与目标上更趋一致。问题在于这样做对老百姓好还是不好。好,就是应该的,不好,就是不对的。我觉得目前我们确实更应多考虑:"在中国许多国民党领导的地方群众痛苦的生活太一模一样了。"

边区这两年得到了黄金谷粒的美满收获,是边区都在动,都在活跃的结果。现在边区喜欢谈这样一句话:"家家都有余粮呵!"粮食储藏在农民家里,这就是丰裕的标记,但这正是由于花了很大力量进行工作,组织生产,才会有的。因为在边区工作者中间有一重要信念:

比如在教育工作上,"先向群众学习九分,然后教一分"。

比如在经济工作上,"用百分之九十的力量帮助老百姓解决他的救国私粮,然后仅仅用百分之十的精力就可以解决救国公粮"。

选自《时代的印象》,光华书店 1948 年 10 月

为祖国而战

在我们的土地上

经过黎明的一阵射击,当我在阳光下,走进一个三小时前还为蒋方所占据的村庄时,我在地上看到他们遗弃的一堆炮弹:绿色弹壳上印着白色的英文字母。

不断在火线上行走,我注意看着种种在过去战争中我没看到过的景色,黑茫茫的夜空下,一会儿左面升起一颗照明弹,一会儿右面升起一颗照明弹;另一回黄昏,我立在一个蒙家的大门下,机枪子弹在我头上空中——打出一串红火光,如同在纸上拿红墨水画的虚线似的……这时从我心中总涌起一种思想:我好像应该是在塞班岛或者冲绳岛的一条什么小河边,而这里的河却是我们的河。当然我很难假设,我怎样以一个日本人的心情来视察从我对面飞来的子弹;而爆炸的确是在爆燃,美国的子弹打在我的身边,它打的不是日本人,是我们。

战争就是战争，不是儿戏。难道子弹会真的有眼睛吗？！时间是永远的证明者，不管那子弹上写的是昭和还是 USA，当我在这盏电灯下写字的时候，当您早晨刷牙、漱口，或者午餐的时候，一件庄严而悲痛的事实普遍在那里发生，那就是一个美国人昨天所制造的一粒子弹，经过蒋介石匪帮的手，正使一个爱祖国的中国人在今天倒了下来。这就是全部事实。

谁的罪恶？

落雪的夜晚，在烧着柴草的篝火前，我靠着一个战士蹲了下去，我望着他，他那样贪馋地喝着水，尔后把碗递到我手里，尔后又赶紧背了枪赶队伍去了……从他的容颜、姿态，我清楚他是一个多么单纯的人物，而今天在他手里多了一支枪。

蒋介石的宣传家们，总无耻地要把一种罪名加在他要屠宰的人的头上。

好像我们都像爱土地那样地嗜爱打仗。

现在就让我们来看看吧！这里，一个是在"满洲国"时代为了逃避日本征兵而躲避在国境线上，东北解放，他搭了六十里地的火车，追寻部队参军，他的名字叫刘永清；一个是被蒋介石强迫抓丁，从四川掷到东北，而在战争中获得解放，现在他用子弹射击那些抓丁者了，这个聪明的人叫何玉发；还有孟昭贵，枯瘦，黑脸，山东解放区的民兵，给日本人强掳了来，掷在无边黑暗的矿山里做劳工，六百人死了五百九十九个，只逃出他这一条性命；这里还有一个十七岁的孩子，邱耀连，脸结实得像吹鼓气的足球，在"满洲国"做了三年劳工，东北一解放就参加了队伍，打胡子的时候，他在激战的火线上还睡

391

了一觉；特别是——这个二十二岁的小伙子，王喜，七岁上死去母亲，十二岁就给地主家做长工，父亲在另一家做长工，十七岁那年父亲生了重病，六天他还不知道，后来赶去，父亲已经不成了（跟我谈到这里，他难过地低下了头），从他到世界上，就怕抓劳工，没登记户口，做黑人。

只要警察一到村口，他就得跑到山林里蹲雪地。去年巴彦县通达区二合村分了土地，因为他十一年扛活受罪，一人分了一垧半土地，他又把分得的一匹牲口，一块花旗布换了一垧地，然后他把地交给村长老王请他照管，说："革命成功回来再说吧！"自己就到部队里拿起枪。这次在松花江南岸，这一群人都立了功，都是英雄……就是这些人，就是这样的部队。

就是这些人，在世界上他们都是苦人。他们在世界上，因为自己的饥饿，或是因为自己父亲病死，而曾经侵犯过或者压榨过那些恶霸、统治者、帝国主义者们的一个铜元吗？！不，他们在世界上是最苦的人，也是最干净的人。

他们的勇敢是无比的，这绝不是由于谁的煽动与诱惑，是由于他们为自己而战。

王喜亲自告诉我："我自己要求从地方部队补充主力，就是想上前方消灭反动派。"

不应该流血的人今天还在流着血，这是谁的罪恶呢？

我们用的是拉链

战争是残酷的，可是人民不是弱者，我们从战争中正懂得了更多的事实，看到更多的真理，我们从战争中生长力量，我们打到天明。

刚刚在不太遥远的时间以前,美国人曾经做过我们的朋友,我们也并没有反对过罗斯福所拟议的"大西洋宪章",但老实讲就在那样年代里,我们没有得到过谁一粒子弹的援助,而靠我们自己的赤手与血,解除日本法西斯武装,装备了我们自己。在那些艰难的年月里,确定了我们——是祖国这一辉煌真理,我们勇敢,坚强;在祖国最危难时,紧靠一处,真正祖国的儿子的光荣,是谁也遮掩不着的。现在,我们度过那相当长远的年月,难道我们不懂得和平与休息是需要的吗?但如果和平与休息就得死亡,那又是一桩事了。今天,很清楚的,事实已经钥匙一样打开一切问题的门:在抗日战争期间,记者穿过日本大衣,而今天呢?我睡在美国鸭绒被里,抗日战争中一批批日本武器装备了我们,今天是一批批美国武器装备了我们。各个时期证明:帝国主义的武器是流我们的血的,而且只在它流我们血的时候,经过战争的手段,把它缴来,才装备了我们。我记得爱伦堡说过美国访员如何问他:你的裤子为什么爱用纽扣而不用拉链的话,而现在在我们部队里到处是拉链,我们的士兵的衣服,裤子,子弹袋,装行李的马袋子,文件袋,甚至挂在墙壁上的干粮袋……我觉得美国人太喜欢他们的标记了。就在这些拉链上也刻着小小的 USA,当然这是一个有噱头的例子,更重要的是武器。郭家屯作战时,农民出身的孟先久一看敌人打出火箭炮那狭长而尾部有翅子的炮弹,他惊讶地喊:"怎么打起刺刀来了!"可是现在火箭炮掌握在他们手里,山炮,六〇炮,机枪,冲锋式……愈打下去就会愈多。胡景山把他的美国枪榴弹从筒子里取出来给我看,他微笑着,他现在是排里的一名枪榴弹射手。日本人在我们面

前倒下,现在蒋介石和美帝国主义呢?——用你们愚蠢的行为来结束你们愚蠢的命运吧。祖国是不会被谁毁坏的,胜利是为祖国而战的人们的。

四月二十一日夜

选自《东北日报》,1947 年 4 月 27 日

闲话黑河

到黑河去掘金子,从小是我脑筋中一件又神秘又浪漫的故事。知道一个刚刚从黑河来的人住在同一栋楼房里,我不等他休息,就拉他到我房间里喝着热牛奶谈起来。

黑龙江北部地广人稀,从漠河经过黑河到佛山,顺着黑龙江的一条边界线竟有三千里之遥。黑龙江是一条汹涌澎湃的大江,黑河市就靠着江岸,一片楼房,很齐整。隔江是苏联的阿穆尔和赤塔两个州,和海兰泡市。"满洲国"时代,除劳工以外,无能通过讷谟尔河者。沿弓背形之黑龙江岸遍布工事、兵营,并埋藏有六十里射程之地下大炮,大批军队则住在山里头。

漠河,鸥浦是中国出名的产金地带,很多工人在这地区山沟中采金,过去矿主在大山沟中筑上几百间房,储存下粮食,引江水进来。春天把工人放进山沟里,警察就堵住山口,从此禁止出入。工人在里面淘出的金子必须卖给该矿主,一钱金子可得五六百元代价。淘的工夫,矿主进行严密监视,以免偷盗,且金砂只准淘出十分之六七，剩下金砂堆积起来属于矿主。交到账房，又是一重剥削，账房人要篏一篏，一面篏一面吹三口气，工人顶怕这三口气，因为吹一吹，不久从地下就能扫起几钱金子，可是工人在各种管理下还是设法偷带出来。

另外一种特殊工人是沿着黑龙江放木排的水手，在汹涌江面上，七八百根木排顺流而下，工人在排上搭一小棚，掌握木排，这种工作含有极大危险性，时常在触礁时破碎、拆散。沿岸有木材公司站，在江上漂流一个月可放到哈尔滨，放一次得到三千元，一夏天只能放两次。冬天一来，江封了，地也冻了，采金工人和放木排工人，就都带着拿生命换来的金钱到黑河市度其享乐的冬天。冬天黑河便从雪堆中露出它特殊的繁荣，等春天一来，他们又带着仅余的一件破衣服走了。去年冬天，他们又挤满黑河，却没有再昏沉过日子。他们清算了放木排的工头，竟全体拒绝了放木排，结果，木材堆积如山，还是决定了增加工资，每次给安家费，做衣服，于是这工作又恢复了。在土地方面，靠黑龙江岸一带沃土，地主富农已开始采用火犁、割草机、牵引机做平原地上的大规模耕种了。

谈到夜深两点，我真向往于那富有蛊惑力的遥远的黑河啊。

选自《时代的印象》，光华书店 1948 年 10 月

新的道路

——东北文工团二团秧歌演出观感

东北解放区各地人民，以无限欢欣鼓舞，庆祝他们真正大翻身后的第一个春节。秧歌剧，又一度证明它是表现人民的生活的，很恰当也是很深刻的文艺形式。今年春节的秧歌，不但是东北人民文艺的开始，是正确的方向；同时给数年以来的秧歌运动增加了新的生命力量。这是我在佳木斯看过东北文工团二团秧歌演出后的感想。

首先，给我最深刻印象的，它是十分健康、明快的。《大翻身》的大秧歌舞，舞步是那样雄健，演员一边歌唱，一边翻身地舞着，《光荣灯》秧歌剧中大段的四唱光荣灯，歌声是那样雄壮、动人。

其次，是相当群众化、东北化。他们很恰当地运用了民间流传形式，比如《姑嫂劳军》中采用夸女婿的办法，《光荣灯》中采用歌唱画在灯上四幅画的办法，特别是《光荣灯》中很大胆地采用了在东北流传最广的"喇叭腔"。

我觉得这次演出，最值得重视的是群众化的而不是非群众化的，是东北化的而不是非东北化的秧歌。这收获是由于他们抓紧了东北民间原有秧歌艺术的基本特点：第一是健康，第二是通俗，而并未束缚在我们原有的艺术成就内。如果有人认为健康是"夸张"，我觉得健康，才真正是人民的特色，特别是解放区的人们，翻了身的人们。那矫健如龙的舞步正象征着他们的愉快、力量，毋宁说由于时间、条件、演员的熟练深入与否诸问题，我们表现得还不足。如果有人认为某些调子是被过去歌唱的内容所毁坏了（如喇叭腔，曾用于《小老妈开店》），因此我们不能用，我觉得我们正需要把流传最广的调子赋以新的内容，只要我们承认群众是进步的、智慧的、有创造力的，他们会欢喜，曾经是他们所喜闻乐见，而又反映了他们今天现实的东西的。自然我们最需要是在群众中倾听他们的意见，不过当《光荣灯》在公开演出时，喇叭调子一响，观众都那样眉飞色舞起来了。所以我认为——顺着这一条路发展下去，更多吸收东北人民生活、东北人民语言，就会把好的开始变成好的发展，向着人民的路是宽广的。

这次演出告诉我们：真正与当地人民结合，必能反映现实，同时也就必能丰富我们的艺术。

还告诉我们！要尊重东北民间艺术，认识并进一步掌握它的特点，来创造一切。

我看的这次演出共有六个节目：《大翻身秧歌舞》《姑嫂劳军》《旱船》《土地还家》《送公粮》《光荣灯》。现在他们正在合江省农村中表演,他们不久将到哈尔滨来演出。我认为它们是今年春节文艺运动中的一部分收获,但我相信群众还会更丰富这一个收获的。

选自《东北日报》,1947 年 2 月 8 日

新社会的光芒

　　我最近第三次旅行西线。

　　第一次，一九四六年春末，到洮南，不能前进；第二次是同年冬季，蒋介石伪装宣布"停战令"后两小时，就从茂林方向发动进攻；这一次不同了，我从哈尔滨出发，沿着巨大弓形交通线，由嫩江到辽河，直达四平。最近一年多以来，我们每个人有一个概念："胜利！"胜利，从艰巨的战争中得来，对于我们，除了战报上的数目字，还有我们所走的距离一次次增远了，在这样旅途上我从人民的脸上看见胜利更辉煌的意义。

　　哈尔滨霁虹桥畔的路灯明朗地照着我们，我不知道是第几次从这里出发到战场去，但这灯光却是第一次照耀着我。在过去这三年里，我坐过多少不同的车厢，我在深冬乘过无暖气、无灯光、无玻璃的车，雪落到脸上，列车在一个车站可以停上半夜，那是我们艰难的战争时代，人们眼向前看，谁也没埋怨过。现在还是战争，但生活上像过去那样艰难的时代过去了。今天，月台上拥挤着旅客，走着说着,四月的夜晚,使我觉得大家都一样幸福。最引我注意的是堆积在月台上待运的货物,我每一次都看看那是军运还是商运,来测度交通对于私人商业运输关系密切的程度,这次我免不了也乘着朦胧的光线辨认票签,我发现这是大批运往白、洮一线的商业品,后来我在车厢上,和不少这样的商人谈话,他们认为恢复了十几年没有的经商自由——还有一部分是慰问品。从后方到前方,这就是我们正常活跃的社会生活、经济生活。列车从遥远的牡丹江,把旅客带向西方。哈尔滨辉煌的灯火渐渐远去,在马合洛烟草气味中,我和一个电业工人谈话。

他说:"我们昨天刚从××修理电路回来。"

我问:"今天呢?"

他说:"今天又去修郑家屯到四平的电话。"

这是一队普通工人,跟我谈话的,是个高大而年老的工人,他腰带上挂着钳子,衣服简陋,甚至还戴着一顶旧式的"国兵"帽子。另外一个穿大衣的年轻工人生气勃勃,肩上挂一支三八步枪,快乐地走来走去。每到站头他们跑向火车头去喝凉水,吃着简单的干粮。可是我从心里感谢,正是这样普通的人,他们像医生治理病人一样,从战争手里修复着整个社会。原来凝固在蒋介石统治的饥饿黑暗中的地方,被解放了,忽然这个城市,忽然那个城市,电灯亮了,电话通了,工厂的马达歌唱了,全城人民的心一下开朗了。那是因为有这样一批一批人,在无数风雨晴阴不定的日夜辛勤工作的缘故。

一位纵队的政治委员寄给我一封信说:

"……由于军队的努力,一百民夫三十大车努力的结果,因此开原已经一片光明了,我是电灯光下给你写的信……"

是的,像过去那样艰难的时代过去了。当火线上一声枪响,倒下

401

一个敌人的同时，我们正在新的奋斗喜悦中，建树一个社会。

对于我们，最好的条件正像他信里所讲的万众一心的努力奋斗，而人们在奋斗中有了新的目标。在齐齐哈尔，我恰巧碰上辽北省阎宝航主席。我发现这一位在南京下关被国特殴打流血的人，现在年轻起来了，他正沉浸在巨大的群众快乐里。他把农村见闻告诉我，说这次在纠正土改中某些过左倾向时重新划分阶级，划回一部分中农，退还财物，有一个中农拿着红臂箍（农民管它叫"阶级"，是基本群众的标志）说："什么都不要了，有这，一辈子就行了。"后来，在旅途中，一个长岭县农民，称赞团结中农政策说："他们没吃过剥削饭。"今天，百分之九十是有力的团结了。第二日，日光照耀在脸上，玻璃窗外，一片黄色的西满大草原，使人想到古代一片无垠的瀚海，平顶的泥色小屋，寂寞地冒着烟。可是就在这草原上，人们也扭转了世界。在我身旁坐着六十二岁的辽源县雁翎区义顺村老农民王山，他臂上缠着红布，这一天，在这一节车厢上到处闪着耀眼的红布。王山扛一袋盐回家生产。他娓娓而谈：前年他家是解放区，他是农会组长，国民党来了，地主告发他是穷头，打官司一直到县里，处罚他七石粮，对于雇贫农这等于判死刑，还搭上路费五千多元，他就完全绝望了。等到去年一个夏季攻势，他家乡又解放了，他又当了农会宣传委员。他对我说：

"将来抓着蒋介石怎么办？"

我严肃地听这个农民对那个旧中国的统治者的判词。

被这种巨大仇恨燃烧着的不只王山一个人，我发现这车厢里，每个带红臂箍的，都有每人的血泪史，过去的血泪发射出今天的光芒。

看吧！车到茂林了。车还未停，一对青年夫妇背着包袱，透过玻璃窗朝外望着叫喊：

"茂林！一年没来啦！"

这声调，这语气，充满久离故土、解放归来的感情。正如许多战线上当我们把敌匪驱逐了的时候，村庄还冒着烟，农民们流着热泪从树林中回来了。一个长岭县农民马上告诉我：前年敌人占过茂林。我问以后怎样呢。他说："反正两个心眼，穷人盼八路来，富人盼八路别来。"那时在烧杀抢掠的恐怖下，无数群众抛乡离井，逃向解放区，现在他们又重回故土了。故土取得了宁静与和平，但战斗正展开在我们的前面。在边昭，灰色的美国飞机袭击我们的火车，车头击毁了，旅客的毯子烧着了，碎玻璃纷纷落在脚下。电话叫通了，一辆火车头从白城子急速开来，继续不停地前进，郑家屯车站一带好像发生过巨大海啸，炸弹坑穴如同犁头翻开了土壤，坎坷不平了，但谁也不会相信，那岌岌可危的站台，好像一颗炸弹就会炸塌它，它却始终站在那里，是活跃的心脏，整夜整夜，车发出去，车开进来，人们到处以顽强意志在和敌人作战。记住我们脸上的微笑就是敌人的失败，但这种微笑被我到处发现。王山跟我说："急着赶回去下地。"我永远记得夜晚郑家屯车站熙熙攘攘人群中，这个六十二岁的老人走去的背影，我想：土地在等待着他，还有什么比这再充实的吗?！很好，地气还没过时，清明刚过，这几天不时飘着细雨，顺着广阔的辽河往东走，不少农民赶着四匹马的胶皮轮大车，满载棉花籽呼呼迎面而来，我问的时候，他们吆喝着答道："发给老百姓种的呀！"这一带领导上在组织大家种棉、种麦，眼前一片低垂的天空，一片潮湿而远漠树林，田野绿了。

现在，我要记载的是我所遇到的另外一件事，在郑家屯那个夜晚，我坐在一个纵队办事处的桌旁，桌上摆着一束一束由邮政车从遥远地方带来的信件，贴着红色的绘制着毛主席像的邮票，贴着绿色的李兆麟将军的纪念邮票，从后方源源寄到战斗的前线去。这些都是家信，有的是父亲给儿子，有的是弟弟给哥哥，中间有一封是这样写着：

"现在正是英雄造时势之秋，望我儿工作加强，不要退步，坚决地把革命干到底，这就是帮助父亲的一生忠厚，也是帮助父亲的一生愿望。"

还有一封信简直地说：

"去年种一垧半土地，都收到家中了，今年又分了一垧半，农会都帮助种上了，吃烧不愁，望你在前方努力向前工作。"

这是从松花江北岸扶余县寄来的信，这些信带着多么浓厚的亲人的情意，带着多么丰富的新社会的内容。我们可以想到无数不同的日夜，在多少处不同的农村和城市，父亲想着他那英雄的儿子，弟弟想着他那英雄的哥哥，而后，从各个不同的地方把浓厚的情意寄向同一的前方，而后，在英雄们的心里，在火线上化成巨大的力量，扑向敌人。这说明了我们在进行着什么样的战争。我们进行着从前方到后方、有国家规模的战争。当我坐了几日夜火车，而坐在桌旁，看着这些信件的时候，我嚼着其中的语句。这里说明一个问题：老人们把爱自己的儿子跟爱这个新社会结合了。我跟着部队作战的时间，共同经历过天空似乎还黑暗的前年冬季的艰苦，也经历过胜利紧接着胜利的去年夏季的快乐，我认识了不少战士，我用一句话称赞他们，他们坚如铁钢。这夜晚，灯光照在这些信上，我又理解他们是多么温和、多么柔情了。

再经过三天旅程，我在四平那绿色的郊外，和战士们相处一起了，四平从魔手解放后，已经开始繁荣了，电灯亮了，黑漆漆生活结束了,这是经过几场激战的地方,四平因此成为世界知名的地方,营教导员走在路上告诉我:前年他们保卫四平的工事就修筑在那面岗岭上,是的,前年战士们在那里风餐露宿,在那里射击,也有的在那儿倒了下来。现在工事长了青草,在它旁边阡陌纵横,无数的木牌插在土壤里,上面写着分得这块土地的人名,从前要穷人的血和泪喂养的土地,现在有了真正的主人。而住在这一带的战士们呢,他们的名字同样被写在木牌上,不过是插在松花江以北的遥远的,遥远的土地上面。

让我们来认识认识季孝亭这个普通的战士吧!

他活了三十多岁,他的苦处就像海水一样深,他斜披着子弹袋,站在我面前,话还未说泪就流下了腮帮。他从旧社会里逃出来就像从狼窠里逃出来一样,把祖母的性命、父亲的性命都丧失在狼窠里,剩下母亲携带孤儿到处乞讨度日,漂洋过海,落在海里又捞上来,在海面饿了三天三夜,才从山东流落到东北,可是前面等着他们的,依然是无边黑暗,只有到了二十七岁那一年,阳光才豁然照到他们头上——他一见八路军立刻就参加了,从那才穿上完整的衣裳。因此他从来没觉得战争当中的艰苦,超过他从前那种艰苦。有一次顺路回家(穆棱),母亲一见脸色变了问:"怎么回来了?"同行的战士赶紧插进去解释:"是经过了上级允许的。"他问母亲:"分了土地没有?"母亲指给他两坰土地、一间半房。从那以后他日夜在前线奔走,冬季歼灭四平敌人的攻坚战里,他带着轻伤,英勇作战。我临走问季孝亭:"要不要我带一封信?"他笑嘻嘻地说:"从前我挂念有地无人种,后来由后方来信,我知道农会照顾咱们,管得样样都好,我还写信做啥?"黑龙江来的姜新富,才十九岁,他对我说:"关里来的老大哥,爬冰卧雪为了什么? 咱们翻了身不应该去帮助老大哥吗?"在这一次旅行中,到处听到这种语言,这些语言都是不可遏止的力量。

谁都应该想一想,在这短短时间里,我们经历了怎样巨大的事变,这个变是从最艰苦的时候就在变,可贵的,正是在最艰苦的时候,我们创造了光明。当我们这里是白天,美国正是午夜,那是自然条件的关系,一点也不奇怪,但在东北广大原野上吹起温暖的和风,而长春和沈阳暗夜的寒冷却凝固不破,这是什么关系呢?在我们这里,一切为了斗争、胜利,一切欣欣向荣,如果说火线上一声枪响挑破了旧世界的黑暗,工厂里的机器声、春耕线上的吆喝声正是曙光升起中的歌声,而蒋介石的末日是早就找不到一点光辉了,最后的结果只有一个,不会有两个,那就是光明永远消灭黑暗。我的旅行没有结束,新社会的光要是照向更远的地方,我们的旅程也应该向更远的地方。

选自《时代的印象》,光华书店 1948 年 10 月

选举谁和罢免谁?

我想讲的是老百姓自己管理事情的话。他们是为了旁人也就为了自己。在边区,农村干部开会时候谈完话,往往欢喜讲:

"众人原谅!"

这话意味很深长,是自我批评的意思,也是让众人发表意见来解决问题的意思。那时,他笑着,把眼睛望着众人,众人就讲起话来了。他们选举谁和罢免谁,绝对地有权利。比如,今年春耕的时候,在关中分区,有一个西峪村村长,叫作路江胜的,他参加搭工组,不起作用,甚至还提出自己要另外耕地,退出搭工组,大家就开了个会,要他讲不参加的原因,当场,大家罢免了他的村长职务。还有一个搭工组长任席匠,不负责任,组上发生问题不解决,有时候个别组员不上搭工组,也不追究,他们就开会批评了任席匠,还另外选了一个人代替这项工作。可是,在赤水县,湾桧村的村长,是一个六十二岁的老婆婆姚琴姑,她还是县上的女参议员,她不但组织旁人劳动,自己那样大一把年纪,也还算半个劳动,参加修埝地。天一亮,就听她那虽然衰老但还响亮的喊声了,她沿着人家窗前走过去,她在村里到处把人叫起来,然后大家一伙去工作。中午,姚琴姑又回村里,张罗着把饭送到地里去。老百姓看这老婆婆忙忙的,都说:"这真是处处为咱们老百姓!"像姚琴姑这样的人,她不会想到自己老了吗?不会想到自己快埋到土里去了吗? 不,她过过冤屈的日子呢,那时没人理睬她,谁抬举过她呢,现在她才发挥了自己的才能罢,她像在说:谁说人民不懂得怎样运用民主呢,民主就是生活。

选自《时代的印象》,光华书店 1948 年 10 月

杨靖宇支队

杨靖宇将军在十四年血战中留下种子。

这支久经锻炼的部队，在"八一五"以后，举起杨靖宇支队的大旗，得到了新的发展，又解放了整个通化（指原"满洲国"通化省，现为吉林一专区），帮助了一百万人民的翻身。

通化初告解放的时候，各地汉奸伪警到处抢掠，仅仅辑安一县，就抢了一百多万元，唬得老百姓路也不敢走，生命时时刻刻感到危险。这时候，杨靖宇的老战士四十几个人进了通化城，立刻组织了煤矿里二百多矿工起义，建立下以后的支队基础。可是这个时候，一千多伪匪就在通化城外四五十里一带出没，市内也还有伪警、护路队，和外面勾结，供给弹药，特别是把这支刚成立的小小的人民军队的行动报告出去，并且暗暗派遣一部分坏分子混入人民军队里来，组织哗变，破坏纪律，好引起人民来怀疑这支部队……种种暗礁和危机时刻能在旦夕之间，使这部队崩解。不过，杨靖宇的战士不是平凡的人,他们把敌伪粮食从仓库里搬给穷人,把劳作服发给铁厂子没衣穿的工人,这样他们的根深深扎入到这许多工人贫民中间去了,他们很快就扩大了。于是他们一面和伪军土匪作战,一面源源不断得到群众的补充,他们不但通过了危难,而且从危难之中得到了锻炼、强大。

最初一次在苇家河——由于市内伪警告密,给铁厂子工人发衣服的回路上被土匪打了埋击,于是杨靖宇支队一方面打了苇家河,同时发动了市内二百个工人接替了市内二百多伪警的武装:缴了二百多支枪,把内部奸细拉到群众面前枪毙了。

十一月十五日,是最危险的一天,天未黎明,有八百多土匪来攻击通化,可是这个时候市内大部分部队出发剿匪去了,只剩下三个半警卫连,发觉的时候土匪已经占据南西北三面高地,全市落在危险的网里了。

可是杨靖宇支队主力连死守阵地,这个连里很多都是跟过杨靖宇将军作战的……市民来到火线上抢救挂彩的人,这市内的紧密枪声,把到二道江去的两个连惊回来了,这样打到下午五点钟,把土匪最后地击溃了。紧随着,他们攻下头道湾子,三天后又击溃集结临江准备再一次进攻通化的土匪,十二月二日打下辑安,五日打下临江,十五日打下抚松,一月初占领长白,特别是一月二十九日他们未费一枪一弹进入了自己的老地区濛江。因为那里的土匪没有抵抗,而且投降了。

这样,他们就把整个通化地区解放了。杨靖宇支队不会污辱他们那英雄的命名的。现在,这个支队的司令,位树德将军就是抗日联军一路军的老领导人,同时他还是安东省的参议员。通化人民都欢迎这支部队，因为他们看到他们，就记起那个死后腹中只有草根的英雄。

选自《时代的印象》，光华书店 1948 年 10 月

一个城市的复活

从抚顺到本溪是一条艰难的汽车路。从本溪开始，却是畅通的安奉铁路，安奉路穿过曲折的摩天岭，直到鸭绿江边。这是我第一次走上解放区民主政权之下的铁路交通线，我觉得管理甚佳，而且据车站上铁路员工告诉我：民主政府已在增修一条支路，由凤凰城北至宽甸一段。这条路原来日本人计划过，准备直经通化，但未曾筑起，现在却已动工了，这使我甚为惊讶。

安东市沿江发展起来，江水湛绿，江流浩荡。站在岸头，回想八年战争，不禁微笑。听说萧华将军的战士们初到此地，看到鸭绿江，有人竟高兴得跳跃起来，说："毛主席说过，打到鸭绿江边啊！"是的，他们是真到鸭绿江边了。

江上有铁桥，彼岸即为朝鲜之新义州。"满洲国"时期，曾经过这桥，把一切掠夺物经朝鲜运往日本。

火车站外是一条中心大街，整洁宽畅，名为毛泽东路。走下去，就是杨靖宇路、邓铁梅路。市中心为繁荣的商业区，行人摩肩接踵。

在这一闹市中，可以买到菜蔬苹果，也可以买到"莱卡"照相机。物价奇低，从市南端到北端坐一趟马车，只要五元钱，如果是重庆，五元钱票子是常会被人丢弃在地下的。这里金融稳定，一元东北银行币可换二元"满洲"币，可换二十六元法币。工厂都已开工，从山上望去，烟囱遍布四郊。商店里的布、纸烟、纺织品都是本地工厂出品。

安东省有三百四十四万四千人口，耕地面积为两千余万亩，有十万工人在工厂、矿山做工。从江向西一带，有很多历史遗迹，流传着很多薛仁贵征东的故事，就在这一带，又经过一次日俄战争。

这里气候是温和的海洋气候，和青岛相似，风景极美，我住的镇江山（为满洲八景之一），住屋背后，遍山苍松、樱花，山上有游泳池、公园。从住处玻璃窗上遥望鸭绿江如一条绿带，特别在夕阳西下时候，这条江闪射出好看的光芒来。

选自《时代的印象》，光华书店 1948 年 10 月

一个模范农村工作者

五月十九日夜晚,我访问了马斌。

在访问以前,我听到几个人把他当作一件典型事例介绍给我,他是共产党的宾县县委书记。他刚刚从宾县来哈尔滨,明天他也许就要离开这里。那座楼上一间小房间里,灯火辉煌,隔壁会议室里正在开会,他挤出开会的时间,坐在我对面。他是一个普通的年轻人,椭圆形的脸,并不是什么满面风霜,一手裂纹,而且他脸上似乎有点红润,细长的眼睛,些微的近视,还没到戴眼镜的程度,就是这个人,他成为宾县人民所最亲爱的人。

在县里,他的办公室,经常为贫穷农民挤满,他们对他像朋友一样,马斌在乡下也是如此和他们睡在一条炕上面。

他说过:"我们有一个规矩,不吃粮户(富户)饭,不住粮户房,专找穷户人家住吃,给他家粮食菜金。"

比如,他领导过宾县救济站清算配给店的斗争,在没下屯之前,先在各屯走了走,然后选定两个最穷的屯子:一个是大仙堂,一个是河西屯,把工作组住进去。因为——曾经有过这样干部,他一下去就住在粮户家里,据说这里好办公,粮户供饭也不困难。可是这样一来,多接近了粮户,少接近了穷人,多听粮户的谈话,少知穷人的痛苦。穷人不愿到这种粮户家里来,就是来了,因为有粮户在场,什么话也不好说,干部到穷人家去访问,粮户跟在后面监视。最好谈心的时候,是晚间睡觉前吃饭后,这些时间都在粮户家里,等到到穷人家里去,人家早出去打柴、做工去了。马斌不是这样做。他到处钻到穷人区里去。什么样的斗争、减租、反奸,大事情都跟穷人商议,因此他到哪里去,穷人就欢迎他,保护他,在不安全的地方,农民就轮流去放哨保护他。

马斌是一个在上海住过的知识分子,而且他著过书,但是他有一颗为群众服务的决心。他开始是松江军区政治部的民运部长,他要求给他到下层去工作。

那个夜晚,他一坐下,先告诉我:

"'满洲国'时代农村就是警察和地主当权。这种封建势力跟帝国主义结合,是很典型的。"

随后,他转到农民痛苦的生活上来。我惊讶他从情感上那样熟悉农民的苦痛,他说:

"我讲几个故事给你听:那时农民要出荷,老鼠,要山上跑的;还要山葡萄叶子,一九四四年,下大雨上山去采,采得不好,后面警察就打,大众恨极了,把山葡萄连根拔下说:'明年看还要不要!'抓劳工,有一个朱宪章生了病,他女人去了,汉奸骂她:'我这里也不开窑子,你干什么来?'特别是抓思想犯——(他下着注解:什么叫思想犯,就是还未见之行动,但有可能者。这到底叫作什么呢?)给你黑布一蒙就抓走,一个人低着头走,警察说:'你低头想什么？'抓走。那时人们都把寿衣准备好挂在大门后面,抓的时候就整起走。"

（这时,在我们旁边有一个"小鬼",本地人,他插上来说:"连榆钱也要出荷,怪不怪?!"）

我相信:这种了解愈深,对于一个好的农村工作者,愈是需要的。因为他懂得群众中的仇恨,这种仇恨将要在什么场合上进出火花。

果然,在今年一月间（东北严冬时节）,他领导宾县群众燃烧起来了。他们斗争了一个无恶不作的人物,城厢区西牛街的高阎王,减了房租。随后就转入对旧区排长进行反贪污积谷救济粮的斗争,乃大量发动和福顺兴、裕泰盛配给店的清算。这天有八百多人扛着大旗,先到永利东,一见女掌柜（她当家）就闹起来,女掌柜说要找福顺兴（粮存在福顺兴）,立刻武装押她转向福顺兴。群众水一样涌到,刚到院,钱柜里发了一枪威胁群众,群众拥向钱柜,里面跑出一个安子清,开口就骂:"混蛋,滚出去!"群众立刻愤怒起来,大声喊打,农工会的人上去把安子清绑起,不准动弹。这时石昆峰掌柜露面了,大家问他:"我们的配给粮应该还给我们!""你不该留下发洋财!""我们饿肚子,你发洋财,真没良心!"一个老太婆喊:"我们饿死了,我们要粮食!"……贪污克扣的配给店低了头。群众就找麻袋、找仓房,一面派人去找大车,一面算账、过秤、上账,退粮就从下午开始,当晚留一百人守仓房,补麻袋。第二天、第三天都继续运粮。这样一来,三天以后全城六个区都和配给店清算起来,有一处,掌柜把配给粮不肯补齐,一个老头子跳上桌子讲:"八一五后你自知汉奸难保,几百辆胶轮车,往哈尔滨拉,今天无论如何要给足,我们这十四年,'满洲国'变成警察国、特务国、压迫国,你们把我们逼得苦死了!"这一次,群众从配给店罪恶中,算回八十万斤粮食,度过严寒的冬天。

这样群众斗争的风霜,使马斌更深刻懂得:武装力量——应该属于谁,因此群众要求武装的时候,他又发动向汉奸恶霸起枪,他告诉我:

"日本人十四年没起出的枪,老百姓知道哪个恶霸家里有,满井一处都起出五支来。"

四月二十四日,宾县进行了一次农民武装自卫队的检阅,一千多农民带了新的武器走过去。

马斌又进一步组织了生产。他把很多冬季农闲无事做的卖工夫(零工)的人组织到"满拓"山林地带去打柴。这时由于他亲身参加,他又研究了山林地带问题。原来"满拓"山林,从前是强迫人民斫柴出荷,"八一五"后,山林地带开放了,什么人都能去采。可是对穷人依然没开放,因为他们没有车马无法运输,斫下来堆在那里,过两天就给有车马的人捡走了。了解了这种情况之后,他就把这山林地带采伐权暂时交给工农会了,由他们组织大批工人解决山地居民生活及城内燃料问题,专门采伐、运输。一般人只能赶着马车到那里去购买,这样三个月,采了一百八十九车木柴,卖了四万三千一百五十元钱,解决了四百九十五个贫苦工人的生活。

宾县人民在半年中间真正翻了身,这是非常伟大的事情。

在我和他谈话以后,就没再在哈尔滨见到马斌。别人告诉我他回他的农村里去了。我觉得他是舍不得离开他的农村的,农民的温暖该是如何深啊!

我离开哈尔滨之后,在途中看见《东北日报》有一篇社论上说:

"我们要求到处有马斌这一类的工作者和工作作风出现!"他受到共产党东北中央局的奖励:他是一个模范的农村工作者。

选自《时代的印象》,光华书店 1948 年 10 月

英雄人物

在这里,怀着永远的纪念,我记下我所知的一些英雄人物:

一个山东小孩子,日日夜夜在一处小火车站上溜着,他穿着破衣服,胳膊上挂着一只卖零碎的筐子,悠闲地走着,巧妙地躲开日本讨伐队的眼睛,有机会他就想向人宣传几句,可是人太小了,谁听他的呢?他就一张张把传单塞到人们的鞋筒里去。实际他更重要的工作,是从这里把一些化了装的各色各样的人,带到游击队去,那一时期很多重要人员,由他的关系,稳妥地到了磐石游击队去。这个小孩子叫王天,他的爸爸在日人压迫之下逃跑了,他成为游击队小兄弟,我知道现在他还活在世界上。

三路军在兴安岭里的时候,有一个游击队员是索伦人,别人叫他"黄毛"。索伦是这一带深山里一小民族,据说不过还有二千多人,过着原始生活,睡在一种木架上,夏天用白桦树皮做席子,冬天用麂子皮做口袋,钻进去睡,他们的小孩子挂在树上养活,他们去打猎。"黄毛"的枪是百发百中的,他带着一个枪架、一支枪,就不会空发，可是"黄毛"是一个慈心人，打仗的时候，他总贴身带一个人，叫他打，他就打。一次，在义松河下游，插把旗河上游一处大石岩里，隔河为一平坦地面，一下三百多伪军到了那里，从这岩上正好射击。第一枪，他就把那个日本指导官打死了，这时旁边一个人惊喊起来："我是拉道的！"游击队最愤恨带路的，第二枪他死了，一共打死了一百二十个人。这些伪军逃下马来喊："你们打吧！我们不打了！"——把枪都丢在地上，狼狈逃走了。"黄毛"后来病死在游击队里面。

宋嘉宾是李兆麟将军（张寿篯）的一个游击队小队长，他是一个出名的炮手，东北叫枪法精的做炮手。一个秋天，他带领五十个队员，在帽儿山山沟里，被包围，这沟三面高山，只有一个小口，遍山柏树林子，正休息间，敌人二百多突然来了，一打起，因为游击队子弹不多，一下给打死了二十多人。最后，宋嘉宾叫剩余的二十多人逃走，他自己身负重伤，别人架他走，他摇摇头，他不走了，他趴在一棵树下打。一枪一个，子弹打完，滚到牺牲者那里去解下子弹再打。他这样滚来滚去地打，一阵打死七十多日本人，三十多人负伤。最后，他把死人身上的子弹都打光，他被敌人俘虏了，敌人恨死他，一阵棒子把他打死，他还是破口大骂，一直到死。

因为山下面，敌人到处烧房屋，驱赶老百姓归大屯（集中住居），一个老猎户李炮，已经六十岁，不愿去，带了老太婆、儿子、女儿，逃到山上盖了一间小房，那附近有抗日联军一处秘营。一次日本讨伐队发现了，一直往他住屋走来。李炮——怎样也不肯做亡国奴的人——把大门关上，墙壁留一小洞，从那里射击。树林里雪很深，打了半日，李炮、老太婆、儿子、女儿轮流打。头一次打死一百多人，第二次敌人增援来攻，小屋又没攻下，末了子弹完了，李炮自己放火，自己一家人烧死在屋内。

在迢合沟一带,进行过一次激烈战斗,一个师的政治部主任负伤落在火线上,沟里一家姓徐的农民,儿子上火线去救,被打死了,父亲又跟着往上爬,半路上又打死了,只剩下一个女儿,她就参加了游击队,她叫李桂香,在队上学习识字,长大起来,最近同游击队里一个朝鲜人结婚,一齐到朝鲜去了。

可是,这些英雄里面最英雄的是赵一曼。她瘦瘦的,尖下巴,很美,她是四川人,一九二二年,就参加了革命,后来她在莫斯科读过书。她是一个勇敢、坚强而有组织才能的人。一九二七年回到上海,继续在恐怖之下秘密工作。她并不是一个枯燥的人,她常常回忆着,她同她的爱人在南俄旅行的美丽的日子。她的爱人叫老曹,是平汉路二次罢工的工人领袖,后来他们就一齐到哈尔滨来了,以电业工人为主,展开了工人运动。她自然机警,是一个不顾危险的女人,一个热诚的革命者,在哈尔滨度过那些恐怖的日子里,有一天老曹突然地失踪了,谁也不知道他到哪里去了。

不久以后,赵一曼——这个知识妇女,到农村里去了。她突然出现在珠河,她常常在群众前演讲,她那锋利而煽动的语言,很快把珠河南北组织起来,她的手腕敏捷而强硬,她不但成为妇女的,也成为一切农民所拥护的领袖。

一九三五年,敌人对这一带游击区到处实行疯狂烧杀,纵横二百里的地区,满山满谷,一堆堆的烟朵。赵一曼穿着东北农村妇女的服装,梳一个发髻,围一条围裙,穿行各地。那些坏分子,只敢从窗户上望望她,因为她锐利得如一把短剑,她的眼光,使他们畏怯了,当然,她那时没有用那个美丽的名字,农民只管她叫"瘦李"。她手下有一批女干部,化名都姓李,农民在李字上加一形容词来区别她们,比如胖李、瘦李、红李、白李。由于她这一个游击区团结得严密,敌人一举一动,她都清清楚楚,她在无数次袭击敌人当中,证明是一个勇敢而出色的指挥者,后来她的自卫队改编为游击队,她成为三路军一师二团的政治委员。

铁路北烧光了,她们不得不把部队带到道南来;上级指示她重回路北,去坚持作战。

她带领部队,突破铁路线重回路北,在那烧剩下的几间破屋、几个农民的地方住下来。谁知,由于叛徒告密,正在吃饭的时候,屋外落得半尺深大雪,敌人以三倍的优势力量,包围山上,展开一场大战。在落雪的夜晚,枪弹到处爆着火花,赵一曼坚决地和敌人决斗,可是三百个游击队员大部分死在她身旁,倒在她脚下,她手上的枪不停地发射着,腿却给敌人子弹射穿了。几乎不得不最后停止下来,只十几个人逃出重围,团长王惠国,负重伤给敌人俘去,在附近一处小火车站上,他十分英雄地在敌人一阵排枪之下,猝然倒在血泊中。

赵一曼,带着伤,巧妙地躲在一个山窟里去,这小山上一片白漫漫,一个伤兵的影子,又引起敌人注意,终于寻找到她的山窟里来。

她被押送到珠河县的时候,这消息立刻惊动全城,无数人愤恨,忧虑,落泪;至于那些土豪、劣绅就围上来,想开开眼界,看看"瘦李",因为传说是太多了。赵一曼!这个不会屈服的、强烈的女子,她严厉的眼光如同判决的利剑,使这些无耻之徒低下头去了,她再加上一阵叱骂,他们悄悄逃开了,他们的眼睛谁敢正视她呢;他们在她面前突然感到战悚,受到严正的裁判。

日本人只有悄悄地把她送到哈尔滨。

赵一曼被捕,日本法西斯是兴高采烈的,在报纸上大肆宣传,说她是赵尚志的妹妹,用着"红装白马女匪"这样刺目的标题。在哈尔滨,日本特务机关里,她受了种种酷刑;过电,灌凉水,吊打,这些酷刑曾经令许多人发抖、许多人丧失意志,在她身上却失去了效用。法西斯暴徒在她跟前失望了。他们望着这个人,瘦弱的女人,感到失败与耻辱。赵一曼每根头发都火焰一样不屈,显得骄傲。他们把她送到一家医院里去养伤,他们要把她医治好,再好好调弄她,一定要在审讯中折服她。赵一曼住进一座小花园一样的医院里,从窗口可以望见松花江,她觉得,哈尔滨无论如何是美丽的,不过,她没有空闲唤起任何美丽的回忆。她影响、教育了那个姓董的女护士,她成为她的同志了。敌人一要审问,她就吃下安眠药去,这样,日本特务急坏了,他们恶劣到想起就在这个医院的小房里来进行审讯。在这中间她的伤渐渐好了。

一天——一辆由白俄人驾驶的小汽车停到门口,连看守的警察一起,跟她一齐上了汽车,她神秘地不见了。

赵一曼的计划实现了。当她没有武器在手的时候,她用计谋战胜了一切。就这计谋里也包含着她的无限勇敢。日本人惊慌了,哈尔滨全部戒严。赵一曼却在三棵树以外,换乘了一辆马车向前走,日本人跟着汽车轮印追踪,当她们三个已过了山嘴子,如果再走二十里就可以到达游击队所在的汤家店了,赵一曼重新又被捕了。她被押回哈尔滨以后,日本人宣告了失败,他们不敢再审讯她了,他们只有枪毙她,在临死的时候,赵一曼的眼睛还是亮的,她高唱《满江红》死去。董和那个警察被永远地丢进黑暗的牢狱。她的爱人,老曹,不是失踪了多少年了吗?"八一五"以后,从监狱里得到材料证明,他早就死在哈尔滨监狱里面了。

好几次,沿着松花江岸走的时候,我总觉得在我行走之处,留有过无数无数英雄们的脚印。

选自《时代的印象》,光华书店 1948 年 10 月

与周保中将军夜谈

我第一次看到周保中将军,是一个夜晚,他在长春原"关东军司令部"那深灰色的巨厦里。他正在他一间不怎样宽大的办公室的桌前,一只转椅上打电话,他刚把左边的电话听筒放下,很快地转过身子,用那愉快微笑的眼睛望着我,谈了两句话,他右边的电话铃又响了。我从侧面观察他,他有一张长圆面孔,有麻子,宽厚的嘴,显得机警而又沉稳,他还有坚实而精力丰沛的身体,他穿着黄色军服,把裤腿塞在黑的长筒皮靴里。深夜,他的办公室中紧张、严肃。

当时曾经有这样一种想法,掠过脑筋:

——他现在怎样想呢?他会愉快吧!十四年冰天雪地,现在他坐在他的敌人以前的司令部里面……

自然,这是我的一种好奇、一种快感。而他呢?他在东北解放斗争的新阶段里,一如从前一样,他在不懈的劳碌中生活。

他的老部下张红旗是一个活泼的青年,他做过周的机枪射手,一次跟我说:

"他事情太多了,可是他总要找着做很多事情,我们从前钻大林子的时候,司令员一天还教我们认几个字。"

远在一九三二年,那时,他从上海来东北工作不久,他被派到敌占区秘密活动。原名奚绍黄,是云南大理县人,父亲是鞋匠,母亲是农妇,他从云南讨袁起义开始他的军人生活,后来在云南讲武堂学过工兵,一九二五年在黄埔军校担任过区队长,北伐时在程潜及林祖涵的第六军任过团的参谋长,大革命后在上海做秘密工作,可是从那以后,他深入东北,与群众结合,从最艰苦情况下做起,而后经过种种曲折困难领导了伟大的十四年抗日斗争,特别是他首创了最坚强的抗日联军第五军。后来在三七年全东北抗日联军编为三路军,他是第二路军的总指挥。日人非常仇恨他,也非常怕他,他们悬赏说拿到周保中的肉可以换金子,一斤换一斤,到处贴满图画,画他在大树底下啃马骨头。

一九三八年,最困难时期开始到来了。日军六十几万扑来三江省,他们声称要把"共产党的乐土"变为"王道乐土"。三江省那时是抗日联军唯一基地。这时抗联有骑兵二万,步兵三万,集中一起很危险,三路军就越过兴安岭往黑河平原发展去了。二路军在这边坚持,在敌人集家并屯情况下,编布"国道""警备道"把兵监视秋收收割断绝食粮,一天比一天困难。在这极端严重下,为了生存,就做出无数可歌可泣的事情。

有两个夜晚,我在他宽大的会议室里面。周保中将军说:"冬天十二月里,我们从西南方回到伊兰、勃利,这时天气极冷。这时我们子弹也没有,一挺机枪剩下百来粒子弹,有的没有了,就把枪埋藏起来,冬天大家还穿着单衣,战士站岗,用麻袋围在身上,冻得哭,一个个还是把一点钟站完下来,在这种无粮无弹情况下,一遭遇敌人就会全部瓦解，到了十二月底，我决定通过茫然无际的老爷岭山岩，这岭东西二百里长，积雪三四尺深，遍布森林，人倒下去就爬不起来……我们当时或者拼死命以求生存，或者全部瓦解，在这关头上，为了吃饭，必须往东面流寇松树林里去，因为我知道那里有很多木厂，有上万工人斫伐木头，有上万匹马，但也驻守着七八百日军。

"可是老爷岭里，有二百多日本的老白帽子，守住必经之路，他们都是很能打枪的，我们得绕路，有的有棉衣，有的是单衣，冻得很厉害，从四道河子，快到山顶大风把十来丈高、几人围的大树纷纷折断，许多人被打死，火堆不能搭，帐篷不能支，这一阵冻死四五十人。携带的马匹连杀带冻，吃完了。四天爬到山峰上来，再走三天，慢慢侦察着走，白天夜晚，只听见一点点小鸟叫声，连野兽都看不见，进了森林就如同进了海一样。第三天，突然听见远远斫木头的声音，这时侦察队轻轻前去，只要捉到一个人，就有头绪了。

"几个钟头后，回来了，说明这就是流寇松木棚。工人见我们来了，热情极高，紧紧拉着手，把木棚里实情告给我们，愿意帮助我们。木棚里有五百伪警察、二百日本兵。我想了想：我们一人十几粒子弹，敌人筑有工事据守——硬打，有什么把握呢！可是已经到了绝路，这三天又冻死了四五十人，人们走走路就倒下去了，一声不哼，就不起来了。好吧，我让大家停下来休息休息，多吃黄豆，吃得饱饱的。

"夜间分三路去袭击木棚，五里地就走了四个钟头，没路，一人踩一人脚印走。半夜，望见灯火，听见马叫声，我们一下来就猛烈袭击，最后和日本兵拼刺刀，打死一百多，天也亮了。工人帮忙把马套上，从仓库里拉出白面，一匹马四口袋，拉了两千匹，就沿着旧路撤上山来。我们补充了十万子弹。在山林羊肠鸟道上和追击的敌人打了几次仗，我们撤回岭西，可是粮食又剩得不多了。

"抽一部分粮食，把冻坏的几百人隐藏在森林里，我带了八百人到五道河子，敌人到处搜索，我冲到勃利县，绕了一二个月，我一百多人，给挤进夹皮沟，那是两条大河之间一层层大山，到处是错综复杂的沟，敌人飞机十几架飞得树顶那样低到处搜。头二三日，敌人过去，我们就在后面跟，敌人住下，我们就散开，消灭踪迹，被发现了，再走，走路脚跟朝后倒退着走，敌人就向相反方向追去。这样十几天，没有寻到我们。"

"一次在一个小地房，用木头砌成房子，用雪盖起，在屋里锯木烧火，一点动静不露，住了十天，又打了一仗，由沉寂转为紧张，我们愈走愈高，上去全是大石岩、石洞、怪石塘、刀尖一样的石壁！"周将军笑着补充一句说，"后来在地图上才知道这是完达山岭极峰——整天就是狂风呼呼，偶然听见飞机声，也看不到影子。粮食完了，我们一个炮手毕州信同志打了两只黑瞎子（熊），一只七百斤，一只五百斤，大家吃完了，又转到一处叫炭子房，几家猎户被敌人消灭了，找到埋藏的粮食（他说老百姓时常有意在山上随处埋些粮食，留给他们），又躲在地窟里，七八十人挤在一起想：死死在一起吧！地下很暖。敌人联队相距三里远，一天我们在树顶上站岗，敌人搜索离房二百步，离哨兵二十步，过去了，我判断他没有发现，决定不动，藏到三十八天，我想敌人背粮是有一定量的，算来应该快吃完了，到四十二天上，我派人去顶上看看，那边还在冒烟，我说明天一定走，次日又到岩顶，还未走，大家慌了，我说明天一定走！原来整天东一枪西一枪现在没有了，拉锯说话什么声音都没有了，出去一看，果然走了。可是房子外，二百步左右，足迹密如蛛网，错综交杂，那时候我们就是这样熬过冬天，春天来了，我们活跃的时候又来了。"

在同样无数次困难之中，周保中将军与兵士一样，都以他无比的坚决与智慧打出一条生路。他每次行军走在最后面，吃点炒黄豆嚼雪，他身上五处负伤，除了二次是大革命时留下的痕迹，其余都在这十四年抗日战争里面。他到现在，每天从无八小时睡眠，这也许是他的缺点，他不愿意休息。我觉得十四年间，东北人民处于黑暗之地，只有共产党所领导的抗日联军与人民在一起成为他们希望的光亮。抗日联军最困难的时候——他的战友杨靖宇、赵尚志一个个牺牲了，他们还是把一切不可能克服的困苦危机克服了。"八一五"发动了十五万人民大军，继续为彻底肃清敌伪残余而奋斗，无怪乎这次率领民主联军进入长春东荣区的时候，他们走到哪一条街，哪一条都开开门，欢迎他们。

每次谈话，都在深夜才停止，那多半是我觉得他太疲劳了而提醒他以后。每次同周将军一齐从那深灰色巨厦中走下来，他把一件浅黄色风衣裹在身上，胁下挟着他那鼓鼓的公事包。那时我感到有点微寒，我永远记得紧紧握手之后，他跳上他的美国小吉普，在清冷的黎明光中驶去的背影；我脑子里常常出现这样的影子，他与千百万东北群众站在一起在飓风暴雨中，狂欢前进。

选自《时代的印象》，光华书店 1948 年 10 月

在光荣的大旗下

这次在前线上，我到"全面模范连"去了四天。

一天下午，卢锡芹同志把一面光荣的红旗拿给我看，他说在诉苦运动后，就在这面大旗下，大家宣誓为阶级兄弟报仇。

我同时也不断从战士口里听到这些话。比如第一天下午我参加连的讨论会，讨论"在最紧急情况下，怎样不犯群众纪律"。一个战士说："我们不能在大旗上抹灰。"我懂得这是战士的荣耀的可珍贵的心情。参加该连的会，对于我是莫大的愉快，因为这种生动活泼的争辩，彼此以思想相见，而后求得真理的会议，不但让我认识到这一批从农民中来的战士服膺真理、为真理而战的进步的热诚，同时对于某些落后分子，无疑是一种警惕。

现在我就讲一讲六只饭碗与一个辣椒的故事吧！

这次秋季作战开始的时候，一天他们正在晚餐，而骤然来了情况，他们就不得不仓促行动，因而带走六只一时未能查清主人的碗。这几日处于偶然的战争间隙，他们检讨群众纪律时发现了这件事，掀起讨论和批评，最后决定，路太远了，碗一时不能送到，把它存在连部以备偿还群众。但此次他们都立刻严肃地警惕起自己，重新把大旗悬起，重新在旗下检讨过去每一人所订的计划。一个辣椒是三次获得奖章，两回是为自卫保田流血的战斗英雄李兴旺跟我说的一句话，他是一个二十六岁生龙活虎一样战士，不要说在火线上出生入死，就是粉身碎骨他也不会畏缩的。这天上午，我们坐在刚收割了的田野上谈起来，不知怎样谈到他是不是一个共产党员的问题上来；他告我："第一次负伤到后方医生问我：'参加主力没有？'我哼一声说：'在东北打仗我们都是第一第二的。''不是问你主力，问你参加组织没有。'我不明白。现在我经过诉苦运动我才真正了解共产党，可是我还不是一个党员，我还是条件不够。打仗不错……我在后方的时候，吃了老百姓一个辣椒，这还是不好。"他说着话时，是用那样诚挚的眼光望着我，在他眼光中看出火一样的真诚与愿望。

战士们在一次次战斗中，有的成了英雄，有的成为烈士，而他们还有一个个人的目标，就是做一个光荣的共产党员。

不久前一个晚晌，安振山在连部拉呱，有这样一段话：

安振山向党委请求："叫我参加吧，上级说抱炸药往坦克下钻我就钻。""还得讨论讨论，再过二十天。""不行。""十天。""行。"连党委书记这时说："给你手上划上一行字，一心一意想参加共产党。"安振山回答说："行，愿意。"李兴旺这时在外边听得心里咕噜一下："是好，我非参加不可。"安振山走后，他就进来，向党委提出了诚挚的要求。这天上午李兴旺对我说："如叫我参加党，我一定要做执行纪律模范，如有违犯，任凭上级怎样处分！"我在连队最后的一天，连党委吸收了一批新的党员，一个提出要求而未获批准的战士，晚上落了眼泪，排长问他哭什么。他说："还不是哭自己的不进步。"在我访问全面模范连的过程中，无论从战士生活中，从会议上，从野外演习上，我都感觉到一种蓬勃的气象，这种气象不能来自某一人，而必须来自全体发动起来的群众。这次访问不无遗憾的是在这里面我看不到我熟悉的战斗英雄刘汉生了。关于他，据说在四平作战中负了重伤。但是八连在四平摧毁省政府那种英雄坚决可歌可泣的作战中，又涌现无数的英雄，李兴旺就是一个。当我离开八连——全面模范连时，我还在想："让这只大旗在打倒蒋介石的作战中，把光荣一次再一次地记下来吧！"

选自《时代的印象》，光华书店 1948 年 10 月

战斗的旗帜

——共产党员曹纬的传记

一

我在这里要记载的,是一个战斗英雄、一个模范政治工作者、一个优秀的中共党员的事迹。从他这一个人,我们可以知道人民战争灿烂的光辉是从哪里来的,我们的同志们在火线上是怎样战斗,他们带着多么惊人的思想与热情,在那最危急关头上以一身而决定着一切(胜利还是失败),在战火纷飞之下,你会感觉他们的血肉之躯,不是血肉之躯,也不是普遍所谓"钢铁之躯",而只是一句话:中共党员的优秀品质,无产阶级的硬骨头。曹纬就是这样人物,他是山西隰县人,一个二十四岁的青年,身材魁梧,二等残废,他爱惜的是一把匣枪、部队的光荣和胜利,他的战斗热情无一时一刻不像火焰一样旺盛,你只要一想:肥牛屯冰天雪地里,他流着血,反复十六次冲锋;新站攻坚,他打进城被敌人火力切断,他在火焰四起的房子里孤守一天一夜,击退敌人无数次反冲锋,你就明白他是一个怎样的人了。

他在艰难困苦战斗中表现了卓越的品质,从他自己所写的几句话中可以看出:

> 我对战斗中的几点感觉:一、完不成任务,受到批评,屡次叫上级督促,命令下了,强调困难,是种耻辱的表现;二、不管什么情况,伤兵丢掉,让敌人刺杀革命同志是极大罪恶;三、部队情绪不高,我觉得打胜仗好像没有把握,所以在每次情绪不高,有问题,我总得想办法;四、讨厌骄傲的人,表功,走上层路线的家伙。

关于他的来历,那是十分重要的,但也只需要两句话:他是抗战时期山东敌后战场一面战旗——何万祥英雄连队的政治指导员,在东北从秀水河子、肥牛屯、金山堡、保卫四平、新站拉法,一直到去年夏季攻四平,在突击队里,无一次听不到他热情鼓舞的声音。

二

现在,让我们回忆到那历史上艰难的时代吧!我们刚刚到达东北,大风雪飞满天,人民还没翻身,我们马上进入战斗。

如果说,一个共产党员在法庭上、在火线上受严重考验,我常常想,战争不是在胜利的时候,而是在天空似乎还黑暗的时候,还在奋战苦斗的时候,也正考验一个英雄的品质。曹纬在这样的时候,表现出是一个百折不回,忠诚奋发,不顾一切,向前冲锋,而且愈是困难,他愈觉得这任务是光荣的,而微笑着向前冲锋。

秀水河子,是东北自卫战争的第一战,发生于一九四六年二月。那时,曹纬是二连——战斗突击连的政治指导员,黎明即将到来了,他们接受攻占北岭的任务。像每次作战一样,任务一来,他下定了为党牺牲的决心,他要求连长组织火力掩护攻击,他自己跑到突击排去。敌人在北镇上建筑了工事,集中炮火,把这一带打得到处冒火。他已经几天没睡觉了,他亲身跑向阵地前面,战士们的眼睛跟着他转,一面喊:"指导员,你太冒险了!"一个通讯员出来阻止,不准他到前面去,但是为了党给予的光荣任务,他预先料到在生疏地带作战会受多么严重的损害,他坚决跑到最前面,去视察了地形,亲自动手布置了队伍。他这一种站到战士前面的英雄行为,立刻起了这样一种作用:它像一根引火线,燃烧起来,燃烧出全部胜利。战士们的情绪沸腾了,他立刻带着这样情绪的战士去攻击了。冲锋道路上,他不断鼓舞大家。谁都知道,他是一个优秀的战场鼓动家,因为他不只凭口,他首先凭他英雄果敢的行动,而后掌握着群众心情,在关节上,他的话,就变成不可遏止的力量。当他们接近了北岭,他热情地高喊:"快到了,准备好手榴弹啊!"原来他的部署迷惑了敌人,他以一个班在正面攻击,暴露目标,把敌人火力全部吸引在正面的时候,而曹纬出敌不意,以两个班沿着雪山,从侧翼坚决无情地主攻上去了。这一次战争就像这一位指挥员的性格一样,又快又猛,黎明还未照临,一排手榴弹炸在北岭上头,曹纬占领了北岭。兄弟部队从四面八方进攻,秀水河子一场激战,歼灭了国民党××军三个营,在东北,人民听到第一个欢腾鼓舞的胜利。

二月里,敌人进一步向抚顺疯狂进攻,那时大雪下得呼呼的,是东北最严寒的季节,我们的装备十分困难,没有棉鞋,没有大衣,但是二连接受任务后,全连十分兴奋,曹纬跑到营部表示决心:第一有牺牲决心，重伤不下火线，第二一定把战时政治工作做好，第三亲自带领一个排，并不妨碍全盘政治工作。他的坚决的意志，影响全连情绪火一样腾空而起，在纷飞的大雪里，连夜向肥牛屯进军，出发前全连一致公决："为保证东北人民的利益而战，不完成任务不回来。"曹纬和他的英雄连队，忍受着极端寒冷，埋伏在雪岭上的柞罗棵子里面，准备痛击敌人，这时曹纬的心是如何激越地跃动，而他的眼睛又是多么镇定地望着前方，曹纬首先发现敌人从南山下来了，他紧急地对自己战士们说：

"这个岭上有战斗啊！敌人往我们这里冲，坚决打下去，要猛呀！"

他又发现敌人停止在一定距离的地方，布置火力了，马上提出：

"敌人不动，我们不动，敌人要来，叫他死在阵地前面！"这句话及时、有力，成为一个誓言，它立刻穿过每一个战士的心，成为全体的誓言，这句话——五分钟后，就成为以血与生命为代价，而出现的惊人的实际行动。雪密密地落着——空中庄严寂静得一点声音没有，但这是战争要爆发之前的寂静，这寂静是压迫人的，曹纬利用这一刻时间，在阵地上顺着柞罗棵子跑着提醒大家："把炸弹盖揭开，枪上刺刀，顶门火准备好，不要暴露，同志们！听我的命令，叫冲就冲，叫打就打呀！"

先是一颗六〇炮弹飞过来，而后一颗紧接着一颗纷纷飞来，而后子弹叫啸起来了，复杂的战斗的声音立刻响成一片，面前雪块炸得到处纷飞，一团团黑印子留在炸弹坑上。敌人一个营趁火力掩护向这面山岭上冲锋来了，紧张的战斗开始了。曹纬却沉着地两眼一瞬不瞬望着走近来的敌人，他好像僵硬了，不发一枪，不扔一颗手榴弹，老战士赵树强、高维德都在悄悄地交头接耳嘱咐新同志："到时候跟我冲呀!"果然敌人喊着杀声奔跑着冲上山岭来了。曹纬看看时机已到来,猛喊:"刺刀,手榴弹,冲呀!"机枪班长早就忍耐不住了,这时首先端起机枪一搂枪机扫死当头五个敌人,战士们跳起来反冲下去,一时杀声、枪声、炸弹声响成一团。曹纬和战士们一齐冲下去,亲手打死一个扛机枪的,他夺得机枪,敌人溃退了。敌人第二次,第三次,第四次……向这雪山上猛冲的时候,曹纬的头部负伤了,血流下来,他不曾为自己的血吓倒,就和不曾为旁人的血吓倒一样,他还是高喊着:"守住阵地,打垮敌人!"他依然如故在奋勇作战,火线上,每个人都被他顽强意志所感动了,他在阵地上像一面突突摇动的红旗一样,在这小小雪山上往返进行十六次反冲锋,任凭敌人怎样凶猛,曹纬的战士立着脚,就是一步不退,展开一幕惊人的场面。赵树强大喊:"坚决把敌人打下去守住阵地,三营队伍增援快来了。"高维德冲到离敌人五六米远时,他说:"炸弹不能打了,和敌人拼刺刀。"他说着便用刺刀杀敌人。子弹快打完了,机枪班长赵大胜说:"不要紧,子弹打完了,把炸弹掏出来,反正步兵不能撤,咱们也不能撤退。"臧家礼说:"敌人占领了我们的小地堡,把它拿回来。"接着一个冲锋,敌人垮了,地堡真到我们手里。袁世本负伤流了血,他告诉连长说:"我身体没关系,你们坚决打,请告诉指导员别忘了我是战斗模范。"我勇士赵树强、刘纪太、鲁绪树、高维德、王新之每次反冲锋都跑到最前面,追击敌人,二排长王国英负了重伤,他还在说:"二排同志们,坚决冲锋,把敌人打下去,阵地不能失守。"他告诉副排长说:"二排两个班你多照顾一下。"副班长谷长胜带领一个组打垮敌人几次冲锋,他负了伤,还鼓励大家,坚决不坐担架,咬着牙走下去。敌人反扑到第七次,连长李景云告诉一排:"二排已经缴了敌人的机枪,你们赶快增援上去,打垮敌人。"一排在密集的火力下,展开了更顽强的反突击。三排长葛秀甲看见敌人上来,有力地向大家说:"上好刺刀,准备好手榴弹,跟我来。"自己跑在最前面,一连打垮敌人三次反扑。一班老战斗英雄组长李步升,带领本组每次冲锋在前面,班长负伤了,他自动代理班长,指挥全班,敌人来时,他发口令打排子弹,敌人上来就打手榴弹,一连把敌人打下去五次。敌人的尸体摆在我阵地面前的已有四五十具,他负了重伤,同志们去拉他,他说:"你们别管我,赶快消灭敌人。"敌人的炸弹在他身边连续爆炸。他辗转在薄土狼烟里,还不断高呼:"冲呀!"他直到昏迷也在鼓动部队前进。一排与敌人残酷搏斗,这边阵地还有连长通讯员和三个伤员,而敌人即拼命冲来,连长对负伤的葛秀甲说:"三排长,你是支部委员,是你说话的时候了!"葛秀甲和负伤的范维德、卢培荣,还挣扎着各打了一枪,加着连长一条驳壳枪,三个伤员把敌人打了下去。三排跑着上来,七班长刘宗山叫喊着:"拿出手榴弹,跟我来!"率领全班冲上前去,由胶县解放过来的邓玉廷冲锋在最前面,单独越过一道土坑,一片开阔地,插到敌人的纵深处,和敌人拼刺刀。曹纬在这一场惊天动地血战中,始终是一面旗帜,把敌人打退了,他看到许多伤员倒在雪地上,敌人火力压头盖顶地封锁,担架队上不来啦,他就动员:"往上爬呀!滚呀!顽强呀!"——在最紧张的时候,部队里的枪打得混乱了,曹纬就跑到连长李景云跟前来,嘹亮着愉快的喉咙说:"你不是学过射击吗?试一试呀!"李景云也是一个战斗英雄,他接过枪来瞄准一枪,那面一个敌人扑地翻身倒下不起来了,曹纬就高喊:"瞄准呀!——瞄准呀!"远了枪打,近了就扭在一起,扑来扑去,敌人十六次冲锋,十六次被坚硬地反击下去,最后敌人把一堆堆死尸遗弃在曹纬的面前,满天满地的积雪都闪着白光,如同嘲笑着敌人,而空中的雪好像给这场激战惊吓、发呆,不落了，敌人终于在他面前溃退了。

春天，东北的冰雪迟至四月才融化干净。

这时，曹纬的臂上疮口复发。原来他的左臂还是在山东石沟岩战斗中残废了，没有痊愈，肥牛屯作战头部又负了伤，他就到卫生队开刀治疗。不久，在四平展开震动世界的英雄保卫战，胜利消息不断传播出来，鼓舞了伤口未好、身体尚未复原、正在休养中的曹纬，他闷在卫生队里，很不舒服，他渴望战斗生活，他想："去！重新完成光荣的战斗任务！再去发挥勇猛果敢机动精神，再去多缴获，多俘虏，再打几个反冲锋，为党再建奇功，为人民再出力，辉煌战绩再记上几页！"他即刻回连队——回到二连控制赵家沟的阵地工事里，敌人三次在猛烈炮火下向二连阵地上发动冲锋，他下决心："你来我就揍你，你要强攻，我要坚守。"他就不顾疲劳和战士们在一起，不但把敌人打退回去，特别是从四平转移的时候，二连担任掩护，一个连接替一个团的阵地，面对数倍之众的敌人，一日之间，几千发炮弹把工事纷纷轰坍，可是他亲冒炮火，站在最前面，不准敌人向阵地前进一步。

三

经过漫长的转移的道路，队伍向东，逾过了松花江。六月，新站战斗时，团里却已经下命令调曹纬到团政治处担任组织干事，因此连长李景云对他说："你是团部人，你愿在哪里在哪里吧！"但是曹纬不是回避战争的人，而是如饥如渴地等待战争的人，他们一齐打进新站。在党的支干会议上，他说："我带突击排。"连长李景云在灯影下把表解下来交给营长说："先给我保存吧。"曹纬到厨房收拾好手榴弹，通讯员知道他爱用手榴弹，也多装了几个。一夜下雨，泥里水里,赶紧冲上去,十分钟打开突破口,打进新站,他不管铁丝网,坚决冲进去,衣服、脸都刮破了,这时,他们占领了十来间房子,几面受敌人侧射,他们冲进去以后,受敌人封锁,和外面部队断绝了,在这紧急关头,连长李景云牺牲了,曹纬自动代理了连长。在这时候,天却明亮了。敌人六〇炮把房子打着了,烧起熊熊烈火,机枪紧急封锁着,飞机飞来飞去做着奇怪啸声……愈是在千钧一发的危急关头,愈考验了一个共产党员的品质——坚守,前进,绝不回顾。这就是曹纬的信念。火愈烧愈大,房子烧没了,凭据着墙,墙倒了,凭据着倒塌的砖堆,砖堆炸散了,凭据敌人的工事,射击着不退。这时,曹纬从炮火下爬向前面去,一瞬之间他到了最前面,三个勇敢的战士,跟他在一起,他有计划地把主力隐蔽在后面了,他鼓动一个战士从后面把手榴弹一次又一次运上去,他一俟敌人进攻到跟前,就把手榴弹打了出去,机枪班剩下一个射手了,临时请一个老百姓给压枪子,射手看见曹纬在射击,他也不停地射击,从上午打到下午,子弹打光了,地面敌人恰恰这时发动了攻击,天空敌人飞机向下投降落伞,开始曹纬望着那白色的一朵一朵花似的往下落,他以为是降落伞部队,这时,顾上还得顾下,情况十分紧张,战士们有的吃不住劲了,恐慌侵入到曹纬部队里来(这又是一面情况),曹纬当时下决心,告诉排长注意地面敌人,坚决打下去,他自己抓了一挺机枪,降落的要是伞兵,他不等敌人扫射、冲锋,就先消灭敌人。谁知落在面前一片开阔地上的不是敌人伞兵,是一箱箱子弹,他欢喜得跳起来。"不是正没子弹吗?"他就派出人把子弹从火线上抢回来,装上再打,天空不时落着雨,房子已成一片废墟,他们在火焰之中,在泥雨里面,忍饥耐渴,顽强苦战,这一艰难、危险,在紧张无比的曹纬身上,是没起一点影响。天黑了,他们希望天黑能送上饭来,结果还是没有,可是,在曹纬不断鼓舞下，一个一个战士还是生气勃勃。他整顿整顿组织，向敌人发动攻击，又进行一夜激战，我们的部队从各个方向突破，攻入新站，曹纬带着部队从中心大街挺进，攻击敌人，扔了许多手榴弹，不能攻下来，最后他爬上屋顶把开花弹投进去，敌人终于支持不住而崩溃了。在一九四六年，由四平转移以后，一直到新站拉法一战，沉重地打击了敌人，歼灭敌××军一个团，最后停止了敌人疯狂进攻，战斗结束了，曹纬洗洗身上的血迹和泥斑，他到团部政治处去做组织干事去了。

四

一个英雄在战斗火焰中成长，一九四六年全师的群英大会上，曹纬被列为第一等战斗英雄。在会议上，同志们这样介绍曹纬：

"他表现出对党的无限忠诚，参加的战斗很多，无法统计。"

当然，对于一个完整的人物，对于一个优秀的共产党员，我追求的是比这更清楚的，是他思想发展的路线。因为我知道曹纬是一个知识分子，但斗争的实际把他锻炼成为一个坚强的布尔什维克。在我研究他留给我们的一部分思想自传时，我发现，他是不断与自己的个人意识展开严格而激烈斗争的，正因为如此，他是一个有血有肉、有思想、有情感的真真实实的人物。思想自传记载他一九三九年初入伍时情况："……梁同志给我看《解放》，张同志借三本书给我秘密看(《怎样做一个CP员》等)……乃参加八路军……参加队伍即当宣传员，又被选为分队长，很乐，积极……四〇年四月队伍向鲁西挺进，一天七八十里，我掉队了，别人说话我受不了，又影响情绪，冷热病厉害，工作情绪时高时低……"他自己立刻严肃地批判这时的思想："刚入伍热情，虚荣，故情绪高，埋头苦干，增加了一些知识；

不断地受表扬，风头，提高个人信仰；骄傲自大，上升发展自己，轻视别人，管理军阀（主义）；受到批评不服气，外表老实，想爆发；虚荣心受到挫折，怀疑组织，情绪低落，冷热病。"到山东敌后战场上，他被调作连队副政治指导员，他写："乃是盼望很久的，积极，工作有了新发挥。"从此他与中国革命斗争实际结合，与战争实际结合，与群众密切结合，他写道："赣榆（四三年十月）下来，在大树又遭敌袭击，指导员负伤，就剩下我和何万祥，工作积极、加强。"他发展、进步的道路是惊人的迅速的，因为他的思想斗争是严格而激烈的，从此他经历民族战争与自卫战争两个阶段，他三次负伤，他成熟了，成为一个优秀的阶级斗士，他不是以单纯的勇敢，而是以高度的阶级觉悟，与群众密切联系，从每次火线上取得胜利，而且他在任何工作战线上都能赢得胜利。团政治委员李际太同志告诉我："他在团里当组织干事的时候，下去了解工作，别人两天了解不了，他一天了解得很丰富，回来汇报，有条有理，这很刺激了当时其他干事和股长。"就因为他熟知战士心情，他一下去就能与战士打成一片，当我在×团访问他亲密战友陈先觉时，他把曹纬的作风归纳在如下几句话里："雷厉风行，大胆泼辣，战斗上身先士卒，顽强勇猛，有力鼓动，生活紧张、愉快、艰苦、朴素。"我相信，只有中国革命战争的实际，为自己锻炼出这样优良的人物。

五

一九四七年夏季攻势，我在四平前线过了一段战壕生活，每天每夜，在我眼前展开空前未有的凶猛、激烈的战斗。——我知道很多我所熟知的人，正在那火海里往返搏斗，曹纬也在里面，曹纬那时是×团二营的教导员。后来我在秋雨连绵的时节去访问×团，

442

一个夜晚,在我的炕桌上点着一盏油灯,团政委李际太同志和我说起曹纬:

"五点钟接到任务,我同后方指挥所前进,那正是敌人大炮飞机最活跃的时候,我们还担心二营上不来呢!沿着交通沟,九点钟运动到梓罗林子,原来二营的任务是二梯队,准备打纵深。

"三营打突破口,红炮楼,水深,过不去,没有成功,师里来命令:'无论如何一点钟打开突破口。'已经午夜十二点了,时间促不及待了,坚决改变计划命令一营打突破口,这时敌人密集山炮、八一迫击炮、六〇炮、机枪造成一片强有力的火网,这时团长下命令给二营:'一营突破,二营立刻向纵深发展,一营突不破,二营接着一营道路打开突破口。'这时二营就从身边黑暗中开向前去。

"我们团部在一个小地堡里,叫了曹纬进来。

"曹纬进来,提着匣枪,帽子歪戴着,他弯着身子,抬不起头。

"我说:'二营无论如何得突开,突不开你带着突——你看师让我们考虑,黎明还突不开,二团三团都挤在这口子上,全师遭飞机大炮杀伤,不得了,突到最后一个人也要突!战士突不开,组织干部突!

"我的声音是严厉的。

"他面色一下变了,他那英雄劲儿上来了,吭一声站起来:

"'好,我是共产党员,我坚决完成任务,我带六连冲,进不去,不回来见首长,首长握握手!'他和团长和我都热烈地握了手,我当时说:'祝你们胜利!'他一扭身就冲出去了。

"六连已经上去了,他很快挤上去,他喊:'我带你们冲!我们打突破口,争取四平模范连呀!'战士们一个传一个说:'教导员带我们冲。'六连指导员刘振海立刻对副指导员说:'我带突击排,我的代理人是你！'一时士气鼓动很高。他们上去，炮火正急，一营已经打开突破口，曹纬一上去正遇上敌人反冲锋来争夺突破口，他立刻率领六连打下敌人，他站在突破口高喊：

"'三连同志不要慌，六连来协助你们了。'

"占领红房子继续前进，发展到四平市内，控制了杀猪场的房子，这时天已黎明。这时四连五连相继上来，他立刻组织全营分二路冲上去，打下第二个地堡，缴了一挺重机枪、两支冲锋式，捉到十一个俘虏，占领一排楼，再向前是开阔地、地堡，再过去就是六马路，一片大洋楼了，这时我们团部已经上来，在突破口地堡里，天将明了，他呼呼地跑进指挥所来，凶里凶气的：

"'报告，六连打下一排楼，往北打白大楼，没别的要求，给四平模范连。'

"我们说：'好。'

"他转身就走，通讯员在交通沟里看着他都说：'你看教导员多好！'

"曹纬回去马上组织攻击，二十分钟时间里，我们听到前边咕隆——咕隆两包炸药响，不久曹纬派通讯员来报告：'六马路七马路口的大楼拿下来了。'这一座是当天所占领的第一座楼拿下来了。这一座楼是当天所占领的第一座楼，如不占领，对全师影响都很大。

"白天了，敌人飞机扫射，榴弹炮打，一炮把我们指挥所打乱了，统计干事当时就牺牲了……

"这时曹纬带着一个连英勇向敌人阵地插进去了。

"我们考虑受敌人侧翼射击的危险，叫他停止在大楼那里。

"刚出太阳，营长，副营长，都给炸昏倒到指挥所去了，只有曹纬在这里。敌人很快向六连阵地组织火力反击，一阵山炮打一团黑烟，八架飞机也一齐昂着头飞过来，同时，三辆装甲车，三百多人来冲锋了。火线激战中，曹纬在楼上，奋勇高呼："沉着点，坚决把敌人打下去！""只准前进一尺，不准后退一寸呀！"这时战士们纷纷响应把装甲车打毁，三百多敌人停止下来。曹纬从楼上看见敌人运动，他就拿步枪从窗口———一枪，一枪，向敌人射击，就在这时，一颗子弹打进肺里，他很快就牺牲了……"

六

曹纬光辉灿烂的生活，开始在火线上，结束在火线上了。

但，今天，我们都看见了这一鲜明无比的事实：我们在胜利着，去年夏季攻势，正是东北战局转折点，从那以后在广阔的中国人民战争战线上，曙光照临着我们。我们将牢牢记着，胜利是从艰难困苦当中生长出来的，是成千成万人民鲜血与生命所创造的，是无数优秀的共产党员，坚强不息，前仆后继，冲锋在前，退却在后所创造的。无数曹纬式的英雄在生长，我看得很清楚，他的名字永远活跃在全军心目中。在他遗留下来一本红色封面《战斗英雄纪念册》上写着："打破个人利益，服从党的利益高于一切，以愉快的心理为党积极埋头苦干，随时准备牺牲自己性命，贡献于伟大的革命事业而奋斗。"我看着这一行字，我又看到他那活跃的眼光，我又听到他那坚定的声音。他留给我们没有旁的，留给我们的是一条路，他留给我们是一条没有走完的路。

让我们记着：

"我伟大的祖国哪一天能由黑暗转入光明，我亲爱同胞哪一天能过人的生活，能按自己的愿望选择自己的政府，依靠我们的努力来决定。"

毛主席告诉我们:"让我们高举起他们的旗帜,踏着他们的血迹前进吧!"

为纪念"七一"写于哈尔滨

选自《时代的印象》,光华书店 1948 年 10 月

这样队伍，才担当得了反攻

有一次，贺龙将军告诉我：

"你看，我们司令部门口的卫兵，他们多结实，走来走去的，军队要有好身体，才能打仗啊！"

确实，那两个武装同志，红光满面，个子都一般高，结实，精神，荷着枪，不停地踱来踱去，使我立刻想到两个雄壮的狮子。这支精强的部队，是在残酷战斗中锻炼出来的，他们在抗战中抗击着敌军百分之六十四点五，伪军百分之八十四。在他们身上，我看出劳动人民的特色，他们自己是劳动人民，在这战争的时代里组成部队，但他们不是谁从哪个家庭里拉出来的，相反，他们大多数是在从前革命的日子里，为了饥饿，为了救活自己，为了救活家里人，拿锄的手掌才拿了枪支。看，他们现在怎样用劳动人民的血汗和精力，开辟自己的土地；南泥湾，槐树庄，大凤川……盖了营房，冬天睡了热炕，铺了新的毡子。这里有××团的第二连，可以做个例子，在这个连队里的兵士，每餐饭是一个炒菜，一个菜汤，每月有两斤肉，冬天，每

447

人有两双羊毛袜,两双羊毛手套……在这连里,有一个"贺龙投弹手"方兴海,他扔大炸弹也扔到四十六米远,全连投弹的平均数是三十五米以上;在这里,有一次一个兵士的毯子破了,指导员就把自己的褥子拿给他盖。去年冬天,我头一次看见队伍上的人,穿着厚厚的黄毛呢的军服,从我面前庄严地走过去,我真快乐地笑了,我想:咱们的日子是过美哪! 在战争中,我走了很多地方,我看见过三种军队,我前年在敌后战场上,看见缴获来的日本军队,他们身上穿的服装,已由战争初期的黄呢子,变为麻袋似的代用品了;这次到南方来的路途上,我也看见过另一种军队,那是"晚间要把裤子收到连长手里去"的军队(国民党的兵都是抓丁抓来的,怕逃跑,晚间把裤子收到连长那里去),他们灰条条的,头颈和手是细细的,我相信,一次紧急冲锋号,在他们心中是激不起最高的热情来;他们生活得太坏,人太脆弱了;边区的部队,他们有足够的体格,可以掌握新式武器,有极强的民族意识,可以支持任何搏斗,有清楚的头脑,可以理解灵活的战术,这不是空虚的赞扬,在战斗中处处可以得到证明,就拿敌伪军和八路军伤亡的比较上来说,特别是一九四二年以后,为敌伪伤亡五个八路伤亡一个的比率。在边区的留守部队,他们还都有自己的家,他们有休假,能够回去看看老人、婆姨和娃娃,还带回生产得来的资财,休假过了,然后他们安心地回到部队里来。

上年,在边区留守兵团被选出了一个拥政爱民的模范,这就是××部三连的排长门善德。门善德就是边区的人,他从小是个农民,是个没有饭吃的人,在土地革命的时候,他加入了游击队。他有一种思想,这思想根深蒂固地结在心里,保证了他的模范。原来,在土地革命的时候,有一次打仗冲散了,他藏到一个姓萧的老百姓家里,老婆婆说:"不怕,你藏在我家休息,人来了,我说你是我外孙子。"后来人们追着来搜查了，老婆婆救了他。还有一回，他们一支小小的游击队住在山里面，老百姓冒着生命危险给送粮食，报告消息。因此门善德懂下了这个道理，他说："没有老百姓，就没有我们。"

门善德向他排里说："不要在老百姓田里走斜路，是为了多产粮食，保卫边区。"他们放哨时候，看见别人从田里走，都叫转回来，做个详细的解释。他这一个排，去年一年没发生一件违反纪律的事情。一次他生病，可是他在路上走过，看见童清安家只有一个女人割麦，立刻带了一个通讯员去帮助割了二三亩。他在战斗时，更是一个英雄，去年七月里，他驻扎在边区边界上，有一次，他生了病，外面闯来的人（国民党反动派）包围了城墙，他带五个战士冲出城去，给人家一把抓着了衣服，可是门善德手快，一枪，打死了那个人，这时，他指挥的机枪班长带了花，他就接过枪来，一阵扫射，他们五六个人，这一阵把五六十个人都打跑了，才进城。老百姓亲眼看见了他的英勇，一下把他围拢，拍着他肩膀说："看不出，真能打，实在佩服你呢！""病还没好，可受惊呢！"门善德感动地笑了笑，回答："不要紧，养兵千日，用兵一时，保卫边区是我们的责任。"群众都爱他，而他是那样老实，平常也是很温和的，他们管他叫"老好"。

选自《时代的印象》，光华书店 1948 年 10 月

周围都在翻身

这次解放以后，抗日联军在松花江流域发动十五万部队，继续进行伟大的东北人民解放事业，他们和人民一齐从艰难历史中走过来，再一齐向解放的路上走去，解放——这是多么响亮的一个词儿，连很幼小的孩子也会说得那样动人，可是，解放，这是什么意思呢？它在人类进步史上将占如何一个篇幅呢？必须是，原来被侵略者打入十八层地狱里去的，现在要好好改变一下，人民得翻转过来，除去这真实的内容，还有什么叫解放呢？现在为了说明哈尔滨如何走上新的道路，让我举出一连串的统计来：

仅仅在木兰、通河、方正三个县四十多天里面进行了二百二十三回和敌伪残余的清算斗争，把敌伪开拓会社、满拓会社十四年从人民身上榨去的血汗，三十一万余垧土地取回来了（一垧十亩），汉奸土地分配了七百五十四垧、粮食一百四十三万斤、现款四百余万元、食盐一万二千二百余斤及日用品、马匹等，这不是枯燥的数目字，每个数字都包含着无尽的过去的血泪，今天的快乐。

各处进行了人民代表会议,选举了民主政府。

在翻身过程中,老百姓组织了八百四十八名基干自卫队,组织了农会,改造了村政权,世界是这样扭转过来了。可是中国国民党反动派不愿意这种改变,惧怕这种改变,他们妄想把东北人民的光荣的"八一五"解放成为昙花一现,而后打到他们的统治之下,做牛马的还要做牛马,于是乎又形成四周围农村、县城纷纷翻身,翻身的火焰又包围了哈尔滨。

哈尔滨,一批"中央"接收大员,用贪污、腐化把哈尔滨变成一片民主阳光中的黑点子。在中央大街口上,有一家门口常常站着日本女人装扮得花花绿绿的舞厅,一个马车夫指给我:"这就是那个'中央'派来的市长每天去的地方。"和他们的享乐一齐来的是处处枪声,天天抢案,他们从这里勾结各地土匪,从这里组织了各种特务暗杀,李兆麟将军就被杀害在水道街九号的楼上了。

九号是一座古旧的楼,顺着阴暗、狭窄的旋梯,在顶上一间小屋里发现了他的尸体。

我访问了最早进入这小屋的人,据说当时屋中凌乱不堪,他的上身被塞在床下,满地是血,从伤口及当时情况判断,显系一人从背后一刀刺下,而后经过长时格斗,李将军赤手夺刀,两手掌上的肉都光了,最后颈部一刀致命,这种惨痛情况,一直在我五月中到达的时候我发现哈尔滨人时时露出他们的伤感的情感。李兆麟将军一人有功于民族、国家,特别是哈尔滨,他的名字妇孺皆知,成为千百万从十四年苦海中,唯一寄托希望之处。这从日本人手里,也可以取得证明,一册北安省一九四一年度治安肃清计划书上写道:

"现在北安盘踞最有力的共'匪'团,当推张寿篯(即李兆麟)所率的抗日第三路军系共产'匪'了。"在匪首登记簿上还登记着他的

年龄特征:

"张寿箴,三七,丈(长)五尺四寸,头发长其他普通。"

时时刻刻想杀死他的是谁?是日本帝国主义。今天终归把他杀死的是谁?是国民党反动派,这事应永远深印人们心中。当兆麟将军的棺材在出殡时,经过哪里,哪里的男人女人都低头哭泣起来,人们又得了一次教育,哈尔滨八十万人,记记过去,看看现在,他们将有所抉择。

另外,反动派的特务机关,还从哈尔滨,勾结各地土匪,烧杀掳掠人民。

记者到达哈尔滨以后,曾到南岗一座大楼里访问民主联军吉黑军区司令高岗将军,一位高大、沉默、坚毅的将军。他告诉我:土匪,是那些汉奸、敌特、警察在日本投降后,为了苟延残喘,继续侵害各地人民。像谢文东、李华堂这批民族败类,东北人民是清楚他们根底的,谢文东做日人走狗后,就在无线电里给敌人做无耻宣传,当了讨伐中队长。现在是东北人民向这些败类讨回血债的时候了,可是国民党反动派,喜欢他,要他做先遣军第×军军长了。其他如合江之马喜山,松江之曹兴武、祝世安、白久泰等,所谓挺进军、先遣军、忠义救国军,都是反动派勾结敌伪残余,现在是人证俱在。在一月间,民主联军在北满一带消灭土匪五万,缴获炮二百门,枪二万支,全部肃清,只有些零星小股,已不足为患。据记者所知,在去冬十二月间,东北各地曾有十万以上庞大土匪集团,除陆续肃清,最后的集中长春一举消灭了。吉黑军区司令从他近视眼镜后面,用微笑的眼睛望着我,我感到他那为人民服务之后的快感。

选自《时代的印象》,光华书店 1948 年 10 月

自　由

进入东北，在无数感动的事件当中，第一次是在安东省参议会闭幕的那一天。

在那隆重的会堂里，我看到一个十七八岁的女孩子，穿着白衫、黑裙，一直走到播音器前面去，用她清细而响的声音说："我生下来不久，就没有了祖国，我们等着，等着，我们知道天不会永远是黑的，可是有的时候也想，也许就这样完了！现在我们解放了，民主了，现在祖父都讲这是五千年来第一天，今天我这个解放了的孩子又站在你们面前了……"她的声音兴奋，愉快而含泪，这新生一代的话语，是那样真诚、朴素，我看见在我不远的地方，有胡子的人在暗暗擦眼角。我望望说下去的女孩子，短短头发，漆黑眼珠，挺着她那小的胸脯，多么光彩，多么骄傲，多么愉快，多么自由。

可是在东北，无论什么场合，总容易让我们从今天想到过去……

在"满洲国"时代，有一个小孩子，哥哥问他是哪国人，他答"满洲国"人。哥哥说他混蛋。他去问教员："我们是中国人吗？"那教员不知如何答复,摇了摇头说:"不是。"这小孩子跑回家去问他父亲,父亲苦笑了一下说:"是。"他第三天,又到学校问教员,教员仍然摇了摇头说:"不是。"他就又回家去问,这次父亲也摇了摇头说:"教员说不是就不是。"小孩哭起来了。

这些孩子在严酷风霜下长大,他们被封闭在日人统治的教育与文化里面,不知道世界。

那时,在日本人监督、奴役之下,就像有天空,没太阳,学生过着灰色生活。学生在课堂里学着日语,那时日语叫作"国语",中国语被称为"满语",还有所谓"协和语",就是中语与日语混合语。学生被训练着一面说话,一面不断地鞠躬。他们在学校里得不到学习知识的机会,三分之二的时间"勤劳奉仕"去盖房,掘水沟,修马路,任奴役,比如日本军用大衣的袖口领头,要用兔皮,就叫各地学生献纳兔子,这些学生便成群到野地里去抓兔子,成百成百地在田野、在山谷间撒网一样散开圈子,慢慢往一齐缩拢,时常缩拢来,空空一无所有,就再散开,再抓,从日出到日落,从今天到明天,小小的脸上满是吹干的汗渍,他们疲惫不堪,消瘦得眼睛大起来。太平洋战争爆发以后,更把"勤劳奉仕"改为"勤劳奉公",学生们最后被赶作矿夫、工人,学校被占作兵营、工厂了。

据记者各方了解,日人在教育方面遍设学校,其目的是在培养一批侵略的助手,一般不能学得高等技术,在专门学校里的高等科,只有日人免费生,没有中国人免费生,这如同在工厂里的工人,让你管理、使用机器,但当他们修理的时候就把你赶到门外去一样。

青年看不到任何一点自由空气的书籍,后来,在齐齐哈尔图书馆里,我曾经做了一次禁书调查,结果证明,像《北平指南》那样一册游览的书籍,也在禁书之列。今天你在东北任何地区找不到一部

《辞源》。自然这里也有着许多书，甚至标写着"满洲新进作家"，甚至装潢得堂皇美丽，还在书扉一角上印着作者的相片，尤其是女"作家"的，这里面，除了宣传增产报"国"之外，就是风花雪月，这些完全是可怕的麻痹青年的毒品。更有意思是标榜着满洲文艺家头衔的，却是很多日本人，像大内隆雄、宫川靖、筒井俊一等等。

有这样一天，东北青年们一下看到了光明，得到了自由，他们站起来，首先向过去多少年来压迫他们的人报仇。去年"一二·九"这一天，东北青年在安东第一次表现出他们的力量。这一天安东市有七千人，举行反内战的游行示威，他们行动起来如同飓风，把从前手持教鞭威严地站在课堂上的日本人捉来，在成千的人群中，公审了敌人教育方面的战争罪犯，小野寺、前田好久等等，他们都是过去"满洲国"时代学校里面的监督，小野寺还是安东师范的校长，是日本法西斯奴化东北青年的刽子手，从这以后，学生带了政府人员去捉起教员来。政府开办了小学教员训练班，有一个小学教员在训练班里作了坦白的思想反省，临行他要求无论如何不要再让他回到原来的地方去了，他说："我没脸再见到我的学生。"

安东在去年"一二·九"以后，如同一次风暴之后，必然引起变化，青年组织了寒假读书会，大量吸收民主书报读物，这里面被热烈欢迎的是《论联合政府》。可是这个冬天，就有一种 MM 团——国特组织——竟趁夜晚，躲在密巷里，等学生回家时候，掏出手枪威胁他们，当时是有四百人参加了各种读书会。今年春季开课，各县都成立了联合中学，里面分为农、工、商、师范、普通五科，从前安东市一个小学生，每学期缴三百元学费，现在除文具、书籍，一概免费，有些贫寒儿童，就连文具、书籍也得到政府的供给。

新的文化教育方针，我记录过刘澜波副主席在参议会上的报告：

"废除敌伪一切文化教育法令法规,建立新学制,根据科学的民主的精神,重订课程内容;发展各级学校,以民办公助的教育方针,进行社会教育,实行免费教育;优待贫苦子弟、革命军人家属、烈士子弟;提高教员待遇及教育质量,优待文化工作者、专门家,奖励文化学术研究、通俗文艺运动;扶助出版事业,提倡学生自治,保障学生一切民主权利。"

总括来讲,今天安东文化教育的特点,一个是普及,一个是民主。

他们提倡民办公助,捐资兴学,是为了达到每一个村庄一所学校的目的,同时,对于限制儿童个性发展的一切办法全部改过。建立儿童自己的组织,像新金一个区,儿童自治会,组织起一千七百二十一个儿童,他们参加了热烈发动的清算斗争,在宣传工作上起了很大作用。还注意到创办新型的小学校,像鸭绿江造纸厂小学校,校长教员全由工人担当,并且在高级班和较大的学生里面添设一种技术课,教的就是如何造纸、如何掌握机器。在安东也有不少的夜校,里面大部分是工人,也有一部分青年职员上着特修班,这群人热忱很高,根据他们的希望,学习着中国史、哲学、时事;在所有这些学校里面,产生着一种蓬勃的自由空气、自由思想。学生自治会代表,在学校里参加管理学校的会议,他们对于教员及学校,有权利提出他们批评的意见。

老教育家车向忱先生(他给人叫作东北的甘地),一天从衣袋里掏出一大把纸条给我,笑吟吟地说:"这是我到学校里去进行的测验。"原来他让大家把自己想的问题写在纸条上交给他。我觉得这很有意义,在里面我看到这样的问题:"东北被日寇占领前,东北抗日英雄蜂起,国民党不援助,而坐视许多抗日英雄被消灭,这是何居心?"另一个:"张学良将军是否能放出来?"另一个:"美国供给国民党的新兵器是白用吗?"这说明东北青年的心灵已渐渐地活跃,从他们那可怕的苦闷、窒息中走出,他们追求真理,认识现实。

在出版方面,安东有《安东日报》——它已拥有了大批工人通讯员。还有凤凰城的《辽东日报》,期刊有文艺月刊《白山》,流行的书籍是茅盾先生的《腐蚀》,文艺组织有青年俱乐部,有白山艺术学校,我参观过他们的楼屋以及剧场,爱好艺术的青年,正在自由发展他们的才能。安东市的电影院,上演的大部是苏联影片。有鸭绿江剧团,有广播电台的乐队、歌咏队,经常演出。我在安东的时候,曾经出席一次招待女工的晚会,这次演的戏是轰动全市、连续演了二十场的话剧《气壮山河》,这个剧是描写山东解放区英勇抗日斗争的故事,在剧终结时,引得全场女工潮水一样鼓掌。同时我看到她们一边鼓掌,一边擦着眼圈上的眼泪。

选自《时代的印象》,光华书店 1948 年 10 月

存　目

谭成

烧锅炉的人

颜一烟

成长于白山黑水之间

——《祖国的土地》

澍民

在印刷厂里

戴夫

在长春西郊

戴清

苦难中的蒋区青年

丁玲等

"八一五"致苏联作家信

张一林、家骝

肉搏坦克

敬　告

　　《1945—1949 年东北解放区文学大系》为展现东北解放区文学的整体风貌而编辑出版。丛书选取此间最具代表性的作品，以纪录这段波澜壮阔的历史时期内东北解放区所发生的翻天覆地的变化。由于丛书所收录的作品众多，时代不一，加之编辑出版时间有限，至今尚有部分收录作品未能与原作者或继承人取得联系。为保护作者著作权益，我社真诚敬告：凡拥有丛书所选录作品著作权的，请与我们联系，我们将按照国家规定及时付酬。

　　感谢社会各界对我们的理解与支持。

黑龙江大学出版社

丛书策划：张永超　刘剑刚

本卷统筹：魏　玲

责任编辑：魏翕然　魏　玲　刘　岩　宋丽丽
　　　　　范丽丽　高楠楠　张永生

封面设计：洪恩设计

全五册

ISBN 978-7-5686-0467-3

9 787568 604673 >

定价：488.00 元